Susanne Goga

Tod in Blau

Kriminalroman

dtv

Ausführliche Informationen über unsere Autoren und Bücher www.dtv.de

Von Susanne Goga
sind bei dtv außerdem erschienen:
Leo Berlin (21390)
Die Tote von Charlottenburg (21381)
Mord in Babelsberg (21486)
Es geschah in Schöneberg (21622)

FSC www.fsc.org
MIX
Papier aus verantwortungsvollen Quellen
FSC® C019821

Ungekürzte Ausgabe 2014
3. Auflage 2016

Vermittelt durch die Literarische Agentur
Thomas Schlück GmbH, Garbsen
Umschlagkonzept: Balk & Brumshagen
Umschlaggestaltung: Wildes Blut, Atelier für Gestaltung,
Stephanie Weischer unter Verwendung
eines Fotos von gettyimages/Hulton Archive/Brooke
Satz: Fotosatz Amann, Memmingen
Druck und Bindung: Druckerei C.H.Beck, Nördlingen
Gedruckt auf säurefreiem, chlorfrei gebleichtem Papier
Printed in Germany · ISBN 978-3-423-21487-2

Für meine Familie

1

SEPTEMBER 1922

»Zwei Anzüge, vier Hemden, mehrere Kragen, drei Krawatten, dazu Wäsche, Socken und ein Sommermantel.« Kriminalkommissar Leo Wechsler durchsuchte die Taschen von Mantel und Jacketts. »Zwei saubere Taschentücher, ein Zelluloidkamm, eine Dose Hustenpastillen. Das ist alles. Wie sieht es bei dir aus?«

Sein Kollege Kriminalsekretär Robert Walther reagierte nicht sofort. Er kniete vor dem Bücherregal und zog ein schmales Heft heraus. Dann drehte er sich um. »Schau dir bloß dieses Zeug an.« Er blätterte in einer Broschüre und hielt sie Wechsler hin. »Hast du so was schon mal gesehen?«

Leo nahm das Heft, das aus billigem Papier mit Fadenheftung bestand. Auf dem Umschlag reichte eine blonde, blauäugige Frau mit langen Zöpfen einem Mann mit Wikingerhelm ein blitzendes Schwert. An der Hand führte sie ein kleines Mädchen, das ebenso blond und blauäugig wie seine Eltern war. Aus dem Himmel über ihnen schleuderte eine mächtige Faust Blitze nieder. *Der Weg zur Reinheit* von Dr. Franz Kesselmann, Untertitel: *Eine Einführung in die ariogermanische Lebensphilosophie.*

Als Nächstes zog Walther ein gebundenes Buch hervor. »Oder das hier: *Was uns die Götter sagen wollen – germanische Mythen neu gedeutet.*« Walther schüttelte den Kopf. »Wer liest nur solch abstrusen Kram?«

Leo ging in die Hocke und zog einen Stapel Zeitungen unter einem Regal hervor. »Derselbe, der die hier gelesen hat.«

Walther warf einen Blick auf die Titelseite. »*Völkischer Beobachter?* Nie gehört.«

Leo deutete auf die Zeile darunter. »Nennt sich auch Kampfblatt der nationalsozialistischen Bewegung Deutschlands und wird von irgendeinem rechten Verein aus Bayern herausgegeben. Ich glaube, er heißt NSDAP oder so ähnlich.«

»Wer soll bei diesen ganzen Parteien noch den Überblick behalten? Lauter Abkürzungen, die kann sich doch kein Mensch merken.«

Leo stand achselzuckend auf. »Mir scheint, der junge Mann hegte ziemlich eindeutige politische Vorlieben. Fragt sich nur, ob er deswegen im Landwehrkanal gelandet ist. Wir nehmen die Zeitungen mit, ebenso diese Germanenbücher. Gut möglich, dass er Mitglied in einer Vereinigung oder Partei war, in der so etwas gelesen wird. Viele sind Spinner, aber es gibt auch gefährliche Leute unter ihnen, ehemalige Offiziere und Freikorpskämpfer. Mal sehen, ob wir damit weiterkommen. Ach ja, da wäre noch der Schreibtisch.«

Vermutlich ein Erbstück, dachte Leo, denn der Tote, ein gewisser Carl Bremer, war Verkäufer in einer Konfektionshandlung gewesen und hätte sich von seinem schmalen Gehalt wohl kaum einen so schönen antiken Schreibtisch leisten können. Auf der Platte lag eine lederne Schreibunterlage, die Beine waren aufwendig gedrechselt, die Schubladen mit Zierbeschlägen versehen.

Die Leiche des jungen Mannes war vor vier Tagen im Landwehrkanal gefunden worden. Als Todesursache wurde zwar Ertrinken festgestellt, doch ließ der rechtsmedizinische Befund, der eine Kopfwunde erwähnte, die Ermittler aufhorchen. Entweder hatte sich der Mann beim Sprung in den Kanal am Kopf verletzt oder aber er war überfallen und niedergeschlagen worden. Da man ihn zunächst nicht identifizieren konnte, hatte man den Toten wie üblich im Leichenschauhaus in der Hannoverschen Straße ausgestellt.

Zwei Tage später hatte sich die Dienststelle A 3, die für die Ermittlung in Fällen vermisster Personen und unbekannter Toter zuständig war, bei Leo gemeldet. Ein gewisser Emil Hancke, Besitzer eines alteingesessenen Konfektionsgeschäfts in Westend, habe eine Vermisstenanzeige erstattet, da ein Angestellter seit mehreren Tagen unentschuldigt der Arbeit ferngeblieben und auch nicht zu Hause anzutreffen sei. Man hatte ihn ins Leichenschauhaus bestellt, wo er den Toten tatsächlich als seinen Verkäufer Carl Bremer identifizierte.

Leo setzte sich auf den Schreibtischstuhl und öffnete nacheinander die Schubladen. Er fand Schreibzeug, Werbeprospekte für Haarwuchsmittel und neuartige Hemdkragen, die haltbar und hautfreundlich zugleich sein sollten, dazu Briefmarken und eine Dose mit billigen Manschettenknöpfen, die vorgaben, aus Perlmutt, Onyx und Gold zu sein. Gewiss war es nicht einfach für Bremer gewesen, in einem Konfektionsgeschäft elegante Herrenmode zu verkaufen und sich dabei angemessen zu kleiden. In der untersten Schublade entdeckte Leo eine Korrespondenzmappe.

»Robert, die nehmen wir auch mit, dafür brauchen wir Zeit. Anscheinend hat er wahllos alle Briefe hineingestopft.«

Im Wagen schlug Leo sein Notizbuch auf. »Also, was sagt uns die Wohnung? Bremer war ordnungsliebend, wenn es nicht gerade um die Aufbewahrung seiner Korrespondenz ging. Politisch eher rechts stehend, mit einem Hang zum Germanentum.«

»Und das ist noch vorsichtig ausgedrückt.«

»Wir wissen nicht, ob er tatsächlich Verbindungen in solche Kreise unterhielt oder das Zeug einfach nur aus Neugier gelesen hat.«

Walther sah ihn zweifelnd an. »Normalerweise bist du nicht so zaghaft.«

»Und verbrenne mir jedes Mal den Mund«, meinte Leo. »Warten wir ab, was wir in den Briefen finden.«

Emil Hancke war ein distinguierter älterer Herr, dem man den täglichen Umgang mit seiner eleganten Kundschaft deutlich anmerkte. Er war reichlich blass, obwohl der Besuch im Leichenschauhaus bereits einen Tag zurücklag, und betupfte sich den Schnurrbart mit einem blütenweißen Taschentuch. Leo bot ihm einen Platz und ein Glas Wasser an.

»Ich weiß, Wasserleichen sind kein schöner Anblick. Daher danke ich Ihnen, dass Sie sich die Mühe gemacht und den Toten identifiziert haben. Wir haben bereits seine Wohnung durchsucht, möchten von Ihnen aber möglichst viel Persönliches über Herrn Bremer erfahren.«

»Er arbeitete seit drei Jahren in meinem Haus. Untadeliges Verhalten, beliebt bei unseren anspruchsvollen Kunden. Daher war ich auch sehr verwundert, als er mehrere Tage lang nicht zur Arbeit erschien. Es kann sich nur um einen Unfall handeln, das sehen Sie gewiss genauso.«

Leo ließ sich nicht gern von Zeugen vorschreiben, was er zu denken hatte, und sagte ungerührt: »Immer langsam, Herr Hancke. Ein Unfall ist mehr als unwahrscheinlich. Es kommt ausgesprochen selten vor, dass jemand versehentlich in den Kanal fällt, es sei denn, er wäre sturzbetrunken. Wahrscheinlicher ist ein Selbstmord oder Mord.«

Hancke blickte entsetzt hoch und betupfte sich erneut den Mund. »Selbstmord? Völlig ausgeschlossen. Ein aufrechter Mann von anständiger Gesinnung wie Herr Bremer würde doch nie ...«

Leo horchte auf, da er sich an die zweifelhafte Literatur erinnerte, und hob die Hand. »Wie genau meinen Sie das mit der Gesinnung, Herr Hancke?«

Der Geschäftsmann hüstelte verlegen und rückte etwas näher an den Tisch heran. »Herr Kommissar, Sie können sich nicht vorstellen, welche Propaganda heutzutage unter den Angestellten kursiert. Roter Schund, kommunistische Pamphlete, Aufrufe zum Umsturz. Das kann ich mir bei meinen Kunden nicht leisten. Erst letzten Monat musste ich einen Schneidergesellen entlassen, der solche Machwerke im Atelier verbreitet hat. So etwas hätte der Bremer nie getan. Genau das meine ich mit anständiger Gesinnung.«

»Danke für die Erläuterung«, sagte Leo trocken. Er öffnete eine Schreibtischschublade und breitete die fragwürdige Lektüre des Toten auf dem Tisch aus. »Deckt sich das vielleicht mit seiner Gesinnung?«

Hancke schaute von einem Titelblatt zum nächsten und schüttelte dann verwundert den Kopf. »So etwas habe ich nie bei ihm gesehen, Herr Kommissar. Ich wusste nicht, dass er solches ... solches Geschreibsel las.«

Hier war offensichtlich nichts weiter über die politischen Aktivitäten Bremers zu erfahren. »Fällt Ihnen vielleicht dennoch ein möglicher Grund für einen Selbstmord ein? Geldsorgen? Oder enttäuschte Liebe?«

Hancke überlegte. »Nun ja, da war eine junge Frau, die hat Bremer ab und zu von der Arbeit abgeholt. Sie wartete immer an der Haltestelle gegenüber, damit es nicht so auffiel. Ich habe es natürlich bemerkt, doch da Herrn Bremers Verhalten stets untadelig war, bin ich nicht eingeschritten.«

»Wissen Sie, wie sie heißt?«

»Zufällig ja. Bremer hat sie mir vor einigen Wochen vorgestellt. Er führte sie an der Hand ins Geschäft herein, ein wenig verlegen, aber strahlend, es war geradezu rührend. Fräulein Maria Hagen, so lautete der Name.«

»Können Sie die Dame beschreiben?«

»Sicher, so alt sind meine Augen nun auch wieder nicht«, meinte er lächelnd. »Etwa eins sechzig groß, schlank, braunes Haar, das sie ziemlich kurz trägt, geschminkt, aber nicht ordinär. Er erwähnte noch, sie sei Platzanweiserin in einem Lichtspielhaus.«

»Haben Sie die beiden danach noch einmal zusammen gesehen?«, fragte Leo.

»Nein, das habe ich nicht. Ob es zu einem Zerwürfnis gekommen ist, kann ich nicht sagen, da ich mich nicht in die persönlichen Angelegenheiten meines Personals zu mischen pflege.« Er klang plötzlich distanziert. »Ich möchte Sie bitten, die ganze Sache diskret zu behandeln, Herr Kommissar. Mein guter Ruf ist mein größtes Kapital, und wenn bekannt würde, dass einer meiner Angestellten auf anrüchige Weise ums Leben gekommen ist ...«

»Wir gehen so diskret wie möglich vor, Herr Hancke, aber wenn es sich um eine Gewalttat handelt, hat die Aufklärung Vorrang.« Dann fiel Leo noch etwas ein. »Wissen Sie, ob Herr Bremer etwas besaß, das von Wert war? Schmuck, eine teure Uhr oder dergleichen?« Bei der Leiche waren keinerlei persönliche Wertgegenstände gefunden worden.

Hancke nickte beflissen. »Er trug immer eine goldene Taschenuhr an einer Kette. Ich glaube, er erwähnte einmal, sie sei ein Konfirmationsgeschenk. Von wem, weiß ich allerdings nicht.«

»Gut. Sie haben sicher nichts dagegen, wenn wir uns in den nächsten Tagen auch mit Ihren Angestellten unterhalten.«

Nüchtern betrachtete Arnold Wegner die nackten Frauenkörper. Wie schnell man sich an derartige Auftritte gewöhnte. Noch vor wenigen Jahren wären solche Darbietungen in guter Gesellschaft undenkbar gewesen; heutzutage galt es als schick, zu einem schlüpfrigen Tanzabend zu bitten. Im Rhythmus der Musik entblößten die Tänzerinnen ihre Oberkörper, bevor sie sich wieder in die transparenten Schleier hüllten. Ihre Scham war notdürftig hinter Blumengestecken verborgen.

Er registrierte alles mit kühlem Blick, konstatierte, machte sich im Geist Notizen. Sein Besuch war eher beruflicher Natur. Hier sammelte er Eindrücke, legte sie in der Erinnerung ab, um sie wieder hervorzuholen, wenn er im Atelier vor der kahlen Leinwand stand, vor einem Blatt Papier saß, den Bleistift in der Hand hielt oder, was seltener vorkam, sich an einem Aquarell oder einer Tuschezeichnung versuchte. Manchmal fragte er sich, ob Leonardo oder Michelangelo mit ähnlich nüchterner Distanz ans Werk gegangen waren wie er. Andererseits hatten sie nicht Menschen in Tanzdielen und Likörstuben, in Stehbierhallen und billigen Bordellen porträtiert, sondern mythische Figuren, griechische Götter, Gott selbst. Oder müsste er mehr Mitgefühl empfinden? Nein, sagte er sich, das war etwas für Vater Zille und die Kollwitz. Er hingegen suchte und malte die Nachtgestalten, die Ausgehungerten, die jene Nahrung suchten, die keine Lebensmittelkarte bieten konnte. Die Getriebenen, deren gehetzte Blicke er erbarmungslos einfing. Die ausländischen Prasser, die mit Geld nur so um sich warfen, die genau wussten, wo man in Berlin für ein paar Dollar alles kaufen konnte.

Er sah sich im Salon um. Bemerkte die begehrlichen Blicke der anderen Männer. Ein älterer Herr sog versonnen an der Zigarre, die in seinem Mundwinkel hing. Arnold unterdrückte ein Grinsen und nahm ein Glas Champagner von einem Silbertablett. Wenn die Kreislers darauf bestanden, ihn als Vertreter der Boheme einzuladen, konnte er nicht gänzlich abstinent bleiben. Immerhin galt er als skandalöser Künstler und genoss diesen Ruf, der ihm ungeahnte Möglichkeiten eröffnete. Frauen, die unerreichbar schienen, wollten plötzlich von ihm gemalt werden, obgleich sie nicht wissen konnten, wie schmeichelhaft das Porträt ausfallen würde. Er war dafür bekannt, dass er in seinen Bildern nicht das Äußere, sondern das Innenleben seiner Modelle zu spiegeln suchte. Und manchmal war das Innere sehr viel hässlicher als die schöne Hülle.

Er sah sich im Raum um, immer auf der Suche nach einem anregenden Motiv. Es waren nicht viele Damen anwesend, doch er malte auch gern Männer, vor allem ältere Herren, die er meist verzerrt und karikierend darstellte, als Opfer ihrer Leidenschaften, der Angst vor dem Alter. Niemand entging seinem kritischen Blick – nicht der Offizier, der Uniform trug, obwohl die Zeiten vorbei waren, in denen man damit gesellschaftlich glänzen konnte; nicht der Fabrikant mit dem gezwirbelten Kaiser-Wilhelm-Bart, der sich das Monokel ins Auge klemmte, um die losen Damen besser zu erkennen. Als der Auftritt vorbei war, erklang begeisterter Applaus, und die Tänzerinnen mussten dreimal herauskommen und sich verbeugen.

Wegner sah auf die Uhr. Er könnte noch in die »Weiße Maus« gehen oder in die »Palette«, um Freunde zu treffen. Als er gerade mit dem Gedanken spielte, sich den Mantel geben zu lassen, trat die Gastgeberin Charlotte Kreisler in die Mitte des Raums und klatschte in die Hände.

»Meine lieben Freunde, dürfte ich einen Moment um Ihre Aufmerksamkeit bitten? Nachdem uns die Damen vom Ballett Celly de Rheydt mit ihrer Darbietung erfreut haben, möchte ich Ihnen jetzt etwas ganz Besonderes präsentieren: eine junge Tänzerin, die erst am Anfang ihrer Karriere steht. Sie wird uns heute Abend eine Darbietung zeigen, die, wie sie sagt, aus dem Geist der Zeit geboren ist. Begrüßen Sie mit mir Thea Pabst und ihren Partner Stephan Castorff, die das Programm ›Inflation‹ für uns tanzen werden.«

Die Kronleuchter erloschen, ein gedämpfter Trommelwirbel erklang. Ein Scheinwerfer tauchte die improvisierte Bühne in goldenes Licht. Das Murmeln im Salon erstarb, alle Augen richteten sich auf den Vorhang, in dessen Spalt nun eine Hand erschien. Eine zarte Hand, ohne Schmuck, mit langen, schön geformten Fingern, die einen Geldschein hielten. Die Hand zuckte lässig, der Schein flatterte zu Boden. Die Spannung im Raum war beinahe greifbar.

Dann trat die Tänzerin ins Licht. Zart, fast knabenhaft, mit lockigem, honigblondem Haar, das sich eng an den Kopf schmiegte. Doch nicht ihr Kopf war es, der die Zuschauer in

Bann schlug, sondern das Nichts von einem Kostüm. Kein Tüll, kein Gazeschleier, wie sonst bei derartigen Darbietungen üblich, sondern Geldscheine, die unmittelbar auf die Haut geklebt waren. Der Kontrast zwischen ihrer makellosen Gestalt und den Geldscheinen war so frappierend, dass selbst Wegner der Atem stockte. Er hatte Anita Berber mehr als einmal auf der Bühne erlebt, und Thea Pabst schien ihr mehr als ebenbürtig.

Es gab keine Musik außer der gedämpften Trommel. Die Tänzerin bewegte sich rhythmisch über das Parkett und strich sich über den beklebten Körper. Dann kam ein männlicher Tänzer hinzu, der eine Maske trug und dessen Körper ganz mit goldener Farbe bemalt war. Er umschlang die Tänzerin, zupfte bei jedem Schritt einen Geldschein ab. Manche fielen einfach zu Boden, andere warf er ins Publikum oder zerknüllte sie achtlos, einen entzündete er an der Zigarre eines überraschten Herrn im Publikum. Ihr nackter Körper war atemberaubend, sie verhüllte nicht einmal die Scham mit einem dekorativen Nichts. Der Schlag der Trommel wurde immer schneller, der Tanz immer wilder, bis die Tänzerin schließlich mit einem Aufschrei zu Boden sank, die Arme um den Kopf geschlungen. Der goldene Mann kniete sich hinter sie und streckte sich auf ihrem gekrümmten Rücken aus, bis er sie ganz bedeckte. Plötzlich löste sich ein Mechanismus an der hohen Salondecke und ließ einen ganzen Schauer aus Banknoten auf sie hinabregnen.

Die Einladung, die auch den soeben dargebotenen Tanz ankündigte, war auf handgeschöpftem Bütten mit zartem Wellenrand gedruckt. Arnold hatte bezweifelt, dass man die allgegenwärtige, überaus prosaische Geldentwertung in einen Tanz verwandeln konnte, und fand sich nun eines Besseren belehrt. Die Frau hatte ihm gefallen, außerordentlich gefallen. Er würde sie gern malen.

Als Thea Pabst in einem roten Kleid, zu dem sie eine lange,

auffällige Kette aus schwarzem Bakelit trug, im Salon erschien, applaudierten die Gäste erneut. Sie dankte mit einer angedeuteten Verbeugung und nahm das Glas Champagner, das die Gastgeberin ihr anbot.

»Wo ist Ihr Tanzpartner, Fräulein Pabst?«, erkundigte sich Charlotte Kreisler.

»Herr Castorff lässt sich entschuldigen, aber er hat heute Abend noch einen weiteren Auftritt«, entgegnete sie mit einer überraschend tiefen Stimme, die gar nicht zu ihrer zarten Erscheinung passte. »Er wäre gern geblieben. So müssen Sie leider mit mir vorliebnehmen.«

Arnold trat wie beiläufig hinzu, da er hoffte, der Tänzerin vorgestellt zu werden. Was auch geschah.

»Fräulein Pabst, Sie gestatten – Arnold Wegner, der bekannte Maler.«

Thea Pabst streckte ihm die Hand hin. »Sehr erfreut. Ich habe einige Bilder von Ihnen gesehen. Sie haben mir Angst gemacht.«

»Warum?«, fragte Arnold überrascht.

»Mir scheint, Sie blicken durch die Menschen hindurch. Sie sehen, was die Leute denken. Und das spiegelt sich dann in ihren Gesichtern.« Sie schaute ihn an, als hätte sie etwas Dummes gesagt. »Leider verstehe ich nicht viel von Malerei.«

»Wer tut das schon? Am wenigsten die Leute, die von sich behaupten, große Kunstkenner zu sein.«

»Das ist beim Tanzen ganz ähnlich«, sagte sie mit wiedergewonnener Selbstsicherheit. »Wirklich verstehen kann man es nur, wenn man es selbst versucht hat.«

»Ihr Inflationstanz hat mich sehr beeindruckt, Fräulein Pabst«, erklärte der Maler mit einer leichten Verbeugung. »Ganz und gar ungewöhnlich, etwas so Profanes wie Geldentwertung im Tanz auszudrücken.«

»Es ist eben eine neue Richtung«, erklärte die Tänzerin. »Anita Berber hat ›Rauschgift‹ getanzt, das war ein großer Erfolg. Sie konnte ja auch aus Erfahrung schöpfen«, fügte sie ein wenig boshaft hinzu.

»Sind Sie dem Laster des weißen Pulvers noch nicht verfallen?«, fragte Wegner, zündete sich eine Zigarette an und hielt ihr das Etui hin.

»Nein, ich hab es mal probiert, aber es hat mir gar nichts gegeben. Ich behalte lieber einen klaren Kopf. Ich kenne genügend Leute, die völlig vor die Hunde gegangen sind. Betteln nachts in den übelsten Kaschemmen um ein bisschen Koks. Das ist nichts für mich.«

Ein Mädchen mit klarem Verstand, dachte der Maler. Ein netter Kontrast zu ihrem verruchten Auftritt. Er gab ihr Feuer und wollte die Streichholzdose einstecken, als sie seine Hand ergriff. »Darf ich mal sehen?«

Bereitwillig reichte er ihr die Dose.

»Die ist aber hübsch.« Ein flaches Döschen aus mattem Silber, in das genau eine Schachtel Streichhölzer passte. Die angerauten Seiten dienten als Reißfläche. Schlicht, aber wunderbar zweckmäßig.

»Eine Erinnerung«, sagte Wegner.

»Verraten Sie mir auch, woran?«

»An Paris. Noch vor dem Krieg. Ich würde gern mal wieder hinfahren.«

»Warum tun Sie es nicht?«

Wegner lächelte. »Ich kann zwar vom Verkauf meiner Bilder leben, obwohl es mich manchmal wundert, dass sich die Leute Bilder in den Salon hängen, die ihnen so wenig schmeicheln. Reich bin ich dabei allerdings nicht geworden. Und Paris ist teuer.«

»Passen Sie gut auf die Dose auf.«

»Das werd ich.« Er steckte sie wieder ein. »Ich würde Sie gern malen.«

Sie sah ihn überrascht an. »Sie haben mich doch gerade erst kennen gelernt.«

»Es war ja auch kein Heiratsantrag«, meinte er lachend, was Thea Pabst keineswegs aus der Fassung brachte. Gut so, dachte er, eine Frau, mit der man vernünftig reden kann. »Ich würde Sie gern so malen, wie Sie eben getanzt haben.«

Sie lächelte spöttisch. »Mit oder ohne Geldscheine?«

»Das überlege ich mir, wenn es so weit ist. Meist kommen mir solche Ideen ganz spontan.« Er zog eine Karte aus der Tasche. »Ich habe ein Atelier in den Rehbergen. Wie wäre es mit übernächstem Sonntag? Nachmittags bin ich immer dort anzutreffen.«

»Sie warten nicht gern, was?«

»Wenn ich mich zu etwas entschließe, schiebe ich es nicht vor mir her«, sagte er und hielt ihr die Karte abwartend hin. Sie überlegte kurz und griff danach. Er bemerkte ihre Hand, ohne Ringe, ohne den blutroten Nagellack, den viele Frauen heutzutage bevorzugten, mit gepflegten, kurzen Nägeln. Sicher, ein Heiratsantrag war es nicht gewesen. Aber es würde ein Genuss sein, sie zu malen.

2

Es war ein schöner Abend, noch mild, doch lag schon ein Hauch von Herbst in der Luft. Leo Wechsler machte einen Umweg über die Arminius-Markthalle, um zu sehen, was er dort für sein Geld bekommen konnte.

In dem schönen gelb-rot gemauerten Bau drängten sich die Menschen an den Marktständen. Durch den breiten Mittelgang fuhren die Lieferanten mit Pferdewagen, Handkarren und sogar Hundegespannen, um die Händler mit Waren zu versorgen. Heutzutage bekamen viele Arbeiter den Lohn mehrmals im Monat ausgezahlt, weil das Geld immer schneller an Wert verlor. Wer keine Lebensmittelmarken mehr besaß, musste ordentlich draufzahlen, frei verkäufliches Brot kostete dreimal so viel wie Markenbrot. Leo schüttelte den Kopf, als er die Schilder sah, auf denen immer wieder neue Beträge durchgestrichen waren. Manche Händler hatten lieber Kreidetafeln aufgestellt, die sie nur abwischen mussten, wenn die Preise wieder stiegen.

An einem Gemüsestand blieb Leo stehen und schaute sich die Auslage an. Die Marktfrau, die aus einem dampfenden Emaillebecher trank, begrüßte ihn herzlich. »Sie hab ick ja lang nich jesehn. Was darf's denn sein? Ick hab schönen Wirsing und Weißkohl, janz frisch vom Feld. Süße Äpfel, die kann ick nur empfehlen. Für die Dame des Hauses vielleicht, zum Backen?«

Leo lächelte. Ilse backte gerne Apfelkuchen, er würde ihr zwei Pfund mitnehmen. Die Marktfrau packte die Äpfel in eine Papiertüte. »Den Wirsing müssen Se sich wohl untern

Arm klemmen. Ick hoffe, der schöne Mantel wird nich dreckich.«

»Danke, es geht schon.« Leo bezahlte und wandte sich zum Eingangsportal mit dem Spitzbogen. Er brachte seiner Schwester gelegentlich persönliche Kleinigkeiten oder Dinge für den Haushalt mit, um das empfindliche Gleichgewicht, in dem sie lebten und das mühsam erkämpft war, zu wahren.

An diesem Abend begrüßte sie ihn allerdings mit einer Bitte, die ihn seine Mitbringsel sehr schnell vergessen ließ.

»Ich möchte, dass du jemanden kennen lernst, Leo«, sagte Ilse Wechsler, als sie ihrem Bruder das Abendessen hinstellte. Leo schaute sie überrascht an.

»Natürlich, wen denn?«

»Er heißt Bruno Schneider. Wir haben uns schon öfter getroffen, aber ich wollte ihn dir erst vorstellen, wenn wir uns besser kennen.«

Leo wusste, dass sich seine Schwester seit dem Sommer ein paarmal in einem Café oder zum Spazierengehen verabredet hatte. »Lade ihn doch für nächsten Sonntag zum Kaffee ein«, sagte er spontan und tauchte eine Pellkartoffel in den Schnittlauchquark auf seinem Teller.

»Hast du einen Freund, Tante Ilse?«, fragte Marie neugierig. »Ist das der, den wir mal im Park getroffen haben?«

Ilse errötete ein wenig und machte sich am Schrank zu schaffen. »Ja, Liebes, der ist es.«

»Der mit dem schicken Auto?«, fragte Georg und grinste seinen Vater an.

»Kinder, es reicht, ihr macht eure Tante ganz verlegen«, tadelte Leo die beiden, konnte sich aber ein Lächeln nicht verkneifen.

Marie rutschte von ihrem Stuhl, lief ins Kinderzimmer und kam mit einem Briefumschlag zurück, den sie ihrem Vater stolz hinhielt. »Guck mal, ich hab Post bekommen. Von der Inge, vom Bauernhof.«

Inge Matusseks Vater, ein Schuster aus der Nachbarschaft, hatte vor einigen Monaten seine Frau getötet und wartete seitdem in Tegel auf seine Hinrichtung. Die kleine Tochter der beiden war bei Verwandten untergekommen, die einen Bauernhof nördlich von Berlin besaßen. Ab und zu schickte sie Marie Wechsler selbstgemalte Bilder und kleine Nachrichten, die ihre Tante für sie geschrieben hatte. »Eine Kuh, ein Schaf, ein Hund«, riet Leo, als er die Buntstiftzeichnung betrachtete.

»Nein«, lachte Marie und deutete auf das schwarz-weiße gehörnte Tier links im Bild. »Das ist eine Ziege. Sieht man doch.«

»Ich finde, es sieht aus wie eine Kuh, aber wenn du meinst ...«

Als sie fertig gegessen hatten, schickte Leo die Kinder aus der Küche, zog Weste und Kragen aus und half seiner Schwester beim Abräumen. Obwohl er dem Besuch von Bruno Schneider so bereitwillig zugestimmt hatte, fühlte er sich nicht ganz wohl in seiner Haut, denn er hatte den Gedanken, Ilse könne einen Mann kennen lernen und heiraten wollen, lange verdrängt.

»Gut, ich halte mir den Sonntag auf jeden Fall frei«, sagte er beiläufig. »Sollen wir Kuchen aus der Konditorei holen?«

Ilse schüttelte den Kopf. »Ich backe lieber selbst. Du hast doch die schönen Äpfel mitgebracht, die sind genau richtig.«

Später, als Ilse zu Bett gegangen war, stand Leo nachdenklich am Wohnzimmerfenster und sah auf die stille, dunkle Straße hinunter.

Manchmal hatte er sich vorgestellt, wie es wäre, wieder zu heiraten. Eine Frau, die auch mit den Kindern auskam. Doch dazu musste er sich erst verlieben; nur um der Kinder willen zu heiraten kam für ihn nicht in Frage. Dann allerdings, und hier schloss sich der Kreis, wäre Ilse allein. Sie war nach Dorotheas Tod zu Leo gezogen, um dessen mutterlose Kinder zu betreuen, undenkbar, dass sie mit einer neuen Schwägerin die Wohnung teilen würde.

Im Hinausgehen bemerkte Leo ein Buch auf dem Tisch. Märchen von Hans Christian Andersen. Er schlug es auf. Innen ein Stempel mit der Aufschrift LEIHBÜCHEREI CLARA BLEIBTREU. Er klappte es zu und strich flüchtig mit der Hand über den Einband.

Zuerst hatte es Arnold Wegner gestört, als der Junge vor dem Fenster auftauchte, die Hände in den Taschen der zerschlissenen Hose, den Mund offen und ein wenig verwundert. Im Mai war er zum ersten Mal vor dem Atelier erschienen und hatte unverwandt hineingestarrt. Er unternahm keinen Versuch, hereinzukommen oder Arnold anzusprechen, sondern betrachtete durch die Scheibe das geordnete Chaos, das im Atelier herrschte, Staffelei, Einmachgläser mit Pinseln, ein Sammelsurium verschiedener Spachtel, buntfleckige Tücher und Kittel, die an einer einfachen Holzleiste hingen. Den rohen Holztisch mit den beiden Stühlen; die Chaiselongue, die mit einem bunten orientalischen Tuch bedeckt war; den hohen dreiteiligen Spiegel.

Nach einer Woche trat der Junge zum ersten Mal in die Tür. Die Maitage waren schon warm, und es wehte ein angenehmer Duft von grünem Gras und jungem Laub herein. Wegner hatte gerade seinen Pinsel in ein kräftiges Ultramarinblau getaucht, als ihn eine leise, ein wenig raue Stimme von hinten ansprach.

»Was malst du da?«

Arnold Wegner drehte sich um, die Palette in der Hand. »Einen See.«

»Und wo ist der?«

Wegner zeigte auf seine Stirn. »Hier drin.«

Der Junge sah ihn verwirrt an. »Du musst doch sehen, was du malst.«

»Nicht unbedingt. Ich kann auch aus der Erinnerung malen, zum Beispiel einen See, den ich irgendwann einmal gesehen habe. Schau her.« Er deutete auf eine Leinwand, die in der äußersten Ecke des Raums hing und ein graues Haus in einem großen Garten mit blühenden Bäumen zeigte. »Das Haus meiner Eltern. Es wurde abgerissen, aber ich habe immer noch im Kopf, wie es vor dreißig Jahren ausgesehen hat. Und so habe ich es auch gemalt.«

Der Junge trat interessiert näher. »Aber das sieht alles so schief und durcheinander aus.« Er blickte Wegner besorgt an, als hätte er etwas Falsches gesagt, doch der Maler lächelte nur.

»Es ist auch kein genaues Abbild des Hauses. Ich malte es so, wie ich das Haus empfunden habe, als ich ein Kind war.« Er legte die Palette weg und wischte sich die Hände an einem Lappen ab. »Na komm, ich erklär's dir.«

Er zeigte auf die Fenster. »Die Fenster auf meinem Bild sind sehr klein, kleiner als in Wirklichkeit. Weil ich immer das Gefühl hatte, nicht genug von der Welt draußen zu sehen. Das Haus ist grau, wirkt aber düsterer, als es tatsächlich war. Nur ich selbst habe es als düster und beengend empfunden und deshalb so gemalt. Der Garten hingegen ist bunt und schön, weil ich mich gern an ihn erinnere. Oft habe ich mich in einem Baum verkrochen, hoch oben in einer Astgabel, und mir vorgestellt, in einem fernen Land zu sein. Während meine Mutter mich vergeblich zum Abendessen rief und immer wütender wurde.«

»Meine Mutter ist manchmal auch wütend«, sagte der Junge unvermittelt und schaute ihn aus großen Augen an.

Wegner las in ihnen eine Kindlichkeit, die nicht zu dem Körper des etwa zwölfjährigen Jungen passte.

»Manche Leute auf deinen Bildern sehen ganz hässlich aus«, meinte der Junge und schaute Wegner von der Seite fast ein wenig herausfordernd an.

»Viele Leute sind hässlich.«

»Aber nicht so hässlich.« Er zeigte auf ein halbfertiges Porträt, das einen ungeheuer fetten Mann mit Zwicker darstellte.

Seine Hängebacken waren blaurot, die Nase knollig, die Ohren ausladend wie die Henkel einer Suppenterrine. Er trug einen Straßenanzug, dazu aber eine Reihe Orden auf der Brust. Die Haut an Stirn und bartlosem Kinn glänzte speckig.

»Oh doch«, meinte Wegner, »von innen schon. Menschen können innen oder außen hässlich sein. Manche auch beides. Das Gute an denen ist, dass man sie sofort erkennen kann.«

»Ist der Mann nicht böse, wenn du ihn so malst?«, fragte der Junge.

»Er weiß nicht, dass ich ihn gemalt habe. Manchmal male ich Leute, die ich in der Straßenbahn gesehen habe. Oder auf dem Rummelplatz. Wenn mir jemand auffällt, merke ich mir das Gesicht, die Gestalt, auffällige Dinge wie fehlende Körperteile, ein Hinken, schlechte Zähne.«

»Ich dachte, Bilder müssen schön sein.«

»Das denken viele Leute. Aber ich kann nur so malen und nicht anders.«

Der Junge sah zu Boden.

»Was ist denn los?«

»Ich ... wie bin ich denn? Innen hässlich oder außen?«

Einen Moment lang wusste Wegner keine Antwort, fühlte sich seltsam angerührt von der Frage. »Ich glaube, du bist gar nicht hässlich. Jetzt muss ich aber weitermachen.«

»Darf ich mal wiederkommen?«

»Natürlich.«

Als der Junge langsam, beinahe widerwillig, zur Tür schlenderte, rief Wegner ihm noch nach: »Wie heißt du eigentlich?«

»Paul, Paul Görlich.«

Seither war er öfter gekommen und hatte meist schweigend zugesehen, wie Wegner malte. Der Maler hatte sich an seine Gesellschaft gewöhnt und blickte bisweilen beim Arbeiten über die Schulter, als erwarte er, Paul in der Tür zu sehen.

Wegner trat vor die Staffelei und betrachtete die angedeuteten Linien, die er mit Bleistift vorgezeichnet hatte. Dann schaute er zu der blau grundierten Skizze, die auf dem Tisch lag, und schüttelte den Kopf. Er griff zum Radiergummi und entfernte säuberlich den begonnenen Entwurf. Die Skizze kam seiner Vorstellung schon sehr nahe, nun musste er den Ausdruck der Gesichter, Qual und brutale Ekstase, auf die größere Leinwand übertragen. Und würde sich alle Zeit der Welt dafür nehmen.

Denn bei diesem Bild würde er ganz frei sein. Diesmal würde er nicht malen, was er auf den Straßen und in den Salons sah, sondern eine Erinnerung, die seit kurzem wieder an die Oberfläche drängte und ihm keine Ruhe ließ. Eine Erinnerung voller Gewalt, intim und roh, die nicht das Gemetzel auf dem Schlachtfeld zeigen würde und dennoch ungeheuren Sprengstoff barg.

3

Oktober 1922

Beim Sonntagskaffee herrschte unbehagliches Schweigen, das Leo durchbrach, indem er sich nach Bruno Schneiders Automobil erkundigte. Ein Leuchten ging über dessen Gesicht.

»Ein toller Wagen, Herr Wechsler, da kann ich einfach nicht bescheiden sein.« Er strahlte übers ganze Gesicht, und Leo musste zugeben, dass Schneiders unverhohlener Besitzerstolz nicht unsympathisch war. »Und ich kann mir nichts Schöneres vorstellen, als mit Fräulein Ilse eine Spritztour darin zu unternehmen.«

Du lieber Himmel, dachte Leo, sollte Ilse diesmal das große Los gezogen haben? Der Mann hatte ein frisches, offenes Gesicht und war gut gekleidet, der perfekte Kavalier bis hin zur Nelke im Knopfloch.

»Und wie schnell fährt er? Ich habe wenig Erfahrung mit Automobilen, da ich selbst keins besitze«, sagte Leo und warf seiner Schwester einen ermutigenden Blick zu.

»Er macht so seine siebzig Sachen«, erwiderte Bruno Schneider mit einem bescheidenen Lächeln.

»Verraten Sie mir, wie man es in diesen Zeiten zu solchem Wohlstand bringt«, meinte Leo und fügte hinzu: »Nehmen Sie noch von dem Apfelkuchen, den bäckt niemand besser als meine Schwester.«

Ilse sah ihn beschwörend an, als wollte sie sagen, übertreib es nicht, doch ihr Gast lehnte sich behaglich zurück. »Geschäftsgeheimnis, Herr Wechsler. Nein, im Ernst, ich bin Kaufmann und nutze meine Verbindungen. Geschäftsauflösungen, Nachlässe, dabei konzentriere ich mich auf Schmuck, Bilder, Antiquitäten. Hauptsache, es ist nicht aus Papier und mit Zahlen bedruckt.«

»Das ist klug«, meinte Leo. »Uns Beamten bleiben solche Möglichkeiten leider versagt.«

Bruno Schneider nahm sich noch ein Stück Kuchen. »Kompliment, Fräulein Ilse, eine echte Delikatesse.« Dann wandte er sich wieder an Leo. »Dafür dürfte Ihre Arbeit aber sehr viel spannender sein als meine. Verbrecherjagd und so weiter. Haben Sie nicht vor kurzem einen Doppelmörder gefasst? Irgendetwas mit einem Wunderheiler und einem Straßenmädchen?«

»Ja, das ist richtig, es war einer der Fälle, die Schlagzeilen machen, vor allem, weil es ein illustres Mordopfer gab, aber das sind eher Ausnahmen. Ich fürchte, viele Leute haben eine falsche Vorstellung von unserer Arbeit. Meist sitzen wir im Büro über Akten oder klingeln an Haustüren, um Menschen zu befragen, die uns belügen oder sich mit Märchen wichtigtun«, meinte Leo lächelnd.

»Ach, Herr Wechsler, das kann ich nicht glauben.«

»Doch, doch, geniale Verbrecher wie dieser Dr. Mabuse sind nur Phantasiegestalten. Die meisten Kriminellen sind ganz gewöhnliche Menschen, vulgär, von Leidenschaften getrieben oder einfach nur verzweifelt.« Und genau das war es, was ihn an seinem Beruf faszinierte: die vielen unterschiedlichen Menschen, die Charaktere, denen er im Laufe der Jahre begegnet war. Die Gesichter, hinter denen so viele verborgene Gefühle lagen und die oft nur Masken waren für Schmerz, Hass oder dunkle Triebe.

Schneider beugte sich eifrig vor. »Ich habe ein interessantes Buch gelesen, in dem ein Arzt beschreibt, wie man das Verbrechen in der Welt ausmerzen kann.«

»Und welche Methode schlägt er vor? Vielleicht kann ich ja noch etwas von ihm lernen.«

»Nun, es war recht kompliziert«, plauderte Schneider unbekümmert drauflos, »und ziemlich wissenschaftlich. Aber es hatte mit einer neuartigen Operation zu tun, bei der man im Gehirn des Verbrechers die Stelle, die ihn zum Verbrechen treibt, praktisch ausschaltet.«

»Gut und schön, aber wie soll man verhindern, dass jemand überhaupt erst ein Verbrechen begeht? Das sieht man den Leuten vorher doch nicht an«, wandte Leo ein.

»Oh doch. Man kann an der Kopfform und den Gesichtszügen erkennen, ob jemand irgendwann gefährlich wird.«

»Diese Theorien sind Schnee von gestern«, erklärte Leo unwirsch, worauf Ilse ihm unter dem Tisch einen Tritt versetzte. »Verzeihung, aber es sind wirklich Methoden aus dem letzten Jahrhundert. Und jemanden gegen seinen Willen zu operieren dürfte mehr als schwierig sein. Außerdem ist es verboten.«

»Schade«, sagte Bruno Schneider und trank einen Schluck Kaffee. »Aber so ist das mit den Büchern, man weiß nie, ob man alles glauben kann, was darin steht. Ich für meinen Teil habe schon immer gern Kriminalgeschichten gelesen. Aber ein Fachmann wie Sie lacht sicher nur darüber, oder?«

Leo schob seinen Teller beiseite. »Nicht unbedingt. Zur Entspannung lese ich dann und wann auch Kriminalromane. Sherlock Holmes bereitet mir Vergnügen, auch wenn er sich ständig über die brave Polizei mokiert. Aber seine Methoden sind faszinierend.«

»Ja, das finde ich auch«, pflichtete Schneider ihm bei und blickte von Bruder zu Schwester. »Ich möchte mich noch einmal für diese Einladung bedanken. Und nicht nur wegen des hervorragenden Kuchens«, sagte er.

»Es wird sicher nicht das letzte Mal sein, wenn ich meine Schwester so ansehe«, meinte Leo. Ilse errötete und begann schnell, den Tisch abzuräumen.

Am nächsten Morgen war Leo früh im Büro und sah gemeinsam mit Robert Walther die Korrespondenz Carl Bremers durch. Auffallend war, dass er von seinen eigenen Briefen Durchschriften aufbewahrt hatte, was von einer gewissen Pedanterie zeugte. Es fanden sich ein paar kurze, belanglose Schreiben an seine Eltern, die in einem kleinen Ort bei Cottbus lebten, sowie deren besorgte und wohlmeinende Antworten. Anscheinend war ihr Sohn in die große Stadt gezogen, um sein Glück zu machen, die klassische Geschichte. Er hatte dort zwar kein Vermögen verdient, aber immerhin eine Anstellung in dem Konfektionsgeschäft gefunden, wo er wohlhabenden Kunden Kleidung verkaufte, die er sich selbst nicht leisten konnte. Nicht gerade befriedigend, doch er konnte froh sein, in dieser Zeit überhaupt eine Arbeit gefunden zu haben. Er hatte sich offenbar an diversen Preisausschreiben beteiligt und vor einigen Wochen schriftlich um eine Gehaltserhöhung ersucht, was abschlägig beschieden und mit der schlechten Wirtschaftslage erklärt worden war. Davon hatte der werte Herr Hancke allerdings nichts erwähnt.

»Hier, Leo, sieh mal.« Robert förderte eine abgerissene Eintrittskarte zutage. »Filmtheater Marmorhaus, Kurfürstendamm 236. Sagte Hancke nicht, die Freundin sei Platzanweiserin? Warum sonst sollte Bremer die Karte aufbewahren?«

Noch aufschlussreicher waren die Briefe, die Bremer an die Autoren seiner bevorzugten Lektüre gerichtet hatte – Leute wie ebenjener Franz Kesselmann, der forderte, die germanische Mythologie müsse das tägliche Leben durchdringen und formen.

Leo deutete auf ein Antwortschreiben. »Dem sollten wir vielleicht nachgehen.« Es stammte von einem gewissen Eduard von Bauditz, laut Briefkopf Gründer und Vorsitzender einer wissenschaftlichen Vereinigung mit Namen »Asgard-Gesellschaft«, und kam aus Leipzig.

Sehr geehrter Herr Bremer!

Verbindlichen Dank für das von Ihnen geäußerte Interesse an unserer wissenschaftlichen Gesellschaft. Leider muss ich Ihnen mitteilen, dass unser Mitgliederkreis eingeschränkt ist und nur Personen offensteht, die eine einschlägige wissenschaftliche oder journalistische Tätigkeit nachweisen können. Auch gebe ich zu bedenken, dass wir unsere Arbeit ausschließlich aus den Spenden unserer Mitglieder und Förderer finanzieren und daher strenge Richtlinien bei der Aufnahme zugrunde legen müssen.

Doch verweise ich Sie gern an Herrn Ulrich von Mühl, der mich während meiner Vortragstätigkeit hier in Leipzig vertritt und Ihnen für weiterführende Fragen gewiss zur Verfügung steht. Untenstehend finden Sie seine Anschrift und Rufnummer.

Hochachtungsvoll
E. v. Bauditz

»Was für eine Gesellschaft mag das sein?«, fragte Walther. »Der Name sagt mir gar nichts.«

»Ich vermute, sie beschäftigt sich ebenfalls mit germanischer Mythologie«, sagte Leo und warf einen Blick auf von Mühls Privatadresse. »Falkenried in Dahlem, das erklärt auch, warum die keinen Ladenburschen in ihrem Verein wollten.«

Der grüne, im Süden Berlins gelegene Vorort, der sich nach Westen bis zum Grunewald erstreckte, war für seine ruhigen, von eleganten Villen gesäumten Straßen bekannt.

»Wir sollten dem Herrn einen Besuch abstatten«, schlug Walther vor. »Auf nach Walhalla!«

»Ja, aber vorher gehe ich noch ins Kino«, erklärte Leo und griff nach seinem Hut.

Leo legte den Weg vom Alexanderplatz zum Kurfürstendamm mit einem Dienstwagen zurück, den er jetzt in einer Seitenstraße abstellte. Manchmal musste man nur ein Stück mit dem Auto fahren und gelangte so in eine andere Welt, ohne dass man sich aus Berlin hinausbewegt hätte. Er betrachtete das hektische Treiben auf dem Boulevard. Die Berliner schienen von einem Fieber angetrieben, das sie ruhelos vorwärtsdrängte, vom Taxi ins Geschäft, vom Büro ins Café, von der Praxis ins Restaurant. Das Filmtheater mit seiner eleganten Marmorfassade lag schräg gegenüber der Kaiser-Wilhelm-Gedächtniskirche. Bewundernd blieb Leo vor einem Plakat stehen, das den Film *Der brennende Acker* von Murnau ankündigte. Kein greller Aufmacher, sondern geradezu ein Kunstwerk, dunkler Hintergrund, als helle Flecken waren nur das Gesicht eines Mannes, eine Laterne und das blassweiße Gesicht und die Schulter einer jungen Frau im schwarzen Kleid zu erkennen.

Er betrat das großzügige Foyer, in dem sich um diese Tageszeit nur wenige Besucher aufhielten, und erkundigte sich an der Kasse nach Fräulein Hagen. Die Kassiererin blickte ihn streng an. »So etwas wird hier während der Dienstzeit nicht geduldet, mein Herr. Da ist der Direktor sehr streng.«

Leo grinste und nahm den Hut ab. »Es handelt sich nicht um einen privaten Besuch.« Er zeigte Marke und Ausweis vor. »Und keine Sorge, Fräulein Hagen hat sich nichts zuschulden kommen lassen.«

Die Kassiererin zog skeptisch die Augenbrauen hoch und deutete auf eine Verkaufstheke, hinter der eine junge Frau Süßigkeiten in einem Gestell anordnete. Leo bedankte sich und ging hinüber.

»Wer sind Sie?« Sie klang ein wenig verunsichert, als er sie mit Namen ansprach. »Ich ... ich räume das hier auf, weil ich im Saal jetzt nicht gebraucht werde.«

»Ich komme nicht vom Direktor«, sagte er und stellte sich vor. »Es geht um Herrn Carl Bremer.«

Sie löste den Blick von den Erdnusstütchen, die sie gerade einsortierte, und schaute ihn erschrocken an. »Ich weiß nicht, was Sie von mir wollen, Herr Kommissar. Ich habe Herrn Bremer seit einigen Wochen nicht gesehen.« Ihre grauen Augen sind bemerkenswert schön, dachte Leo beiläufig. Sollten die Herrn Hanckes Kennerblick tatsächlich entgangen sein?

»Warum nicht, wenn ich fragen darf?«

»Weil … muss ich wirklich darüber sprechen? Eigentlich geht es doch nur uns beide etwas an.«

Manchmal war der kürzeste Weg der beste. »Dann wissen Sie vermutlich noch nicht, dass man Herrn Bremer tot aus dem Landwehrkanal geborgen hat.«

Ihre Hand tastete nach dem Regal, das hinter ihr stand, griff aber ins Leere. Leo beugte sich über die Theke und stützte sie am Arm, zog einen Hocker heran und half ihr, sich zu setzen. »Es tut mir leid, Fräulein Hagen, aber es wäre besser, Sie erzählten mir alles.«

Sie griff sich an den Hals, als hätte sie Mühe zu schlucken. »Aber wie … War es ein Unfall?«

Es war wohl ein weit verbreiteter Irrglaube, dass ständig Menschen versehentlich in den Kanal fielen. Dabei waren Liebknecht und Luxemburg nicht die einzigen Mordopfer, die man dort herausgefischt hatte. »Wir gehen von einem Mord oder Selbstmord aus.«

»Das hat Carl nicht selbst getan.« Sie klang ähnlich überzeugt wie der alte Hancke. »Das passt nicht zu ihm.«

»Vielleicht hatte er Liebeskummer.«

Sie schüttelte den Kopf und wischte sich flüchtig über die Augen. »Ach was. Wir haben uns nicht im Streit getrennt. Wir hatten uns … ich meine, wir verstanden uns nicht mehr richtig.«

»Warum? War eine andere Frau im Spiel? Oder ein anderer Mann?«

Sie wurde ein bisschen rot und schüttelte den Kopf. »Nein.

Aber Carl fing plötzlich an, solche eigenartigen Bücher und Zeitungen zu lesen, irgendwelches unsinnige Zeug über Germanen und Herrenmenschen und so weiter. Er hielt sich plötzlich für was Besseres. Ich habe das nicht richtig verstanden.« Sie dachte nach. »Einmal sind wir spazieren gegangen, da kam uns eine Familie mit einem schwachsinnigen Kind entgegen. Und Carl hat gesagt ... wie war das noch ... so was gehört ausgemerzt und was von schlechtem Blut. Er schien sich richtig zu ekeln.«

»Und darum haben Sie sich von ihm getrennt?«

»Ja, auch. Er hat nämlich nur noch dagesessen und gelesen, ist nicht mehr mit mir ausgegangen, hat mir nicht zugehört, keine Blumen mehr mitgebracht.« Sie wirkte aufrichtig enttäuscht. »Ich bin ja noch jung. Dafür war ich mir zu schade.« Sie besaß eine schlichte Würde, die Leo ziemlich überzeugend erschien.

»Wissen Sie, ob er zu einer Vereinigung oder Partei gehörte, zu Versammlungen ging? Kannten Sie seine Freunde? Bislang spricht nichts für einen Selbstmord, daher richten wir unsere Ermittlungen auf mögliche Feinde.«

Sie hob die Schultern. »Er hat nie etwas darüber erzählt. Wir kannten uns noch nicht so lange, ein halbes Jahr. Ach ja, da war so ein Kerl namens Egon, den hat er in letzter Zeit öfter erwähnt. Sie sind zusammen trinken gegangen und haben politisch geredet.«

»Wissen Sie seinen Familiennamen?«, fragte Leo und holte sein Notizbuch hervor.

Sie schüttelte den Kopf. »Nein, aber er wohnt bei Carl nebenan. Wenn Sie die Nachbarn fragen, finden Sie ihn sicher.«

Leo bedankte sich. Die junge Frau blickte besorgt zu der Kassiererin, die unverhohlen herüberstarrte.

»Fräulein Hagen, falls es Missverständnisse geben sollte, rufen Sie mich an.« Er legte seine Visitenkarte auf die Theke. »Ich verbürge mich für Sie.«

Sie steckte die Karte ein und machte sich daran, in Goldfolie verpackte Schokoladentafeln zu symmetrischen Stapeln aufzuschichten.

Die elegante cremeweiße Villa in Dahlem war von hohen alten Bäumen umgeben, deren Laub sich rotgolden gefärbt hatte.

Der würdevolle Diener, der Leo und Walther an der Tür empfing, war wie aus dem Ei gepellt. Frack, schwarz-gelb gestreifte Weste, blütenweißes Hemd. Er meldete sie an, und kurz danach trat Oberstleutnant Ulrich von Mühl durch eine hohe Flügeltür ins Empfangszimmer. Seine kerzengerade Haltung verriet den ehemaligen Offizier, sein Gesichtsausdruck, dass ihm Kriminalbeamte alles andere als willkommen waren.

»Ja, bitte?«, fragte er kühl.

»Ich bin Kommissar Wechsler, das ist Kriminalsekretär Walther. Wir ermitteln im Todesfall Carl Bremer.«

»Der Name sagt mir nichts. Sollte ich den Herrn etwa kennen?« Von Mühl lehnte lässig im Türrahmen.

Leo ließ sich nicht so schnell aus der Ruhe bringen. »Wir fanden in seinen Unterlagen ein Schreiben von Herrn Eduard von Bauditz, in dem er den Verstorbenen an Sie verweist. Und zwar in Ihrer Eigenschaft als sein Stellvertreter bei der ›Asgard-Gesellschaft‹.«

»Es ist korrekt, dass ich in seiner Abwesenheit diese Vereinigung leite, aber der Herr, von dem Sie sprechen, ist mir gänzlich unbekannt«, erwiderte von Mühl und betrachtete gelangweilt seine rechte Hand, an der er einen goldenen Siegelring trug.

»Dürfte ich fragen, um was für eine Gesellschaft es sich handelt?«, fragte Leo weiter. Er war an den herablassenden Tonfall von Menschen, die sich aufgrund ihrer gesellschaftlichen Stellung überlegen fühlten, gewöhnt und tat sein Bestes, ihm gelassen zu begegnen.

»Wir beschäftigen uns mit der Erforschung des germanischen Erbes in heutiger Zeit. Es handelt sich um streng wissenschaftliche Studien.«

»Wie kommt es dann, dass sich ein Ladenangestellter wie Herr Bremer für Ihre Vereinigung interessiert und sogar um Aufnahme ersucht hat?«

Von Mühl zuckte verächtlich mit den Schultern. »Vielleicht hat er die Volksausgabe des Nibelungenliedes gelesen. Oder die *Nordland-Sagen*, so etwas gefällt einfachen Gemütern.«

»Ich weiß nicht, wie einfach sein Gemüt war«, warf Walther ein, »aber wir wissen, dass er mit einer Kopfwunde tot aus dem Landwehrkanal gezogen wurde. Wir müssen allen Spuren nachgehen und hatten daher gehofft, Sie könnten uns ein wenig Aufschluss über den Mann geben.«

Von Mühl schüttelte den Kopf. »Ich wiederhole, er war mir nicht bekannt. Vielleicht ist er nicht mehr dazu gekommen, mit mir in Verbindung zu treten, was ich nicht allzu sehr bedauern kann. Und ich werde Herrn von Bauditz bitten, mich nicht weiter zu kompromittieren, indem er solchen Leuten meinen Namen nennt. Guten Tag.« Mit diesen Worten verschwand er durch die Flügeltür.

Leo und Walther verließen schweigend das Haus. »Mann, was für ein arrogantes Schwein«, stieß Walther hervor, als sie außer Hörweite waren. Leo sah ihn überrascht an, da sich sein Kollege sonst mit Kraftausdrücken eher zurückhielt. Insgeheim stimmte er ihm allerdings zu.

Im Wagen sagte Walther: »Tja, ob wir dem was nachweisen können. Wir sollten uns noch mal nach der Uhr umsehen, von der Bremers Chef gesprochen hat. Die ist bis jetzt nirgendwo aufgetaucht. Konfirmationsgeschenk, vermutlich mit Gravur, so was geht doch nicht einfach verloren. Er hat sie kurz vor seinem Tod noch gehabt.« Leo nickte und ließ den Wagen an.

Während der Fahrt war er so schweigsam, dass Walther ihn schließlich prüfend ansah. »Mir dir stimmt doch was nicht. Heraus damit, was ist los?«

Leo schüttelte den Kopf. »Ich musste nur an etwas denken.«

»Ilse?«, fragte Walther vorsichtig. Er war über Leos häusliche Situation im Bilde, wobei ihm meist die Rolle des mitfühlenden Zuhörers zufiel, da er an der schwierigen Lage, in der sich sein Freund befand, nichts ändern konnte.

Leo nickte. »Ich habe dir doch von ihrem neuen Freund erzählt, diesem Bruno Schneider.«

»Und?«

Leo klopfte geistesabwesend mit den Fingern aufs Lenkrad. »Als ich gestern nach Hause kam, rannte mir Georg begeistert entgegen und erzählte, Herr Schneider habe ihn von der Schule abgeholt und in seinem schönen Wagen mitgenommen. Sie haben eine Rundfahrt durch halb Berlin veranstaltet. Georg war völlig hingerissen.«

Walther musste sich ein Grinsen verkneifen. »Von einem Wagen, den sich sein Vater mit seinem schmalen Beamtengehalt nicht leisten kann.«

Leo wollte schon eine schroffe Antwort geben, besann sich aber. »Du hast gut reden, du hast keine Kinder«, meinte er und konnte plötzlich auch nicht mehr ganz ernst bleiben. »Das habe ich nun von meinem Selbstmitleid. Mein bester Freund lacht mich aus.«

»Nein, ganz so ist es nicht. Aber ich kenne deinen Sohn gut genug, um zu wissen, wie sehr er an dir hängt. Natürlich beeindruckt ihn so etwas, er sammelt ja auch Autobilder aus Illustrierten, aber wenn es darauf ankommt, weiß er, was er an seinem Vater hat.«

Die leichthin gesprochenen Worte bedeuteten Leo mehr, als er zugeben wollte. »Vermutlich hast du recht«, sagte er.

Walther lachte plötzlich los. »Es gibt übrigens auch eine gute Nachricht, Leo. Hast du gehört, wo von Malchow gelandet ist?«

Leo schüttelte den Kopf. Ihn und Kriminalsekretär Herbert

von Malchow verband eine herzliche gegenseitige Abneigung, die ihre Zusammenarbeit äußerst schwierig gestaltete.

»Inspektion D.« Dies war die Abteilung für Betrugsdelikte, die ebenfalls zum Morddezernat gehörte. »Die kommen im Augenblick mit der Arbeit nicht nach.«

Leo zog die Augenbrauen hoch. »Hoffen wir, dass sie seine Dienste nicht so bald entbehren können.«

4

Thea Pabst schaute sich verärgert um. Ein Atelier in den Rehbergen, hatte Arnold Wegner ziemlich lapidar gesagt, doch sie sah um sich herum nur meterhohe Dünen mit dürrem Gestrüpp. Kaum zu glauben, dass es mitten in Berlin so viel Sand geben konnte. Weit und breit war kein Mensch zu entdecken, den sie nach dem Weg hätte fragen können. Dazu das feuchtkalte Herbstwetter, das den Altweibersommer endgültig verdrängt hatte. Sie spielte schon mit dem Gedanken, auf dem Absatz kehrtzumachen, als ihr einfiel, dass Wegner von einem kleinen Wald gesprochen hatte. Zu ihrer Linken, jenseits der Sandhügel, war ein Wäldchen zu sehen.

Als sie zwischen die Bäume trat, von denen noch der letzte Regen tropfte, hörte sie ein Knacken. Ein Junge kam ihr entgegengelaufen, das Gesicht ein wenig gerötet, den Mund erstaunt geöffnet. Er blieb vor ihr stehen. »Willst du zum Maler?«

Verwundert schaute sie ihn an. Etwas in seinem Blick war eigenartig.

»Wie kommst du darauf?«, fragte sie vorsichtig.

Der Junge zog hörbar die Nase hoch. »Hier wohnt sonst keiner. Aber er wohnt auch nicht richtig da. Nur manchmal.«

Sie konnte sich ungefähr zusammenreimen, wovon er sprach, und nutzte die Gelegenheit. »Wenn du mir zeigst, wo das Haus des Malers ist, bekommst du Geld für Bonbons.«

Der Junge biss sich auf die Lippen.

»Gefällt dir das etwa nicht?«, fragte Thea, die langsam die Geduld verlor.

»Doch, ich muss eigentlich – ach, komm mit.« Er stapfte vor ihr her über das feuchte Laub, das den Boden schon wie ein glänzender rotbrauner Teppich bedeckte. Hoch über ihnen wölbten sich die Kronen der Buchen, und Thea dachte flüchtig, wie schön es im Sommer hier sein musste. Doch jetzt war es nur trübe und neblig.

Worauf hatte sie sich bloß eingelassen? Die Vorstellung, an einem nassen Herbstabend mit einem zurückgebliebenen Jungen durch den Wald zu marschieren, um sich von einem Mann malen zu lassen, den sie nur einmal gesehen hatte, behagte ihr plötzlich nicht mehr. Andererseits hatte sie immer einen Hang zum Wagnis besessen, sonst hätte sie sich wohl kaum unbekleidet auf eine Bühne getraut.

In der rheinischen Provinzstadt, in der sie aufgewachsen war, hatte sie zwar Tanzunterricht genommen, doch der bereitete sie keineswegs auf die Ansprüche eines Großstadtpublikums vor. Nach dem Krieg wollten die Menschen Ablenkung um jeden Preis, Sensationen, buntes Vergessen. Selbst die Kunst musste rauschhaft sein, das Alltägliche war verpönt. Und es war nicht einfach, sich gegen die brillante Konkurrenz zu behaupten – in einer Stadt, in der Tänzerinnen wie Anita Berber und Valeska Gert bejubelt wurden.

Aber sie lernte schnell und studierte mit ihrem Partner Stephan Castorff ein Programm mit dem Titel *Revolutionen* ein, das sie in einem winzigen angemieteten Theater aufführten. Sie verarbeitete darin die Erlebnisse während der Novemberrevolution, Eindrücke von Straßenkämpfen und Blutvergießen, von gewaltsam vorrückenden Ordnungskräften und aufgebrachten Arbeitern, alles noch roh und ungeschliffen, aber von großer Ausdruckskraft, wie eine Zeitung bemerkte.

Danach war alles ziemlich schnell gegangen. Sie wurde zu den richtigen Gesellschaften eingeladen, bei denen sie mit Stephan tanzte oder auch nur als schöne Staffage diente, was sie nicht weiter kümmerte. Sosehr sie den Tanz liebte, so empfänglich war sie auch für den Luxus, dem diese Kreise frönten. Sie genoss es, in schönen Kleidern mit eleganten Männern zu tanzen, Champagner zu trinken und sich in noblen Automobilen nach Hause bringen zu lassen. Stephan schmollte zuweilen, weil er fürchtete, sie als Partnerin zu verlieren. Doch die Entgegnung, sie werde wohl eher ihn an einen dieser Herren verlieren als umgekehrt, ließ ihn unweigerlich verstummen.

Thea war so in Gedanken versunken, dass sie dem Jungen, der abrupt stehen geblieben war, auf die Ferse trat. Er zeigte auf ein schlichtes, weiß verputztes Häuschen, das durch die großen Fenster und das Oberlicht im Dach auffiel. Es stand auf einer kleinen Lichtung. Einen richtigen Weg schien es nicht zu geben.

»Danke.« Sie gab dem Jungen das versprochene Geld.

Er winkte noch einmal kurz und verschwand zwischen den Bäumen.

Als sie sich umdrehte, sah sie Arnold Wegner in der Tür seines Ateliers stehen. Attraktiv war er nicht gerade. Die seltsame Frisur – eine Art Topfschnitt –, der zu breite Mund, die gedrungene Gestalt. Und doch wirkte er anziehend, wie er in seinem Kittel dastand, die Arme verschränkt, in sich ruhend, und ihr gelassen entgegensah.

»Guten Tag, Fräulein Pabst. Wie ich sehe, haben Sie mich mühelos gefunden.«

Sie ging auf ihn zu und gab ihm die Hand. »So würde ich es nicht ausdrücken. Ich hatte Hilfe.« Auf seinen erstaunten Blick fügte sie hinzu: »Ein Junge hat mich hergeführt. Er schien Sie zu kennen.«

»Ach ja, der Paul. Er kommt öfter her.«

»Er ist ein bisschen langsam, oder?«

Wegner machte eine einladende Geste ins Atelier. »Ja, aber ich mag ihn. Er ist aufrichtig. Was man von den meisten Leuten nicht behaupten kann.«

Thea hängte ihren Mantel über eine Stuhllehne und schaute

sich um. Dann trat sie vor die Staffelei. »Das geht mir ähnlich. Die Leute reden viel Unsinn, wenn sie sich als Kenner geben. Aber kann man wirklich erwarten, verstanden zu werden? Ich höre meistens weg, wenn andere über meinen Tanz sprechen.«

Sie ging langsam zu den Bildern hinüber, die an der Wand lehnten, nahm sich Zeit für die Betrachtung. »Das hier ist interessant«, sagte sie schließlich. Sie war vor dem Bild von Wegners Elternhaus stehen geblieben.

»Das hat dem Jungen auch gefallen«, meinte er und trat hinter sie. »Dort habe ich früher gewohnt.«

»Und sind nicht besonders glücklich gewesen«, ergänzte Thea.

Er sah sie überrascht an. »Sie kommen der Sache ziemlich nahe. Ich fühlte mich oft eingeengt, obwohl das Haus recht groß war. Aber zu klein für einen Träumer wie mich.«

»Sie wirken gar nicht wie ein Träumer.«

»Als Kind bin ich ständig gegen Türen und Schränke gelaufen, weil ich auf irgendeiner Wolke schwebte.«

»Und was waren Ihre Träume?«, fragte sie. »In ferne Länder reisen? Edle Jungfrauen verteidigen? Am Amazonas die Piranhas erforschen?«

Wegner schüttelte den Kopf. »Reisen schon. Vor allem aber habe ich davon geträumt, ein tapferer Soldat zu werden, der sein Vaterland verteidigt.«

Sie zündete sich eine Zigarette an, bevor er ihr Feuer geben konnte. »Das überrascht mich wirklich. Sie machen so gar keinen militärischen Eindruck.«

Wegner wandte sich ein wenig ab. »Mein Vater hat siebzig/einundsiebzig in Frankreich gekämpft. Im großen, ruhmreichen Krieg. Es war der absolute Höhepunkt seines Lebens. Von diesen Erinnerungen hat er bis zu seinem Tod gezehrt.« Seine Stimme klang bitter, als er sie wieder anschaute. »Als Junge haben mich seine Geschichten vom gewonnenen Krieg begeistert. Uniformen, Heldenmut, jubelnde Mädchen mit Blumen am Straßenrand. Als ich selbst Soldat wurde, wäre ich am liebsten nach zwei Wochen desertiert.«

»Und das hat Ihr Vater nicht verstanden?«

Wegner schüttelte den Kopf. »Keine Spur von Heldentum. Nur Dreck, Blut und grauenerregender Lärm, zerfetzte menschliche Körper, stinkende Gasschwaden und Kraterlandschaften mit roten Pfützen. Genau so habe ich es ihm geschildert. Er konnte es nicht hinnehmen. Mein Vater hat bis zu seinem Tod kein Wort mehr mit mir gesprochen.« Er machte eine Bewegung, als verscheuchte er die Erinnerung. »Wollen wir beginnen?«

Die Villa in Dahlem war hell erleuchtet. Der Qualm der Pfeifen und Zigarren hing wie eine graue Wolke über dem Billardtisch, an dem niemand spielte. Die Herren saßen bequem in Ledersesseln und pafften vor sich hin, auf dem Tischchen zwischen sich eine Karaffe mit altem Weinbrand.

Ulrich von Mühl lachte auf, beugte sich vor und klopfte seine Zigarre am Aschenbecher ab. Dann deutete er mit ihr wie mit einer Waffe auf seinen Freund. »Jetzt mal im Ernst, vom Hofe, was soll das nun wieder für ein Verein sein? NSDAP-Versammlungsschutz, für wen halten die sich eigentlich? Das sind doch ordinäre Schläger, die können Sie höchstens als Rausschmeißer vor einen Bierkeller stellen. Weshalb gibt sich ein verdienter Mann wie Ehrhardt bloß mit solchen Leuten ab?«

»Und dann dieser Röhm, ich bitte Sie«, entgegnete vom Hofe nickend. »Er mag tapfer im Feld gewesen sein, aber mit solchen Leuten kann man doch keine Politik machen. Ich halte ohnehin nicht viel von dieser neuen Partei und ihrem österreichischen Gefreiten. Die werden verlöschen wie meine Pfeife hier.« Er riss ein Streichholz an, hielt es an den Tabak und sog heftig, bevor er das verbrannte Streichholz in den Aschenbecher warf.

Meinhard von Strutwitz schüttelte zweifelnd den Kopf. »Ich weiß nicht, ob man vorsichtige Kontakte von vornherein ausschließen sollte. Die Gegenseite ist stark, die Bürgerlichen könnten glatt von den Bolschewisten zerrieben werden. Wenn die Inflation noch zunimmt und Chaos ausbricht, rennen die Leute zu denen, die ihnen Brot versprechen. Und das waren schon immer die Roten.«

»Gewiss«, antwortete vom Hofe. »Aber der Feind hat uns lange genug gedemütigt. Ich werde mich nicht selbst erniedrigen, indem ich mich mit Gesindel und Abschaum einlasse. Für mich sind solche Kontakte ausgeschlossen.«

»Sehr bedauerlich, dass wir heute Abend in so kleinem Kreis zusammengekommen sind, ich hätte gern noch weitere Meinungen gehört. Andererseits war mit von Bauditz alles abgestimmt«, sagte von Mühl. »Nun sollten wir Herrn Oswald nicht länger warten lassen; was die Beschaffung angeht, war ja alles abgesprochen.«

Die anderen nickten, worauf sich von Mühl erhob und zur Tür ging. Er hatte wie immer dafür gesorgt, dass bei den Treffen der Gesellschaft niemand außer ihm im Haus war, und musste seine Besucher daher selbst hereinbitten. Draußen vor der Tür saß ein junger Mann auf einem Stuhl und drehte seinen Hut unschlüssig in den Händen.

»Herr Leutnant, wenn ich bitten dürfte?«

Der junge Mann, der sich in seinem Zivilanzug nicht recht wohl zu fühlen schien, sprang auf und betrat die Bibliothek, dann schloss von Mühl die Tür hinter ihm und nahm wieder in seinem Sessel Platz. »Meine Herren, darf ich Ihnen Leutnant Lutz Oswald vorstellen?«

Oswald verbeugte sich knapp. Man bot ihm keinen Platz an.

»Wie viel weiß er?«, erkundigte sich von Strutwitz.

»Ich habe den Herrn Leutnant bereits mit den Zielen unserer wissenschaftlichen Vereinigung vertraut gemacht«, erklärte von Mühl mit spöttischem Lächeln. »Er teilt unsere Absichten voll und ganz. Daher ist er auch bereit, die praktische Seite der Organisation zu übernehmen.« Er zog ein gefaltetes Blatt aus der Innentasche seines Jacketts, setzte eine Lesebrille auf und schaute Oswald über die Gläser hinweg an. »Ich hoffe auf Ihr gutes Gedächtnis. Sie erhalten keinerlei Unterlagen von mir, sondern müssen alles im Kopf behalten.« Er las die Anweisungen zweimal vor, warf das Papier in den Kamin und sah zu, wie es sich in der Hitze kräuselte, die Ränder sich schwarz verfärbten und nach innen fraßen, bis alles zu Asche zerfiel.

Dann blickte von Mühl hoch, legte die Fingerspitzen aneinander und nickte Oswald leutselig zu. »Nur zu, Herr Leutnant, jetzt können Sie beweisen, was Sie wert sind. Und noch eins – kein Wort zu irgendjemandem, auch nicht im Bett.«

Der Leutnant räusperte sich verlegen, schlug die Hacken zusammen und verbeugte sich erneut. »Zu Befehl, Herr Oberstleutnant. Meine Herren.« Mit diesen Worten verließ er das Zimmer und schloss die Tür hinter sich.

Draußen schaute er vorsichtshalber in alle Richtungen, doch die Straße lag um diese späte Stunde völlig verlassen da. Er ging zu seinem Wagen und fuhr los, immer Richtung Nordosten, aus dem Grünen hinein ins steinerne Herz der Stadt.

Die Kneipe wirkte schon von außen mehr als heruntergekommen. Einige Stufen führten zum Eingang hinunter, dessen schmierige Fenster kaum über Gehwegniveau lagen. Von drinnen schlugen ihm lautes Stimmengewirr, Akkordeonmusik und der Qualm von billigem Tabak entgegen. Er setzte sich in die hinterste Nische der schäbigen Bierhalle und schaute sich um, während er mit den Fingern auf den Tisch trommelte. Vermutlich wäre er besser in Hemd und Pullunder erschienen, niemand sonst trug einen so gut geschnittenen Anzug. Das hier war ganz und gar nicht seine Welt, aber von Mühl hatte nun einmal diesen Treffpunkt ausgewählt, und es beruhigte ihn ein wenig, dass er in dieser Kaschemme immerhin keine Bekannten treffen würde. Und falls doch, wäre ihnen die Begegnung vermutlich ebenso peinlich wie ihm selbst. Der Leutnant sah auf seine Taschenuhr und zündete sich die dritte Zigarette an. Er hasste Unpünktlichkeit, erst recht, wenn es um geschäftliche Verabredungen ging.

Endlich. Der Mann steuerte geradewegs auf ihn zu, obwohl sie sich noch nie gesehen hatten, rutschte auf die Sitzbank ihm gegenüber und winkte zum Tresen hin, worauf ihm der Wirt ein Bier brachte. Dann legte er in aller Ruhe den Hut neben sich auf den Tisch. »Sie entschuldigen, ich hatte noch zu tun.«

»Ich warte nicht gern«, erwiderte sein Gegenüber knapp, um seine Position von Beginn an klarzumachen.

»Ganz der schneidige Offizier, was?«

»Werden Sie nicht unverschämt, sonst ...«

»Was sonst? So leicht werden Sie keinen anderen Lieferanten für Ihren Kram finden, vor allem niemanden, der Ihnen so anständige Preise macht. Und meine Weste ist rein, ich habe nichts zu verbergen. Ganz im Gegensatz zu Ihnen. Zeigen Sie mal die Einkaufsliste her.«

Leutnant Oswald griff in die Innentasche seines Jacketts und holte ein einzelnes Blatt heraus. Der Mann überflog die Liste und pfiff durch die Zähne. »Und damit schicken die einen Anfänger?«

Sein Gegenüber lief rot an und wirkte plötzlich unsicher. »Ich habe meine Anweisungen.«

»Ich will gar nicht wissen, wofür Sie das Zeug brauchen. Wohl kaum fürs Schützenfest, was?«

»Wir nehmen nur beste Ware«, entgegnete Oswald leise.

Der Mann lachte auf. »Das wird ja immer schöner.« Er überlegte kurz und fuhr sich übers glattrasierte Kinn. »Na gut, ich werde sehen, was sich machen lässt. Ich melde mich auf dem bekannten Weg bei Herrn von – Verzeihung, wir wollten ja keine Namen nennen«, sagte er ironisch und steckte die Liste ein. »Zu Ihren Diensten.« Mit diesen Worten trank er sein Bier aus, stand auf und ließ Lutz Oswald allein in der Nische zurück. Verdammt, der Auftritt war mehr als demütigend gewesen. Er griff nach seinem Mantel, legte einen Geldschein auf den Tisch und verließ rasch die Bierhalle. Warum man ausgerechnet ihn zu diesem Treffen geschickt hatte, konnte er sich nicht erklären. Von Ruhm und Ehre war die Rede gewesen, als man ihn für die Gesellschaft geworben hatte, die sich so überaus exklusiv gab, und von der Wiederherstellung verlorener nationaler Würde, nicht aber von Verabredungen in anrüchigen Bierhallen, in die er freiwillig niemals einen Fuß gesetzt hätte. Nun ja, es war eben eine Probe, dachte er bei sich, winkte ein Taxi herbei und stieg ein.

Er merkte nicht, wie sich eine Gestalt aus dem Schatten löste und ihm nachsah.

Leo Wechsler ging durch die Turmstraße, den Mantelkragen hochgeklappt. Es war feucht und regnerisch, der Oktober fühlte sich schon nach Winter an.

Ilse war an diesem Sonntagnachmittag mit Bruno Schneider und den Kindern ins Kino gegangen. Im Grunde kein schlechter Kerl, dieser Bruno Schneider, Ilse hatte wirklich Glück gehabt. Endlich jemand, der spürte, dass sie unerfahren war und sich über seine Aufmerksamkeiten mehr freute als eine Frau, die es gewöhnt war, von Männern umschwärmt zu werden.

Leo hatte das Bedürfnis nach einem Spaziergang gehabt. Instinktiv war er in Richtung Beusselstraße gegangen und fand sich nun vor der Leihbücherei von Clara Bleibtreu wieder, die am Wochenende natürlich geschlossen war. Auf einmal spürte er ein wenig von dem inneren Frieden, nach dem er sich unbewusst gesehnt hatte. Er blieb vor dem Schaufenster stehen, nahm den Hut ab und lehnte die Stirn einen Moment lang gegen die kühle, feuchte Scheibe. Er fuhr zusammen, als die Tür mit einem Klingeln aufschwang. »Guten Tag, Herr

Wechsler. Ich hatte heute gar nicht mit Kundschaft gerechnet.« Clara Bleibtreu stand in der Tür, die sie einladend aufhielt. »Kommen Sie doch herein.«

Leo zögerte einen Moment. »Ich wollte nicht stören.«

»Das tun Sie nicht. Ich habe nur ein bisschen umgeräumt.« Der Geruch, der ihn umfing, war seltsam vertraut – altes Papier und Holz, warm und anheimelnd. Und noch etwas anderes, ein schwacher Hauch von Parfum. »Diese Seite ist jetzt ganz den neuen Büchern vorbehalten, mein erster Schritt zu einer richtigen Buchhandlung«, sagte sie sichtlich stolz.

»Und wie verkauft sich Heinrich Mann?«, fragte Leo. *Der Untertan* war das erste Buch, das er sich hier je angesehen hatte.

Clara Bleibtreu lächelte. »Na ja, dann und wann verirrt sich schon jemand hierher, der so etwas kaufen möchte. Außerdem habe ich Kontakt zu den Sozialdemokraten hier in Moabit aufgenommen, die möchten mich zu einem Vortrag über neue Literatur einladen. Wenn man auf die Leute zugeht, sind sie meist ganz interessiert.« Sie schien sich an etwas zu erinnern. »Wo haben Sie eigentlich Ihre Kinder gelassen?«

Leo wollte schon abwinken, doch ihr Blick ließ ihn innehalten. »Falls Sie noch mal eine Tasse Tee für mich haben, erzähle ich es Ihnen.«

Leo hatte den Mantel ausgezogen und an einen Haken gehängt. Er rückte flüchtig die Krawatte zurecht und schob sich das dunkle, wellige Haar aus der Stirn. Nur einmal hatte er bisher in dem winzigen, engen Hinterzimmer gesessen. Es war drei Monate her, damals hatte er gerade einen Fall abgeschlossen und Clara Bleibtreu von dem dramatischen Ausgang erzählt.

»Haben Sie sich von der Verletzung erholt?«, fragte sie gerade, und Leo zuckte ein wenig zusammen, weil er mit seinen Gedanken woanders gewesen war.

»Ach so, ja, die ist längst verheilt«, sagte er entschuldigend.

»Sie sehen aus, als hätten Sie etwas auf dem Herzen.« Sie stellte ihm Tee und die Zuckerdose hin. »Falls Sie möchten, höre ich zu. Das kann ich gut.«

Plötzlich empfand er eine ungeheure Ruhe, am liebsten hätte er gar nichts gesagt und einfach nur dagesessen. Auch über Ilse und Bruno Schneider wollte er auf einmal nicht mehr sprechen. Er trank einen Schluck Tee, stützte die Ellbogen auf die Knie und sagte nachdenklich: »Ach, ich bin gerade zu der Ansicht gelangt, dass ich lieber über Bücher reden würde. Oder über Sie.«

Clara lächelte verhalten. »Da gibt es nicht viel zu erzählen, über mich, meine ich. Über Bücher könnte ich mich stundenlang unterhalten.« Sie stand auf, verschwand kurz im Laden und kehrte mit einem Buch in einem auffallenden hellblauen Umschlag mit weißer Schrift zurück.

Leo las den Titel: »*Ulysses*, by James Joyce. Davon habe ich noch nie gehört.«

»Es ist auch neu, erst im Februar in Paris erschienen. In Amerika hat man es schon verboten, als es dort in Fortsetzungen veröffentlicht wurde.«

»Weshalb?«, fragte Leo und schlug das Buch auf.

»Wegen Obszönität«, sagte Clara lächelnd. »Ein Ire hat es geschrieben, viele halten es für vollkommen unlesbar, einige wenige für eine literarische Revolution. Es wird sich zeigen, wer recht hat.«

»Können Sie das alles verstehen?«, fragte Leo, als er die eng bedruckten englischen Seiten betrachtete.

Clara schüttelte den Kopf. »Leider nicht, da muss ich wohl auf die Übersetzung warten, falls sich überhaupt jemand daranwagt. Ich habe es aus einem Impuls heraus bei Shakespeare & Company in Paris bestellt und mich fast ruiniert. 150 Franc habe ich dafür bezahlt, das war schon die billigste Ausgabe. Die ersten hundert Exemplare hat der Autor selbst signiert, die kosteten sogar 350 Franc. Kennen Sie das Gefühl, etwas haben zu wollen, selbst wenn Sie es vielleicht gar nicht gebrauchen können?«

Leo überlegte. »Nicht unbedingt. Aber vor einer Weile habe ich ganz impulsiv ein Bild gekauft, weil ich es unbedingt haben wollte. Wahrscheinlich hätte ich sogar das Doppelte bezahlt, wenn die Galeristin es verlangt hätte. Es hängt jetzt in meinem Büro.«

»Dann muss ich wohl irgendwann einmal den weiten Weg zum Alexanderplatz machen und es mir ansehen.«

Sie unterhielten sich vollkommen zwanglos über Bücher und Bilder, als würden sie einander ewig kennen, während draußen der Wind den Regen an die Fensterscheibe peitschte. Als Leo schließlich aufstand und nach seinem Mantel griff, meinte er, eine leichte Enttäuschung in Clara Bleibtreus Gesicht zu erkennen. Mit neuem Schwung ging er nach vorn in den Laden und zog das Buch von Heinrich Mann aus dem Regal. »Das hätte ich gern, falls Sie sonntags Geschäfte machen. Leider habe ich kein Geld dabei. Kann ich bis zum nächsten Mal anschreiben lassen?«

Clara lächelte und tippte sich an die Stirn. »Steht alles hier drin.«

5

November 1922

Ihr Schrei hing noch in der Luft, als Thea Pabst sich träge zu Arnold Wegner drehte und ihn aus halb geschlossenen Augen ansah. Dann stützte sie sich auf den Ellbogen und fuhr ihm sacht mit der Hand über die Wange. »Warum sind unattraktive Männer oft so gute Liebhaber?«

Ohne im geringsten gekränkt zu sein, antwortete Wegner gelassen: »Weil sie es nötiger haben als die Apollos.« Thea lachte und stand auf. Der Kohleofen verbreitete eine solche Hitze, dass sie nackt durchs Atelier schlendern konnte, ohne zu frieren. Wegner schaute sie vom Bett aus bewundernd an. Ja, ihr Bild würde schön werden, dachte er und sah hinüber zu der Staffelei mit dem noch unfertigen Porträt. Er arbeitete sehr intensiv daran, sie sahen sich im Augenblick fast jeden Tag.

Es zeigte Thea nicht ganz nackt, sondern in ihrem Inflationskostüm, wenngleich es mehr enthüllte als verbarg. Als Hintergrund hatte er ein warmes Rot gewählt, vor dem ihr honigblondes Haar regelrecht leuchtete. Sie stand auf Zehenspitzen, den Körper leicht nach hinten geneigt, die Arme in die Höhe geworfen, sie glich einem lebendigen Bogen.

Theas Porträt zu malen bereitete ihm Freude und Genuss, war eine Arbeit, die ihm leicht von der Hand ging. Das andere Bild, mit dem er sich gerade beschäftigte, war den dunkleren Stunden vorbehalten, wenn er allein im Atelier war und mit der Dämmerung die Erinnerungen heranrückten.

»Was ist denn das hier?«, fragte sie und zeigte auf eine Leinwand, die in der Ecke lehnte.

Wegner setzte sich abrupt im Bett auf. »Das nicht«, rief er, »das ist noch ganz am Anfang.«

»Ach komm, lass es mich anschauen«, sagte sie schmeichelnd, »es sieht interessant aus.«

Er sprang auf, warf einen Kimono mit chinesischem Drachenmuster über, trat neben sie und drehte die Leinwand um. »Ich möchte nicht darüber sprechen. Es ist etwas sehr Privates, an dem ich gelegentlich arbeite und für das ich noch Zeit brauche.«

»Dann eben nicht«, meinte Thea. »Willst du heute noch an meinem Porträt malen? Ich muss bald los, ich habe nachher einen Auftritt. Und am Freitag kann ich nur nachmittags kommen, ist dir das recht?« Sie spürte, wie sich seine Hände um ihre Schultern schlossen, sein Mund sich sanft an ihrem Hals entlangtastete. Ihr wurde ganz heiß. »Am liebsten würde ich dich noch stundenlang bei mir behalten.« Dann hörte sie ein Rascheln, und er drückte ihr ein Päckchen in die Hand. »Erst ansehen, wenn du draußen bist.«

Thea schloss die Haustür auf. Das Treppenhaus zeugte von verblichener Eleganz, die lackierten Treppenstufen waren in der Mitte ausgetreten, und man sah das blanke Holz. Allerdings lag die Wohnung in der Nähe vieler Nachtlokale und Kabaretts und war nicht teuer, vor allem, da sie sich die Miete mit Stephan teilen konnte.

»Thea, Schätzchen, da war ein Anruf für dich.«

Sie ließ die Wohnungstür hinter sich ins Schloss fallen, hängte den Mantel an die Garderobe und sah Stephan Castorff an, der in seinem Trikot lässig in der Wohnzimmertür lehnte, die Füße elegant überkreuzt.

»Von wem?«

Er zuckte die Schultern und blickte über die Schulter ins Wohnzimmer. »Kai, wer war da eben am Apparat?«

Sein Freund, der auf einem verschlissenen Diwan ruhte,

blickte träge von seinem Buch auf. »Hat seinen Namen nicht genannt. Aber die Stimme klang schneidig und befehlsgewohnt.« Kai Brücking bildete sich ein, aus Stimmen ein vollständiges Charakterbild herauslesen zu können. »Er will noch einmal anrufen. Ich würde drauf warten, Schatz. War sicher ein vermögender Verehrer, der dich hat tanzen sehen.«

»Thea, ich arbeite an einer neuen Choreographie«, warf Castorff ungeduldig ein. »Komm, ich zeig sie dir.«

Sie holte sich ein Glas Wein und setzte sich in den Sessel mit dem orientalischen Überwurf, hörte sich Stephans Ausführungen an und sah den neuen Schrittfolgen zu, die er erarbeitet hatte, war in Gedanken aber ganz woanders.

Als das Telefon erneut klingelte, eilte sie in die Diele und hob ab. »Pabst.« Sie hörte aufmerksam zu und spielte dabei geistesabwesend an ihrem Gürtel herum. »Ja, das ginge. Also Freitag um acht.« Sie legte auf und drehte nachdenklich Wegners Geschenk zwischen den Fingern: die silberne Streichholzdose.

Thea hatte Richard wie Wegner nach einem Auftritt kennen gelernt. Eigentlich war er nicht ihr Typ, ganz der ehemalige Offizier, und seine herrische Art stieß sie sogar ein wenig ab, doch sie hatte munkeln hören, er kenne Leute beim Film, was wirklich mehr als reizvoll war. Bisweilen fand sie ihn allerdings etwas ermüdend.

»Ich mag nicht ständig von meinen anderen Liebhabern erzählen«, beschwerte sie sich, als er am Freitag wieder einmal bohrende Fragen nach möglichen Rivalen stellte. »Manchmal habe ich das Gefühl, du bist mehr an deren Leistungen als an mir selbst interessiert.«

»Unsinn.« Richard fuhr mit der Hand über ihre kleine, feste Brust und kniff sie in die Brustwarze, dass sie ein wenig zusammenfuhr. Dann beugte er sich darüber und berührte sie zärtlich mit den Lippen. Er liebte ihren knabenhaften Körper, das kurze, lockige Haar, das ihr Gesicht umschmeichelte. »Aber ich genieße die Vorstellung, dass ich dich ihnen weggenommen habe.«

»Das hast du nicht. Du bist nicht der Einzige und wirst es auch nie sein.«

»Aber der Beste.«

Thea überlegte betont lange, da sie wusste, wie sehr er dieses anzügliche Geplänkel genoss. »Das vielleicht nicht gerade –«

Er beugte sich über sie, umklammerte ihre Oberarme und drückte sie ins Kissen. »Sag das noch einmal.«

»Es gab zwei oder drei –«

Er presste seinen Mund auf ihren, als wollte er sie ersticken, doch als ihre Hand an seinem Bauch nach unten wanderte, lockerte er seinen Griff, drehte sich auf den Rücken und zog Thea über sich.

Später goss er zwei Gläser Champagner ein und reichte ihr eins. »Du hast mir von diesem Wegner erzählt, der dich gerade malt. Ich persönlich finde seine Bilder grauenhaft. Warum lässt du dich ausgerechnet von diesem Menschen malen?«

»Mein Bild wird nicht furchtbar, sondern wunderschön, ich habe die Entwürfe gesehen. Es ist, als hätte er – eine Art drittes Auge, mit dem er mehr sieht als andere. Das einen durchdringt. Ich werde es dir zeigen, sobald es fertig ist.«

»Pervertiert und geschmacklos«, sagte Richard, als hätte er ihre Worte gar nicht zur Kenntnis genommen. »Eine Orgie der Hässlichkeit. Er suhlt sich geradezu in allem, was verkommen und undeutsch ist. Neulich war ich mit einem Bekannten auf einer Vernissage – Freunde hatten mich mitgenommen –, und ich bemühte mich, höflich zu bleiben. Aber dann konnte ich meine Meinung doch nicht für mich behalten, so scheußlich waren diese Machwerke. Alte, Kranke, Verstümmelte, Gestalten, die niemand sehen möchte. Nackte Kriegskrüppel, die ihre Blöße mit verbeulten Stahlhelmen bedecken, ich bitte dich.«

Zwar fühlte sich Thea nicht bemüßigt, den einen Geliebten vor dem anderen in Schutz zu nehmen, wohl aber den Künstler, der ein so wunderbares Porträt von ihr erschaffen würde. »Arnold malt auch schöne Dinge – mich zum Beispiel.« Sie sah Richard herausfordernd an. »Und Blumen.«

»Die haben die Impressionisten auch gemalt und weitaus besser als er. Nein, ich finde, Wegner beschäftigt sich nur mit der unerfreulichen Gegenwart, mit dem Elend auf den Straßen, das wir alle zur Genüge kennen. Das will doch niemand auch noch in der Kunst sehen.«

Sie überlegte, ob sie sich wirklich auf diese Diskussion einlassen sollte. Wegner war ein anständiger Mensch, selbst wenn ihre Loyalität nicht so weit ging, dass sie ihm deswegen treu geblieben wäre. Was er wohl auch nicht von ihr erwartete, immerhin war er verheiratet und schien eine Trennung von seiner Frau auch nicht in Betracht zu ziehen. Zudem konnte ihr ein Mann wie Richard äußerst nützlich sein, denn er kannte *tout* Berlin und unterhielt ausgezeichnete Beziehungen bis in die höchsten Kreise. Zwar war er, entgegen seiner eigenen Meinung, kein sonderlich guter Liebhaber, aber sie ließ es ihn nicht spüren. Sie wollte seine Eifersucht nicht zu sehr anfachen.

»Ich könnte mir vorstellen, dass er schlimme Erinnerungen an den Krieg hat und sie damit überwinden will.«

Richard trank einen großen Schluck Champagner und berührte ihre nackte Brust mit dem kalten Glas. »Ich kenne aber keine Kriegsbilder von ihm, nur Straßenszenen aus Berlin und irgendwelchen halbseidenen Lokalen. Einfach billig. Und selbst wenn er Kriegsbilder malte, würden sie gewiss nicht den heldenhaften Kampf unserer deutschen Soldaten und Offiziere zeigen, sondern irgendwelche abartigen Gestalten, die es nicht wert sind, eine feldgraue Uniform zu tragen.« Er versank in missmutiges Schweigen.

Thea stützte sich auf den Ellbogen und schaute ihn prüfend

von der Seite an. Sie musste seine schlechte Laune rasch vertreiben.

Sie stellte das Glas weg und legte die Hand auf seine Brust. »Letztens habe ich in einem Buch über altindische Liebeskunst geblättert ...«

»Schon wieder ein neuer Reichskanzler«, meinte Walther kopfschüttelnd und ließ seine Zeitung sinken. »Frei nach dem Motto: Wer will noch mal, wer hat noch nicht?«

»Den wievielten haben wir jetzt? Nummer fünf?«, fragte Berns. »Und alle gleich schlecht. Demnächst fahren wir das Geld mit der Schubkarre in die Bäckerei. Dann wiegen die Scheine mehr als das Brot, das man dafür bekommt.«

»Immer noch besser als Münzen«, sagte Fräulein Meinelt und spannte mit energischem Dreh ein neues Blatt in die Schreibmaschine.

»Hat einer von Ihnen etwa noch Münzen? Die taugen doch nur noch zum Einschmelzen«, warf Lauterbach sarkastisch ein.

Da ging die Tür auf und Leo Wechsler trat ein, worauf Walther rasch seine Zeitung zusammenfaltete und in der Schreibtischschublade verschwinden ließ. Leo blickte auffordernd in die Runde. »Und? Habe ich die Herren bei einem interessanten Gespräch gestört? Wie stehen die Sportwetten, Robert?«

»Nein, nein, Herr Kommissar, wir sprachen über das neue Kabinett«, erklärte Fräulein Meinelt beflissen.

»Überlassen wir die Politik den Stammtischen, dort wird genug geredet. Im Übrigen interessiert es mich nicht sonderlich, ob der Reichskanzler Wirth, Cuno oder Klawuttke heißt«, meinte Leo und unterdrückte ein Grinsen. »Kommen Sie bitte mit in mein Büro, meine Herren.«

Sie schauten einander an, folgten ihm nach nebenan und nahmen im Halbkreis vor dem Schreibtisch Platz. »Ich habe mir soeben in der oberen Etage einen Vortrag über die angebliche Zunahme unaufgeklärter Kapitalverbrechen anhören dürfen. Nicht ganz gerecht, wenn man unsere Aufklärungsrate betrachtet, aber wenn die Presse ruft, springen die Herren. Daher wüsste ich gern, wie die Ermittlungen im Fall Bremer stehen.« Er schaute in die Runde.

Walther ergriff das Wort, obwohl er und die Kollegen wenig Neues zu bieten hatten. »Die Platzanweiserin können wir ausschließen, da waren wir einer Meinung; Bremers Eltern wohnen bei Cottbus und haben den Ort seit Jahren nicht verlassen. Die dortige Polizei hat die Befragung für uns durchgeführt. Die Leute wissen über das Berliner Leben ihres Sohnes nur das Wenige, das er nach Hause berichtete. Die Ermittlungen hier in der Stadt haben ergeben, dass Bremer ein höflicher, zurückhaltender Mensch war, der sich mit allen gut stand, ohne jedoch engere Freundschaften zu pflegen. Diesen Egon, von dem die Hagen sprach, haben wir ebenfalls aufgesucht. Er ist zwar ein ungehobelter Kerl, der anrüchige politische Kontakte unterhält, hat aber ein absolut wasserdichtes Alibi.«

»Nämlich?«, fragte Leo.

»Er hat in der fraglichen Zeitspanne in Untersuchungshaft gesessen, weil er einen Kommunisten zusammengeschlagen hat, der bei ihm klingelte, um Mitglieder für sein Arbeiterhilfswerk zu werben. Falls es keine Bekannten und Freunde Bremers gibt, von denen wir noch nichts wissen, bleibt eigentlich nur der ehemalige Oberstleutnant.«

Leo schüttelte den Kopf und spielte mit einem silbernen Bleistiftverlängerer. »Sicher, dieser von Mühl und sein Germanenverein gefallen mir ganz und gar nicht, aber wir haben nicht das Geringste gegen ihn in der Hand.«

Berns räusperte sich. »Außer natürlich, die drehen krumme Dinger und Bremer hätte davon Wind bekommen, Herr Kommissar.«

»Das glaube ich nicht«, sagte Erich Lauterbach, der zum

ersten Mal in Leos Kommission arbeitete. »Ich kann mir nicht vorstellen, dass diese Gesellschaft einem kleinen Hosenverkäufer Zutritt gewährt und ihre Geheimnisse offenbart. Falls sie denn welche hat.«

»Das möchte ich nicht ausschließen, aber wir können zurzeit keine weiteren Ermittlungen rechtfertigen. Also bleibt uns nur die altbekannte Prozedur«, erklärte Leo. »Berns, Sie gehen die Listen der Diebesbeute durch, die seit ...« Er schaute in die Akte, die aufgeschlagen auf dem Tisch lag. »Wie lange hat er im Kanal gelegen? Ah ja, höchstens zwei Tage. Gut. Sie werden sämtliche Uhren in Augenschein nehmen, die von der Polizei beschlagnahmt wurden, angefangen zwei Tage vor Auffinden der Leiche.« Er wandte sich an Lauterbach und Walther: »Ihr beide sucht die einschlägigen Hehler, Pfandleiher und Juweliere auf, die solchen Kram abnehmen. Herr Hancke hat uns eine ziemlich genaue Beschreibung der Uhr geliefert, und die Kollegen kannten sie auch. Vielleicht kommen wir damit weiter.«

Zum ersten Mal seit Tagen arbeitete Arnold Wegner äußerst konzentriert, korrigierte kaum, schaute nur selten auf die Skizze, denn er hatte das ausgestaltete Bild so klar im Kopf, wie es selten vorkam. Oft entwickelte sich das Bild erst beim Malen, so dass er mittendrin noch wesentliche Veränderungen vornahm und Farbschichten abkratzen oder Stellen übermalen musste.

Diesmal war es jedoch anders. Nach dem Entwurf, der ihn viel Mühe gekostet hatte, schien das Bild förmlich aus dem Pinsel zu fließen. Sogar der Titel, der ihm häufig Kopfzerbrechen bereitete, stand schon fest. *Die blaue Stunde* hatte er auf der Rückseite in kräftigen Kreidebuchstaben vermerkt.

Er nahm kaum wahr, dass es zu regnen begann, das rhythmische Trommeln der Tropfen auf dem Glasdach trieb ihn nur noch weiter an. Er malte wie im Rausch, gab den Figuren ein

Gesicht, eine Lebendigkeit, wie es ihm selten zuvor gelungen war.

Ein Gefühl, mehr war es nicht. Ein Blick, der ihn von hinten traf. Er legte den Pinsel weg, drehte sich zur Tür, meinte, am Fenster noch eine rasche Bewegung zu entdecken. Doch als er den Kopf nach draußen steckte, war niemand zu sehen.

Kopfschüttelnd sah er auf die Uhr. Schon vier, sein Magen meldete sich. Er räumte die Malutensilien ein wenig zusammen, zog den Mantel über, schloss die Tür ab und machte sich auf den Weg zur nächsten Kneipe. Eine Wurst und ein Bier, das konnte er jetzt gebrauchen.

Als er dort ankam, war er völlig durchnässt. Er hängte seinen Mantel über den Ofen, bestellte und vertiefte sich in eine Zeitung. Er hatte so viel geschafft, dass er guten Gewissens fast zwei Stunden dort sitzen blieb.

Als er schließlich zum Atelier zurückging, bemerkte er schon von weitem die angelehnte Tür. Dann, beim Näherkommen, das aufgebrochene Schloss. Er schaute sich unwillkürlich um, schüttelte den Kopf. Bei ihm war nicht viel zu holen. Die Malutensilien waren ihm lieb und teuer, aber nicht unersetzlich. Und er bewahrte zum Glück nicht alle Bilder im Atelier auf. Vielleicht ein Obdachloser, der hier unterkriechen wollte oder nach etwas Essbarem gesucht hatte.

Dennoch stieß er die Tür vorsichtshalber mit dem Ellbogen auf, statt die Klinke anzufassen. Er schaltete das Licht ein. Entsetzt sah er, dass die Bilder umgedreht auf dem Boden lagen, die Malsachen überall verstreut waren, der Schrank geöffnet und der gesamte Inhalt ausgekippt war. Dann fiel sein Blick auf die Staffelei, und er konnte ein Stöhnen nicht unterdrücken.

Die Leinwand war förmlich zerfetzt, die Schnitte verliefen kreuz und quer über das angefangene Bild. Wo keine Löcher klafften, hatte der Eindringling die Farbe aus den Tuben verschmiert, bis nichts mehr zu erkennen war. Diese mutwillige Vernichtung traf Wegner wie ein körperlicher Schmerz.

Er ließ sich schwer auf einen Stuhl fallen, stützte den Kopf in die Hände und überlegte, ob er die Polizei rufen sollte, doch etwas hielt ihn davon ab. Er wollte keine Polizisten, die durch sein Atelier trampelten und alles anfassten, dilettantische Fragen zu seiner Arbeit stellten. Er spürte die Drohung, die hinter dieser brutalen Zerstörung stand, doch er konnte sich keinen Reim darauf machen. Gerade die Pläne für dieses Gemälde hatte er streng für sich behalten, während er sich sonst gern mit Freunden und Kollegen austauschte. Niemand außer ihm hatte es bis jetzt gesehen.

Aus seiner Zeichenmappe holte er die Bleistiftskizze, die er gleich zu Anfang aus einem Impuls heraus mit einem blauen Farbhauch versehen hatte. Gut, dass er sie nicht offen hatte herumliegen lassen. Aber wohin damit?

In diesem Moment hörte er Schritte vor der Tür. Schon stand Paul Görlich wie die erhoffte Antwort im Raum. Wegner drehte rasch die Staffelei um, doch der Junge hatte scharfe Augen.

»Warum sind deine Sachen durcheinander? Warum ist dein Bild kaputt?«, fragte er zielsicher.

Wegner zuckte die Achseln. »Es hat mir nicht gefallen. Da bin ich so wütend geworden, dass ich es einfach kaputtgemacht habe. Und dann habe ich was gesucht und alles durchwühlt.«

Paul sah ihn unverwandt an, leicht argwöhnisch, wie er fand.

»Schade. Es wär bestimmt schön geworden.«

»Hör mal.« Arnold Wegner setzte sich auf einen Stuhl und bot Paul ebenfalls einen Platz an. »Würdest du mir einen Gefallen tun?«

Der Junge nickte eifrig.

»Kannst du ein Geheimnis bewahren?«

Erneutes Nicken.

»Ich möchte dir ein Bild anvertrauen, diese Skizze hier. Du musst gut auf sie aufpassen. Niemand soll sie sehen, verstehst du?«

»Warum?«

»Das kann ich dir nicht sagen, aber es ist wichtig für mich. Hilfst du mir?«

Paul überlegte kurz und nickte dann feierlich.

Wegner holte die Skizze aus der Mappe, rollte sie eng zusammen und verschnürte sie mit einem Band. Dann reichte er Paul die schmale Papierrolle.

»Soll ich sie verstecken?«, fragte der Junge, während er die Skizze behutsam in den Fingern drehte.

»Das wäre gut. Wenn ich sie wieder brauche, sage ich dir Bescheid.«

»Ich verrate keinem was, versprochen.« Sie gaben sich ernst, beinahe feierlich, die Hand. Dann holte Wegner einen Geldschein aus der Tasche.

»Für Schokolade«, sagte er. »Oder was du sonst gern magst.«

»Bonbons, die großen Kracher«, sagte der Junge strahlend. »Die knirschen so schön im Mund.« Er ging zur Tür und sah sich noch einmal um. »Soll ich bei dir bleiben?«

Wegner winkte ab. »Danke, ich komme schon zurecht. Such lieber ein gutes Versteck für das Bild, und dann kaufst du dir was Leckeres.«

Als Paul gegangen war, legte Wegner einen Holzrahmen auf den Tisch, breitete ein Stück Leinwand darüber, spannte und befestigte es. Er stellte es auf die Staffelei, nahm die Ölkreide zur Hand und machte sich daran, den Entwurf aus dem Gedächtnis ein zweites Mal auf die Leinwand zu übertragen.

Paul stürzte aus dem Atelier, den Geldschein fest umklammert, und malte sich aus, was er davon alles kaufen konnte. Bonbons, ganz viele, vielleicht reichte es auch noch für eine echte Steinschleuder oder Sammelbildchen. Zuvor aber musste er nach Hause und das aufgerollte Blatt verstecken, das hatte er dem Maler schließlich versprochen. Er war so aufgeregt, dass er beinahe mit einem Mann im Wintermantel zusammenprallte, der reglos im Schatten der Bäume stand. Paul konnte ihm gerade noch ausweichen und stürmte voller Vorfreude davon.

6

Der Novemberregen glitzerte im Licht der Straßenlaternen. Auf der Friedrichstraße waren nur wenige Leute unterwegs, doch die Tanzsäle und Varietés, die Theater und Kabaretts waren hell erleuchtet. Ein paar Betrunkene, die in Hauseingängen schliefen, schreckten hoch, als die Lastkraftwagen von allen Seiten heranrollten. Von der Weidendammer Brücke bis zur Leipziger Straße tauchten sie in allen Seitenstraßen auf und riegelten diese ab, bis niemand mehr ungesehen in die Friedrichstraße hinein- oder aus ihr hinausgelangen konnte. Es war kurz vor Mitternacht, die übliche Zeit für eine Razzia in dieser Gegend.

Oberkommissar Albrecht stand in Hut und Regenmantel mitten auf der Fahrbahn und teilte die Hundertschaft Schutzpolizei ein. Die Männer fächerten sich auf und stürmten in die umliegenden Vergnügungspaläste. Wer keinen Ausweis mit Lichtbild vorzeigen konnte, wurde auf den nächsten Lastwagen verladen und zum Polizeipräsidium gefahren. Und das waren die allermeisten, da zahllose gefälschte Papiere wie Militärpässe, Geburtsurkunden und Meldescheine in Umlauf waren, in die man nach Belieben Namen und Geburtsdatum eintragen konnte.

Ein Schutzpolizist hielt einen älteren Mann an, der aus einem beliebten Varieté kam. »Den Ausweis, bitte.«

»*I beg your pardon, but this must be a mistake*«, sagte der gut gekleidete Herr, der einen Regenschirm unter den Arm geklemmt hatte und nun in seiner Brieftasche zu wühlen begann. »*Please let me show you my ...*«

Der Schupo warf einen Blick auf den Diplomatenpass und salutierte. »Verzeihung, der Herr.«

Der britische Regierungsvertreter lächelte nachsichtig und zog mit aufgespanntem Schirm von dannen. Zum Glück reagierte der ehrliche Teil der Berliner Bevölkerung in der Regel ähnlich gelassen auf die Razzien, mit denen die Polizei gegen die wuchernde Kriminalität ankämpfte.

Die Razzia war ein voller Erfolg. Die Polizei beschlagnahmte umfangreiches Diebesgut und kassierte zahlreiche »Flebben«, gefälschte Ausweispapiere aller Art. Nur mit einem Ausweis kam man an eine Wohnung, eine Arbeitsstelle oder rationierte Lebensmittel, und gegen Geld, besser noch Devisen oder andere Wertsachen, war in gewissen Kreisen alles zu haben – Militärpässe, Geburtsurkunden, Meldescheine und Brotkarten.

Im Präsidium wurden die Beutestücke sorgfältig aufgelistet und mit den Gegenständen abgeglichen, die bei Einbrüchen und Raubüberfällen als gestohlen gemeldet worden waren.

Zwei Tage später fand Leo die Liste wie üblich auf seinem Schreibtisch vor und warf einen flüchtigen Blick darauf, blieb aber an einem Posten hängen. Er ging rasch ins Vorzimmer und legte Walther das Blatt hin: »Post von der Inspektion B, Robert. Ich glaube, wir können die Akte Bremer demnächst schließen.«

»Eine goldene Taschenuhr mit Kette, Gravur auf dem Innendeckel: ›Meinem Neffen Carl zur Konfirmation, 12. April 1912‹«, las Walther vor. »Also doch ein Überfall.«

»Sieht so aus«, meinte Leo. »Sie haben die Uhr bei Keulen-Theo gefunden, einem alten Bekannten der Einbruchsinspektion. Als gewalttätig bekannt, hat schon dreimal in Tegel eingesessen. Konnte nicht überzeugend erklären, woher er das gute Stück hat. Wir müssen die Uhr noch Bremers Chef zeigen und Theos Alibi für den fraglichen Tag überprüfen, aber das dürfte eher eine Formsache sein.« Er heftete den Beleg in die

Akte Bremer. »Wie gern hätte ich diesen von Mühl noch mal in die Zange genommen«, meinte er seufzend. »Sein Verein ist mir immer noch nicht geheuer.«

»Alles andere hätte mich auch gewundert«, sagte Walther und zündete sich eine Zigarette an.

»Ich würde nie einen Menschen verurteilen, nur weil ich seine politischen Ansichten nicht teile«, entgegnete Leo mit Unschuldsmiene.

»Aber es hätte dir auch nicht leidgetan, ihn zu verhaften, oder?«

»Es wäre mir ein Vergnügen gewesen.«

Paul tastete fieberhaft unter seinem Pullover. Knistern. Das Papier war noch da. Keuchend hetzte er zwischen den Bäumen hindurch, blieb mit dem Hemd an einem Zweig hängen – die Mutter würde schimpfen, wenn sie den Riss sah. Er gelangte auf die kahle Fläche mit den Baumstümpfen, rannte weiter, getrieben von der Erinnerung an das schwarze, formlose Ding auf dem Boden. Er glaubte, das Feuer zu spüren. Es näherte sich von hinten, versengte sein Haar, leckte über seinen Rücken. Panisch schlug er im Laufen mit der Hand auf sein Schulterblatt. Natürlich war da nichts. Er hatte das Haus längst hinter sich gelassen.

Der Junge merkte kaum, dass er in eine belebtere Gegend kam, und lief an den Menschen vorbei, ohne ein Gesicht wahrzunehmen. Als er vor der Kneipe stand, war ihm, als hätte ihn ein Zauber herversetzt, denn er konnte sich nicht mehr an den Weg erinnern. Trotz der Novemberkälte rann ihm der Schweiß über den Rücken. Sein Hosenbund fühlte sich klamm an. Suchend schaute er sich um. Hineingehen mochte er nicht, er musste heute nicht arbeiten. Ging er trotzdem hin, würde es aussehen, als wollte er um Essen betteln. Nach Hause konnte er auch nicht. Der Vater würde es merken, der merkte alles.

Ihm fiel der Kohlenkeller der Kneipe ein. Er lief in den Hof, rüttelte an der Tür, zerrte am Riegel, bis er sich knirschend zur Seite schieben ließ. Er glitt hinein und zog die Tür hinter sich zu. Es war nachtschwarz und schmutzig, die Mutter würde erst recht schimpfen, wenn er verdreckt nach Hause kam. Doch das war egal, jetzt war alles egal.

Er saß auf dem Kohlenhaufen, den Rücken an der kühlen Wand. Bruchstücke von Bildern tanzten vor seinen Augen. Wie er hingegangen war, um seinem Freund das Blatt zurückzugeben. Irgendwie fühlte er sich nicht wohl, solange er nachts drauf schlief. Er hatte die Schnur abgemacht und es flach unter die Matratze geschoben, aber wenn es nun doch jemand entdeckte? Der Schlafbursche war ziemlich neugierig. Manche Bilder fand Paul ja ganz schön, aber dieses hatte ihm von Anfang an nicht gefallen. Es war überhaupt nicht bunt, nur Bleistiftstriche und ein bisschen Blau, ziemlich langweilig. Darum hatte er es sich auch gar nicht richtig angesehen. Komisch, dass er gerade das mitnehmen sollte.

Schon auf dem Hinweg hatte er heute so ein eigenartiges Gefühl gehabt. Als wenn was nicht wäre wie sonst.

Er war über den Zaun geklettert, durch den Gemüsegarten gelaufen, in dem um diese Jahreszeit nur ein paar Kohlstrünke vor sich hin faulten. Im Sommer hatte er mal die viel zu blasse, hübsche Frau des Malers im Garten gesehen, aber jetzt, im November, war es ihr wohl zu kalt. Der Maler war ohnehin meist allein in dem kleinen Haus. Es war ja nicht zum Wohnen, er arbeitete nur darin. Der Junge schlang die Arme um den Körper, drückte sich enger an die Wand und schloss die Augen.

Sonst ging er immer einfach ins Haus, das sein Freund Atelier nannte. Drinnen war es hell, die großen Fenster im Dach ließen selbst im Herbst noch Licht herein, weil sein Freund immer raufkletterte und die Blätter wegfegte. Doch diesmal war alles anders gewesen.

Auf den ersten Blick wirkte alles unberührt. Die weißen Mauern sahen traurig und verlassen aus, als hätte das Haus seine Wärme und Lebendigkeit verloren.

Dann hatte er sich zögernd der Tür genähert. Sie war nur angelehnt. Es roch komisch, nicht wie sonst nach Leinöl und Terpentin. Diese Wörter hatte ihm sein Freund erklärt. Ein schwarzer Geruch, das war es. Konnte man Farben riechen?

Vorsichtig lugte Paul um die Tür. Wich entsetzt zurück. Mitten im vertrauten Raum züngelten Flammen empor. Am Boden lag eine Gestalt, schwarz, verkrümmt, reglos.

Etwas zwang ihn, näher zu treten. Noch näher. Die Gestalt lag auf dem Rücken, die Beine gespreizt und leicht angewinkelt. Der linke Arm reckte sich ins Leere, dorthin, wo einmal die Staffelei gestanden hatte.

Paul versuchte, an etwas anderes zu denken. Vor langer Zeit hatte er die Rehberge für sich entdeckt. Die Gegend faszinierte ihn, eine Sandwüste mitten in Berlin. Früher hatten dort Bäume gestanden, doch vor ein paar Jahren, als der schlimme Winter war, hatten die Leute sie einfach abgeholzt und verfeuert. Seither sähe die Gegend aus wie die Sahara, hatte sein Freund gesagt. Als er den Maler gefragt hatte, was die Sahara denn sei, erzählte der ihm von den Tieren aus Afrika. Ein Herr Hagenbeck aus Hamburg wollte hier einen Tierpark mit lauter Elefanten und Giraffen bauen, aber dann war der Krieg gekommen. Vorbei war es mit dem Tierpark. Allerdings hatten vorher schon alle Straßen in der Gegend afrikanische Namen bekommen. Paul selbst wohnte in der Togostraße, was sich sehr weit weg anhörte. Wenn er Zeit hatte, setzte er sich manchmal mitten in den Sand und träumte von Kamelen, die schwankend an ihm vorüberzogen.

Es half nichts, irgendwann musste er nach Hause gehen. Hoffentlich hatte der Vater nicht gemerkt, dass er so lange fort gewesen war. Paul stand auf und klopfte sich den Kohlenstaub von Hemd und Hose. Er tastete nach dem Bild, das er dem Maler hatte zurückgeben wollen. Wohin damit? Er konnte es doch nicht einfach im Keller der Kneipe lassen. Dann kam ihm eine Idee. Der Kaninchenstall im zweiten Hof, da würde er es unters Stroh legen.

Er stahl sich aus der Tür und wollte rasch durch den Torbogen laufen, als er eine feste Hand auf der Schulter spürte. Erich Oster, der Kneipenwirt. Eigentlich ein netter Mann, der viel Geduld mit ihm hatte und ihm auch mal eine Wurst oder ein wenig Geld zusteckte, doch jetzt wollte Paul mit niemandem reden.

»Was machst du denn hier, Junge? Ist doch gar nicht dein Tag, oder? Siehst ganz verfroren aus. Komm mal mit rein, kriegst 'ne heiße Milch.« Sein Griff war so bestimmt, dass Paul nicht wagte, sich ihm zu entziehen, sondern Oster durch die Hintertür in die angenehm warme Kneipe folgte. Am Tresen standen einige Männer, die aufgeregt diskutierten. Er schnappte nur ein paar Sätze auf, verstand auch nicht alles, doch die Worte ließen ihn innerlich zu Eis erstarren. Wenn der Wirt nur nichts merkte.

»Ick sach doch – verkohlt wie 'n Stück Holz. Hat wohl mit Terpentin und so hantiert.«

»Ick hab gar nich jewusst, det Kunst so jefährlich sein kann«, warf ein zweiter Mann ein.

»Woher sollste det ooch wissen?«, sagte ein anderer. »Bei Borsig brauchste nich zu malen, wa?«

»Ick hab's von meinem Vetter, der is bei der Feuerwehr. Hab ihn jetroffen, wie se von die Rehberje kamen. Üble Jeschichte, hat er jesacht.«

Oster beugte sich über die Theke und nickte zu dem Jungen hinüber. »Nicht so laut, ich glaub, der Kleine kriegt Angst.«

»Ach, der versteht doch nüscht, Erich«, sagte einer der Gäste und tippte sich an die Stirn.

Paul kannte die Geste. Er ahnte, was sie bedeutete, und sie

hatte ihm nie gefallen. Rasch trank er seine Milch aus und stahl sich aus dem Schankraum.

»Bis morgen«, rief ihm der Wirt hinterher. Paul nickte, lief schnell die Kameruner Straße entlang und bog nach rechts in die Togostraße ein. Er rannte durch die Durchfahrt des grauen Mietshauses in den zweiten Hof, wo in einer Ecke ein fast vergessener Kaninchenstall stand. Er war groß, fast ein hölzernes Häuschen. Der Besitzer war letztes Jahr gestorben, die Tiere hatte man längst geschlachtet, doch niemand war auf die Idee gekommen, den leeren Stall wegzuschaffen. Paul öffnete die Drahttür und kroch hinein. Er meinte noch immer etwas von der Wärme der Kaninchen zu spüren. Dann zog er vorsichtig das Blatt Papier aus dem Hemd und faltete es auseinander.

Bisher hatte er ja nur einen kurzen Blick darauf geworfen, weil ihm das Bild nicht behagte. Paul fürchtete sich vor Dingen, die er nicht verstand. Nun aber schaute er noch einmal hin. Die blaue Farbe war ganz schön, der Rest machte ihm Angst. Ein Mann in grauer Uniform mit strengem Gesicht, der eine andere Gestalt festhielt. Die war nicht richtig zu erkennen, schien aber sehr jung zu sein, fast noch ein Junge. Und der schrie.

Rasch faltete Paul das Papier zusammen und schob es in der äußersten Stallecke unter das alte, muffige Stroh. Hier würde es niemand finden. Er bereute, dass er sich das Bild angesehen hatte. Es machte ein schlechtes Gefühl im Bauch.

Hier im Stall fühlte er sich geborgen. Er rollte sich zusammen und überließ sich seiner Trauer.

Walther fing Leo, der gerade aus der Mittagspause kam, in der Dircksenstraße mit einem Dienstwagen ab. »Steig ein. Die Feuerwache Schillerpark hat angerufen. Brand in einem Maleratelier, irgendwo in den Rehbergen.« Er merkte, wie Leo, der sich für Kunst interessierte, aufhorchte.

»Wie heißt der Besitzer?«

Walther blätterte in seinem Notizbuch. »Arnold Wegner, sagt mir gar nichts. Ist in seinem Atelier verbrannt.«

Leo sah ihn kopfschüttelnd an. »Du liest wohl nur die Sportmeldungen, was? Er war ein sehr bekannter Künstler. Malte vor allem Porträts, sehr provozierend. Dirnen, Zuhälter, Kriegskrüppel, Kokser.«

»Klingt nicht gerade nach dem, was ich mir ins Wohnzimmer hängen würde«, meinte Walther unbekümmert. »Jedenfalls vermutet Brandoberinspektor Erichsen eine Inbrandsetzung durch menschliches Tun, vermutlich Selbsttötung. Ich habe schon im Leichenkeller Bescheid gesagt, dass Lehnbach sich den Toten ansehen soll.«

Die Feuerwache in der Edinburger Straße 7 war als erste Berliner Wache für den Betrieb mit Automobilen erbaut worden. Davon zeugten die vier großen Toreinfahrten, hinter denen sich die Wagenhalle für die Löschzüge befand. Darüber war ein Dachgarten angelegt, der der Erholung der Feuerwehrleute dienen sollte und allgemeine Bewunderung erregte. »So was hätte ich auch gern für die Mittagspause«, sagte Walther mit einem Blick nach oben, als sie auf der gegenüberliegenden Straßenseite parkten.

»Dafür werden die aber auch oft genug aus dem Schlaf gerissen«, meinte Leo.

Im Gebäude erkundigten sie sich nach Brandoberinspektor Erichsen und wurden in ein Büro geführt, in dem ein schwergewichtiger Mann mit weißem Schnurrbart thronte, der ein wenig an Generalfeldmarschall von Hindenburg erinnerte.

»Guten Tag, die Herren.« Er bot ihnen Plätze an. »Ich gebe Ihnen zunächst einen kurzen Bericht zum Brandfall.« Er warf einen Blick in seine Akte. »Die Meldung kam gestern um halb sechs nachmittags. Wir waren etwa zehn Minuten später am Brandort. Das Opfer heißt Arnold Wegner, geboren am 25. März 1880, wohnhaft Hochmeisterstraße 12, Prenzlauer Berg, Berlin, von Beruf Kunstmaler. Das Atelier liegt in einem kleinen Waldstück, das sich in Wegners Privatbesitz befand, nicht eingezäunt ist und dessen Bäume wie durch ein Wunder nicht als Ofenholz geendet sind. Er hat es von einem entfernten Verwandten geerbt und das daraufstehende Häuschen zu einem Atelier umgebaut.«

»Wer hat Sie verständigt?«, fragte Leo.

»Die Meldung kam von der Frau des Toten. Sie rief völlig aufgelöst aus einem Geschäft in der Afrikanischen Straße an. Hatte ihren Mann im Atelier aufsuchen wollen und dabei den bereits erloschenen Brand entdeckt.«

»Um was für eine Art Gebäude handelt es sich?«

»Einen einfachen, weiß getünchten Ziegelbau mit großen Fenstern, die der Verstorbene nachträglich hat einsetzen lassen, um das Gebäude als Atelier nutzen zu können. Eigentlich ist es nur ein einziger großer Raum, etwa vierzig Quadratmeter. Hier ist eine Grundrisszeichnung.«

Er schob Wechsler und Walther eine Skizze hin, auf der Fenster, Türen und die Lage des Toten markiert waren. Außerdem waren ein Utensilientisch, ein kleiner Schrank, eine Chaiselongue, ein Standspiegel und ein Esstisch mit Stühlen eingezeichnet. »Nun zur Brandstelle.« Erichsen deutete auf die Position der Leiche. »Was mir zu denken gibt, ist die Tatsache, dass nur das Opfer selbst und die unmittelbare Umgebung schwere Brandspuren aufweisen. Der Rest des Raums ist kaum beschädigt, auch die Bilder nicht.« Er verzog missbilligend das Gesicht, vielleicht ein stummer Kommentar zu Wegners Kunstwerken. »Lediglich die Fenster, die sich in der Nähe der Brandstelle befinden, weisen Hitzerisse auf. Die Leiche selbst hingegen ist stark verbrannt und konnte hauptsächlich anhand eines Rings identifiziert werden.«

»Des Traurings?«, warf Leo ein.

»Nein, der Tote trug keinen Trauring. Es war ein Ring mit einem Stein, der eine charakteristische eckige Form aufweist. Seine Frau sagt, er habe es stets abgelehnt, einen Ehering zu tragen.« Erichsen sah Leo mit hochgezogenen Augenbrauen an, als wollte er sagen, dass Menschen, die solche Bilder malten, ohnehin keinen Respekt vor bürgerlichen Werten besaßen.

»Und Sie halten es für denkbar, dass Arnold Wegner sich selbst getötet hat?«, erkundigte sich Leo. »Haben Sie die Ehefrau dazu befragt?«

Erichsen sah ihn ein wenig gekränkt an. »Bislang steht nicht fest, ob es sich um eine Selbsttötung handelt. Ich verstehe mein Handwerk, Herr Wechsler.«

»Daran zweifle ich nicht«, sagte Leo rasch.

»Bei schweren Verbrennungen, die hauptsächlich auf den menschlichen Körper beschränkt sind, liegt diese Vermutung natürlich nahe.«

»Zudem dürften in einem Maleratelier brennbare Flüssigkeiten wie Terpentin und Leinöl vorhanden sein«, bemerkte Leo. »Andererseits kann es sich ebenso gut um einen Unglücksfall handeln, für den wir, wie Sie wissen, nicht zuständig sind.«

Der Brandoberinspektor beachtete den Einwand gar nicht. »Brennbare Flüssigkeiten sind in der Tat vorhanden. Leinöl ist sogar selbstentzündlich, wenn es nicht fachgerecht gelagert wird. Das gilt jedoch vor allem, wenn es mit Sägemehl oder Stoffresten in Berührung kommt, was in diesem Raum nicht der Fall gewesen sein dürfte.«

»Auszuschließen ist eine Selbstentzündung aber nicht, oder?«

»Nein, das nicht.« Erichsen sah die Kripobeamten argwöhnisch an. »Ich habe den Eindruck, Sie wollen den Fall nicht übernehmen. Wie Sie wissen, ist es meine Pflicht, fragwürdige Brandfälle zu melden.«

»Verzeihung, so war das nicht gemeint«, sagte Leo höflich. »Ich möchte uns allen nur unnötige Mühe ersparen. Andererseits sind Sie ein erfahrener Fachmann, und ich verlasse mich selbst gern auf meinen Instinkt. Dürfte ich kurz telefonieren?«

Erichsen deutete auf den Apparat. Leo ließ sich mit dem Morddezernat verbinden. »Hier Wechsler, Fräulein Meinelt«, sagte er zu seiner Sekretärin, »schicken Sie bitte Stahnke und Berns zu der folgenden Adresse, mit der ganzen Ausrüstung, dazu den Fotografen und eine Stenotypistin fürs Protokoll. Danke.« Er hängte ein. »Herr Erichsen, wir möchten uns jetzt den Brandort ansehen.«

Der Brandoberinspektor begann sich schwerfällig zu erheben, sein Körpergewicht schien ihn auf dem Stuhl niederzuhalten. Leo deutete auf die Akte. »Die würde ich gern mitnehmen.«

»Selbstverständlich.« Als Erichsen ihnen die Akte hinschob und sich beim Aufstehen mit beiden Händen auf die Schreibtischplatte stützte, bemerkte Walther den Gehstock, der am Stuhl lehnte, und stieß Leo unauffällig an.

»Verzeihung, ich wusste nicht –«

»Schon gut, Herr Wechsler, ich lasse mir ungern anmerken, dass ich gehbehindert bin. Ein Berufsunfall vor vielen Jahren, seither sitze ich öfter im Büro, als mir lieb ist.« Der Mann schien plötzlich aufzutauen. »Allerdings kann ich eine gewisse Eitelkeit nicht verhehlen. Daher gelte ich lieber als unhöflich und bleibe sitzen, wenn Besucher mein Büro betreten.« Er lächelte verschmitzt. »Ich hoffe, Sie haben ein bequemes Automobil dabei. Oder sind Sie mit der Elektrischen gekommen?«

»Keine Sorge, es steht gleich vor der Tür.« Leo und Walther ließen dem Brandoberinspektor den Vortritt und passten ihren Schritt seinem unbeholfenen Gang an.

»Natürlich könnte ich mich pensionieren lassen, aber die Arbeit hält mich am Leben«, bemerkte Erichsen. »Seit meine Frau gestorben ist, bin ich nicht mehr gern zu Hause.«

»Das kann ich verstehen«, sagte Leo, und der ältere Mann sah ihn überrascht an, weil in seiner Stimme echtes Gefühl mitschwang.

Von Malchow saß mit Rohde und Hartung im Besprechungszimmer.

»Sie sollten es nicht als Degradierung betrachten«, hatte Theodor von Fritzsche gesagt, als von Malchow sich über die Versetzung beschwerte. »Sobald wir Leute verfügbar haben, werden Sie wieder der Inspektion A zugeteilt. Aber die Arbeitslast der Inspektion D ist zurzeit ungeheuer hoch, Dr. Clauditz sagt, sie schaffen die vielen Betrugsfälle nicht allein. Die Presse sitzt uns im Nacken, wir müssen reagieren. Sie sind ein fähiger Mann, von Malchow, der einen kühlen Kopf bewahrt. Außerdem sind einige Fälle so spektakulär, dass sich damit durchaus Ruhm ernten lässt.« Von Malchow hatte sich mit so viel Anstand, wie er aufbringen konnte, in sein Schicksal gefügt.

Rohde räusperte sich. »Es geht um einen Geschäftsmann, den wir seit längerem umfangreicher Schiebereien mit Wertgegenständen verdächtigen. Wir vermuten, dass er Kontakte in höchste Kreise unterhält, auch von Waffengeschäften ist die Rede. Bislang konnten wir ihm allerdings nichts nachweisen.«

Sie teilten die Schichten für die Beschattung des Verdächtigen ein. Von Malchow war bemüht, sich nicht anmerken zu lassen, dass er die Arbeit in der Inspektion D als unter seiner Würde betrachtete, und meldete sich bereitwillig für die Schicht, die am späten Nachmittag begann und deren Ende offen war. Sein Dienstschluss hing davon ab, wie der Verdächtige seinen Abend verbrachte. Hoffentlich war der Kerl kein Nachtschwärmer.

Nachdem er sich von den Kollegen verabschiedet hatte, begab er sich auf seinen Beobachtungsposten in der Winterfeldtstraße, wo der Verdächtige wohnte. Er zündete sich eine Zigarette an und klappte den Mantelkragen hoch. Eine Elektrische ratterte klingelnd über den benachbarten Nollendorfplatz, vereinzelte Automobile fuhren zischend durch die Pfützen, dass das Wasser in Fontänen spritzte. Die Straßenlaternen spiegelten sich gelb im nassen Pflaster. Verfluchtes Wetter, da hätte er sich wirklich eine schönere Abendbeschäftigung vorstellen können. Am Kamin sitzen, eine gepflegte Zigarre rauchen, dazu ein Glas Weinbrand und die Gesellschaftsbeilage der Zeitung.

Die Versetzung nagte an ihm. Warum ausgerechnet er und nicht ein Mann wie Leo Wechsler, der mehr als einmal mit seinen Vorgesetzten aneinandergeraten war? Der es vorzog, sich mit Gesindel anzufreunden und auf diejenigen, die vor dem Krieg das Sagen gehabt hatten, herabzuschauen? Doch er wusste, dass Protest sinnlos war. Von Fritzsche war sein bester Kontakt im Präsidium, und es wäre unklug, ihn mit weiteren Beschwerden zu verärgern. Nein, lieber würde er sich bei diesem Fall auszeichnen und auf eine baldige Rückkehr in die Inspektion A hoffen.

Von Malchow ging im Geiste die Informationen durch, die er von Rohde und Hartung erhalten hatte. Viel hatten sie zu dem Verdächtigen bisher nicht in der Hand; da hieß es, sich die Hacken ablaufen oder stundenlang im Regen stehen, um Material zu sammeln. Ein Allerweltsname. Hoffentlich nicht auch ein Allerweltsgesicht, das sich kein Zeuge merken konnte.

7

Die Mutter saß in der engen Stube und wiegte den Kleinen in den Armen. Ihr Gesicht war immer sorgenvoll, doch heute schienen die Falten noch tiefer als sonst. Paul drückte sich an der Tür herum. Er wagte nicht, sie anzusprechen, und hoffte dennoch, sie möge ihn endlich ansehen. Sein kleiner Bruder hustete. Ein unheimlicher, rasselnder Ton tief in seiner Brust, den Paul nur zu gut kannte. Wenn er den hörte, wusste er, dass seine Mutter keinen Blick mehr für ihn hatte.

»Warst ja die ganze Nacht weg«, sagte sie schließlich, ohne hochzusehen. »Auf dem Herd steht noch Suppe. Und hier, 'n Kanten Brot. Iss, bevor Vater kommt.«

Was so viel heißen sollte wie iss, bevor es eine Tracht Prügel setzt und er dir die Suppe wegnimmt. Zögernd trat Paul an den Herd und schaute in den Topf. Eine dünne Brühe mit wenigen Fettaugen, ohne Fleisch, nur ein paar Stückchen Sellerie und Porree. Vereinzelte Möhrenscheiben. Paul wusste nicht, wann er sich zuletzt richtig satt gegessen hatte. Ach ja, neulich hatte ihm Erich Oster eine Scheibe Braten mit Soße und Kartoffeln spendiert. Zu Hause hatte er nichts davon erzählt, weil er mit schlechtem Gewissen gegessen und es dennoch unendlich genossen hatte. Er löffelte die Suppe direkt aus dem Topf, wohl wissend, dass seine Mutter nicht schimpfen würde. Wenn es Berti gut ging, durfte er sich das nicht erlauben, doch solange der Kleine krank war, nahm sie es nicht so genau. Er schob das letzte Stück Brot in den Mund und wischte sich die Hände an einem fadenscheinigen Geschirrtuch ab, das neben dem Herd hing. Das Karomuster war völlig verwaschen.

»Der Kleine hustet wieder«, sagte seine Mutter verzweifelt. Dabei war es nicht zu überhören. Paul hatte seine Mutter lieb, aber manchmal hätte er laut schreien mögen. Wie jetzt, wenn sie durch ihn durchguckte. Wenn sie nicht merkte, dass es tief in ihm drin wehtat. Weil er seinen Freund verloren hatte.

»Ich hab gehört, es gibt so einen Frauendoktor«, sagte er vorsichtig. »Die Männer in der Kneipe haben drüber geredet.«

Endlich blickte die Mutter hoch, ziemlich verwundert. »Was soll der Kleine denn beim Frauendoktor? Junge, manchmal redste wirklich Unsinn.«

»Nein.« Paul spürte, wie er rot wurde. Die Gedanken rutschten bisweilen einfach weg, wenn er nach ihnen greifen wollte. »Ich meine eine Frau, die Doktor ist.«

»Eine Ärztin? Ach ja, von der hab ich auch gehört. Soll nett sein«, sagte die Mutter geistesabwesend. »Aber die kostet auch Geld.« In diesem Augenblick bekam der kleine Junge wieder einen quälenden Hustenanfall. »Na ja, ich werd wohl doch mal zu der Frau gehen, auch wenn der Vater schimpft. Das Fuhrunternehmen hat gesagt, es gibt keine Arbeit mehr. Jetzt steht er wieder mit der Karre am Bahnhof.«

Pauls Vater war Fuhrmann, doch gab es immer weniger Arbeit, weil immer weniger Waren ausgefahren wurden. Darum verdiente der Vater kaum Geld und hatte dadurch schlechte Laune. Er hatte sich eine zweirädrige Karre gekauft und dafür Schulden gemacht, die er mit Aufträgen für ein Fuhrunternehmen in der Ackerstraße wieder hereinholen wollte. Doch es kamen keine Aufträge mehr, und so standen er und viele andere an den Bahnhöfen und warteten auf Reisende, die wohlhabend genug waren, um ihr Gepäck gegen Bezahlung befördern zu lassen.

Wieder erklang der rasselnde Husten. Die Mutter legte sich den Kleinen über die Schulter und klopfte ihm verzweifelt auf den Rücken. Sie merkte gar nicht, was mit Paul los war. Dass etwas von innen an seinem Bauch nagte, das schlimmer als der Hunger war.

Trotzdem war er froh, dass der Vater mit seinen scharfen Augen noch nicht zu Hause war. Die guckten manchmal wie Messer. Vor allem, wenn er seinen älteren Sohn ansah.

Paul ging in die Ecke der Stube, zu seinem Bett. Der andere Raum war die winzige Schlafkammer seiner Eltern, in der auch Mutters Nähmaschine stand. Manchmal sagte sie, demnächst klebt der Kuckuck drauf, aber er wusste nicht, was sie damit meinte.

Der Schlafbursche lag drin, nur das zerzauste Haar war zu sehen. Dann eben nicht. Er holte seine Jacke und ging hinunter in den Hof.

Leo Wechsler hielt unwillkürlich die Luft an, als er das Atelier betrat. Wenn er einen Tatort besichtigte, versuchte er stets, dem Menschen nachzuspüren, der dort gestorben war. Manchmal war ihm, als hätte der Tote etwas zurückgelassen, und bisweilen fragte er sich, ob an Orten, an denen Menschen künstlerisch gearbeitet hatten, auch ein Hauch ihrer Phantasie und Gestaltungskraft zurückblieb.

Er war so in Gedanken versunken, dass er kaum bemerkte, wie die Kriminalassistenten Stahnke und Berns, der Polizeifotograf Klaus Zeitler und Fräulein Meinelt, die das Protokoll aufnehmen würde, den Raum betraten und sich mit Brandmeister Erichsen bekannt machten.

Der Fotograf stellte das Stativ auf und packte die Kamera aus, bevor er sich abwartend Leo zuwandte. Stahnke und Berns nahmen eckige Metalldosen aus ihren Aktentaschen, die das Spurensicherungsbesteck enthielten.

»Wurde an der Brandstelle irgendetwas verändert?«, fragte Leo, nachdem er sich gründlich umgesehen hatte.

Erichsen nickte bedauernd. »Da wir zunächst von einem Unglücksfall ausgegangen sind, wurden einige Möbelstücke beiseite geräumt. Die Lage der Leiche haben wir mit Kreide markiert; die verbrannten Reste, die wir noch nicht identifizieren konnten, befinden sich dort drüben.«

Leo seufzte leise. Die Feuerwehr hatte ganze Arbeit geleistet und dabei womöglich wertvolle Spuren vernichtet. Auf einem Tisch lag ein Kanten Brot, daneben ein Stück dunkel angelaufene Leberwurst samt Messer. Ein Glas enthielt noch eingetrocknete Spuren einer roten Flüssigkeit, vermutlich Wein. Nur der schwarze Fleck mitten im Raum ließ erahnen, was sich in diesem Haus abgespielt hatte. »Seht euch zuerst die Brandstelle an. Ich komme gleich.«

Er ging an den Wänden entlang und blieb vor den Bildern stehen. Viele waren es nicht. Von den meisten war nur die Rückseite zu sehen, das Holz, die Nägel, mit denen die Leinwände auf die Rahmen gespannt waren. Die Initialen AW, dazu Monats- und Jahreszahlen, manchmal auch ein Titel.

Leo zog Handschuhe an und begann, die Bilder nacheinander umzudrehen. Viele waren Porträts oder Großstadtszenen, die meisten in der Art, die er von Wegner kannte. Nasse Straßen, in denen sich das Licht der Laternen spiegelte. Gebeugte Gestalten in Hauseingängen oder den matt beleuchteten Türen der Kellerkneipen. Ein Bettler, der dem Betrachter seine schlecht verheilten Armstümpfe entgegenstreckte. Junge Prostituierte in durchscheinenden Kleidern, bei denen nur die Gänsehaut auf den mageren Armen fehlte. Er drehte das letzte Bild um, in Gedanken schon woanders, hielt dann aber unvermittelt inne. Trat einen Schritt zurück.

Es war wunderschön, und wäre nicht die Signatur gewesen, hätte man einen völlig anderen Künstler dahinter vermuten können. Eine junge, fast unbekleidete Frau, an deren Körper Geldscheine klebten, vor einem warmroten Hintergrund. Ihre Haltung war so grazil, dass es sich nur um eine Tänzerin handeln konnte.

»Was mag das hier gewesen sein?« Walther riss Leo aus der

Betrachtung und deutete auf ein Häufchen Asche, neben dem einige verkohlte Holzstreben lagen.

Leo kniete sich hin und beugte sich darüber. »Metallstücke, es könnten verbogene Nägel sein. Nehmt Proben von allem mit, Asche, Holzreste, Metall, was ihr findet. Auch die Essensreste. Wer weiß, wen er hier bewirtet hat. Und Fingerabdrücke.« Er wandte sich an Berns. »Sie sehen sich bitte draußen um. Ich glaube zwar kaum, dass wir verwertbare Fußspuren finden, weil alles von der Feuerwehr zertrampelt wurde, aber wir können mögliche Abdrücke mit den Sohlen der Feuerwehrstiefel vergleichen.« Berns nickte und verschwand nach draußen.

Zeitler fotografierte den Tatort aus verschiedenen Winkeln, bevor Stahnke und Berns die Spurensicherung übernahmen. Sie bestäubten sämtliche Flächen mit Graphitpulver, konservierten die Abdrücke und verpackten Essensreste und Malutensilien. Nachdem Fräulein Meinelt das Protokoll mitstenographiert hatte, wandte Leo sich an Erichsen. »Wir fahren jetzt zu der Ehefrau des Verstorbenen. Haben Sie die Adresse?«

»Sie steht in der Akte.«

»Gut. Gehen wir.« Er warf noch einen langen Blick auf die Bilder, dann schaltete er das Licht aus und verließ als Letzter das Atelier.

Nelly Wegner öffnete ihnen mit verweinten Augen die Tür. Zum Glück hatte ihr schon jemand anders die schlimme Nachricht überbracht, dachte Leo, egoistischerweise erleichtert. Die Frau erinnerte ihn an eine zarte Blume, nicht unbedingt wegen ihrer Schönheit, sondern weil sie geradezu durchsichtig wirkte. Helles, fast weißes Haar, das flaumig um ihr blasses Gesicht wolkte, und riesige braune Augen. Ihr Kleid war zerknittert, als hätte sie darin geschlafen. Sie trat einen Schritt zurück, noch bevor sie sich ausweisen konnten.

»Sie sind sicher von der Polizei. Kommen Sie bitte herein.«

Leo fiel sofort der schimmernde honigbraune Dielenboden auf, auf dem kein einziger Teppich lag. Die Möbel waren schlicht, es gab kaum Dekorationsgegenstände außer den zahlreichen Bildern, die die weißen Wände schmückten. Im Wohnzimmer stand ein riesiger Gummibaum, dessen Triebe fast bis zur Decke reichten.

Nelly Wegner bot ihnen Platz in zwei Sesseln an, über denen bunte Tücher mit geometrischen Mustern lagen. Leo warf einen anerkennenden Blick darauf, bevor er sich setzte. »Mexikanisch?«

Sie nickte. »Arnold war einmal dort, noch vor dem Krieg. Er hat diese Tücher mitgebracht und konnte sich nie von ihnen trennen, obwohl sie hier und da fadenscheinig geworden sind.«

»Setzen Sie sich doch bitte«, sagte Leo.

»Nein, ich möchte lieber stehen.« Sie erinnerte ihn an ein Schulmädchen, wie sie mit gefalteten Händen zwischen ihnen stand, den Kopf gesenkt. Dann bemerkte er, dass ihre Finger ganz rot waren, während die Knöchel weiß hervortraten. Sie knetete unablässig ihre Hände und wartete schweigend ab. Es half nichts, er musste den ersten Schritt tun. »Sie wissen, warum wir hier sind?«

Sie biss sich auf die Lippen. »N-nein, nicht genau.«

Walther war froh, dass sein Kollege diesen Teil übernahm.

Leo beugte sich vor und schaute sie eindringlich an. »Ihr Mann ist verstorben, Frau Wegner.«

»Ja.« Sie schluckte, schien irgendwie abwesend. »Bei einem Brand. Es war ein Unfall.«

»Das steht noch nicht genau fest. Bitte beschreiben Sie uns, was genau Sie vorgefunden haben, als Sie das Atelier betraten. Später brauche ich eine Liste mit der gesamten Einrichtung des Ateliers, wir müssen herausfinden, ob etwas fehlt.«

Sie sah ihn an, als wäre sie jetzt erst aufgewacht, und schluckte wieder. »Ich habe nur kurz hingesehen … es war entsetzlich. Gar nicht wie ein Mensch. Ich konnte nur noch schreien.« Dann, wie betäubt: »Was haben Sie da eben gesagt? Es steht noch nicht fest, ob es ein Unfall war?«

»Genau.«

Sie zuckte sichtlich zusammen. »Wie meinen Sie das? Die Feuerwehr hat doch – ich meine –«

»Die Feuerwehr hegt ernsthafte Zweifel an der Unfalltheorie.« Leo nahm Zuflucht zur amtlichen Ausdrucksweise. »Es gibt Hinweise, die gegen einen zufälligen Brand sprechen. Die begrenzte Ausbreitung des Feuers beispielsweise. Und vor allem, dass Ihr Mann im Umgang mit brennbaren Substanzen erfahren war.«

»Ja, aber – worauf wollen Sie hinaus?« Sie tastete nach dem nächsten Sessel und ließ sich kraftlos hineinfallen.

Leo räusperte sich, während Walther aufstand und sich in eines der Gemälde an der Wand vertiefte. Es war abstrakt, ganz untypisch für Wegner, und zeigte einen Wirbel aus bunten Kreisen, die den Betrachter in einen Strudel hineinzuziehen schienen.

»Frau Wegner, die Feuerwehr hat die Vermutung geäußert, es könne sich um eine Selbsttötung handeln.«

»Nein!« Der Schrei brach so unvermittelt aus ihr heraus, dass Walther herumfuhr.

Nelly hielt mit einer Hand ihre Kehle umklammert, als wollte sie den Schrei zurückholen. »Das kann nicht sein! Nicht Arnold, niemals!«

»Ich hole Ihnen ein Glas Wasser«, erbot sich Walther. Als sie etwas erwidern wollte, winkte er ab. »Danke, ich finde die Küche schon.«

»Warum halten Sie diese Idee für so abwegig?«, fragte Leo vorsichtig.

Frau Wegner rang nach Luft. Ihre Wangen brannten rot im blassen Gesicht. »Weil er so etwas nie getan hätte. Arnold liebte das Leben.«

»Obwohl er meist das Abstoßende darin gesehen hat?«, fragte Leo. »Ich kenne einige seiner Bilder. Könnte es vielleicht sein, dass ihn das ganze Elend, das ihm auf den Straßen und in den Kaschemmen begegnete, schwermütig gestimmt hat?« Eine Theorie, die ihn, zugegeben, selbst nicht überzeugte.

Die Frau schüttelte heftig den Kopf und nahm dankbar das Glas entgegen, das Walther ihr gebracht hatte. Sie trank einen tiefen Schluck und hielt es weiter in Händen, wobei sie es langsam hin und her drehte. »Nein, das war die Kunst, seine Arbeit. Er hielt sie auf Distanz, darum hat er auch nie zu Hause gemalt. Niemals hätte er sich von ihr die Lebensfreude rauben lassen. Arnold war ein Genussmensch.«

Bei ihrem Tonfall merkte Leo auf. Es klang beinahe, als nähme sie sich selbst von diesem Leben aus. Behutsam tastete er sich weiter. »Meinen Sie damit, er ging gern aus? Auf Feste, Vernissagen? Trank er in Gesellschaft? Lud er Freunde nach Hause ein?«

Sie schaute zu Boden. »Wir hatten selten Besuch. Meist ging er irgendwo hin.« Sie zögerte. »Die Leute, mit denen er verkehrte, gefielen mir nicht sehr. Sie waren – na ja, eben Künstler wie er. Wenn er mit ihnen zusammen war, veränderte er sich. Redete ganz anders und über Dinge, von denen ich nichts verstehe.«

Walther zog hinter ihrem Rücken die Augenbrauen hoch. Das alles klang nicht gerade nach einer erfüllten Ehe, und doch schien ihre Trauer nicht gespielt. Vielleicht war es einfach eine Verbindung zwischen zwei sehr unterschiedlichen Charakteren gewesen.

»Das heißt also, Sie lebten eher zurückgezogen, während Ihr Mann häufig in Gesellschaft war?«

Sie nickte und stellte das leere Glas auf den Tisch.

»War er Ihnen treu?«

Walther zuckte unwillkürlich zusammen. Er kannte Leos unvermittelte Wendungen, doch diese Frage erschien ihm übertrieben brutal. Er sah Nelly Wegner an. Eine Träne lief ihr über die Wange, doch ansonsten blieb sie erstaunlich gelassen.

»Nein. Aber das habe ich auch nicht verlangt. Das nicht.«

»Was denn dann?«, fragte Leo rasch.

»Ich hätte –« Sie schlug die Hände vor den Mund und brach in Schluchzen aus. Leo fing Walthers fragenden Blick auf und schüttelte leicht den Kopf. Dann beugte er sich vor und legte Nelly Wegner sanft die Hand auf den Arm.

»Was hätten Sie denn verlangt?« Sein einfühlsamer Ton schien zu wirken. Sie wurde ruhiger und legte die Hände in den Schoß. »Ich hätte gern ein Kind gehabt. Aber Arnold wollte keins. Mit einem Kind hätte ich – hätte ich auch die anderen Frauen leichter ertragen.«

Leo runzelte die Stirn. Hier mussten sie tiefer graben, so viel stand fest. »Frau Wegner, wenn wir den Tod Ihres Mann aufklären sollen, müssen wir so viel wie möglich über ihn erfahren«, sagte er in sachlichem Ton. »Wen er kannte, für wen er arbeitete, wer seine Freunde und Feinde waren.«

»Feinde?« Sie wischte sich die Tränen aus dem Gesicht.

»Ich sprach bisher nur von Selbsttötung. Ein Mord ist unter den gegebenen Umständen allerdings auch nicht auszuschließen.«

Ihre Fassungslosigkeit wirkte vollkommen echt. Sie stand auf, trat vor eines der Bilder und zeigte darauf. »Arnold war Maler, sonst nichts. Warum hätte man ihn töten sollen? Jemanden, der so etwas erschaffen hat?«

Leo stellte sich neben sie. Zuerst sah er nur den blühenden Garten, ein üppiges Wogen in Rosa, Violett, Hellgrün und zartem Blau, doch als er genauer hinschaute, entdeckte er ein Haus, das gar nicht in die Umgebung zu passen schien. Grau, freudlos, bedrückend und irgendwie verzerrt. Ganz anders als das meiste, was er von Wegner gesehen hatte. »Stammt das auch von Ihrem Mann?«

»Ja, das ist sein Elternhaus. Das Bild hat ihm sehr viel bedeutet, er wollte es bei der Arbeit immer um sich haben. Er brachte es erst vor einigen Wochen mit und hängte es hier auf –« Ihre Stimme versagte.

»Hat Ihr Mann sich in letzter Zeit verändert? Wäre es denkbar, dass er unglücklich war oder sich bedroht fühlte?«, fragte Walther.

Sie überlegte. »Eigentlich ist mir nichts Außergewöhnliches aufgefallen. Nur dass er das Bild mitbrachte, hat mich gewundert. Andererseits war er auch, wie soll ich sagen, wir waren uns nicht immer sehr nahe. Falls ihn etwas bedrückte, hat er es sich vielleicht nicht anmerken lassen.« Sie ließ die Worte wirken. »Ich habe ihn sehr geliebt, viel mehr als er mich.« Dann blickte sie hoch, beinahe trotzig, als hätte sie damit ein abschließendes Wort gesprochen.

Doch Leo war anderer Ansicht. »Leider müssen wir auch seine persönlichen Sachen durchsuchen und eventuell vorübergehend beschlagnahmen. Natürlich erhalten Sie alles zurück, wenn die Ermittlungen abgeschlossen sind.«

Nelly sah ihn erschreckt an. »Aber ... er hat doch kein Verbrechen begangen!«

»Darum geht es nicht«, erklärte Leo geduldig. »Möglicherweise finden wir dabei Hinweise auf ein Tatmotiv.«

Sie schaute ihn skeptisch an und stand auf. »Dann kommen Sie mit.«

Zunächst führte sie Leo und Walther zum Schlafzimmer, öffnete die Tür und wandte sich ab, als wollte sie den Blick auf das gemeinsame Bett vermeiden. »Das ist sein Kleiderschrank. Alles andere gehört mir. Nebenan ist das Arbeitszimmer, das war sein eigenes Reich. Wenn Sie mich brauchen, finden Sie mich im Wohnzimmer.« Sie wollte hinausgehen, ohne Leos Erwiderung abzuwarten, doch er rief sie noch einmal zurück. »Frau Wegner, Sie könnten uns noch einen Gefallen tun. Bitte stellen Sie eine Liste mit den Einrichtungsgegenständen des Ateliers auf. Möbel, größere Arbeitsgeräte, alles, was Ihnen einfällt. Und überlegen Sie bitte, ob etwas davon verändert war oder gefehlt hat, als Sie den Tatort betreten haben.« Mit diesen Worten wandte er sich dem Raum zu.

Der Kleiderschrank war aus dunklem Holz gefertigt und mit aufwendigen Schnitzereien versehen. Walther öffnete ihn mit dem verschnörkelten Schlüssel und steckte die Nase hinein. »Riecht gut«, sagte er beiläufig.

»Vielleicht hat das den Frauen so an ihm gefallen. Ich gehe schon mal nach nebenan.«

Walther nickte und kniete sich vor den Schrank, bevor er die Wäscheschubladen nacheinander öffnete, Socken ausräumte und unter Wäschestücken herumtastete. Er fühlte in allen Jackentaschen, kehrte Hosen nach außen, stöberte zwischen Schals und Krawatten, doch fand er nichts, das irgendwie außergewöhnlich gewirkt oder nicht in einen Kleiderschrank gehört hätte. Der tote Maler schien ein Freund von schlichter, aber hochwertiger Kleidung gewesen zu sein und hatte bequeme Teile bevorzugt.

Walther schloss den Schrank wieder ab und sah sich im Schlafzimmer um. Neben dem Bett stand eine Kommode, die tatsächlich nur Damensachen enthielt, ebenso der zierliche Kleiderschrank aus hellem Holz. Auf einem Nachttisch lag eine Michelangelo-Biographie, auf dem anderen eine Bibel. Ob Nelly Wegner aus einer mehr oder weniger unglücklichen Ehe in die Religion geflüchtet war?

Als er die Schubladen öffnete, stellte Walther erstaunt fest, dass die Bibel auf Wegners Seite lag. Er ging nach nebenan ins Arbeitszimmer, wo Leo vor dem Schreibtisch kniete und versuchte, eine klemmende Schublade zu öffnen. Aus den Regalen an den Wänden quollen Bücher, Skizzenmappen, Papiere und anderer Kram. Er seufzte. »Das sieht nach Arbeit aus.«

Walther berichtete von der Bibel.

»Hm, es passt nicht zu dem, was wir über ihn wissen, aber ob es von Bedeutung ist ... frag doch mal seine Frau.« Mit einem Ruck gab die Schublade plötzlich nach, worauf Leo beinahe hintenüberkippte.

»Frau Wegner?«

Sie saß auf dem Sofa, einen Notizblock auf den Knien, und schreckte ein wenig zusammen, als Walther sie ansprach.

»Würden Sie Ihren Mann als gläubigen Menschen bezeichnen?«

Sie sah ihn erstaunt an. »Nein. Wieso?«

»Wegen der Bibel, die auf seinem Nachttisch liegt.«

»Ach die. Er hat gern im Alten Testament gelesen, die saftigen Stellen, wie er es nannte. Und die Offenbarung, eben alles, was plakativ und dramatisch war. Judith und Holofernes, Susanna im Bade, das Hohelied, das Buch Hiob. Er plante auch einen Bibelzyklus, aber dazu ist er nicht mehr gekommen.«

»Vielen Dank, Frau Wegner.«

Leo saß auf dem Schreibtischstuhl und sah sich nachdenklich um. »Wir können den ganzen Kram unmöglich allein durchgehen. Ich schicke morgen zwei Leute her, die sich um die Regale kümmern. Aus dem Schreibtisch nehmen wir das hier mit.« Er zeigte auf einen Stapel mit Unterlagen, Aktenordnern und Heften.

Walther berichtete kurz von Wegners Bibellektüre, dann kehrten sie zurück ins Wohnzimmer.

»Hier ist die Liste, ich hoffe, sie ist vollständig. Aber ich kann gar nicht richtig denken, ich habe nur kurz hingeschaut, als ich ...« Sie schluckte und wischte sich die Augen.

»Ich verstehe, Frau Wegner, lassen Sie sich Zeit. Um eins möchte ich Sie aber noch bitten«, sagte Leo. »Schreiben Sie uns auch die Namen der engsten Freunde Ihres Mannes auf, dazu die von guten Bekannten, Mäzenen, Auftraggebern, wer Ihnen gerade einfällt. Wir müssen uns ein möglichst vollständiges Bild von Ihrem Mann machen. Nur so können wir herausfinden, ob er Feinde hatte, die womöglich vor einem Mord nicht zurückgeschreckt sind.«

»Muss ich das jetzt gleich machen?«

»Nein, diese Liste können Sie in Ruhe zusammenstellen und morgen meinen Kollegen übergeben, die die Durchsuchung fortsetzen werden. Seien Sie bitte um elf Uhr vormittags zu Hause. Eins noch.« Leo sah sie ernst an. »Ich möchte noch Ihre Fingerabdrücke nehmen.« Als sie widersprechen wollte, hob er beschwichtigend die Hand. »Es geht lediglich darum, sie mit den im Atelier gefundenen Abdrücken zu vergleichen, damit wir feststellen können, ob sich dort Fremde aufgehalten haben.« Er holte eine Karte und ein Stempelkissen aus der Tasche. Zögernd stand Nelly Wegner auf und reichte ihm die Hand. Er drückte ihre Finger behutsam nacheinander in die Farbe und dann auf die entsprechend beschriftete Karte. »Vielen Dank für Ihr Verständnis, Frau Wegner. Dann verabschieden wir uns für heute.«

Er und Walther waren schon auf dem Weg zur Tür. Nelly Wegner verharrte still am Tisch, den Blick auf die schwarzgefärbten Fingerspitzen gerichtet, hob dann plötzlich den Kopf und rief ihnen nach: »Herr Kommissar, an eines erinnere ich mich jetzt. Die Staffelei war nicht mehr da.«

8

Das Auffälligste in Clara Bleibtreus Wohnzimmer waren die Bücherregale, die drei Wände bedeckten. Sie waren so hoch, dass in einer Ecke eine alte Bibliotheksleiter stand, mit der man an die obersten Borde gelangte. Das weich gepolsterte Sofa und die Sessel luden zum gemütlichen Schmökern ein. Die Bücher waren das Beste, was sie aus ihrer Ehe mitgenommen hatte, dachte Clara bisweilen.

»Es ist furchtbar, ich weiß manchmal nicht, wo mir der Kopf steht«, sagte Magda Schott und ließ sich schwer in einen Sessel fallen. Dankbar griff sie nach der dampfenden Teetasse, die ihre Freundin gerade auf den Tisch gestellt hatte. Der Regen rann in dicken Schnüren an den hohen Fenstern hinunter, die Welt hinter dem Glas schien zu verschwimmen.

»Du bist heute ausgesprochen spät dran. Ich frage mich ohnehin, wie du das alles allein schaffst«, meinte Clara und schob Magda die Zuckerdose hin.

»Ich wäre gern früher gekommen, aber dann tauchte noch eine Frau in der Praxis auf. Mit ihrem kranken Kind. Na ja, krank sind die Kinder in der Gegend fast alle. Ich wollte sie wegschicken, aber sie ließ sich einfach nicht abwimmeln. Da konnte ich schlecht nein sagen.« Sie trank einen großen Schluck und lehnte sich behaglich in den Sessel zurück.

»Also habe ich den Kleinen noch untersucht.«

»Und was hatte das Kind?«

Magda seufzte. »Na was schon, das Übliche. Schwere Bronchitis, hohes Fieber, Atemnot. Dazu mangelernährt und rachitisch. Selbst wenn er die Krankheit übersteht, ist die nächste nicht fern. Diesen Kindern kann kein Arzt der Welt helfen. Sie brauchen ein völlig anderes Leben, aber ich bekomme immer nur das alte Lied zu hören: Ich kann keine Milch kaufen, die Wände sind verschimmelt, mein Mann ist gefallen – eine endlose Litanei.«

Clara hörte aufmerksam zu, sagte aber nicht viel, weil sie wusste, dass Magda sich vor allem das Elend von der Seele reden wollte.

»Nun, Schluss mit dem Gejammer«, meinte die Ärztin schließlich. »Was macht die Bücherei?«

»Sie geht ganz gut, obwohl die Leute immer weniger Geld in der Tasche haben und immer weniger dafür bekommen. Und das wenige geben sie natürlich vor allem für Lebensmittel aus. Aber ich beklage mich nicht, es könnte schlimmer sein.«

»Und sonst?« Magdas Blick war durchdringend.

»Was meinst du?«, fragte Clara. »Du siehst mich so an.«

»Na ja, du hast mir vor ein paar Monaten von diesem Mordfall erzählt. Und von dem Kriminalkommissar, der hier ganz in der Nähe wohnt.«

Clara drehte nachdenklich die Tasse in der Hand. »Er war noch ein paarmal da. Mit seinen Kindern.«

»Und?«, bohrte ihre Freundin weiter.

In Claras Gesicht schien ein Vorhang zu fallen. »Es gibt kein Und. Er ist sympathisch, sonst nichts.«

»Gebranntes Kind –«

»Jetzt komm mir bitte nicht mit diesen Weisheiten. Ich hasse Sprichwörter«, meinte Clara ungewohnt heftig, stellte ihre Tasse klirrend auf den Tisch und stand auf. »Wie wäre es mit Bratkartoffeln?«

Magda hielt sie am Arm fest. »Setz dich bitte wieder, die Bratkartoffeln können warten. Warum weichst du mir immer aus, wenn ich dich auf dieses Thema anspreche? Du bist eine gutaussehende junge Frau und verschließt dich seit Jahren vor der Welt, nur weil du –«

Clara blieb beharrlich stehen. Magda unternahm regelmäßig den Versuch, ihr auf diese Weise ins Gewissen zu reden, doch sie würde ihr auch diesmal widerstehen. »Ich verschließe mich nicht vor der Welt. Ich will nur für mich leben, nie wieder abhängig sein.«

»Das brauchst du doch nicht. Du hast deine Bücherei und bist nicht mehr auf das Geld anderer angewiesen.« Doch Magda wusste, dass es mehr war als das, dass ihre Freundin tief verletzt worden war und die Narben sich bemerkbar machten, sowie sie einen Mann näher kennen lernte.

»Sicher. Aber ich bin auch eine schuldig geschiedene Ehefrau. Das könnte so manchen abschrecken.«

»Aber nicht jeden. Und wenn es einen Mann abschreckt, ist er es nicht wert, dass du dich um ihn bemühst.« Sie schüttelte entnervt den Kopf. »Du willst doch nicht dein ganzes Leben allein verbringen, oder?«

Clara setzte sich nun doch, damit sie auf einer Augenhöhe mit ihrer Freundin war. »Magda, ich sage es dir jetzt ein letztes Mal.« Ihre Stimme klang betont ruhig. »Mein Mann hat mich damals des Ehebruchs bezichtigt. Ich sei gefühlskalt und hätte meine ehelichen Pflichten nicht erfüllt, sei nur an seinem Geld interessiert gewesen. Das hat er seiner Familie erzählt, seinen Freunden und Bekannten, seinem Anwalt und dem Richter. Meinst du allen Ernstes, dass ich so etwas noch einmal riskiere?« Mit diesen Worten stand sie endgültig auf und verschwand in der Küche.

»Also wahrscheinlich Mord, Herr Kommissar«, verkündete Dr. Lehnbach am nächsten Morgen. »Es sieht ganz nach einem Tötungsdelikt aus. Wenn Sie mich fragen, wurde das Opfer niedergeschlagen, mit Terpentin übergossen und angezündet.«

Leo Wechsler sah Robert Walther mit hochgezogenen Brauen an. »Dann lag Erichsen wohl doch richtig.«

Sein Kollege verschränkte die Arme hinter dem Kopf. »Und du darfst dich endlich während der Dienststunden in der Berliner Künstlerszene tummeln.«

»Wurde auch Zeit, dass ich mal das Angenehme mit dem Nützlichen verbinden kann.«

Der Rechtsmediziner sah die beiden Beamten ein wenig verständnislos an, worauf Walther mit dem Daumen über die Schulter zeigte. An der Wand hinter ihm hing ein kleines, quadratisches Gemälde, das eine junge Frau auf einer Bettkante sitzend darstellte. »Der Herr Kommissar sammelt Kunst.«

Leo lächelte entschuldigend. »Als Sammler würde ich mich nicht gerade bezeichnen. Dazu reicht mein Gehalt leider nicht aus.«

Lehnbach stand auf, schob die Brille hoch und sah sich das Bild genauer an, wobei er den Kopf vorreckte wie ein Vogel. »Gar nicht schlecht. Von wem ist es?«

»Anonymer Künstler. Irgendetwas daran hat mich fasziniert«, sagte Leo, der eigentlich nicht die Absicht hatte, mit Lehnbach über Kunst zu diskutieren.

»Und warum hängen Sie es ins Büro und nicht in Ihre Wohnung?«

»Weil ich öfter hier als zu Hause bin«, meinte Leo grinsend. »Was Herrn Gennat sein Sofa, ist mir dieses Bild.« Was nicht so leichthin gemeint war, wie es klang, da er das Bild tatsächlich als etwas sehr Persönliches empfand, auf das er auch bei der Arbeit ungern verzichten wollte.

»Außerdem ist es heutzutage sicherer, sein Geld in Sachwerten anzulegen«, meinte der Arzt ernsthaft. »Meine Frau hat gestern über fünfhundert Mark für ein Kilo Mehl bezahlt.«

Bevor er zu einem ausführlichen Gespräch über die wachsende Geldentwertung ansetzen konnte, lenkte Walther ihn zurück zum eigentlichen Thema.

»Warum hat der Täter nicht einfach das ganze Atelier angezündet?«

Der Arzt zuckte mit den Schultern. »Sie sind doch die Kriminalisten.«

»Vielleicht hat er gehofft, dass die übrige Einrichtung ebenfalls Feuer fängt. Oder er hatte keine Ahnung, wie man einen Brand legt. Womöglich sollte es nach einem Unfall aussehen«, überlegte Walther.

»Vielleicht ist er auch überrascht worden und musste fliehen«, gab Leo zu bedenken. »Womöglich empfand der Täter auch einen so tiefen Hass auf Wegner, dass er ganz bewusst nur den Menschen vernichtet hat.«

»Ich habe die Inventarliste, die Frau Wegner uns zusammengestellt hat, mit dem Tatort verglichen«, erklärte Walther. »Wir müssen davon ausgehen, dass von der Einrichtung tatsächlich nur die Staffelei verbrannt ist, da sie als einziger größerer Gegenstand fehlt. Daher ist anzunehmen, dass die Holzreste neben der Leiche von ihr stammen.« Er warf einen Blick auf den Bericht der Spurensicherung, der vor ihm auf dem Schreibtisch lag. »Aus den Resten ließ sich außerdem schließen, dass vermutlich ein Bild darauf gestanden hat. Einige der verkohlten Holzstücke könnten vom Rahmen stammen, auch wurden verbogene Metallstifte gefunden, mit denen wohl die Leinwand am Rahmen befestigt war. Ein Raubmord scheidet aus, sonst hätte der Täter die Bilder mitgenommen. Nein, das Motiv scheint mir persönlicher. Hass, Eifersucht, Rache. Dazu würde auch passen, dass das Bild, an dem Wegner gerade arbeitete, zerstört wurde.«

»Angenommen, der Täter will das Bild vernichten, wird von Wegner überrascht und tötet ihn«, meinte Leo.

»Warum sollte er ein Gemälde vernichten wollen?«, entgegnete Walther.

»Kollegenneid, was weiß ich? Ausgeschlossen ist es jedenfalls nicht. Dazu passt allerdings nicht, dass wir an der Tür keine Spuren von Gewaltanwendung gefunden haben.«

»Du meinst, er hat ihn selbst hereingelassen?«

Leo nickte. »Oder aber die Tür war grundsätzlich nie abgeschlossen, wenn Wegner arbeitete, das lässt sich ja feststellen.«

»Er könnte auch einen Schlüssel gehabt haben.«

»Er oder sie«, meinte Leo spekulativ.

»Du denkst an die Ehefrau?«

Lehnbachs Kopf wanderte wie bei einem Tennismatch zwischen den Männern hin und her.

»Die Ehe scheint nicht gerade ... wie soll ich sagen ... befriedigend gewesen zu sein. Jedenfalls nicht für sie. Keine Kinder, keine eheliche Treue, wenig Gemeinsamkeiten, das kann ganz schön trostlos sein. Sie lebten in ziemlich unterschiedlichen Welten. Er kam herum und traf interessante Leute, während sie allein zu Hause saß.«

Walther wirkte ein wenig skeptisch. »Sie hat es doch selbst so gewollt. Und ihre Trauer schien echt zu sein.«

Leo stand auf und begann, die Hände in den Taschen, auf und ab zu gehen. »Das kam mir auch so vor. Dennoch wäre es denkbar, dass sie ihn getötet hat und die Tat nun bereut. Nur mal angenommen, sie hätte ihn mit einer anderen Frau überrascht. Zum Beispiel mit der schönen Tänzerin, die er porträtiert hat.«

»Dann hätten wir womöglich eine Zeugin.«

»Oder Frau Wegner kommt herein, sieht die beiden, lässt die Frau laufen und macht ihm erst danach eine Szene.«

Dr. Lehnbach schaute auf seine Taschenuhr und stand auf. »Ich würde Ihren Erörterungen gern weiter lauschen, aber ich habe noch einen Termin. Wenn Sie keine Fragen mehr haben, gebe ich die Leiche zur Bestattung frei.«

Leo nickte und grüßte abwesend mit der Hand. »Ein netter Kerl, aber furchtbar humorlos«, sagte er, nachdem der Arzt den Raum verlassen hatte. »Rekapitulieren wir: Wegner war vermutlich bei der Arbeit. Der Täter kommt herein oder wird von ihm eingelassen, schlägt ihn bewusstlos und übergießt ihn mit Terpentin. Wenn Wegner unmittelbar neben der Staffelei niederstürzte, ist es kein Wunder, dass sie Feuer gefangen hat.«

»Vielleicht ist er einem seiner Auftraggeber auf die Füße getreten«, sagte Walther plötzlich. »Du hast erzählt, die meisten seiner Porträts seien nicht gerade schmeichelhaft gewesen.«

»Sicher, aber Wegner war dafür bekannt, dass er provozieren wollte. Somit dürften die Leute gewusst haben, auf was sie sich einließen. Seine Werke waren kein Staatsgeheimnis, sie wurden in mehreren Ausstellungen gezeigt.« Dabei fiel ihm Elisa Reichwein ein. Ein Abstecher in ihre Galerie konnte nicht schaden.

Als hätte Walther seine Gedanken gelesen, meinte er: »Da war doch diese Kunsthändlerin, der du dein Bild abgekauft hast. Sie kennt sich in diesen Kreisen sicher besser aus als wir. Weiß, wer mit wem eine Affäre hat, wer wen hasst oder ausstechen will.«

Leo wollte gerade aufstehen, als die Tür aufging und die Kriminalassistenten Stahnke und Berns hereinkamen. Sie schleppten einen Wäschekorb herein und stellten ihn mit einem vernehmlichen Rums auf den Boden.

»Die Unterlagen aus dem Arbeitszimmer, Herr Kommissar«, sagte Stahnke und wischte sich über die Stirn.

Leo schaute auf den Korb. »Wo haben Sie den denn her?«

»Frau Wegner war so nett, uns das Ding zu leihen. Wie sonst hätten wir die Sachen von dort wegschaffen sollen?«

Walther grinste. »Ein Hoch auf die professionelle Ausstattung der Berliner Kriminalpolizei.«

Auf dem Tisch brannten Kerzen, im Raum hing der Duft von echtem Bohnenkaffee, den sie sich einmal in der Woche leisteten, doch die Stimmung stand auf Sturm. »Warum nimmst du dir die Sache eigentlich so zu Herzen?«, schrie Stephan Castorff und stampfte mit dem Fuß auf. Er neigte zu Temperamentsausbrüchen, die er als Teil seines künstlerischen Naturells betrachtete und daher kultivierte. »Er war doch nicht der Einzige. Und genützt hat er dir auch nicht. Außer natürlich, sein Porträt macht dich berühmt. Die Mona Lisa der Rehberge.«

Thea schaute ihn verächtlich an. »Manchmal glaube ich, dein ganzes Denken kreist nur um deine Karriere. Und mir wirfst du vor, ich sei völlig gefühllos.«

»Unsinn. Aber er dürfte wohl kaum die große Liebe deines Lebens gewesen sein.«

»Ich weiß nicht, ob gerade du der Richtige bist, mir etwas von wahrer Liebe zu erzählen.« Castorff hatte sich erst vor wenigen Tagen von seinem Freund getrennt. Er war der Ansicht gewesen, Kai Brücking stelle zu hohe Ansprüche und behindere ihn in seiner künstlerischen Entfaltung. Stephan wusste genau, worauf Thea mit ihrer Bemerkung zielte, und gab sich nun entsprechend gekränkt.

»Süße, mit Verlaub, das geht dich einen feuchten Kehricht an.«

Sie zog die Augenbrauen hoch. »Ach ja? Solange dein Schatz seine Tage zeitunglesend auf unserem Sofa verbracht und an unserem Tisch gegessen hat, ging er mich aber sehr wohl etwas an, oder?«

Stephan ging zu ihr hin und legte ihr die Hand auf die Schulter. »Verdammt, Thea, lass uns nicht wegen irgendwelcher Bettgeschichten streiten. Mir geht es um unsere Zukunft, unsere Karriere. Wenn wir uns nicht endlich auf das nächste Programm konzentrieren, sind wir passé. Die Leute hier verlangen ständig Neues, Aufregendes, wir können ihnen nicht mit irgendwelchen alten Geschichten kommen. Dann finden wir uns bald in der Provinz wieder.«

Thea zündete sich eine Zigarette an und zog die Decke enger um ihre Beine. Ein kalter Winter kündigte sich bereits an, und Kohle war teuer. Sie reagierte gar nicht auf Stephans

Worte und meinte dann nachdenklich: »Natürlich war er nicht meine große Liebe, aber ich mochte ihn. Er war interessant und konnte gut zuhören. Und mein Bild –«

»Ist es überhaupt fertig geworden?«

»So gut wie, und ich möchte es gern haben. Allerdings weiß ich nicht, wie ich darankommen soll, ob es noch bei der Polizei oder schon bei Arnolds Frau ist. Sie wird sicher seinen Besitz und damit auch die Bilder erben.«

»Die trauernde Witwe würde ich nicht gerade darauf ansprechen«, meinte Stephan bissig.

Thea lehnte sich zurück und blies Rauchkringel in die Luft. Natürlich war Arnold nicht ihr einziger Liebhaber gewesen, aber sein brutaler Tod hatte sie erschüttert. Hoffentlich hatte er nichts mehr gespürt, ein grausameres Ende konnte sie sich kaum vorstellen. Sie und Arnold hatten schöne Stunden in diesem Atelier verbracht, und damit meinte sie nicht nur den Spaß, den sie im Bett gehabt hatten. Er war ein Mann mit einer bemerkenswerten Ausstrahlung gewesen, die weder auf äußerer Schönheit noch auf Reichtum gründete, sondern ein Teil seines Wesens war. Er würde ihr fehlen.

»Hältst du es wirklich für ratsam, zur Polizei zu gehen?«, fragte Stephan. »Sie suchen den Mörder. Oder die Mörderin. Es könnte verdächtig erscheinen, wenn du dich so an diesem Bild interessiert zeigst.«

Thea setzte sich abrupt auf. »Manchmal bist du wirklich ein Idiot. Ich hatte nicht den geringsten Grund, ihn umzubringen. Vermutlich besitze ich sogar ein Alibi für die Tatzeit, wann immer das gewesen sein mag. Er hat mich gemalt, also kann ich auch offen zugeben, dass ich mich in seinem Atelier aufgehalten habe. Offenheit ist der beste Weg. Und ich möchte unbedingt mein Porträt haben.« Sie deutete lässig auf die Wand über sich. »Da würde es sich wunderbar machen.«

»Du könntest es auch verkaufen. Was meinst du, wie seine Bilder jetzt im Preis steigen.«

»Niemals«, sagte Thea heftig. Ihr Ton duldete keinen Widerspruch.

»Schon gut.« Stephan wollte es sich keinesfalls mit ihr verderben. Er wusste, allein würde er es als Tänzer schwer haben, aber mit einer Partnerin wie Thea, die alle Blicke auf sich zog, hatte er womöglich eine große Zukunft. In Berlin gab es noch immer erstaunlich viele wohlhabende Menschen, die sich als Förderer avantgardistischer Kunst betätigten, und die galt es zu begeistern und immer wieder mit Neuem zu bedienen. Viele Tänzer und Schauspieler drängten aus der Provinz und dem Ausland auf die Bühnen der Hauptstadt, und man musste schon etwas Besonderes bieten, um sich dort zu behaupten. Daher missfiel es ihm, wenn Dinge wie diese Liebesaffäre Thea von ihrer Arbeit ablenkten. Andererseits wäre es vielleicht gar nicht schlecht, wenn die Presse davon erführe, immerhin war Arnold Wegners Tod für sensationelle Schlagzeilen gut.

»Ruf an.«

»Wen?«

»Ruf die Kriminalpolizei an und frag, was mit Wegners Bildern ist.«

Thea sah ihn erstaunt an. »Woher dieser plötzliche Sinneswandel?«

Stephan zuckte mit den Achseln. »Mir kam gerade die Idee, dass es eine gute Werbung für uns sein könnte, wenn bekannt würde, dass Wegners letztes Werk ein Porträt von dir war.«

Thea setzte sich auf, dann traf ihn ein Sofakissen am Kopf.

»Du machst nichts ohne Hintergedanken, was?« Aber sie sagte es lachend.

Herbert von Malchow und seine Kollegen folgten dem Mann nun schon seit Tagen, doch die Beschattung hatte bislang nichts Brauchbares ergeben. Er schien seine Aktivitäten eingeschränkt zu haben, als spürte er, dass man ihm auf den Fersen war. Die wenigen Leute, mit denen er sich traf, waren nicht polizeilich registriert und schienen ehrbare Geschäftsleute zu sein, darunter ein Musikalienhändler und der Besitzer eines Möbelhauses in Reinickendorf, denen er harmlose Ware angeboten hatte. Viele ehemals wohlhabende Bürger waren heutzutage gezwungen, Wertstücke wie Musikinstrumente oder antike Möbel zu verkaufen, weil alle Ersparnisse vor ihren Augen zu nichts zerflossen. Es war nicht ungesetzlich, derartige Gegenstände billig zu kaufen und gewinnbringend weiterzuveräußern.

So vergingen die Tage. Abends fühlte er sich abgespannt, obwohl er eigentlich nichts Anstrengendes getan hatte, doch das stundenlange untätige Herumstehen, das mit der Beschattung verbunden war, ermüdete von Malchow mehr als jede Mordermittlung. Von wegen, mit solchen Fällen ließen sich Ruhm und Ehre ernten. Er kam sich vor wie auf dem Abstellgleis und sehnte den Tag herbei, an dem er endlich in die Mordinspektion zurückkehren konnte.

Die Aufgabe langweilte ihn so sehr, dass er beinahe die Frau übersehen hätte, die gerade aus dem Auto des Kaufmanns stieg. Dieser reichte ihr den Arm, und sie drehte sich halb um und lächelte Schneider ein wenig schüchtern an. Dann verschwanden sie im Hausflur.

Von Malchow schob die Hände in die Hosentaschen und runzelte nachdenklich die Stirn. Die Frau kam ihm bekannt vor, aber er konnte sie nicht einordnen. Er sah sich um. Das Wetter war nasskalt, der Verdächtige würde das Haus kaum so bald wieder verlassen, und er sehnte sich nach einem warmen Getränk. Gegenüber entdeckte er ein altes Café mit schön geschliffenen Fensterscheiben.

Während von Malchow die heimelige Wärme genoss und bedächtig in einem großen Kaffee mit viel Zucker rührte, fiel es ihm ein. Er setzte sich ruckartig auf, der Löffel fiel klirrend auf die Untertasse.

Er kannte die Frau aus Leo Wechslers Wohnung.

9

»Heute Nachmittag? Gut, das ist mir recht«, sagte Elisa Reichwein. »Ich bin gespannt, Herr Wechsler.«

Leo hängte ein. Auf dem Tisch türmten sich der Inhalt des Wäschekorbs, den Stahnke und Berns aus Wegners Wohnung geholt hatten, sowie die Sachen, die er selbst mitgenommen hatte. Viel hatte die Durchsuchung nicht ergeben. Anscheinend hatte sich der Maler ungern von Dingen getrennt, denn sie fanden Unmengen alter Rechnungen und Notizzettel, die nie und nimmer irgendeine Bedeutung besitzen konnten. Zudem machte Wegners ausgesprochen unleserliche Schrift die Prüfung schwierig und ermüdend. Leo hatte mehrere Kriminalassistenten damit beauftragt, die private Korrespondenz zu studieren, doch auch diese hatte bisher nichts ergeben, das auf Feindschaften oder Rivalitäten hindeutete.

In einer Mappe fand Walther ein altes Tagebuch, dessen schwarzer Ledereinband fleckig und abgenutzt war. Er schlug es auf und versuchte, die Daten zu entziffern. »Hier, Dezember 1914, Januar 1915, scheint eine Art Kriegstagebuch zu sein. Aber ich will verdammt sein, wenn ich diese Klaue entziffern kann.«

Leo zog das Tagebuch zu sich heran und schaute kopfschüttelnd hinein. Dann blätterte er bis zum Ende der Einträge. »August 1916, damit hört es auf. Das ist über sechs Jahre her. Falls Wegner sich damals einen Feind gemacht hat, muss der sich seine Rache ganz schön aufgespart haben.«

»Sie ist ein Gericht, das am besten kalt genossen wird, hab

ich mal irgendwo gelesen«, meinte Walther. »Aber ich verspreche mir auch nicht viel von dem Tagebuch.«

Leo griff zu der Liste, die Nelly Wegner ihnen übergeben hatte. Eine lange Reihe von Namen mit kurzen erklärenden Anmerkungen: Freunde, Auftraggeber, Kunsthändler, Galeristen, Kritiker, einige Namen kamen Leo bekannt vor. Dann zog er verwundert die Augenbrauen hoch und deutete auf einen Namen ziemlich weit unten.

Walther beugte sich vor und pfiff durch die Zähne. »Thea Pabst, Tänzerin, Modell und Geliebte. Das ist kurz und bündig.«

»Angeblich waren es mehrere«, meinte Leo. »Aber sie wird als Einzige so ausdrücklich erwähnt. Sie könnte womöglich die schöne Frau auf dem Porträt gewesen sein.«

»Hm, ja, seine aktuelle Muse«, sagte Walther und biss wieder in seine Schrippe. Das Frühstück war lange her. »Mal was anderes. Ich werde aus der Wegner nicht richtig schlau. Sie sieht so zerbrechlich aus, aber ich habe das Gefühl, in ihr steckt ein Kern aus Stahl.«

»Ich dachte, du glaubst ihr.«

Walther wiegte den Kopf. »Als ich ihr persönlich gegenüberstand schon. Aber diese lapidare Feststellung: Tänzerin, Modell und Geliebte, die gibt mir zu denken. Passt irgendwie nicht zu der Frau.«

»Na ja, bei wem fügt sich schon alles harmonisch zusammen? Wir sind ein Bündel widerstreitender Eigenschaften, die nur durch Disziplin kontrolliert werden«, sagte Leo nachdenklich.

»Das musst gerade du sagen«, lachte Walther. Es war bekannt, dass Leos Gefühle bisweilen mit ihm durchgingen.

Leo schob seinen Stuhl zurück. »Weil du so nett zu mir bist, hast du das große Los gezogen. Einen Nachmittag mit der bezaubernden Thea Pabst. Ich bin geradezu neidisch.«

»Woher willst du wissen, dass sie so bezaubernd ist, wie sie aussieht, falls es denn ihr Porträt ist? Und sollten wir nicht mit Nelly Wegner anfangen? Ihr noch mal auf den Zahn fühlen?«

»Sei froh, dass du nicht wie Stahnke und Berns die Fingerabdrücke abgleichen musst«, sagte Leo. Diese Arbeit war mühsam und nicht sehr beliebt. »Bis jetzt konnten sie nur die von Wegner und seiner Frau sicher identifizieren.«

Er griff zum Telefonhörer. »Wechsler hier. Verbinden Sie mich bitte mit der Redaktion der Zeitschrift *Die Moderne*. – Dann finden Sie die Nummer. – Gut, ich warte.« Er sah Robert an. »Ich versuche, für heute Mittag ein Treffen mit diesem Salomon zu arrangieren. Er steht weit oben auf Frau Wegners Liste. Und danach gönne ich mir etwas Angenehmes. Viel Vergnügen auch bei der schönen Tänzerin. Und denk dran, ihre Abdrücke zu nehmen.«

»Wie war das doch gleich mit der Disziplin?«, knurrte Walther.

Leo hatte Glück. Alfred Salomon, Gründer und Herausgeber der Zeitschrift *Die Moderne*, war bereit, ihn um halb eins in seinem Büro am Hausvogteiplatz zu empfangen. Leo war etwas erstaunt über die Adresse im Konfektionsviertel, dem Zentrum des Berliner Modehandwerks. Als er vor dem Haus stand, entdeckte er jedoch, dass in dem prächtigen Gebäude auch das Damenmodehaus Hermann Salomon & Cie. residierte. In der hohen Eingangshalle, deren Decke sich in der Unendlichkeit zu verlieren schien, wurde er von der Empfangsdame in den dritten Stock geschickt, wo Alfred Salomon ihn in einer Zimmerflucht mit weitem Ausblick über die Dächer Berlins begrüßte.

Sein taubenblauer Anzug wirkte exzentrisch, beinahe zu elegant und erinnerte an die Dandys des vergangenen Jahrhunderts. Er trug einen gepflegten Spitzbart und eine goldene Brille, die ganz vorn auf der Nasenspitze balancierte.

Die Wände waren mit gerahmten Titelbildern aller Ausgaben der Zeitschrift *Die Moderne* bedeckt, die Salomon seit

1910 herausgab. Die ersten Hefte waren noch vom Jugendstil inspiriert, eine verschnörkelte Blumenranke wand sich als Rahmen um Titel und Inhaltsverzeichnis. Die jüngeren Ausgaben arbeiteten mehr mit Fotografien, Karikaturen und Abbildungen zeitgenössischer Gemälde.

Salomon kam Leo mit ausgestreckter Hand entgegen und wies auf die Wand. »Meine ganz persönliche Galerie. Damit ich weiß, wohin seit zwölf Jahren mein Geld fließt. Und manchmal auch das meiner Brüder«, sagte er und deutete mit einem feinen Lächeln nach unten, wo sich die Geschäftsräume der Firma befanden. »Aber nehmen Sie doch Platz, Herr Kommissar. Darf ich Ihnen einen Kaffee anbieten?«

Leo nahm dankend an, worauf Salomon eine Flügeltür öffnete und mit jemandem im Nebenzimmer sprach. Kurz darauf brachte eine junge Frau ein Tablett mit silberner Kanne, Tassen, Zucker und Milch. Nachdem sie eingeschenkt hatte und wieder gegangen war, lehnte sich Salomon mit übergeschlagenen Beinen im Sessel zurück und legte die Fingerspitzen aneinander. »Was kann ich für Sie tun? Sie sagten, es gehe um Wegner?«

Leo nickte. »Ja. Wie Sie vielleicht wissen, wurde er tot in seinem Atelier aufgefunden. Ein Brandfall.«

»Und was haben Sie als Kriminalbeamter damit zu tun?«, fragte der Kritiker interessiert.

»Die Ursache des Feuers ist noch nicht geklärt, ein Verbrechen kann nicht ausgeschlossen werden. Daher ermitteln wir auch im Umfeld des Toten.«

»Ich habe früher viel über ihn geschrieben, wir waren miteinander befreundet. Allerdings hatten wir in der letzten Zeit keinen Kontakt mehr«, sagte Salomon bedächtig. »Seit etwa zwei Jahren, wenn ich mich recht entsinne.«

»Wie kam es dazu?«

»Nun, Arnold war nicht empfindlich gegenüber Kritik, solange sie aus den konservativen Kreisen kam, die er persönlich verachtete. Meine Meinung hingegen lag ihm am Herzen, und als ich ihm sagte, dass ich viele seiner Werke für Effekthascherei hielt, fühlte er sich persönlich angegriffen.«

»Und wie haben Sie das gemeint?«, fragte Leo nach.

»Ich war der Ansicht, dass seine Darstellung des Obszönen und Widerwärtigen zum Selbstzweck wurde, zum Vehikel, um Skandale zu erzeugen, statt tiefer in die Persönlichkeit der Porträtierten einzudringen. Das hat er nicht verwunden.«

»Verstehe. Sind Sie sich danach noch öfter begegnet?«

»Ja, bei gesellschaftlichen Anlässen, aber er hat nicht mehr mit mir gesprochen. Was ich bedaure, denn wir haben früher anregende Gespräche geführt. Und er hat vor allem nicht verdient, so zu sterben.«

»Lud er Gäste zu sich nach Hause oder ins Atelier ein?«

»Nein, sein Atelier war tabu, darin war er sehr eigen. Es war ihm und seinen Modellen vorbehalten, er feierte keine Atelierfeste, wie es bei anderen Künstlern üblich ist.«

»Kannten Sie seine Frau?«, fragte Leo.

»Nur flüchtig. Sie ging selten in Gesellschaft, Arnold und ich trafen uns meist bei mir oder in Restaurants. Ich erinnere mich allerdings an eine Vernissage, bei der sie zugegen war. Sie stand die ganze Zeit in einer Ecke, drehte ihr Glas in den Händen und schaute zu Arnold hinüber. Er selbst schien es zu spüren und wirkte ziemlich unkonzentriert. Schade, es war eine sehr schöne Ausstellung, die ich gut besprochen habe.«

»Hat Wegner mit Ihnen über sein Privatleben gesprochen?«

Salomon stellte seine Kaffeetasse ab. »Nein, unsere Freundschaft bewegte sich ausschließlich im künstlerischen Rahmen. Dennoch, sein Tod ist ein großer Verlust für die Kunst. Ich hatte gehofft, er würde zu seinem eigentlichen Stil zurückfinden, zu den eindringlichen Porträts der frühen Nachkriegszeit, die ich so geschätzt habe.«

Leo blätterte in seinem Notizbuch. »Wissen Sie, ob er Feinde hatte? Künstlerkollegen, Auftraggeber, ehemalige Geliebte?«

Salomon zog überrascht die Augenbrauen hoch. »Geht es etwa um Mord? Das würde mich wundern. Ich kann mir nicht vorstellen, dass seine Arbeit ...« Er schien zu überlegen. »Nein, wenn überhaupt, können eigentlich nur private Beweggründe dahinterstehen. Wenn berufliche Auseinandersetzungen in Morden endeten, würde ich Ihnen heute nicht gegenübersitzen. Dann hätte mich längst ein dilettantischer Schriftsteller oder Maler, dessen Karriere ich zu Recht im Keim erstickt habe, aus dem Weg geräumt.«

Leo musste lächeln, obwohl in den Worten eine gewisse Arroganz mitschwang. Der Mann war sich seines Einflusses ganz schön sicher. Als Leo sich verabschiedete, musste er Salomon innerlich zustimmen. Wer sollte einen Maler um seiner Kunst willen töten?

Leo hatte mit seiner Prophezeiung richtiggelegen, dachte Walther, als er auf dem Diwan mit dem fadenscheinigen Brokatbezug Platz nahm, die Frau war bezaubernd. Er ließ es sich nicht anmerken, fühlte sich aber bisweilen etwas unbehaglich, wenn er mit Menschen aus anderen gesellschaftlichen Kreisen zu tun hatte. Eigentlich hätte Leo herkommen sollen, der mehr von Kunst und Künstlern verstand als er, hatte er noch gedacht, als er die ausgetretenen Stufen mit dem verschossenen Läufer hinaufstieg, doch nun bereute er diesen Dienstbesuch nicht mehr.

Bevor er sich setzte, hatte er sich die gerahmten sepiabraunen Fotos angeschaut, die im Flur hingen. »Interessieren Sie sich für Tanz?«, hatte Thea Pabst gefragt, worauf Walther ein wenig verlegen den Kopf schüttelte.

»Ich meine, ich verstehe nichts davon. Interessant finde ich es schon.«

Sie lachte. »Die angeblichen Experten reden oft nur dummes Zeug. Entweder es gefällt einem oder man lehnt es ab. Das hier ist aus unserem neuen Programm.« Sie deutete auf ein Foto, auf dem sie mit einem männlichen Partner zu sehen war, der vor ihr kniete und den Kopf weit zurückgeworfen hatte. Der Körper des Mannes glänzte, als wäre er eingeölt. Etwas verlegen stellte Walther fest, dass Theas Kostüm tatsächlich aus nichts als Geldscheinen bestand.

»Es heißt ›Inflation‹. Wir fanden, es passt gut in die heutige Zeit.«

Walther räusperte sich. »Das klingt faszinierend.« Ganz behaglich war ihm jedoch nicht, und er lenkte geschickt vom Thema ab. »Ist das nicht Anita Berber?« Er war vor einem Bild stehen geblieben, das eine Frau mit dunkel geschminkten Augen in einem Sessel zeigte. Ihr schimmerndes Kleid umhüllte ihren Körper wie eine zweite Haut und wirkte erotischer als bloße Nacktheit.

»Ja, sie hat es sogar für mich signiert. Ich bewundere sie, auch wenn wir in mancher Hinsicht Konkurrentinnen sind.«

Danach hatte sie ihn ins Wohnzimmer geführt und ihm einen Grog angeboten, den er angesichts des scheußlichen Wetters nur ungern abgelehnt hatte, aber Dienst war Dienst. Den Tee hingegen hatte er dankend angenommen und knabberte nun an einem Keks, den Thea Pabst ihm auf einem angeschlagenen Porzellantellerchen mit Blumenmuster serviert hatte. Ihre Stimme war klangvoll und tief und bildete einen reizvollen Kontrast zu ihrer zarten Gestalt. Als Walther daran dachte, dass sie ihre Auftritte fast unbekleidet absolvierte, errötete er ein wenig und betrachtete angestrengt die Wände, die mit Theaterplakaten dekoriert waren.

Es gab Frauen, die konnten in Lumpen gehen und trotzdem wunderschön aussehen. Thea trug ein altes Ballettrikot und darüber ein offenes Männerhemd ohne Kragen, an den Füßen dicke Stricksocken. Dennoch schien sie über dem Boden zu schweben, wenn sie sich durchs Zimmer bewegte.

»Nehmen Sie doch noch einen Keks, Herr Kriminalsekretär.« Sogar seinen Titel hatte sie behalten. Walther musste sich zwingen, endlich zum Grund seines Besuchs zu kommen.

»Fräulein Pabst, Sie waren mit Herrn Arnold Wegner befreundet?«

»Hm, ich weiß nicht, ob befreundet der richtige Ausdruck ist.«

»Können Sie mir das näher erklären?«

»Ich habe ihm Modell gestanden. Auf seinen eigenen Wunsch hin. Gesellschaftlich haben wir nicht miteinander verkehrt.«

Walther holte sein Notizbuch hervor, schlug es auf und räusperte sich. »Wie haben Sie sich denn kennen gelernt?«

Sie berichtete von ihrem Auftritt im Hause Kreisler. »Wir kamen ins Gespräch, und er sagte, er würde mich gern malen. Also haben wir uns in seinem Atelier getroffen.«

»Wie Ihnen bekannt sein dürfte, Fräulein Pabst, ist Herr Wegner bei einem Brand in seinem Atelier ums Leben gekommen. Es handelt sich womöglich um ein Tötungsdelikt.«

Sie sah ihn mit aufrichtigem Entsetzen an. »Sie meinen Mord? Ich dachte, es sei ein Unglücksfall gewesen. So stand es jedenfalls in der Zeitung.«

Er schüttelte den Kopf. »Es gibt Indizien, die für ein Fremdverschulden sprechen.« Warum klang nur alles, was er sagte, so furchtbar gestelzt? »Daher müssen wir herausfinden, ob er Feinde hatte, bedroht wurde, in Geldschwierigkeiten war. Alles kann von Belang sein.«

Sie zuckte die Achseln. »Über so etwas haben wir nicht gesprochen. Meist unterhielten wir uns über Kunst, Tanz, Klatschgeschichten, gutes Essen. Was uns Spaß machte.«

Eine gute Gelegenheit, um die Frage der Fingerabdrücke anzubringen. Anders als Nelly Wegner blieb Thea Pabst gelassen und streckte ihm bereitwillig die schönen Hände mit den kurzen, unlackierten Nägeln hin.

»Ist es korrekt, dass Sie eine Liebesbeziehung zu Herrn Wegner unterhielten?«, lautete Walthers nächste Frage. Bei dieser Frau schien besondere Zurückhaltung nicht erforderlich.

»Liebe war es nicht, eine Beziehung schon«, entgegnete sie mit sanftem Spott. »Es war schön mit ihm. Entspannend, anregend, ohne Verpflichtung. Ich habe es sehr genossen. Darf ich fragen, von wem Sie es erfahren haben?« Sie zündete sich eine Zigarette an und zupfte ein Fädchen Tabak von der Lippe.

»Von seiner Frau.« Walther behielt sie im Auge, wartete auf die Reaktion. Die Tänzerin blieb völlig gelassen.

»Die arme Nelly. Wir sind uns nie begegnet, aber Arnold hat gelegentlich von ihr gesprochen. Immer mit Respekt, wenn auch mit wenig Leidenschaft. Sie war wohl eher praktisch für ihn.«

»Wie meinen Sie das?«

»Sie hielt ihm den Rücken für die Arbeit frei, wie es bei Künstlerfrauen häufig der Fall ist. Er konnte malen, sie besorgte den Haushalt. Nahm Anrufe entgegen. Kochte und wusch für ihn.«

Ihre direkte Art gefiel ihm. Es tat gut, wenn Zeugen zur Abwechslung einmal keine Ausflüchte benutzten oder sich jedes Wort aus der Nase ziehen ließen. »Hat er jemals erwähnt, dass sie Streit hatten? Dass seine Frau womöglich eifersüchtig war?«

Thea schüttelte den Kopf. Die kurzen, weichen Locken fielen ihr ins Gesicht. »Nein, aber wir kannten uns auch noch nicht sehr lange. Arnold war nicht der Mann, der sich bei seiner Geliebten über seine Frau beklagt hätte. Er war... ein anständiger Mensch.« Es klang, als käme ihr dieses Kompliment selten über die Lippen.

»Ist Ihnen in letzter Zeit eine Veränderung an ihm aufgefallen? Wirkte er besorgt? Ängstlich? Verstört? Hatte sich im Atelier etwas verändert?«

Sie überlegte. »Er verhielt sich mir gegenüber wie immer. Aber eins ist mir aufgefallen. Er hatte ein Bild von seinem Elternhaus im Atelier hängen, das ihm wohl viel bedeutete. Als ich das letzte Mal bei ihm war, habe ich es nicht mehr gesehen. Erwähnt hat er es allerdings nicht.« Sie zögerte und schaute zu Boden. »Ich hoffe, die Frage klingt nicht taktlos, aber ich hätte gern das Bild, das er von mir gemalt hat. Wissen Sie, ob ich es seiner Frau abkaufen kann?«

Walther sah sie lächelnd an. »Ich kann verstehen, dass Sie es gern haben möchten. Vielleicht lässt sich das über den Anwalt, der den Nachlass regelt, arrangieren.«

»Danke.«

»Eine letzte Frage: Kannten Sie seine Freunde und Bekannten? Wissen Sie, wer seine Rivalen waren, mit wem er Streit gehabt haben könnte?«

Sie schüttelte den Kopf. »Wie gesagt, wir verkehrten nicht in der Öffentlichkeit miteinander. Die einzige Ausnahme war die Abendgesellschaft, bei der wir uns kennen gelernt haben. Danach trafen wir uns immer nur im Atelier.«

Walther erhob sich. »Nun, Fräulein Pabst, falls Ihnen noch etwas einfallen sollte, melden Sie sich bitte im Präsidium.« Er gab ihr seine Karte. Sah sich unschlüssig um, als wollte er nur ungern diese unordentliche, aber behagliche Wohnung verlassen. »Darf ich fragen, ob Sie allein hier wohnen?«

Sie zündete sich eine neue Zigarette an. »Sind Sie etwa um meine Sicherheit besorgt?«

»Eigentlich nicht. Es interessierte mich nur.«

»Ich wohne mit meinem Tanzpartner zusammen. Er ist ...«

In diesem Moment ging die Tür auf, und Stephan Castorff trat herein, den Mantel mit dem Pelzkragen lässig über die Schulter geworfen. Er schaute fragend von Thea zu Walther. »*Enchanté*«, sagte er geziert. »Herrenbesuch zu dieser frühen Stunde?«

Walther stellte sich vor und erklärte den Grund seines Kommens. »Darf ich fragen, ob Ihnen Herr Wegner ebenfalls bekannt war?«

Castorff setzte sich aufs Sofa und zündete sich eine Zigarette an. Dann fuhr er sich mit der Hand durchs Haar, das er auffallend lang trug. »Nein. Ich kannte ihn nur von Bildern, er war nicht mein Typ. Zu derb für meinen Geschmack.«

Walther verabschiedete sich und verließ ziemlich rasch die Wohnung. Ein eigenartiges Arrangement, aber er war ja auch nur ein bürgerlich denkender Polizeibeamter. Im Gehen hörte er noch, wie Castorff sagte: »Ich habe dafür gesorgt, dass noch heute jemand von der *BZ* kommt. Das gibt eine tolle Geschichte.«

Auf der Treppe hörte er, wie jemand seinen Namen rief, dann leichte Schritte auf den Holzstufen. Er drehte sich um. Thea Pabst beugte sich übers Geländer und sah zu ihm hinunter. »Gerade ist mir noch etwas eingefallen. Es gab da einen zurückgebliebenen Jungen, Paul heißt er wohl, der kam öfter mal ins Atelier. Arnold hatte ihn aus unerfindlichen Gründen ins Herz geschlossen. Vielleicht sollten Sie mal mit ihm reden.«

»Wissen Sie, wie er mit Familiennamen heißt oder wo er wohnt?«

»Leider nicht. Aber ich könnte mir vorstellen, dass er nicht weit entfernt wohnt. Er trieb sich häufiger in der Gegend herum.«

10

»Das wird ja allmählich zur Gewohnheit, Herr Wechsler. Ich sollte ein Beratungshonorar verlangen.« Elisa Reichwein reichte ihm lächelnd die Hand. »Oder sind Sie wieder einmal als Kunde hier?« Während sie sich gewöhnlich in fließende Gewänder hüllte, trug sie an diesem Tag ein eng anliegendes Kostüm in tiefem Burgunderrot. Dafür waren ihre Haare nicht streng frisiert, sondern fielen in einer schwarzen Kaskade über den Rücken. Am rechten Arm bemerkte Leo einen auffälligen Armschmuck aus schwarzen Kugeln und einer goldenen Kugel, die vermutlich als Schließe diente.

Er legte seinen Hut auf ein Schränkchen. »Bedaure, aber Sie kennen ja meine finanziellen Möglichkeiten. Ich bin Polizeibeamter, kein Finanzmagnat.« Er betrat den Ausstellungsraum. Zweimal war er schon hier gewesen, und die immense Größe und das wunderbare Licht, das durch die hohen Fenster hereinfiel, begeisterten ihn auch jetzt wieder. Er schaute sich um. »Eine neue Ausstellung.«

»Ja. Ich habe mich momentan von den gegenständlichen Malern abgewandt. Russischer Suprematismus und Konstruktivismus, mein neuestes Lieblingskind.« Sie deutete in die Runde. »Rodtschenko, Tatlin, Lissitzky, Malewitsch. Schauen Sie sich alles in Ruhe an.«

Die Bilder und Plakate – es waren viele Plakate dabei – zeigten bunte geometrische Figuren, die sich zu sachlichen und zugleich faszinierenden Gebilden formten.

»Die Russen haben vor etwa zwei Jahren damit begonnen. Ich sehe darin einen Spiegel der Umwälzungen, der Revolution, eine Abkehr vom Althergebrachten«, erklärte die Galeristin.

»Meinen Sie, das kommt auch nach Deutschland?«, fragte Leo interessiert.

»El Lissitzky hält sich zeitweise in Deutschland auf, dann auch wieder in der Schweiz. Es wird sich durchmischen. Aus Holland hörte ich von einer verwandten Richtung, die sich De Stijl nennt.« Sie schlug einen Katalog auf und zeigte ihm ein Werk, das aus rechtwinkligen schwarzen Linien bestand, die farbige Vierecke umrahmten. »Sie erkennen die Verwandtschaft zu den Russen. Der Künstler heißt übrigens Piet Mondrian. Leider konnte ich bisher keinen Kontakt zu ihm herstellen, aber ich bin sehr an ihm interessiert.«

Leo blätterte in dem Katalog. »Das gefällt mir. Wenn ich demnächst noch einmal herkommen und mir die Bilder in Ruhe ansehen dürfte –«

Elisa Reichwein schaute ihn mit gespielter Verwunderung an. »Ach, ich dachte, dies sei ein privater Besuch, Herr Wechsler. Oder sollte ich Herr Kommissar sagen?«

»Nicht nötig. Aber ich bin tatsächlich dienstlich hier. Es geht um den Fall Arnold Wegner.«

Sie bot ihm einen Platz an. Der eckig wirkende schwarze Stuhl mit dem Sitz aus Korbgeflecht und der Rückenlehne, die wie ein Gitter mit quadratischen Öffnungen aussah, schreckte Leo ein wenig ab.

»Setzen Sie sich ruhig, er ist bequemer, als er aussieht.« Elisa Reichwein schaute ihn amüsiert an. »Charles Rennie Mackintosh. Schwer zu bekommen. Fünf Jahre alt und schon ein Klassiker«, sagte sie zufrieden.

»Sie haben recht, ich sitze ganz gut.«

Nachdem sie ebenfalls Platz genommen hatte, öffnete sich die Tür, und ihr Assistent Cesar Melotti trug ein Tablett mit Mokkakanne, Tässchen, Zuckerdose und winzigen Silberlöffeln herein. Elisa Reichwein schenkte Leo ein.

»Verraten Sie mir jetzt, wie ich Ihnen helfen kann?«

»Sie haben von dem Fall Wegner gehört?«

»Natürlich. Die Presse war voll davon. Aber es klang ganz nach einem Unfall.«

Nicht mehr lange, dachte er. Die Presse würde sich begierig auf die Nachricht stürzen, dass Wegner ermordet worden war.

»Das war es aber nicht.« Elisa Reichwein hatte sich in der Vergangenheit als diskret erwiesen, und er beschloss, ihr auch diesmal zu vertrauen. »Wir vermuten ein Tötungsdelikt und gehen davon aus, dass der Täter den Brandunfall nur vorgetäuscht hat.«

»Sind dabei auch Bilder verbrannt?«, fragte sie.

Leo fand diese Sorge um die Kunstwerke nicht unsympathisch; die Frau versuchte gar nicht erst, falsche Betroffenheit zu heucheln. Er löffelte sich Zucker in den Mokka. »Wie es aussieht, nur eins. Wegner lag unmittelbar neben der Staffelei, er wurde vermutlich bei der Arbeit überrascht. Das Bild, das sich darauf befand, wurde vernichtet, das hat die Spurensicherung ergeben.«

Sie schaute ihn nachdenklich an. »Wollen Sie wissen, wie ich ihn als Maler einschätze? Oder ob ich ihn privat kannte? Ob ich Klatsch und Tratsch gehört habe? Ob er Feinde hatte?«

»Alles«, sagte Leo lächelnd und griff nach seiner Tasse. Seltsam, wie wohl er sich in der Gegenwart dieser Frau fühlte, die ihn sexuell nicht reizte, aber eine angenehme Altstimme besaß, die ihn warm umhüllte.

»Das ist eine Menge. Ich hoffe, Sie bringen genügend Zeit mit.«

»So viel Zeit, wie nötig ist, Frau Reichwein.«

Sie lehnte sich auf ihrem Stuhl zurück und schlug die Beine übereinander. »Ich habe ihn kurz vor dem Krieg kennen gelernt. Er galt als begabter Maler, der noch keinen eigenen Stil gefunden hatte. Er orientierte sich an den Impressionisten, malte häufig Blumenbilder, Naturstudien, aber sie besaßen noch keinen Charakter. Man konnte einen Wegner eben noch nicht als Wegner erkennen.«

Sie streckte die Hand nach ihrer Zigarettendose aus, die Leo rasch ergriff und aufklappte. »Danke. Aufmerksame Männer sind heute selten.«

»Legen Sie Wert darauf?«

»Mitunter schon.« Sie inhalierte und blies den Rauch von Leo weg in die Luft. »Vielleicht wäre nie ein bedeutender Künstler aus ihm geworden. Vermutlich hätte er vor sich hin gemalt, das eine oder andere Bild verkauft und von Porträts gelebt.«

Leo hob die Hand. »Verzeihung, wenn ich Sie unterbreche. War er damals schon verheiratet?«

Elisa Reichwein überlegte. »Ich glaube ja. Aber seine Frau erschien eigentlich nie an seiner Seite, so dass ich mich auch irren kann.«

Er nickte auffordernd.

»Dann kam der Krieg. Und er veränderte, wie für so viele Männer, einfach alles. Wegner gehörte zu den Idealisten, die sich schon im Sommer 14 an die Front meldeten. Als er zurückkam – wann genau das war, kann ich nicht sagen –, begann er wie ein Wilder zu malen. In einem ganz neuen Stil. Er malte, was er in Berlin auf den Straßen sah – Barrikadenkämpfe, Menschenaufläufe, Redner auf ihren Tribünen. Aber auch den hemmungslosen Genuss, in den sich viele in den Nachkriegsjahren stürzten. Den Wirbel aus Musik, Alkohol und Rauschgift, in dem nicht wenige untergingen. Die Bettler, die verkrüppelten Kriegsheimkehrer, hohläugige Witwen mit einer Kinderschar am Schürzenzipfel. Diese Bilder finde ich eigentlich am bedeutendsten. Die Gesellschaftsporträts, die danach kamen, sind mir manchmal zu bemüht. Als hätte er es auf Skandale abgesehen.«

Leo schaute hoch, als sie verstummte. »Reden Sie ruhig

weiter, das ist sehr anschaulich. Ich beginne, mir ein Bild von Wegner zu machen. Sind Sie ihm häufiger begegnet?«

»Ja, bei Festen und Ausstellungen. Ich hatte 1920 einige Werke von ihm in einer Schau. Sie wurden alle verkauft. Trotz seiner derben, wenn nicht gar brutalen Darstellungsweise hatte er Erfolg. Als ob die Leute spürten, dass seine Bilder, die roh und unmittelbar waren, das Hier und Jetzt zeigen wollten. Das hat mir auch gefallen.«

»Und was wissen Sie über sein Privatleben?«, fragte Leo, während er sich Notizen machte.

»Nun ja, wirklich Skandalöses kann ich nicht berichten. Von ehelicher Treue hielt er nicht viel, ging aber meist diskret vor, um seine Frau nicht allzu sehr zu kompromittieren. Man wusste halt von seinen Liebschaften.«

»Was sagt Ihnen der Name Thea Pabst?«

»Die also auch?«, fragte sie ironisch. »Er hatte Geschmack.« Etwas in ihrem Ton ließ Leo aufhorchen.

»Wir wissen es von seiner Frau und werden die Dame auch noch dazu befragen. Aber es ist immer sehr erhellend, was andere sich darüber erzählen.«

»Davon weiß ich leider nichts. Ich bin Thea Pabst ein paarmal auf Festen begegnet, eine außergewöhnliche Tänzerin und begehrenswerte Frau. Leider ganz und gar heterosexuell.«

Das war es also. Warum nicht, es stand jeder Frau frei, so zu leben, wie es ihr gefiel, auch wenn Leo ehrlich zugeben musste, dass er diese Toleranz bei seiner eigenen Schwester schwerlich aufgebracht hätte.

»Wissen Sie, ob er Feinde hatte? Wie steht es mit beruflichen Konkurrenten, wütenden Auftraggebern, ehemaligen Geliebten?«

Sie zog in aller Ruhe an ihrer Zigarette und klopfte die Asche ab, bevor sie antwortete. »Persönliche Geschichten, Fehlanzeige. Von Auseinandersetzungen mit Künstlerkollegen habe ich nichts gehört. Natürlich mag es manchen Auftraggebern nicht gefallen haben, wie sie porträtiert wurden, aber das dürfte kein Grund für einen Mord sein.«

»Sie enttäuschen mich, Frau Reichwein«, meinte Leo herausfordernd.

Sie zog in gespielter Empörung die Augenbrauen hoch. »Das tut mir aber leid. Ich möchte einen charmanten Mann wie Sie ungern enttäuschen. Aber Sie wollen als Polizeibeamter sicher nicht, dass ich mir etwas ausdenke, oder?« Sie schien zu überlegen. »Mit Salomon, dem Kritiker, könnten Sie sprechen, der hat Wegner gut gekannt. Ist in den letzten Jahren ziemlich hart mit ihm ins Gericht gegangen.«

»Ich war bereits bei ihm, aber er konnte mir leider auch nicht weiterhelfen.«

»Ach, eine Sache fällt mir noch ein, aber sie war gewiss belanglos. Auf einer Abendgesellschaft ließ einmal jemand eine Schmährede gegen Wegners Bilder los, sprach von undeutscher Kunst, der entwürdigenden Darstellung deutscher Soldaten und so weiter.«

Leo horchte auf. »Wer war das, bitte?«

»Ein Offizier, Frontkämpfer, aus bestem Hause, Sie kennen diesen Typ.«

Und ob, dachte Leo, ich begegne ihm jeden Tag im Präsidium.

»Wissen Sie den Namen?«

»Ich kann mir besser Gesichter merken, das liegt wohl daran, dass ich ein visueller Mensch bin. Augenblick.« Sie ging zur Tür und rief Melotti, der umgehend ins Zimmer trat.

»Cesar, Sie erinnern sich doch an dieses Fest bei Konsul Haberland. Irgendein Gast ließ eine Rede gegen moderne Kunst vom Stapel und empörte sich ausdrücklich über Arnold Wegners Bilder. Wissen Sie zufällig, wie der Mann hieß?«

Melotti nickte beflissen. »Selbstverständlich. Er fiel mir unangenehm auf, ich habe mich vorsichtshalber nach ihm erkundigt, falls er einmal Ihre Galerie heimsuchen sollte. Sein Name ist Oberstleutnant Ulrich von Mühl.«

Leos blickte ruckartig hoch. »Sagten Sie von Mühl?«

»Jawohl.«

»Kennen Sie ihn?«, fragte Elisa interessiert.

»Wir sind uns schon begegnet«, meinte Leo knapp. »Danke, Herr Melotti, Ihre Gewissenhaftigkeit ist unschätzbar.«

Der Assistent deutete eine Verbeugung an und ging hinaus.

»Ich weiß nicht, wie ich die Galerie ohne Cesars Hilfe führen sollte, er ist ein lebendes Adressbuch.«

Leo stand auf. »Ich danke Ihnen, Frau Reichwein. Falls Ihnen noch etwas einfallen sollte –«

»– melde ich mich. Vielleicht sogar persönlich, dann kann ich Ihren Arbeitsplatz auch einmal in Augenschein nehmen.«

»Er ist leider sehr viel prosaischer als der Ihre«, meinte Leo mit einem letzten Blick durch den Raum.

Paul hetzte in die nächste Hofeinfahrt. Blieb mit klopfendem Herzen stehen. Schaute vorsichtig um die Ecke. Der Mann stand auf dem Gehweg und sah sich suchend um. Paul wusste nicht, was er von ihm wollte, aber er hatte ihn im Vorbeigehen so seltsam angesehen. Auf einmal hatte er eine Hand am Rücken gespürt und war einfach losgerannt. Hatte er den Mann schon mal gesehen? Er war sich nicht sicher. Der hatte so feine Kleider an, ganz anders als die Leute hier. Eigentlich sollte er ja zur Frau Doktor gehen und nach der Medizin für Berti fragen, aber er traute sich nicht aus der Einfahrt raus, weil der Mann da stand.

Plötzlich fiel ihm ein, dass es schon spät war. Wenn er nun zu lange wartete und die Frau Doktor gar nicht mehr da war, wenn er hinkam? Die Mutter würde schimpfen, der Vater wieder den Riemen aus der Küchenschublade holen. Paul biss sich auf die Lippen. Er passte einen Augenblick ab, in dem der

Mann in die andere Richtung sah, presste sich an die Hauswand und arbeitete sich zum nächsten Eingang vor. Blick nach rechts, der Mann entfernte sich langsam.

Paul atmete auf. Noch ganz außer Atem stolperte er in die Praxis, wo die Ärztin gerade den Mantel überziehen wollte. »Was willst du denn hier? Ich habe geschlossen«, sagte sie eher müde als unfreundlich.

Paul trat von einem Fuß auf den anderen. »Ich hab's nicht eher geschafft. Da war ein Mann, der hat mich so komisch angeguckt. Und der Berti braucht wieder Medizin. Meine Mutter war schon mal mit ihm bei dir.«

»Dann musst du morgen wiederkommen. Ich habe noch Hausbesuche zu machen.« Sie schaute ihn bedauernd an und wollte ihn sanft zur Tür schieben, doch Paul stemmte sich mit den Füßen dagegen.

Magda Schott musterte den Jungen, der seltsam geduckt dastand, und lächelte schließlich. »Du bist ja ganz außer Atem. Und hast Seitenstiche, was? Komm mal mit rein.«

Das Behandlungszimmer war einfach eingerichtet, weiße Metallmöbel, Schränke mit vielen braunen Flaschen, eine Waage, eine Liege, ein Waschbecken in der Ecke.

»Wie heißt dein Bruder?«

»Berti Görlich. Er hat's auf der Brust.«

»Ach ja.« Sie nahm eine Flasche aus einem Wandschrank und gab sie ihm. Paul wühlte in der Hosentasche nach dem Geld, das seine Mutter ihm gegeben hatte, doch sie winkte ab.

»Die kostet nichts. Nimm sie mit. Dreimal am Tag zehn Tropfen. Kannst du das behalten?«

Er nickte erneut und ging zur Tür. Wie aus einem Impuls heraus drehte er sich noch einmal um und sagte: »Ich hatte mal einen Freund, der hat bunte Bilder gemalt. Aber der ist gestorben.«

»Das tut mir leid.«

Er lief, die Medizinflasche fest umklammernd, zur Tür.

Dort zögerte er, steckte den Kopf hinaus und schaute vorsichtig nach links und rechts, bevor er sich nach draußen wagte.

Als Leo Wechsler in die Emdener Straße einbog, winkte ihm sein Freund Joachim Kern zu, der gerade aus der Eckkneipe kam. Sie gaben sich die Hand. Joachim war überzeugter Kommunist, was ihrer Freundschaft nie im Wege gestanden hatte, doch Leo wusste, dass manche seiner Kollegen diese Verbindung missbilligt hätten. »Lange nicht gesehen, Leo.«

»Hab viel zu tun.«

»Bist du etwa mit diesem Maler zugange, der die scheußlichen Bilder von den dekadenten Bonzen gemalt hat?«, fragte Kern.

Leo grinste. Aus diesem Blickwinkel hatte er die Sache noch gar nicht betrachtet. »Gut geraten, Joachim.« Sie gingen ein Stück nebeneinanderher. Der Wind wirbelte die letzten braunen Blätter über das Pflaster, selbst die Kinder waren aus Toreinfahrten und Innenhöfen verschwunden, weil es zu ungemütlich wurde. Nur eine Frau mit einem dicken Schal um den Kopf stand an der Pumpe und holte Wasser.

»Ich wusste gar nicht, dass du die kapitalistischen Blätter liest, die über so etwas berichten. Wie steht es denn mit dem Weltkongress der Internationale?«

»Willst du mich auf den Arm nehmen?«

»Ach was. Ihr habt in vielem recht, aber …«

»Aber?«

Leo schlug ihm auf die Schulter. »Das kann ich dir nicht zwischen Tür und Angel erklären, schon gar nicht bei diesem Sauwetter. Lass uns demnächst mal ein Glas zusammen trinken.« Sie verabschiedeten sich herzlich, dann betrat Leo den Hausflur. Als er die Treppen hinaufstieg, fiel ihm etwas auf. Seltsam, dass ein Roter wie Joachim Kern und der vornehme Oberstleutnant von Mühl ganz ähnlich über Wegner dachten.

Ilse stellte eine Platte mit Braten auf den Tisch. Leo sah überrascht hoch. »Nanu, gibt es etwas zu feiern?«

Sie rief die Kinder und setzte sich ihm gegenüber. Sie wirkte ein wenig verlegen, als sie ihm ein Glas Wasser eingoss und den Braten aufschnitt. »Bruno hat mich gefragt, ob ich am Samstag und Sonntag mit ihm in den Spreewald fahren möchte.«

»Dieses Wochenende schon?« Leo verfluchte sich innerlich, weil sein erster Gedanke dem Fall Wegner galt. Die Sache nahm viel Zeit in Anspruch, er würde vermutlich auch am Wochenende Dienst tun müssen. Er überlegte rasch und lächelte dann zustimmend. »Ich wünsche euch viel Vergnügen.«

Ilses Kopf schnellte hoch, als könnte sie nicht recht glauben, dass er so ruhig reagierte. »Ich habe vorsichtshalber Frau Meyer aus dem ersten Stock gefragt, sie kann nach den Kindern sehen, falls du ins Büro musst.«

»Wann soll es denn losgehen?«

»Am Samstagmorgen, Bruno hat vorher noch zu tun. Er kennt einen kleinen Gasthof in Groß Lübbenau, dort hat er Zimmer bestellt. Die Gegend soll sehr hübsch sein. Es ist zwar kalt, aber wir wollen trotzdem ein bisschen wandern. Das ist auch im Winter ganz schön.« So gesprächig war Ilse selten, und Leo spürte, dass sie eine gewisse Verlegenheit verbergen wollte.

»Ich freu mich für dich«, sagte er aufrichtig. Dann stürmten Georg und Marie herein und machten sich begeistert über den Braten her.

11

Es stand in der *BZ*. Die waren wirklich schnell wie der Blitz gewesen, dachte Walther, als er ein Exemplar kaufte und weiter in Richtung Präsidium ging. Ein vorbeifahrendes Automobil spritzte ihn mit Regenwasser voll, und er wich fluchend einem Gemüsekarren aus, dessen Besitzer mit Blindheit geschlagen schien. Dennoch gelang es ihm, im Gehen den Artikel zu überfliegen.

WEGNER: DAS LETZTE PORTRÄT

Wie soeben bekannt wurde, porträtierte Arnold Wegner, der in seinem Atelier verbrannte Skandalmaler, als letztes die attraktive Nackttänzerin Thea Pabst. Bislang wurde das Bild jedoch nicht der Öffentlichkeit gezeigt, da die Ermittlungen in diesem Todesfall noch andauern.

Gerüchteweise soll es sich nun doch nicht um einen Arbeitsunfall handeln. Beging der Künstler etwa Selbstmord? Wohl kaum, erklären Freunde, die ihn als lebensfrohen Menschen schildern. Oder geht es sogar um Mord? Seine Witwe wollte sich nicht zu diesen Vermutungen äußern.

Thea Pabst tritt gemeinsam mit ihrem Partner Stephan Castorff auf. Er erklärte, sie sei bestürzt über den Tod des Künstlers, wolle sich aber nun ganz auf die Arbeit an einem neuen Tanzprogramm konzentrieren.

Wir sind gespannt, wie die grazile Schönheit auf dem Porträt dargestellt wurde. Wegner war dafür bekannt, dass er seine Modelle schonungslos ehrlich, wenn nicht gar in beleidigender Weise malte. Doch es wird gemunkelt, dass mehr zwischen den beiden gewesen sein könnte. Und wer würde seine Geliebte schon mit Absicht hässlich darstellen?

Walther trat kopfschüttelnd durch den Haupteingang und klappte seinen Regenschirm zu. Wie man sich doch in Menschen täuschen konnte. Thea Pabst hatte einen so sympathischen Eindruck gemacht, und jetzt nutzte sie die Sensationspresse, um für sich Werbung zu machen. Wie verletzt würde Nelly Wegner sein, wenn sie das las? Vielleicht war es aber auch eher dieser Castorff, der Wert auf solche Berichte legte, er hatte doch so etwas erwähnt.

Egal, solange die Presse nichts verriet, was die Polizei noch unter Verschluss hielt, konnte man nichts dagegen unternehmen. Berlin war eine Zeitungsstadt, die Menschen gierten nach Neuigkeiten, und was heute in den Blättern stand, war oft morgen schon vergessen.

Leo Wechsler klingelte an der Tür der Villa in Dahlem. Wieder öffnete der Diener in Frack und schwarz-gelb gestreifter Weste und sah ihn fragend an.

»Guten Tag. Kriminalkommissar Wechsler. Ich möchte zu Herrn von Mühl.«

Der Diener trat einen Schritt zurück und nickte andeutungsweise. »Einen Moment, bitte, ich sehe nach, ob der Herr Oberstleutnant zu sprechen ist.« Er betonte den Dienstgrad. Nun ja, für manche Leute war so etwas wohl noch von Bedeutung, gab es doch diverse Gruppen, die sich mehr oder weniger heimlich nach der militaristisch geprägten Monarchie zurücksehnten, in der ein Offiziersrang viele Türen öffnete.

Leo schaute sich um. Die großzügige Diele verströmte etwas eindeutig Männliches, was nicht nur auf die Gewehrsammlung in den Vitrinen, sondern auch auf den herben Geruch nach Leder und Rasierwasser zurückzuführen war. Hier wohnte bestimmt keine Frau, dachte er.

Schritte ertönten, der Diener kehrte zurück. »Der Herr Oberstleutnant lässt bitten.« Er führte Leo zu einer eichenen Flügeltür.

Der Raum hätte schön sein können, wären die holzgetäfelten Wände nicht so dunkel und die Vorhänge nicht so bedrückend schwer gewesen. Sie verhüllten beinahe gänzlich die hohen Fenster und ließen nicht einmal das trübe Novemberlicht in die Bibliothek. In der Mitte des Raums stand ein Billardtisch mit einer Messinglampe darüber.

Ulrich von Mühl löste sich aus einer Ecke, als wäre er dem Schatten entstiegen, und kam, Billardqueue in der einen, Kreide in der anderen Hand, auf Leo zu.

»Sie schon wieder, Herr Kommissar. Das wird allmählich zur Gewohnheit. Sie scheinen recht lange für Ihren Kanalschwimmer zu brauchen.« Er legte Queue und Kreide beiseite und gab Leo nun doch die Hand.

»Nehmen Sie Platz.«

Leo setzte sich in einen Ledersessel, dessen allzu straffe Polsterung das bequeme Aussehen Lügen strafte. Er holte Bleistift und Notizbuch aus der Tasche und schlug es auf. »Ich bin heute nicht im Fall Carl Bremer hier. Wie es der Zufall will, bin ich bei meinen derzeitigen Ermittlungen erneut auf Ihren Namen gestoßen. Vermutlich haben Sie in der Zeitung vom Mord an dem bekannten Maler Arnold Wegner gelesen.«

Von Mühl strich sich beiläufig über den perfekt gestutzten Schnurrbart, als dächte er nach. »Hm, ja, ich erinnere mich. Aber es hörte sich nach einem Unfall an, einer Brandsache, glaube ich.«

»So ist es. Der Todesfall wurde zunächst von der Feuerwehr bearbeitet, doch weisen bestimmte Spuren darauf hin, dass es sich um einen Mord handelt, der nur als Unglücksfall getarnt wurde.«

Von Mühl wirkte nicht überrascht, doch das allein war kaum verdächtig. Er zündete sich eine Zigarette an, ohne Leo ebenfalls eine anzubieten, schlug die Beine übereinander und lehnte sich zurück. »Muss ich jetzt Trauer heucheln?«

»Nein, Herr von Mühl, aber ich habe einen Fall aufzuklären und zähle dabei auf Ihre Mitarbeit.«

Nun war von Mühl doch eine gewisse Verwunderung anzumerken. »Was sollte ich dazu beitragen können? Der Mann war mir persönlich völlig unbekannt.«

»Das mag sein. Ich habe allerdings erfahren, dass Sie sich vor einiger Zeit auf einer Abendgesellschaft recht abfällig über ihn geäußert haben. Ich glaube, das Ganze fand bei einem Konsul Haberland statt.«

Der Oberstleutnant schnippte die Zigarettenasche elegant in den Aschenbecher, ohne auch nur einen Blick in die Richtung zu werfen. »Sie sind erstaunlich gut über meine gesellschaftlichen Aktivitäten informiert, Herr Kommissar. Wer hat da wohl geplaudert?«

Er quittierte Leos Achselzucken mit einem Lächeln. »Nun gut, ich habe nichts zu verbergen. Was heutzutage als Kunst verkauft wird, missfällt mir zutiefst, das gebe ich ehrlich zu. Wegners Bilder sind ein Symbol für alles, was in unserem Land nicht mehr stimmt. Zersetzung, Verderbnis, alles wird in den Schmutz gezogen, zertrampelt, gleichgemacht.«

Die Gleichmacherei scheint ihm besonders zu missfallen, dachte Leo bei sich.

»Nehmen Sie die Politik«, fuhr von Mühl fort. »Früher war das eine Tätigkeit für Menschen von Stand, die etwas darstellten, aus guter Familie waren, mit einer entsprechenden Bildung. Heutzutage kann jeder hergelaufene Sattlergeselle und Wirtshausbesitzer Reichspräsident werden.«

Nun regte sich Leos Widerspruchsgeist, doch er blieb gelassen. Heute würde er sich nicht um Kopf und Kragen reden. »Sollte ein Staat nicht von Bürgern jeder Klasse und Herkunft regiert werden? Wir leben seit beinahe vier Jahren in einer Demokratie. Das müssen auch Menschen Ihres Standes akzeptieren.«

Von Mühl machte eine wegwerfende Geste. »Leere Worte. Was hat uns diese wunderbare Demokratie denn gebracht? Schauen Sie sich die Wirtschaft an, unser Geld ist nichts mehr wert, unser Land wird annektiert, wir leisten erdrückende Reparationszahlungen, und halb Deutschland wünscht sich den Kaiser zurück. Die Armee, das Rückgrat des Staates, wurde zurechtgestutzt, bis praktisch nichts mehr davon übrig blieb.«

Solche Äußerungen brachten Leo längst nicht mehr in Rage. Solange die Reaktionären bloß redeten, hielt sich die Gefahr in Grenzen. Nur dass manche es nicht beim Reden beließen. Erst im Sommer hatten sie Außenminister Rathenau auf offener Straße erschossen. »Ich kann Ihre nostalgischen Erinnerungen an das Soldatenleben nicht teilen, Herr Oberstleutnant, aber Sie sind immerhin noch in Amt und Würden. Anscheinend waren Sie für die neue Republik unverzichtbar. Doch vielleicht sollten wir nun zum Thema Kunst zurückkehren.«

Von Mühl schlug mit der Hand auf die Armlehne seines Sessels. »Die Kunst von heute ist nur ein weiterer Ausdruck unserer kranken Gesellschaft. Arnold Wegner war ein Beispiel dafür. Er hat als Soldat tapfer im Feld gestanden, und nach dem Krieg fiel ihm nichts Besseres ein, als alles zu malen, was hässlich und beschämend ist an Deutschland. Wozu solche Bilder? Reicht es nicht, das Elend jeden Tag auf der Straße zu sehen? Muss man das auch noch als Kunst verkaufen? Ich bitte Sie.«

Leo behielt seine Ansichten über Kunst wohlweislich für sich und fragte: »Ist Ihnen bekannt, ob Wegner Feinde hatte? Ob es Menschen gab, deren Abneigung gegen ihn weit genug ging, um ihm nach dem Leben zu trachten?«

Von Mühls Augen verengten sich zu Schlitzen. »Sie wollen doch nicht –«

»Keineswegs. Ich frage lediglich, ob Ihnen Leute bekannt sind, auf die dies zutrifft. Wir befinden uns noch am Anfang unserer Ermittlungen. Bei dieser Gelegenheit wüsste ich allerdings gern, wo Sie sich am Nachmittag und Abend des 21. November aufgehalten haben.«

Von Mühl erhob sich betont langsam und trat an einen Servierwagen, auf dem mehrere geschliffene Kristallkaraffen standen. Dort schenkte er sich einen großzügigen Cognac ein – erneut ohne Leo etwas anzubieten –, schwenkte genießerisch das Glas und nahm einen Schluck, bevor er sich wieder in den Sessel setzte.

Leo bewahrte Ruhe. Die demonstrative Überlegenheit, mit der Vertreter der ehemals oberen Klasse zuweilen auftraten, war ihm nicht neu. Dennoch war ihm der Mann mehr als nur unsympathisch. »Nun?«

»Lassen Sie mich überlegen. Der 21. – was für ein Wochentag war das doch gleich?«

»Ein Dienstag, Herr von Mühl.«

»Hm, Augenblick, da war ich bei meiner Schwester zum Abendessen eingeladen. Sie ist Kriegerwitwe ohne Kinder und freut sich, wenn sie dann und wann für mich kochen kann.« Er betrachtete seine Fingernägel. »Es gab Zeiten, da hatte sie es nicht nötig, selbst am Herd zu stehen, aber heutzutage ist eine gute Köchin beinahe unbezahlbar. Und Marions Schweinebraten unvergleichlich.«

»Sie selbst sind auch alleinstehend?«, warf Leo, den die Kochkünste der Schwester nur am Rand interessierten, rasch ein.

Ulrich von Mühl trank seinen Cognac aus. »Ja, das ist richtig.« Sein Tonfall ließ erkennen, dass er nicht gern über dieses Thema sprach.

»Nun gut. Ihre Schwester wird uns diese Aussage sicher gern bestätigen«, meinte Leo beiläufig.

Von Mühl stellte sein Glas ab, ein wenig zu laut, wie Leo

fand. »Selbstverständlich. Aber ich verstehe nicht, wieso Sie Marion damit belästigen wollen, es würde sie nur –«

»Ich habe nicht vor, Ihre Schwester zu belästigen, das ist nicht meine Art«, sagte Leo kühl und stand auf. »Sollte Ihnen noch etwas zu Arnold Wegner einfallen, rufen Sie mich bitte im Präsidium an.« Er legte seine Karte auf den Servierwagen. »Sie brauchen mich nicht hinauszubegleiten.«

Walther stand unschlüssig vor dem Haus in der Hochmeisterstraße, das zugeklappte Notizbuch in der Hand. Er war bei Nelly Wegner gewesen und hatte sie nach dem Jungen gefragt, den Thea Pabst erwähnt hatte. Sie erinnerte sich flüchtig, ihn einmal beim Atelier gesehen zu haben, konnte aber nur eine sehr allgemeine Beschreibung von ihm liefern. Schmächtig für sein Alter, ärmlich gekleidet, braunes Haar – das traf vermutlich auf tausende Kinder im Wedding zu. Wegner hatte ihn ab und an einmal erwähnt, aber Nelly wusste auch nicht mehr als den Vornamen, Paul. Sie mochte anscheinend nicht gern darüber sprechen, dass ihr Mann sich mit einem Jungen angefreundet hatte, während er keine eigenen Kinder wollte. Also würde Leo nichts anderes übrig bleiben, als einige Kollegen auf die Gegend um die Rehberge anzusetzen.

Auch seine übrigen Fragen hatten wenig ergeben. Er war die Liste der Freunde und Bekannten mit Nelly durchgegangen, doch es schien, als hätte sie so wenig am Leben ihres Mannes teilgehabt, dass sie außer den bloßen Namen kaum etwas Brauchbares beisteuern konnte.

Walther hatte nicht lockergelassen. »Aber es gab doch sicher auch gemeinsame Freunde.«

Sie hob langsam die Achseln und zupfte eine imaginäre Fluse von ihrem Schottenrock. »Ich sagte doch bereits, wir lebten gewissermaßen in verschiedenen Welten.«

»Und was ist mit seinen Geliebten?«, fragte er absichtlich grob. »Sie geben beispielsweise den Namen Thea Pabst an.

Woher haben Sie gewusst, dass sie seine Geliebte war? Hat er es Ihnen gestanden? Haben Sie die beiden in flagranti erwischt?«

Sie sah ihn verwundert an. »Nein, das brauchte er mir nicht zu sagen. So etwas merkt man doch.«

Walther, der keine Eheerfahrung besaß, hakte nach. »Woran? Fremdes Parfum? Haare auf der Jacke? Lippenstiftspuren?«

Sie schaute ihn an, ein wenig verächtlich, wie er meinte. »Er hat mir erzählt, dass er sie malen wollte. Ich hatte von ihr gehört, kannte ihr Bild aus der Zeitung. Für mich stand außer Frage, dass er mit ihr ins Bett gehen würde.«

»Dazu gehören zwei.«

Sie lachte freudlos. »Ich weiß, welche Wirkung er auf Frauen ausübte. Lassen Sie sich nicht durch sein unscheinbares Äußeres täuschen, er besaß großen Charme. Sie hätten ihn erleben müssen. Er war interessant, das finden viele Frauen anziehender als gutes Aussehen.«

Walther zweifelte an dieser These. Warum sonst fanden die Frauen Leo stets attraktiver als ihn? Ein lohnendes Thema für ein Bier am Abend, dachte er belustigt.

»Hat er immer mit den Frauen geschlafen, die er gerade malte?«, fragte Walther geradeheraus.

»Nein. Er zog die Grenze bei vierzig Jahren und hundertdreißig Pfund. Außerdem war das Malen keine Grundvoraussetzung für eine nähere Bekanntschaft.«

Er sah sie überrascht an. Die Frau offenbarte ständig neue Seiten, anscheinend durfte man sie nicht unterschätzen. Sie wirkte plötzlich weniger verletzlich als bei ihrem ersten Gespräch, als schöpfte sie aus dem Tod ihres Mannes neue Kraft. Nun ja, wenn die Ehe tatsächlich so distanziert gewesen war, blühte sie als Witwe womöglich auf.

»Was werden Sie jetzt anfangen?«

Sie überlegte. »Vielleicht in eine andere Wohnung ziehen, in einer hübscheren Gegend im Grünen. Ich überlege auch, mir eine Stelle im Büro zu suchen. Ich erbe zwar Arnolds Geld, aber so viel hat er mit seiner Malerei nicht verdient, und ich kann nicht den ganzen Tag allein zu Hause sitzen. Eine Schreibmaschine besitze ich schon, damit habe ich immer Arnolds Korrespondenz erledigt.«

»Wurde das Testament bereits eröffnet?«

Sie sah ihn gelassen an. »Nein. Das wird erst geschehen, wenn Ihre Ermittlungen abgeschlossen sind. Aber ich kenne das Testament und weiß, dass ich alles erbe, was Arnold besessen hat.«

»Darf ich fragen, wie viel Sie zu erwarten haben?«

»Das steht noch nicht fest. Diese Wohnung ist gemietet, viel Vermögen besitzen wir nicht. Allerdings werden noch einige Bilder zum Verkauf angeboten.«

Und erzielen womöglich noch bessere Preise, weil der Künstler auf spektakuläre Weise ums Leben gekommen ist, dachte Walther bei sich. Zudem wollten heute viele in Werte investieren, die nicht vom Verfall der Reichsmark betroffen waren. Das hatte auch Lehnbach erwähnt, als er Leos Gemälde bewunderte. »Wo waren Sie eigentlich, als im Atelier der Brand ausbrach?«, fragte er weiter.

Nelly Wegner zuckte nicht mit der Wimper, sondern schaute ihn gelassen an. Wieder wunderte er sich über den Unterschied zu der verunsicherten Frau, die er und Leo bei ihrem ersten Besuch in der Wohnung erlebt hatten. »Wie meinen Sie das? Ich habe doch die Leiche meines Mannes entdeckt.«

»Und wo waren Sie vorher?«

»Einkaufen.«

»Wo genau?«

»Ich habe die Elektrische bis Seestraße genommen und bin ein bisschen gebummelt. Auf der Müllerstraße.«

Nicht gerade die schönste Gegend für einen Bummel, dachte er bei sich. »Haben Sie etwas gekauft?«

»Nein. Doch, jetzt fällt es mir ein. Einen Regenschirm. Er liegt drüben auf der Garderobe.« Sie stand auf und kam mit einem rot-schwarz gemusterten Exemplar mit geschnitztem Holzgriff zurück. »Ich kam an einer Schirmhandlung vorbei, und da fiel mir ein, dass mein Regenschirm kaputt ist. War ein altes Ding, also habe ich mir einen neuen gekauft.«

Klingt harmlos, dachte Walther und registrierte beiläufig die Marke Sprint. Und doch war er nicht ganz zufrieden. Die Veränderung, die mit Nelly Wegner vorgegangen war, ließ ihm keine Ruhe. Für heute würde er Schluss machen, es gab keinen Grund, noch weiter in sie zu dringen, nachdem sie seine Fragen so offen beantwortet hatte.

Doch er spürte, dass dies nicht sein letzter Besuch im Hause Wegner gewesen war.

Lutz Oswald steuerte seinen Wagen auf den verlassenen Hof, dessen eiserne Tore lose in den Angeln hingen. Ziegelsteine waren aus den Mauern gebröckelt und hatten Löcher wie Zahnlücken hinterlassen. Die dünne Eisschicht auf den Pfützen brach knirschend unter den Rädern. Ihm war nach wie vor nicht wohl bei der Sache, doch die Übergabe sollte seine Bewährungsprobe sein, und er wollte sie um jeden Preis bestehen. Er wunderte sich, dass dies alles am helllichten Tag geschehen sollte, aber seine Auftraggeber würden schon wissen, was sie taten.

Als er anhielt und einen Fuß aus dem Wagen setzte, strich etwas an seinem Bein vorbei, und er zuckte unwillkürlich zusammen. Die Ratte verschwand im nächsten Kellereingang. Er stieg aus und schaute sich um.

Eine Gestalt löste sich aus dem Schatten und kam auf ihn zu. »Wo sind die Sachen?«

»Im Kofferraum.« Oswald öffnete die Klappe und deutete auf eine Kiste, die mit einer Plane verhüllt war. »Schauen Sie nach, ob alles da ist.« Er sah sich nervös um.

Der Mann hob den Deckel und ging in aller Ruhe den Inhalt durch. Silberne Bestecke und Leuchter, Schmuck, antike Waffen, alles außer Bargeld, das allmählich nur noch zum Feueranzünden taugte. Er nahm die Kiste heraus. »In Ordnung.«

»Das versteht sich doch von selbst.«

»Nicht so von oben herab, Herr Offizier«, meinte der Schieber und deutete über die Schulter. »Ihre Ware ist da drüben. Eigentlich wundert es mich ja, dass ich Ihnen so was besorgen muss, aber –«

»Ihre Meinung ist hier nicht gefragt«, fuhr Oswald ihm über den Mund, was er sofort bereute, da in diesem Fall besondere Behutsamkeit angebracht war. »Verzeihung.«

»Nervös, was?«

Er zog es vor, die Frage zu ignorieren, schleppte die Kiste, die er kaum heben konnte, zum Wagen und verstaute sie unter der Plane.

»Damit wären wir wohl fertig.«

Der Mann tippte grüßend an den Hut und verschwand im Schatten, wie er gekommen war.

12

»Möchtest du am Sonntag zum Mittagessen kommen? Ilse ist nicht da«, fragte Leo und hielt Walther die Glastür zum Morddezernat auf.

»Wo ist sie denn? Mit ihrem neuen Freund unterwegs?«, fragte Walther mit einem vorsichtigen Seitenblick, da er nie genau wusste, wie es gerade um das geschwisterliche Verhältnis bestellt war. Doch Leo wirkte diesmal recht gelassen.

»Sie fahren übers Wochenende in den Spreewald.«

»Stelle ich mir im Sommer zwar schöner vor, aber für Verliebte –«

»Übertreib nicht gleich.«

Walther sah ihn überrascht an. »Mach dir nichts vor, Leo, wenn sie schon mit ihm übers Wochenende wegfährt, wird es wohl was Ernsteres sein.« Er nickte einem Kollegen zu, der ihnen mit einem Stapel Akten entgegenkam.

»Du hast ja recht. Ich gönne es ihr, hab ihr auch viel Vergnügen gewünscht und heimlich einen Briefumschlag mit einem kleinen Beitrag in ihrer Manteltasche platziert. Sonst hätte sie es nie angenommen.«

Walther merkte, dass sein Freund ein wenig verlegen war.

»Natürlich wird Schneider für sie bezahlen, aber ich dachte mir... na ja, dass sie sich wohler fühlt, wenn sie nicht so sehr von ihm abhängig ist. Stell dir vor, sie bekommen Streit und Ilse möchte nach Hause fahren.«

Als Walther laut loslachte, ging die Tür des Vorzimmers auf und Fräulein Meinelt schaute verwundert heraus. »Darf ich mitlachen?«

Walther schaute Leo an, biss sich auf die Lippen und schüttelte den Kopf.

Die Sekretärin gab sich beleidigt. »Dann eben nicht. Wenn die Herren Geheimnisse haben möchten.«

Leo und Walther grinsten und betraten das Vorzimmer mit den vier Schreibtischen. Fräulein Meinelt nahm wieder an dem ihren Platz und schaute auf einen Notizzettel.

»Herr Kommissar, eben hat ein Rechtsanwalt Stadler für Sie angerufen und den Termin bestätigt.«

Leo nickte geistesabwesend. Als sie in seinem Büro saßen, sah er Walther fragend an. »Und, was war eben so komisch?«

»Du hörst dich an wie ein besorgter Vater, Leo. Ilse ist älter als du. Sie kommt schon allein zurecht.«

Leo lächelte reumütig. »Wem sagst du das? Aber ich bin mir nicht sicher, ob *ich* zurechtkomme. Egal, jetzt haben wir Wichtigeres zu besprechen. Ruf Stahnke, Berns und die anderen dazu.«

Als die Mordkommission vollzählig versammelt war, verschränkte Leo die Hände auf der Tischplatte und sah in die Runde. »Meine Herren, wir sollten uns gegenseitig auf den neuesten Stand bringen. Der Kollege Walther hat mit Wegners Witwe gesprochen. Sie ist übrigens Alleinerbin ihres Mannes, das hat er testamentarisch verfügt. Wie groß das Erbe ist, kann bislang nicht beziffert werden, aber es ist zu vermuten, dass die Gemälde durch seinen Tod im Preis steigen werden. Ob dies jedoch als Motiv ausreicht, ist fraglich. Wir sollten auf jeden Fall Frau Wegners Alibi überprüfen, das kann der Kollege Berns übernehmen.« Leo schob ihm den Zettel mit der Anschrift der Schirmhandlung in der Müllerstraße hin. »Hören Sie sich in der Gegend um, ob sie noch woanders gesehen wurde. Und Stahnke, Sie suchen weiter nach dem Jungen.«

»Ich finde, die Vorgehensweise passt nicht zu einer Frau«, warf Berns ein.

»Sie können nicht abstreiten, dass Frauen zu ungeheuerlichen Taten fähig sind«, gab Leo zu bedenken. »Denken Sie nur an den Fall Martha Franzke.« Sechs Jahre zuvor hatte man die furchtbar zugerichtete Frauenleiche in der Gepäckaufbewahrung des Stettiner Bahnhofs gefunden. Die beiden Täterinnen hatten aus Habgier gehandelt; eine wurde zum Tode, die andere wegen offenkundiger Geistesschwäche zu lebenslanger Haft verurteilt.

»Dennoch bezweifle ich, dass Nelly Wegner so vorgegangen ist, dafür dürfte das zu erwartende Erbe nicht verlockend genug sein«, meinte Berns. »Das Atelier an sich hat wohl keinen großen Wert. Und was können die Bilder ungefähr einbringen?«

»Wir müssen uns genau erkundigen, was von Frau Wegner zum Verkauf oder zur Versteigerung angeboten wird, und den Gesamtwert schätzen lassen.«

Stahnke meldete sich zu Wort. »Wegner verkehrte regelmäßig in einer Künstlerkneipe namens ›Palette‹ in der Nähe vom Kurfürstendamm. Dort sollten wir uns auch mal umhören.«

Leo nickte und notierte sich die Angaben.

Dann beugte sich Walther vor und hob die Hand. »Noch einmal zu Nelly Wegner. Auf eines möchte ich hinweisen, selbst wenn die Beobachtung eher auf meinem persönlichen Gefühl beruht. Sie wirkte bei meinem gestrigen Besuch deutlich selbstsicherer als zuvor. Sie beginnt, ihre Zukunft zu planen, will sich eine Stelle im Büro suchen. Mir kommt es vor, als würde sie den Tod ihres Mann weniger bedauern, als sie vorgibt.«

»Dass sie ihre Zukunft plant, rechtfertigt noch keinen Mordverdacht«, sagte Leo.

»Nein, aber sie wirkt irgendwie ... verändert. Als wollte sie sich ein ganz neues Leben aufbauen.«

»Na ja«, meinte Stahnke, »wenn Wegner so ein Filou war, ist sie vielleicht froh, ihn los zu sein. Aber ob sie deswegen gleich zum Streichholz gegriffen hat?«

»Was hat eigentlich Ihr Besuch bei diesem Offizier ergeben, Herr Kommissar?«, fragte Berns.

Leo drehte nachdenklich einen Stift zwischen den Fingern. Er musste aufpassen, was er sagte, da seine persönlichen Abneigungen gelegentlich mit der Forderung nach polizeilicher Objektivität kollidierten. Im Grunde verkörperte von Mühl genau das, was er am meisten verachtete: Standesdünkel, reaktionäres Gehabe und Intoleranz, doch das alles machte ihn noch lange nicht zum Mörder. Es lagen keinerlei Verdachtsmomente gegen von Mühl vor, und daher sagte er nur: »Der typische Offizier. Scheint finanziell gut gestellt zu sein. Trauert dem Kaiser nach, aber das ist ja nichts Neues. Es gibt keinen Hinweis, dass er mehr getan hat als Wegners Bilder zu kritisieren. Er findet sie dekadent und undeutsch, das können wir ihm kaum verbieten.«

»Was ist mit seinem Alibi?«

»Er hat bei seiner Schwester gegessen. Wir können dort nachfragen, aber ich sehe im Augenblick keine Anhaltspunkte, die weitere Nachforschungen rechtfertigen. Wir konzentrieren uns zunächst auf Frau Wegner, die angebotenen Bilder und diese Künstlerkneipe.« Er schaute in die Runde. »Wie sieht es mit den Befragungen im Umfeld des Ateliers aus?«

Stahnke holte ein zerdrücktes, in Leder gebundenes Notizbuch aus der Tasche, ein berüchtigtes Exemplar, in dem nur er sich zurechtfand. Er befeuchtete den Daumen, blätterte um und räusperte sich. »Den Jungen haben wir bis jetzt nicht gefunden. Der Wedding ist eine arme Gegend, da gibt es viele zerlumpte, zurückgebliebene Kinder. Aber wir suchen weiter. Wir haben uns zunächst auf die Straßen in unmittelbarer Nähe der Rehberge beschränkt und weiten die Suche jetzt in alle Richtungen aus.«

»Schulen, Ärzte, Läden, Werkstätten, vielleicht hilft er irgendwo als Laufbursche aus«, schlug Leo vor. »Wir müssen ihn finden, egal wie. Ich sehe zu, dass man uns noch drei weitere Leute genehmigt. Sie fangen schon mal an.«

Stahnke und Berns nickten und standen auf. Als sie den Raum verlassen hatten, warf Walther ihm einen fragenden Blick zu. »Es kann doch kein Zufall sein, dass uns dieser von Mühl schon wieder über den Weg läuft.«

Leo antwortete mit einem Achselzucken. »Er war mir genauso unsympathisch wie beim letzten Mal, aber ich fürchte, wir haben nicht mehr gegen ihn in der Hand als einige geschmacklose Äußerungen über Wegners Kunst. Wir können natürlich überprüfen, ob schon einmal gegen seinen seltsamen Verein ermittelt wurde. Andererseits kann ich mir nicht vorstellen, dass er einen Maler umbringt, nur weil er dessen Bilder dekadent findet.«

»Denk an Erzberger und Rathenau, Leo. Die wurden auch aus keinen besseren Gründen ermordet. Vielleicht gehen sie jetzt auf Künstler los, die nicht in ihr Weltbild passen.« Doch Walther spürte, dass Leo nicht richtig auf diese These ansprang, und wechselte das Thema. »Soll ich noch mal mit Frau Wegner sprechen und mir eine Liste sämtlicher Bilder geben lassen, die augenblicklich angeboten werden?«

»Tu das, aber zunächst hörst du dich bitte im Haus um und befragst die Nachbarn. Ich werde den Anwalt aufsuchen, bei dem Wegner das Testament aufgesetzt hat. Bis nachher.«

Dr. Stadler nickte bedächtig und schlug die lederne Aktenmappe mit der Aufschrift »Testament Arnold Wegner, Mai 1921« auf. Dann sah er Leo Wechsler fragend über seine Lesebrille hinweg an.

»Sie möchten also wissen, was die Witwe zu erwarten hat?«

»Sie bringen es sehr schön auf den Punkt, Herr Dr. Stadler«, sagte Leo, der langwierige juristische Erläuterungen befürchtet hatte.

Der Anwalt räusperte sich und schaltete die Schreibtischlampe ein, die das düstere holzvertäfelte Büro in ein angenehm warmes Licht tauchte. Es war eine altehrwürdige Kanzlei, deren Wände mit Ölporträts und gerahmten Urkunden geschmückt waren. Moderne Malerei durfte man hier wohl kaum erwarten.

»Nun, die Sache stellt sich im Grunde recht einfach dar. Der Erblasser hat sein gesamtes Vermögen seiner Frau Nelly vermacht.«

Das klang nicht sehr ermutigend. Leo hatte gehofft, Hinweise auf Dritte zu erhalten, die womöglich von Wegners Tod profitieren würden. »Was können Sie mir sonst noch über Herrn Wegners Nachlass mitteilen? Worin besteht er genau, wie viel ist er wert?«

»Das ist nicht so einfach zu beziffern.« Der Anwalt nahm ein loses Blatt zur Hand, auf dem eine Zahlenkolonne zu erkennen war. »Die Wohnung in der Hochmeisterstraße ist gemietet. Das Atelier in den Rehbergen wird wohl demnächst abgerissen, da dort ein Volkspark angelegt wird, und die Erbin erhält eine Entschädigung, die allerdings nicht besonders hoch ausfallen dürfte. Weiterer Immobilienbesitz ist nicht vorhanden. Ferner gibt es ein Sparkonto, dessen Stand sich auf etwas über fünftausend Mark beläuft, in heutiger Zeit ein geradezu lächerlicher Betrag. Dann wäre da noch die Einrichtung der Wohnung, die Sie sicher schon gesehen haben.«

Leo nickte. Das alles klang nüchtern und geschäftsmäßig, die einzigen wirklichen Anhaltspunkte waren die Bilder. »Wie sieht es mit den Werken aus, die noch zum Verkauf angeboten werden?«

Der Anwalt holte eine weitere Liste hervor. »Ich gestehe, dass ich kein Kunstkenner bin, Herr Kommissar. Es handelt sich um insgesamt dreizehn Gemälde mit den folgenden Titeln.« Er schob Leo die Liste hinüber.

1. *Sommerwiese*, Aquarell auf Leinwand, 1910
2. *Stillleben mit Fischen*, Öl auf Leinwand, 1911
3. *Elternhaus*, Aquarell, 1911
4. *Mutter mit Tulpen*, Tuschezeichnung, 1912
5. *Nelly Doering*, Aquarell, 1913
6. *Straßenszene in Lüttich*, Bleistiftzeichnung, 1914
7. *Stettiner Bahnhof*, Öl auf Leinwand, 1919
8. *Bettler mit Orden und Krücke*, Bleistiftzeichnung, 1919
9. *Alte Hure*, Federzeichnung, 1920
10. *Porträt Luise Karlstedt*, Öl auf Leinwand, 1920
11. *Porträt Walter Schwerdtfeger*, Öl auf Leinwand, 1921
12. *Spandauer Vorstadt*, Öl auf Leinwand, 1921
13. *Paul*, Tuschezeichnung, 1922

Leo wurde hellhörig. »Wer bietet diese Bilder an?«

»Es handelt sich um zwei verschiedene Galerien, hier sind die Adressen. Meinen Sie, es könnten echte Werte darunter sein?«

»Denkbar wäre es schon. Wenn Künstler sterben, wächst häufig das Interesse an den vorhandenen Werken, und Arnold Wegner war ja kein Unbekannter. Aber mich interessiert vor allem diese letzte Zeichnung.« Leo warf einen Blick auf die Anschrift am Ende der Liste. Kunsthandlung Schuster am Savignyplatz, Carmerstraße 5, eine gute Adresse im Westen. Er faltete das Blatt, steckte es in die Jackentasche und erhob sich. »Ich danke Ihnen, Herr Dr. Stadler. Womöglich sehen wir uns wieder, wenn weitere Fragen aufkommen sollten.«

»Ich stehe Ihnen jederzeit zur Verfügung«, erwiderte der Anwalt höflich und begleitete Leo zur Tür.

Obschon es ein milder Novembertag mit strahlend blauem Himmel war, gefror sein Körper zu Eis, so unvermittelt hatte sich der Mann vor ihm aufgebaut. Paul erkannte ihn sofort.

Ein Anzug, dessen Stoff aussah, als wäre er ganz weich. Viel weicher als das kratzige Zeug, das der Vater und die Männer aus dem Kiez trugen. Schuhe, die ganz blank aussahen. Ein schöner Hut. Den Mantel nur umgehängt, als sei er gerade aus einem warmen Automobil gestiegen.

Paul schaute nach links und rechts. Niemand da. Er scharrte mit einer Fußspitze auf dem Boden und sah sich verstohlen um. Warum war er nur so weit von zu Hause weggegangen? In dieser Gegend kannte er sich nicht richtig aus, wusste nicht, in welchen Höfen und Kellereingängen man sich verstecken konnte.

»Du warst ein Freund vom Maler aus den Rehbergen, oder?«

Paul blickte unwillkürlich auf. »Ja ... ja, das stimmt«, sagte er unsicher.

»Ich auch. Schlimme Sache, was mit ihm passiert ist.« Der Mann deutete auf einen schwarzen Wagen, der ein Stück weiter parkte. Wäre Paul nicht so verängstigt gewesen, hätte er ihn schon früher bemerkt; solche Autos waren in dieser Gegend eine Sensation.

»Ist das deiner?«

»Möchtest du dich mal reinsetzen?«

Paul zögerte kurz, dann nickte er. Es konnte doch nicht schlimm sein, der Vater kam heute später und würde nichts merken. Und der Mann schien ganz nett zu sein, wenn er ihn in seinem schönen Auto sitzen lassen wollte. Pauls Angst war nicht mehr ganz so groß. Der Mann öffnete die Tür, die ohne ein Geräusch aufschwang. Paul steckte vorsichtig den Kopf hinein. Es roch gut, nach Leder, und alles sah ganz neu aus und funkelte schön. Sogar eine Uhr gab es hier drinnen.

Behutsam setzte er einen Fuß hinein, hatte Sorge, seine abgelaufenen Sohlen könnten schmutzig sein. Der Ledersitz gab leicht nach, als Paul sich zurücklehnte und die Augen schloss.

»Magst du eine Runde mitfahren?«, fragte der Mann.

Paul nickte. Hier kannte ihn keiner, der es weitererzählen könnte. Und wenn der Mann ein Freund des Malers gewesen war, wollte er vielleicht nur über ihn reden und sich ein bisschen an ihn erinnern.

Der Mann startete den Wagen, worauf der Motor mit einem satten Knattern ansprang. Er setzte sich hinter das Steuer, streifte Lederhandschuhe über, die Löcher hatten, durch die man den Handrücken sah.

Der Wagen rollte sanft an, selbst das unebene Kopfsteinpflaster war kaum zu spüren. Der Mann sah ihn von der Seite an.

»Hast du den Maler gut gekannt?«

Paul überlegte. Eigentlich schon, sie waren ja Freunde gewesen. »Ich hab ihn oft besucht.«

»Hat er dir auch seine Bilder gezeigt?«

Der Junge nickte. »Manchmal durfte ich ihm beim Malen zugucken. Er hat mir gesagt, warum er die und die Farbe nimmt. Und dass er nicht immer so malt, wie die Sachen wirklich aussehen.«

»Also habt ihr euch gut verstanden, wie schön. Du bist sicher traurig, dass er gestorben ist.«

Paul schluckte. Darüber wollte er eigentlich nicht sprechen, es tat noch zu weh. Und so gut kannte er den Mann nun auch wieder nicht. Vielleicht durfte er ja auch mal eine Frage stellen.

»Hast du ihn denn lange gekannt?«, erkundigte er sich vorsichtig.

Der Mann schaute ihn nachdenklich an. »Ja. Vielleicht hast du mich ja sogar mal bei ihm gesehen?«

Paul schüttelte den Kopf und sah aus dem Fenster. Plötzlich wollte er nicht mehr hier sein. Der Mann sah ihn irgendwie seltsam an, und die Erinnerung an den Maler wollte er mit niemandem teilen. Auf einmal war er froh, wenigstens das Bild im Kaninchenstall zu haben, auch wenn es ihm nicht sehr gefiel.

»Ich muss nach Hause, meine Eltern machen sich Sorgen.«

»Wo wohnst du denn?«

»Du kannst mich da vorn an der Ecke rauslassen, es ist nicht mehr weit.«

Der Wagen rollte an einer grünen Pumpe vorbei, an der einige Frauen beim Wasserholen plauderten, und hielt ein Stück weiter hinter einer Litfaßsäule an, von der schöne Damen lächelten.

Paul stieg aus und wollte gehen, doch der Mann rief ihm etwas nach. Er drehte sich unsicher um. Wenn der Vater ihn nun hier entdeckte? Zögernd kehrte er zum Wagen zurück.

»Eins noch – ich würde an deiner Stelle lieber nicht herumerzählen, dass du den Maler gekannt hast. Die Polizei sucht nach dem, der ihm das angetan hat. Sie reden mit allen, die ihn gekannt haben. Sie glauben, dass er ermordet wurde, ist das nicht schlimm?« Er ließ seine Worte wirken. »Gut, dass uns keiner gesehen hat, dann stellt auch niemand dumme Fragen. Jetzt haben wir ein Geheimnis, ja?« Der Mann drückte ihm einen Geldschein in die Hand. »Kauf dir was Schönes. Oder deiner Mutter.«

Paul nickte, spürte das knisternde Papier in seiner Hand. Er wagte nicht hinzusehen. So viel hatte er bestimmt noch nie besessen. Doch während er den Schein noch mit den Fingern streichelte, überkam ihn eine neue Angst. Der Vater traute ihm nicht, der würde ihn glatt für einen Dieb halten. Er ging mit schlurfenden Schritten weiter, ohne nach links oder rechts zu sehen, bis er wieder in seinem Kiez war. Mit alter Gewandtheit glitt er in die vertraute Durchfahrt, huschte zum Kaninchenstall im zweiten Hof, öffnete die knarrende Stalltür und kroch hinein. Den Geldschein steckte er in die alte Kaffeedose, in der er seine Schätze aufbewahrte, und tastete unter dem Stroh, bis er das Blatt gefunden hatte.

Er roch an dem Papier, als berge es noch eine flüchtige Erinnerung an seinen Freund. Paul glaubte, etwas Säuerliches zu riechen wie Wein, dazu einen Hauch von Tabak und Schokolade.

Er hielt das Blatt ans Licht, blinzelte prüfend. Und dann sah er die Ähnlichkeit, eingebildet vielleicht, doch er spürte sie wie einen Stein, der tief in seine Brust sank.

13

Welch ein Unterschied zu Elisa Reichweins Galerie, dachte Leo Wechsler, als er am Samstagmorgen die Kunsthandlung Schuster in der Carmerstraße betrat. Das elegante Stadthaus lag nahe des Savignyplatzes. Drinnen wirkte alles altehrwürdig, man atmete förmlich den Staub, der sich trotz sorgsamer Pflege auf den alten Meistern sammelte. Dunkle Holztäfelung, Samtportieren, knarrende Dielen, zwei ältere Damen in hochgeschlossenen Kleidern, die an die Mode der Vorkriegszeit erinnerten. Eine trug ein Lorgnon an einer Goldkette um den Hals. Leo sah sich verwundert um. Was hatten Bilder von Arnold Wegner in dieser konservativen Umgebung zu suchen?

Doch dann fiel ihm ein, dass Wegner nicht nur seine skandalösen Porträts gemalt hatte. Er erinnerte sich an das Bild mit dem üppig blühenden Garten, der das verzerrt wirkende Elternhaus des Künstlers umgab. Und bei dem mit »Paul« betitelten Werk, von dem er sich einige Aufschlüsse erhoffte, handelte es sich laut Aufstellung um eine Tuschezeichnung.

»Was kann ich für Sie tun?«, fragte eine wohlklingende Stimme. Eine der älteren Damen war unauffällig neben ihn getreten.

Leo nahm den Hut ab. »Sind Sie die Inhaberin?«

Sie schüttelte bescheiden den Kopf. »Nein, Herr Schuster befindet sich zurzeit in Italien auf Einkaufsreise. Fräulein Sommerfeld und ich vertreten ihn. Mein Name ist Adele Kaufmann.«

»Kommissar Wechsler, Kriminalpolizei. Ich ermittle im Mordfall Arnold Wegner.«

Sie blieb völlig ungerührt und sah ihn mit höflichem Bedauern an. »Eine traurige Geschichte. Im eigenen Atelier verbrannt. Allerdings ist mir neu, dass es sich dabei um einen Mord handeln soll. Ich hielt es für einen Unglücksfall.«

Leo betrachtete ein Ölgemälde im flämischen Stil, auf dem sich dralle Schnitterinnen mit langen Sensen in einem Kornfeld drängten.

»Sie sehen aus, als würde Ihnen das Bild nicht sehr gefallen«, bemerkte sie ein wenig säuerlich.

Er gab sich einen Ruck. »Verzeihung, diese Periode liegt mir einfach nicht.«

»Sie bevorzugen moderne Künstler wie Wegner?«

»Im Großen und Ganzen schon. Aber kommen wir zur Sache, Fräulein Kaufmann. Ich möchte mir die Bilder ansehen, die Sie für Herrn Wegner in Kommission genommen haben.« Er holte seine maschinegeschriebene Liste mit den entsprechenden Titeln aus der Tasche und zeigte auf die letzte Zeile. »Diese Zeichnung legen Sie mir bitte als Erste vor.«

Fräulein Kaufmann ging mit der Aufstellung zu ihrer Kollegin. »Fräulein Sommerfeld, würden Sie bitte die Werke von Arnold Wegner holen? Dieses hier zuerst.«

Die andere Verkäuferin huschte davon. Fräulein Kaufmann hob das Lorgnon und beäugte Leo wie eine strenge Lehrerin. »Ich habe Herrn Schuster gleich gesagt, dass wir diese Bilder nicht so leicht verkaufen werden. Wer zu uns kommt, sucht einfach keinen Wegner. Er vertrat die Ansicht, diese ausgewählten Werke seien ausreichend konservativ für unsere Kunden. Das mag schon sein, aber sowie sie den Namen hören ...«

Fräulein Sommerfeld kam mit einer großen marmorierten Mappe zurück, die mit Wegners Namen versehen war, und legte sie auf einen Tisch. Dann holte sie drei größere Gemälde, lehnte sie an einen Schrank und trat diskret beiseite. Adele Kaufmann löste das schwarze Seidenband, schlug die

Mappe auf und zog vorsichtig ein Blatt hervor, das sie auf den Tisch legte. »Die gewünschte Zeichnung, Herr Kommissar.«

Leo beugte sich darüber und hielt beinahe den Atem an. Was für ein wunderbares Porträt! Die zarten schwarzen Tuschelinien ließen ein Jungengesicht erstehen, in dem sich etwas schwer Greifbares ausdrückte. Eine gewisse Naivität, ein offener, ungemein verletzlicher Blick. Die hohlen Wangen und dunkel umschatteten Augen ließen vermuten, dass er unterernährt war wie so viele Kinder im Wedding.

Zufrieden schaute er hoch. Mit Hilfe dieser Zeichnung würden sie den Jungen finden, daran bestand kein Zweifel. Er schob das Blatt ein wenig zur Seite, griff nach der Mappe, bevor ihm Fräulein Kaufmann zuvorkommen konnte, und studierte die Liste der angebotenen Werke.

1. *Sommerwiese*, Aquarell auf Leinwand, 1910
2. *Stillleben mit Fischen*, Öl auf Leinwand, 1911
3. *Elternhaus*, Aquarell, 1911
4. *Mutter mit Tulpen*, Tuschezeichnung, 1912
5. *Straßenszene in Lüttich*, Bleistiftzeichnung, 1914
6. *Stettiner Bahnhof*, Öl auf Leinwand, 1919

»Die Werke Nr. 1, 2 und 6 sehen Sie hier drüben«, sagte Fräulein Kaufmann und deutete auf die Gemälde, die ihre Kollegin geholt hatte.

Alle Bilder unterschieden sich beträchtlich von dem, was Wegner sonst gemalt hatte. Auf den ersten Blick wirkte nichts davon anstößig. Die Sommerwiese hätte in jedes gutbürgerliche Wohnzimmer gepasst, das konventionelle Aquarell vom Elternhaus unterschied sich vollkommen von dem sehr viel persönlicheren Gartenbild, das Leo in Wegners Wohnung betrachtet hatte. Die Zeichnung, auf der die Mutter des Künstlers einen Strauß Tulpen in einer Vase anordnete, überzeugte durch ihre Schlichtheit und besaß nichts von der bitteren Ironie der späteren Werke.

In die belgische Straßenszene ließ sich mit viel Phantasie ein Schatten hineindeuten, der über die Mädchen in ihren zarten Sommerkleidern zu fallen schien, und auf dem Stettiner Bahnhof war im Hintergrund ein Beinamputierter zu erkennen.

Dennoch, Leo blieb bei seiner Meinung. Diese Bilder ließen, zumindest auf den ersten Blick, nicht erkennen, weshalb Wegner hatte sterben müssen. Nachdem er sich alle Werke angesehen hatte, kehrte er noch einmal zu der Tuschezeichnung des Jungen zurück. Er schaute zu Fräulein Kaufmann, die geduldig die Hände gefaltet hielt.

»Was halten Sie davon?«

Sie beugte sich vor und hob das Lorgnon vor die Augen. Sie ließ sich Zeit mit der Antwort. »Gute Technik. Beinahe makellos, würde ich sagen.«

»Und der Ausdruck?«

Diesmal überlegte sie länger. »Das Gesicht hat etwas Sonderbares, was genau, kann ich nicht sagen. Aber der Junge hat Wegner etwas bedeutet, das spürt man. Sein Sohn scheint er allerdings nicht zu sein, zumindest erkenne ich keine Ähnlichkeit.«

»Wegner war kinderlos«, erklärte Leo. »Dieser Junge wohnt anscheinend im Wedding und hat ihn häufiger im Atelier besucht. Bisher konnte ich ihn nicht ausfindig machen, aber die Zeichnung dürfte uns dabei helfen. Man sagte mir, er sei geistig zurückgeblieben.«

»Deshalb der etwas leere Ausdruck. Mir fiel eben kein Begriff dafür ein.«

Leo klappte die Mappe zu. »Was können Sie mir über Arnold Wegner sagen? Kannten Sie ihn persönlich? Wie kam der Kontakt zu ihm zustande? Brauchte er dringend Geld, als er Ihnen die Bilder in Kommission gab?«

»Das sind viele Fragen auf einmal. Kommen Sie doch bitte mit ins Kontor.«

Sie führte ihn in einen altmodischen Raum, dessen Wände bis auf halbe Höhe mit Holz getäfelt waren. Es roch nach Staub und Papier, irgendwie trocken, und Leo dachte mit leiser Sehnsucht an die anregende Atmosphäre bei Elisa Reichwein. Adele Kaufmann bot ihm einen Stuhl mit harter Lehne an.

»Zu Ihren Fragen, Herr Kommissar«, sagte sie sachlich. »Der Kontakt kam über Herrn Schuster zustande. Er traf Wegner bei einem Empfang und bot ihm an, einige seiner konventionelleren Werke in Kommission zu nehmen. Ob Wegner dringend Geld brauchte, weiß ich nicht. Es ist allerdings so, dass die meisten Künstler ständig in Geldnot sind. Von der Malerei zu leben ist schwer, besonders in Zeiten wie diesen. Nur wenige können es sich noch leisten, in Kunst zu investieren.«

Das war ihm nicht neu, doch Leo nickte interessiert. »Und wie war Wegner als Mensch? Können Sie sich vorstellen, wer ihm übelwollte, wen er sich zum Feind gemacht haben könnte?«

Fräulein Kaufmann dachte ernsthaft nach. »Das ist schwer zu sagen. Natürlich gab es viele Leute, denen seine Kunst missfiel. Auch ich bin kein Freund seiner Porträts, das kann ruhig jeder wissen. Aber ob man ihn deswegen gleich umbringt – ich weiß nicht.« Sie räusperte sich verlegen. »Eigentlich halte ich es für ausgeschlossen. Vielleicht hatte es auch gar nichts mit seiner Arbeit zu tun. Womöglich hatte er Schulden – oder Frauengeschichten.« Beim letzten Wort kroch ihr die Röte am Hals empor.

Leo nutzte die Chance. »Denken Sie an eine bestimmte Frau?«

Sie schüttelte den Kopf und bereute sichtlich, dass sie sich zu dieser Bemerkung hatte hinreißen lassen. »Arnold Wegner war dafür bekannt, dass er den Frauen sehr zugetan war. Daran hinderte ihn wohl auch seine Ehe nicht.«

»Können Sie mir Namen nennen?«

»Nein, für Klatsch habe ich mich nie interessiert, da sollten Sie lieber seine Freunde fragen.«

»Und wo finde ich die?«, erkundigte sich Leo, der im Übrigen bezweifelte, dass Fräulein Kaufmann nie hingehört hatte, wenn es um saftige Geschichten ging.

»Er ging häufig in ein Künstlerlokal in der Mommsenstraße, ich glaube, es heißt ›Palette‹. Gar nicht weit von hier.« Den Namen hatte auch Berns erwähnt. »Dort traf er sich mit seinesgleichen.« Der Tonfall, in dem sie das letzte Wort aussprach, war vielsagend.

Leo stand auf. »Verbindlichen Dank für die Auskunft, Fräulein Kaufmann. Die Mappe nehme ich übrigens mit.«

Sie schaute ihn missbilligend an. »Ich kann Ihnen unsere Kommissionsware nicht einfach aushändigen.«

Allmählich hatte Leo genug von ihrer steifen Art. »Und ob Sie das können. Ich leite die Ermittlungen und beschlagnahme die Zeichnung hiermit als Beweismittel. Wenn Sie mir Papier und Stift geben, werde ich den Empfang gern quittieren. Außerdem dürften die Bilder ohnehin in den Besitz der Witwe übergehen, die damit nach Gutdünken verfahren kann.« Er unterschrieb auf dem Zettel, den sie ihm hinschob, klemmte sich die Mappe unter den Arm und ging hinaus auf die Straße, wo er erst einmal tief durchatmete.

Kriminalassistent Berns marschierte am Hundefriedhof in der belebten Müllerstraße vorbei, auf dem selbst bei diesem ungemütlichen Wetter einige Tierfreunde ihre verstorbenen Lieblinge besuchten. Ein feuchter Nebel hing zwischen den Bäumen und ließ die kleinen Gräber seltsam unwirklich erscheinen. Eigenartig, dass ausgerechnet in dieser ärmlichen Gegend, in der so viele Menschen nicht genug zu essen hatten, ein solcher Friedhof angelegt worden war.

Ein Fuhrwerk mit der Aufschrift »Wittler-Brot« ratterte

vorbei und bespritzte Berns mit Regenwasser. Er riss sich von seiner Betrachtung über letzte Ruhestätten für Hunde los, schaute hinauf zu den Hausnummern und entdeckte zwei Häuser weiter die Schirmhandlung. Als er die Klinke hinunterdrückte, öffnete sich die Tür mit einem scheppernden Klingelton. Verwundert blickte er nach oben und fing den belustigten Blick der hübschen jungen Frau hinter dem Verkaufstresen auf.

»Hat die Chefin einbauen lassen, damit ich nicht bei der Arbeit einschlafe. Was kann ich für den Herrn tun? Man sieht, dass Sie einen Schirm brauchen.«

Berns war bei trockenem Wetter losgegangen, das leider schon bald in einen Bindfadenregen umgeschlagen war, der ihn ziemlich durchweicht hatte. In den Regalen lagen Unmengen von Schirmen, dunkle Herrenschirme, bunte Damenmodelle, zarte Sonnenschirme, die allerdings zunehmend aus der Mode kamen. Die Verkäuferin fing seinen Blick auf.

»Oh, es soll etwas für die Dame sein? Leider werden Sonnenschirme immer weniger verlangt. Dabei sind sie eigentlich am schönsten und wirken so elegant.« Sie wollte gerade ein hübsches Modell aus dem Regal holen und aufspannen, als Berns sich räusperte und seine Polizeimarke und den Dienstausweis vorzeigte.

»Ich möchte wissen, ob Sie am 21. November hier im Laden gearbeitet haben.«

Sie warf einen Blick auf den Kalender an der Wand. »Ein Dienstag. Ja, da war ich hier.«

»Können Sie sich erinnern, ob Sie einer Dame einen Schirm der Marke Sprint verkauft haben? Laut ihrer Aussage handelt es sich um einen rot-schwarz karierten Regenschirm.«

Sie legte einen Finger ans Kinn und überlegte. »Ja, das kommt mir bekannt vor. Moment, ich schaue mal nach.« Sie holte ein großes Kontenbuch mit grünem Einband unter der Theke hervor, schlug es auf und fuhr mit dem Finger eine

Spalte hinunter. »Ja, da steht es. Ein Damenschirm Marke Sprint, Modell Aberdeen, rot-schwarz kariert.«

»Haben Sie auch den Namen der Kundin notiert?«

»Nein, das ist bei Barzahlung nicht üblich. Nur Datum, Bezeichnung der Ware und Preis. Schauen Sie.«

Sie drehte das Buch um und schob es Berns hin. Hinter diesen Angaben war noch vermerkt, ob es sich um einen Bar- oder Ratenkauf handelte. Die Käuferin des Schirms hatte bar bezahlt.

»Können Sie sich an die Frau erinnern? Um wieviel Uhr sie etwa hier gewesen ist?«, drängte er weiter.

»Ja, es muss wohl nachmittags gewesen sein, so gegen drei, nehme ich an. Ich war jedenfalls schon aus der Mittagspause zurück. Es war nicht viel zu tun, ich hatte gerade begonnen, neue Ware einzuräumen. Da kam die Dame herein und sah sich um.«

Berns hob die Hand, um sie höflich zu unterbrechen. »Beschreiben Sie mir die Frau bitte. Größe, Haarfarbe, Figur und so weiter.«

Sie dachte nach. »Nun, sie war ziemlich unauffällig. Ich habe einen Blick für Gesichter, ich merke mir Haarschnitt, Hut, Kleidung, ob Frauen sich schminken und so weiter. Aber diese Kundin ... sehr helles Haar, glaube ich. Blasse Haut. Schlichte Kleidung in dezenten Farben, an alles andere würde ich mich erinnern.«

»Leider sind nicht alle Zeugen so gewissenhaft wie Sie, Fräulein –«

»Schirmer, Else Schirmer«, sagte die junge Frau lächelnd. »Und kommen Sie mir jetzt nicht mit dem alten Witz, dass mein Name gut zum Beruf passt.«

»Genau das wollte ich gerade sagen«, grinste Berns. »Die Beschreibung passt übrigens auf die Dame, in deren Fall wir ermitteln.«

»Hat sie was geklaut?«, platzte Fräulein Schirmer heraus. »Verzeihung, ist sie etwa eine Ladendiebin?«

»Nein, keineswegs. Wie kam sie Ihnen vor – ruhig, nervös, ängstlich?«

»Na ja, eigentlich ganz normal. Sie schien es etwas eilig zu haben, hat nicht lange ausgewählt. Die meisten Kundinnen überlegen, ob der Schirm zur Garderobe passt und so weiter, aber das war ihr anscheinend egal. Sie kam rein, schaute ins Regal, suchte sich den karierten aus und bezahlte. Das war alles.«

Berns notierte die Angaben. Viel war es nicht. Er verabschiedete sich freundlich von Fräulein Schirmer und beschloss eigenmächtig, keine weiteren Geschäfte in der Müllerstraße abzuklappern. Hier war vermutlich nichts zu holen.

Ein eisiger Wind peitschte den Regen jetzt wie eine Wand quer über die Kameruner Straße, die völlig verlassen dalag, und traf Kriminalassistent Stahnke mitten ins Gesicht, dass ihm das Wasser aus dem Schnauzbart tropfte. Er schlug den Kragen hoch, zog den Kopf ein und betrat die nunmehr fünfte Kneipe auf seiner Runde durchs Afrikanische Viertel. Unglaublich, wie viele Bierhallen in einer so ärmlichen Gegend überleben konnten. Der Wirt, ein anständig wirkender Mann mit Schnurrbart und rotkariertem Hemd, polierte sorgfältig Gläser und blickte hoch.

»Früh am Tag. Was darf's denn sein?« Er trat an den Zapfhahn, doch Stahnke winkte ab und wies sich aus.

»Welcher meiner Gäste hat sich denn diesmal mit den Nationalen geprügelt?«, fragte er ein wenig gelangweilt.

»Deswegen bin ich nicht hier, Herr –«

»Oster. Erich Oster.« Er kam hinter dem Tresen hervor und bot Stahnke einen Platz in einer Nische an. Die Holzplatte des Tisches war blank gescheuert wie die ganze Kneipe, der helle Boden mit Sand bestreut. An den Wänden hingen alte Kupferstiche von Berlin, und hinter der Theke entdeckte Stahnke einen grünen Sparkasten mit nummerierten Fächern, in die die Stammgäste regelmäßig ihren Obolus warfen.

»Hier redet sich's besser.«

Der Kriminalbeamte kam sofort zur Sache. »Wir suchen einen Jungen namens Paul. Er soll hier in der Gegend wohnen und geistig zurückgeblieben sein.«

Der Kopf des Mannes schoss hoch. »Einen Paul suchen Sie? Doch nicht den Paul Görlich?«

»Sein Nachname war uns bislang nicht bekannt.« Stahnke notierte ihn. »Woher kennen Sie ihn?«

»Sie werden es nicht glauben, der Junge arbeitet für mich.« Der Wirt deutete mit dem Daumen auf eine Tür mit der Aufschrift »Kegelbahn«. »Als Kegelaufsteller. Verdient was für die Familie dazu, und ab und an kriegt er ein warmes Essen von mir. Hab selbst keine Kinder.«

»Wie lange macht er das schon?«

»Etwa eineinhalb Jahre. Die Eltern haben ihn nicht zur Schule geschickt, weil er ein bisschen langsam ist. Eine Schande, wenn Sie mich fragen.«

»Meinen Sie denn, er hätte die Schule geschafft?«, fragte Stahnke interessiert. Er wusste, sein Chef legte Wert auf solche persönlichen Dinge.

»Weiß ich nicht. Aber sie hätten es wenigstens versuchen können. Wie es jetzt ist, kann er nicht mal lesen und schreiben.«

»Kennen Sie die Eltern?«

»Ja, der Vater war damals bei mir und hat gefragt, ob ich den Jungen nehme. Habe gewagt zu fragen, wieso er nicht zur Schule geht. Den hätten Sie mal hören sollen. Von wegen Geld für Bücher, Zeitverschwendung und so weiter. Den Berti vergöttert er dagegen. Trägt ihn auf den Schultern über die Straße und so weiter.«

»Ist das ein anderer Sohn?«

Oster nickte. »Ein Glück, dass Görlichs nur die beiden haben. Sind auch so schlimm dran. Der Vater hat meist keine Arbeit, der Kleine ist dauernd krank, und am Paul lassen sie es aus.« Dann schien ihm etwas einzufallen. »Aber warum wollen Sie das alles wissen? Hat der Paul was ausgefressen? Wenn ja, war's bestimmt nur eine Dummheit, an dem Kerl ist nichts Schlechtes.«

»Wir müssen dringend mit dem Jungen sprechen. Es geht um den Todesfall in den Rehbergen. Den Maler, der in seinem Atelier verbrannt ist.«

»Und was hat der Paul damit zu tun?«

»Wir vermuten, dass er Arnold Wegner, den Verstorbenen, gekannt hat und uns Auskunft geben kann.«

Der Wirt schüttelte zweifelnd den Kopf. »Na ja, ich weiß nicht. Erwähnt hat er's mir gegenüber nicht. Ich kann mal bei den Gästen rumfragen.«

»Vor allem könnten Sie mir die Adresse der Familie geben«, sagte Stahnke.

»Togostraße 79B, gleich um die Ecke. Im Hinterhaus, zweiter Stock.«

Stahnke spürte, dass der Mann noch etwas auf dem Herzen hatte, und schaute ihn ermunternd an.

»Ich ... na ja, ich hab den Jungen gern, er tut mir leid, auch wenn ich's nicht zeige. So was mag er nicht. Ich kann mir wirklich nicht vorstellen, dass der Paul mit so einer Geschichte was zu tun haben soll.«

»Das glauben wir auch nicht unbedingt. Zunächst wollen wir ihn nur als Zeugen befragen, Herr Oster.« Stahnke schrieb eine Telefonnummer auf einen Zettel und schob ihn dem Wirt hin. »Hier. Falls Sie etwas hören, das Ihnen wichtig erscheint, melden Sie sich bitte bei der Kriminalpolizei, Mordkommission Kommissar Wechsler. Auf Wiedersehen.«

Draußen schlug ihm wieder der Regen ins Gesicht. Ein Glück, dass er fündig geworden war. So wie er Wechsler kannte, wollte der lieber selbst mit dem Jungen sprechen. Er sah auf die Uhr. Halb zwölf. Zeit für eine Stulle, und dann ab ins Büro.

Robert Walther hätte es in der Hochmeisterstraße nicht besser treffen können. Nach mehreren vergeblichen Besuchen bei Wegners Nachbarn, die nichts erbrachten außer neugierigen Gegenfragen, war er auf die Witwe Frieda Wollandt gestoßen, die auf demselben Treppenabsatz wohnte. Als sie das Wort Polizei hörte, ging ein Leuchten über ihr Gesicht, und sie bat ihn geradezu herzlich in die Wohnung.

»Darauf habe ich gewartet, Herr Kommissar!« Sie tat seinen Hinweis, dieser Titel stehe ihm nicht zu, mit einer flüchtigen Handbewegung ab und bot ihm Tee und Gebäck an, was Walther angesichts des Hundewetters unmöglich ablehnen konnte.

Als er im Wohnzimmer saß, wo alte Möbel und kostbare Spitzendeckchen von einer wohlhabenden Herkunft zeugten und an den Wänden blau-weiße Delfter Kacheln mit Meeresmotiven, nautische Instrumente aus Messing und gerahmte Familienfotografien hingen, griff er ihre Bemerkung auf. »Warum haben Sie auf mich gewartet?«

Frau Wollandt, die ein dezentes dunkles Kleid mit weißem Kragen trug und an eine ehrbare Bürgersfrau auf einem alten Gemälde erinnerte, wollte gerade in der Küche verschwinden. »Wenn ich Sie recht verstehe, sind Sie doch wegen dem Maler hier, oder?« Sie sagte »vers-tehe«, sprach die Buchstaben säuberlich getrennt.

»Ja, das bin ich.«

»Ich komme sofort, ich hole nur eben den Tee aus der Küche.« Kurz darauf kam Frau Wollandt mit einem Tablett zurück, auf dem ein Teeservice mit dampfender Kanne und ein Teller Schwarz-Weiß-Gebäck standen. Sie schenkte Walther ein und nahm ihm gegenüber am Esstisch Platz.

»Ich glaube, ich muss das ein wenig erklären, Herr Kommissar. Mein verstorbener Mann war Berliner, ich selbst aber stamme aus Hamburg. Mein Vater war Kapitän Christian Jensen, aus alter Seefahrerfamilie, worauf ich immer sehr stolz gewesen bin. Wir hatten in Blankenese ein reizendes Häuschen mit Blick auf die Elbe und einem hübschen Rosengarten.«

»Ich hatte mich schon gefragt, woher Sie kommen. Bin mal auf Urlaub in Hamburg gewesen, das ist vielleicht eine Stadt. Und dieser Hafen mit den riesigen Schiffen!«, schwärmte Walther, worauf ein Strahlen über das Gesicht seiner Gastgeberin ging.

»Es ist mir auch sehr schwergefallen, von dort wegzugehen, aber die Liebe ...« Sie ließ den Satz bedeutungsvoll offen. »Jedenfalls will ich damit nur sagen, dass mir eine gewisse Zurückhaltung zu eigen ist, das liegt wohl an der hanseatischen Art. Wir lernten zu Hause schon früh, uns nicht in fremde Angelegenheiten zu mischen und lieber für uns zu bleiben. Daher wäre ich nach dieser Sache auch nie zur Polizei gegangen, es war ja im Grunde nichts Schlimmes passiert.«

»Welche Sache, bitte?« Walther nahm ein Plätzchen, lehnte sich zurück und machte sich auf einen längeren Aufenthalt gefasst. Doch Frau Wollandt brachte die Sache überraschend schnell auf den Punkt.

»Kurz bevor Herr Wegner starb, hatte das Ehepaar Streit. Ich war gerade dabei, den Treppenabsatz zu putzen, sonst hätte ich es vermutlich gar nicht gehört. Aber sie waren so laut, dass ich beinahe jedes Wort verstehen konnte. Es ging anscheinend um ein Bild. Frau Wegner schrie: ›Das kannst du nicht machen, wir brauchen jede Mark!‹ Er antwortete, es sei kein Auftrag gewesen, also könne er auch kein Geld dafür nehmen. So habe ich es jedenfalls verstanden. Es ging hin und her, sie wollte, dass jemand Geld für dieses besagte Bild bezahlte, er selbst wollte nichts dafür verlangen.«

Walther wischte sich diskret die Kekskrümel vom Mund und hob warnend die Hand. »Langsam, langsam, ich komme nicht mit. Konnten Sie heraushören, wer für dieses Bild bezahlen sollte?«

Frau Wollandt wiegte den Kopf. »Ich glaube, es war von einer Tänzerin die Rede. Ganz sicher bin ich mir aber nicht.« Sie schwieg errötend.

Er beugte sich vor und fragte: »Warum ist es Ihnen unangenehm, darüber zu sprechen?« Ihm kam allmählich der Verdacht, dass Frau Wollandt ein wenig gekitzelt und umschmeichelt werden wollte. Na schön, das konnte sie haben.

Sie blickte auf ihre Hände und nickte. »Nun, in meiner Kinderstube kamen solche Reden nicht vor, das sage ich gleich dazu. Frau Wegner schrie: ›Aha, wenn eine nackt rumhüpft und ein bisschen auf Kunst macht, bevor sie mit dir ins Bett steigt, bekommt sie was geschenkt!‹« Frau Wollandt räusperte sich verlegen.

»Würden Sie das auch unter Eid aussagen?«, fragte Walther.

»Selbstverständlich, ich habe es ja mit eigenen Ohren gehört.«

»Ging der Streit noch weiter?«

Die Frau zögerte, als wollte sie die Situation auskosten. »Es wurde noch schlimmer. Sie sagte: ›Mit mir willst du kein Kind haben, aber dieser Junge darf ständig zu dir kommen.‹«

Walther stieß einen leisen Pfiff aus. Das würde Leo gefallen. »Was haben Sie sich bei diesen Worten gedacht?«

Sie zuckte mit den Schultern. »Ich wusste nicht, worum es ging, aber Frau Wegner sah manchmal so traurig aus. Es ist doch nicht gut, wenn eine junge Frau dauernd allein ist und keine Kinder hat, hab ich mir gedacht.«

»Und dies geschah kurz bevor Wegner starb?«, fragte Walther nach.

»Ja, warten Sie, es muss ein Montag gewesen sein, ich wische immer montags den Flur.«

Er notierte alles. »Sind Ihnen öfter Streitigkeiten zu Ohren gekommen, ganz zufällig, meine ich? Türenschlagen, Gepolter im Treppenhaus, Beschimpfungen?«

Frau Wollandt schüttelte entrüstet den Kopf, als fühlte sie sich persönlich gekränkt. »Doch nicht in diesem Haus, sonst hätte ich mich beim Vermieter beschwert. Nein, so etwas habe ich nie erlebt, daher war ich auch sehr überrascht. Frau Wegner ist eigentlich eine stille Person, beinahe vornehm, könnte man sagen. Und dann plötzlich diese Ausdrücke –«

»Verstehe. Es gab also in der Vergangenheit keine derartigen Zwischenfälle. Bekamen die Wegners ab und zu Besuch?«

»Ganz selten. Sie lebten sehr zurückgezogen. Sicher, eine Frau gehört ins Haus, das haben mein Otto und ich auch so gehalten. Aber er hat abends immer hier bei mir gesessen.« Sie warf einen wehmütigen Blick auf das Foto eines Mannes mit Glatze und steifem Kragen. »Er war bei der Post. Nicht so romantisch wie die Seefahrt, aber sicherer. Er hat gut für mich gesorgt. Und einmal im Jahr sind wir nach Hamburg gefahren, meine Schwester wohnt noch in Blankenese in unserem Elternhaus. Sie hat die Möbel behalten, ich komme mir immer vor wie ein kleines Mädchen, wenn ich ins Wohnzimmer gehe. Seit mein Mann gestorben ist, besuche ich sie sogar zweimal im Jahr, im Mai und zu Weihnachten.«

»Dann wünsche ich Ihnen schon einmal eine gute Reise, Frau Wollandt«, sagte Walther rasch und erhob sich. »Ich möchte Sie bitten, sich in den nächsten Tag im Präsidium einzufinden und Ihre Aussage zu Protokoll zu geben. Vielen Dank für den freundlichen Empfang.«

Er trat den Rückzug an, bevor sie weiter von den Schönheiten Blankeneses und der christlichen Seefahrt schwärmen konnte.

Kaum zu fassen, dass er nun schon seit Tagen diesem Menschen hinterherlief und -fuhr, in zugigen Toreinfahrten wartete und hinter Bäumen in Deckung ging. Herbert von Malchow fand die ganze Ermittlung entwürdigend und fragte sich, wie jemand diesen Dienst länger als ein paar Wochen ertragen konnte. Er war kaum besser als ein Schutzmann, der in seinem Revier Streife ging.

Immerhin saß er trocken im Wagen und folgte dem Automobil des Verdächtigen, das gerade den Lehrter Bahnhof passierte. Interessant. Er spürte, wie sich eine leise Hoffnung in ihm regte, und sie wurde nicht enttäuscht. Von Malchow lenkte den Wagen am Kriminalgericht vorbei durch die belebte Turmstraße, bevor sein Vordermann nach rechts in die Emdener Straße abbog und nach etwa zweihundert Metern anhielt. Er selbst parkte ein Stück dahinter, da zwei Automobile in dieser Gegend recht auffällig wirkten, zündete sich eine Zigarette an und trommelte gespannt aufs Lenkrad.

Der Mann, der den Hut gegen die Kälte tief ins Gesicht gezogen hatte, stieg aus und verschwand im nächsten Hauseingang.

Allzu lange brauchte von Malchow nicht zu warten. Und seine Mühe wurde belohnt.

Zunächst war es nur eine Vermutung gewesen, doch als der Verdächtige den Koffer im Wagen verstaute und einer Frau im braunen Wintermantel beim Einsteigen half, waren seine letzten Zweifel ausgeräumt. Bruno Schneider, gegen den sie wegen des Verdachts der Schieberei mit diversen Waren, darunter auch Waffen, ermittelten, verreiste offenkundig mit Leo Wechslers Schwester.

Das war gut, sehr gut. Plötzlich störte es Herbert von Malchow gar nicht mehr, dass er an einem eisigen, bleigrauen Samstagvormittag allmählich kalte Füße bekam.

14

Die Idee war mehr als unorthodox, so viel war ihm klar. Dennoch fühlte Leo sich beschwingt, nachdem er Frau Meyer die Schachtel Konfekt überreicht, sich sorgfältig umgezogen und von den Kindern verabschiedet hatte.

Es war nicht weiter schwer gewesen, die Nachbarin zu bitten, den Abend in seiner Wohnung zu verbringen. Sie war verwitwet und hatte Georg und Marie sehr gern. Nein, die wirklich heikle Aufgabe lag noch vor ihm: eine Frau, die er kaum kannte, unangemeldet für diesen Abend einzuladen, ohne die geringste Ahnung zu haben, wohin sie gehen sollten.

Kurz vor der Beusselstraße wurden Leos Schritte langsamer. Er hatte flüchtig daran gedacht, mit Clara Bleibtreu in die »Palette« zu gehen und sich dort ein wenig umzusehen, doch war es nicht ratsam, Beruf und Privates zu vermischen.

Verdammt. Mit Marlen war es einfach gewesen, da sie sich meist in ihrer Wohnung verabredeten. Sie hatten sich bei einer Ermittlung kennen gelernt und trafen sich dann und wann ganz ohne Zwang, ohne Verpflichtung und auch ohne Liebe. Sie hatte andere Männer neben ihm, wohlhabende Männer, die ihr in diesen Zeiten ein angenehmes Leben ermöglichten. Leo hatte sich mit dem Gedanken abgefunden, und obwohl er ab und zu gern mit ihr schlief, suchte er bei Marlen vor allem ein wenig Ablenkung. Sie war ein Teil seines Lebens, den er strikt für sich behielt und über den er nicht einmal mit Robert sprach.

Bei Clara Bleibtreu war es anders. Sie konnte gut zuhören, er hatte mehr als einmal mit ihr über seine Familie gesprochen, und sie wusste von der oft schwierigen Beziehung zu Ilse. Seinen Kindern begegnete sie herzlich und verständnisvoll. Im Grunde hätte er zufrieden sein können, und doch störte ihn etwas. Ihr gegenüber fühlte er sich seltsam nackt und angreifbar. Sie wusste einiges von ihm, gab aber nur wenig von sich selbst preis.

Wohin sollte er nur mit ihr gehen? Clara Bleibtreu schien zwar keine Frau zu sein, die Wert auf Einladungen in teure Restaurants legte, andererseits kannte er sie kaum und konnte sich kein sicheres Urteil erlauben. Er merkte, wie seine Schritte noch langsamer wurden.

Er würde doch wohl in der Lage sein, eine Frau einzuladen, auch wenn er ein bisschen aus der Übung war. Robert würde sich köstlich amüsieren, wenn er ihn so sehen könnte, mit zögerndem Schritt, die Hände in den Taschen vergraben, die Stirn sorgenvoll gerunzelt. Na gut, immerhin konnte er noch über sich selbst lachen.

Dann fiel ihm noch etwas ein – er durfte nicht mit leeren Händen bei ihr auftauchen. Suchend schaute er sich in der Turmstraße um. Eine Bäckerei, ein Metzger, zwei Schuster, ein Kolonialwarengeschäft. Pralinen, das ginge, aber es gab Menschen, die nicht gern Süßes aßen. Nahm sie Zucker zum Tee, und wenn ja, wie viel? Er konnte sich nicht erinnern.

Ein Stück weiter blieb er stehen, um sich den Schuh zu binden. Da fiel sein Blick auf ein Schaufenster im Souterrain, von dem nur die obere Hälfte zu sehen war. Leo stieg die drei Stufen zu dem winzigen Vorplatz vor der Eingangstür hinunter und schaute sich die Auslage an. Da, das war es!

In einer Ecke lag eine kleine Tuschezeichnung auf Karton, eine Art Stillleben, aber nicht mit Obst oder Blumen, sondern mit drei Büchern und einem Weinglas daneben. Gebannt schaute er ins Fenster. Das musste ein Wink des Schicksals sein.

Die Glocke bimmelte melodisch, und der Besitzer, ein gebeugter Mann mit altmodischem Backenbart, der dem vergangenen Jahrhundert entstiegen schien, tauchte hinter der Verkaufstheke auf. »Guten Abend, ich wollte gerade schließen.«

»Jetzt haben Sie noch einen Kunden.« Leo zeigte aufs Fenster. »Ich hätte gern die kleine Tuschezeichnung.«

Der Mann schlurfte hin, nahm das Bild aus der Auslage und blies vorsichtig den Staub herunter. Dann schob er es in einen Briefumschlag aus Pappe. »Damit es nicht verknickt. Liegt schon so lange drin, dass ich mir überlegt hatte, es zum Feueranmachen zu benutzen.«

»Bloß nicht. Wie viel kostet es?«, fragte Leo.

»Fünfzig Mark.« Der Trödler sagte es beinahe entschuldigend, dabei war der Preis in heutiger Zeit mehr als bescheiden. Ein Kilo Brot auf Marken, mehr war dafür nicht zu haben. Leo gab ihm siebzig und verabschiedete sich.

Der Mann sah ihm ein bisschen traurig nach. Ob es ihm nun doch leidtat, das Bild verkauft zu haben, konnte Leo nicht sagen.

Clara Bleibtreu schaute Leo Wechsler überrascht an. »Guten Abend. Ach, es ist ja noch gar nicht so spät, muss am trüben Wetter liegen. Ich wollte gerade nach Hause gehen.«

Jetzt gab es kein Zurück mehr. »Ich wollte fragen, ob Sie heute Abend schon etwas vorhaben.«

Sie schien erst verwundert, dann nachdenklich, schließlich lächelte sie. »Nichts Besonderes außer die Füße hochlegen und etwas Warmes trinken.«

»Könnten Sie sich mit dem Gedanken anfreunden, den Abend mit mir zu verbringen?« Wie gestelzt, dachte er bei sich. Um sich nicht rettungslos zu blamieren, holte Leo den Umschlag aus der Manteltasche und reichte ihn ihr.

»Was ist das?«

»Schauen Sie rein.«

Als sie die Zeichnung sah, leuchtete ihr Gesicht auf. »Die ist aber hübsch.«

»Einen Rahmen konnte ich auf die Schnelle nicht finden. Er wird nachgeliefert.«

»Sie meinen, es ist für mich?«

»Ja.«

Leo spürte, dass sie ihre Entscheidung getroffen hatte, und dankte im Geiste dem Trödler.

Sie schob sich die Haare aus der Stirn, holte einen Schlüsselbund aus der Manteltasche, schaltete das Licht im Laden aus und schloss die Tür von außen ab. »Ich muss aber zuerst nach Hause und mich umziehen. Wohin wollen wir denn gehen?«

Diese Frage hatte er befürchtet. »In ein nettes Restaurant? Oder lieber in eine Bar? Ins Filmtheater?«

Sie legte ihm die Hand auf den Arm. »Ich hätte eine Idee, aber ich weiß nicht, ob Ihnen so etwas gefällt. Was halten Sie vom Romanischen Café?«

Die Kaiser-Wilhelm-Gedächtniskirche gegenüber ragte wie ein dunkler Finger in den Himmel. Clara und Leo standen unter der Markise, die an schönen Tagen die weiträumige Terrasse des Romanischen Cafés überspannte. Die Drehtür schien gar nicht stillzustehen, die Gäste kamen und gingen wie ein steter Fluss. Clara sah ihn kurz an, dann traten sie durch die Tür ins Innere. Der erste Eindruck war eher enttäuschend. Das Café mit seinen ungeheuer hohen Decken, von denen eichelförmige Glaslampen hingen, wirkte wenig gemütlich und verströmte eher Bahnhofsatmosphäre. Wäre er allein gewesen, hätte er vermutlich auf dem Absatz kehrtgemacht, doch Clara schaute sich schon nach einem Tisch um. Und als Leo einen Moment innehielt, spürte er plötzlich die Energie und Lebendigkeit, die von den vielen Menschen an den Tischen ausging. Sie redeten durcheinander, in Gruppen, zu dritt oder paarweise, es gab lautstarke Diskussionen ebenso wie leise

Zwiegespräche mit vorgebeugten Köpfen. Also doch eine Künstlerkneipe, dachte er belustigt.

Sie fanden einen freien Zweiertisch an der Wand, von dem aus sie den ganzen Raum überblicken konnten. Als sie sich gesetzt und etwas zu trinken bestellt hatten, fühlte Leo sich plötzlich ganz unbeschwert, als erlaubte er sich ein kleines, nicht geplantes Abenteuer.

Am Nebentisch saßen zwei Männer und eine Frau, die sich angeregt unterhielten, und als Leo bemerkte, dass Clara zuhörte, entschloss er sich, ebenfalls dem Gespräch zu lauschen.

»Er hat gesagt, ich müsse noch ein wenig an den Dialogen feilen, aber der Rest sei ausgezeichnet«, verkündete der eine Mann, der Mittelscheitel und Nickelbrille trug und überaus ernsthaft wirkte. »In den Dialogen liege der Schlüssel, meinte er, auf einen dialogischen Roman habe er gewartet. Er habe genug von inneren Monologen und Gedankenströmen«, fügte er hinzu.

»Dein perfekter Konjunktiv in allen Ehren, Otto, aber ich halte nichts von konventionellen Formen, sie sind bürgerlich und überholt. Im Dadaismus mischen sich Formen, bilden ein neues Ganzes. Erinnert ihr euch an den Wettkampf zwischen einer Nähmaschine und einer Schreibmaschine? Valeska Gert tanzte dazu und hielt zwei Pfund Spargel im Arm. Und die Karikaturen von Grosz, das ist subversiv, das bricht mit dem Althergebrachten …«

»Ach, dein Dadaismus hat seinen Höhepunkt längst überschritten, Dada ist tot«, entgegnete der Otto genannte Mann herablassend und nahm einen Schluck Kaffee. »Sinnlose Wortfetzen, unverständliche Bilder, grauenhafter Lärm, das interessiert heute nicht mehr. Die Menschen wollen Ordnung, ein festes Gefüge, das ihnen Halt bietet.«

»Und das willst du ihnen mit deinem Roman geben?«, fragte der andere spöttisch. »Einem Roman, der in einer untergegangenen Gesellschaft spielt? Baltischer Adel, ich bitte dich!«

Nun mischte sich die junge Frau ins Gespräch, die ihr Haar rot gefärbt und die Lippen auffällig violett geschminkt hatte.

»Ihr solltet euch nicht über Kunst streiten«, sagte sie gelassen. »Die Kunst ist tot, sie verändert nichts. Der Ausweg kann nur in der politischen Revolution liegen.«

»Faszinierend, nicht wahr?«, sagte Clara.

Leo zuckte schuldbewusst zusammen. »Verzeihung, das war doppelt unhöflich. Ich habe Sie vernachlässigt und außerdem einer fremden Unterhaltung gelauscht. Kommen Sie öfter her?«

Clara trank einen Schluck Wein und zündete sich eine Zigarette an. Dass Frauen in der Öffentlichkeit rauchten, wäre vor kurzem noch undenkbar gewesen, dachte Leo flüchtig.

»Gelegentlich. Wenn man sich zu oft hier herumtreibt, verliert es an Reiz. Ich hebe es mir für besondere Tage auf.«

Er spürte, wie ihm angenehm warm wurde. »Erzählen Sie mir etwas über dieses Café.«

Clara legte den Kopf in den Nacken und ließ einen Rauchkringel emporsteigen. Das dunkelrote Kleid passte wunderbar zu ihren Haaren, die im künstlichen Licht fast mahagonifarben schimmerten. Sie deutete mit der Zigarette nach hinten. »Der kleinere Raum da drüben ist das ›Bassin für Schwimmer‹. Dort treffen sich die Erfolgreichen, Maler wie Grosz und Slevogt zum Beispiel.«

»Auch Arnold Wegner?«, warf er rasch ein.

»Ist der nicht vor kurzem gestorben?«

Er nickte. »Ich untersuche den Fall, aber lassen Sie uns heute nicht über solche Dinge sprechen. Verzeihen Sie, dass ich Sie unterbrochen habe.«

»Ich weiß nicht, ob er hier verkehrte, wundern würde es mich nicht. Da oben befindet sich die Galerie, auch ›Balustrade‹ genannt, auf der sich die Schachspieler treffen. Angeblich findet man nirgendwo sonst in Berlin eine so gute Atmosphäre fürs Spiel. Und wir sitzen im ›Bassin für Nichtschwimmer‹.«

»Mitten unter den weniger Erfolgreichen?«

»Nicht unbedingt. Hier treffen sich die Schriftsteller und Reporter, berühmte und weniger berühmte. Jeder hofft, irgendwann seinen Namen auf einem Roman oder unter einem Artikel in der *Berliner Illustrirten* zu lesen. Natürlich gelingt das nur den wenigsten. Die anderen hoffen, dass etwas von dem Glanz der Arrivierten auf sie abfärbt.«

»Erstaunlich, wie viel ich noch lernen kann, obwohl ich in Berlin geboren bin«, sagte Leo und leerte sein Bierglas. Der Rauch von Zigaretten, Zigarren und Pfeifen, der wie ein Dunstschleier über den Tischen hing, machte ihn durstig. »Und wo kommen Sie her?«

»Aus Mecklenburg, einem kleinen Ort, den Sie kaum kennen dürften.«

Leo spürte, wie Clara Bleibtreu sich innerlich zurückzog. Eine Frau, die selbstständig wirkte und zupacken konnte, die rauchend im Romanischen Café saß und sich ganz gelassen in dieser Welt bewegte. Doch wie sollte er sie besser kennen lernen, wenn sie davor zurückscheute, von sich selbst zu erzählen?

Clara schien die kleine Missstimmung zu bemerken, stützte das Kinn in die Hand und schaute Leo lächelnd an. »Wie war das doch mit diesem Wegner? Oder dürfen Sie nicht darüber sprechen?«

»Was einmal in den Zeitungen stand, ist nicht mehr geheim.«

»Ich muss es übersehen haben«, gestand sie ein wenig beschämt. »Manchmal hinke ich mit den Tagesnachrichten ein bisschen hinterher.«

»Nun ja, Arnold Wegner wurde am 21. November tot in seinem Atelier in den Rehbergen aufgefunden. Verbrannt.«

»Und es war kein Unfall? Ich meine, sonst hätten Sie doch nichts damit zu tun, oder?«

Leo winkte dem Kellner, um noch ein Bier zu bestellen. Claras Glas war noch zur Hälfte gefüllt.

»Die Tatumstände lassen darauf schließen, dass er ermordet wurde«, sagte er nüchtern.

»Haben Sie schon eine Spur?«

Leo schüttelte den Kopf. »Nichts wirklich Schlüssiges. Es könnte familiäre Ursachen haben, vielleicht auch Rivalität unter Künstlerkollegen, wir tappen noch ziemlich im Dunkeln.« Leo sehnte sich bisweilen danach, mit unbeteiligten Dritten über einen Fall zu sprechen, da sie ihn unvoreingenommener betrachten konnten. Wer das Opfer nicht gesehen, die Hinterbliebenen nicht erlebt hatte, empfand viele Dinge anders als die Polizeibeamten, die entstellte Leichen untersuchen und deren Familien die furchtbare Nachricht überbringen mussten. Andererseits war es natürlich nicht zulässig, Außenstehende zu weit ins Vertrauen zu ziehen.

»Sie dürfen nicht darüber sprechen«, stellte Clara sachlich fest. »Schade. Es hätte mich interessiert.«

Leo trank einen großen Schluck und stellte sein Glas ab. Dann beugte er sich vor. »Wenn es vorbei ist, werde ich Ihnen alles erzählen, versprochen.«

Der Abschied vor Claras Haustür verlief eher förmlich, nur ein Händedruck, doch Leo spürte auch ein leises Zögern, bevor sie seine Hand losließ, als täte es ihr ein wenig leid.

»Ich danke Ihnen für den schönen Abend«, sagte sie sanft. »Und das nächste Mal suchen Sie das Lokal aus.«

Sein Herz schlug heftig, als die Tür hinter Clara ins Schloss fiel, und er spürte noch den Druck ihrer Hand. Er ging langsam nach Hause, als wollte er sich nicht eingestehen, dass der Abend vorüber und die Nacht angebrochen war. Er sah auf die Uhr. Kurz vor elf. Hoffentlich war Frau Meyer nicht ungehalten, dass er ihre Hilfe so lange in Anspruch genommen hatte.

Leo überlegte flüchtig, ob es richtig gewesen war, Clara von dem Fall Wegner zu erzählen, sagte sich dann aber, dass seine verheirateten Kollegen vermutlich nicht anders handelten. Denn wie sollte man das ertragen, ohne mit anderen darüber zu sprechen?

Dann ließ er sich noch einmal Claras letzten Satz auf der Zunge zergehen. Er schmeckte nach Anfang.

15

Leo hatte das gemeinsame Sonntagsessen mit Robert und den Kindern verschieben und erneut die Hilfe der netten Frau Meyer in Anspruch nehmen müssen. Natürlich hätte er die Kollegen in die Togostraße schicken können, doch der Drang, den Dingen selbst auf den Grund zu gehen, der immer wieder zu Reibereien mit seiner Schwester führte, ließ ihm keine Ruhe. Geltungssucht hatte Ilse es genannt, doch er empfand es als selbstverständlich, dass er als leitender Kommissar persönlich vor Ort war. Leo wusste, dass die Menschen hier der Polizei oft misstrauisch begegneten, und hatte es daher vorgezogen, allein zu Familie Görlich zu gehen, während Walther noch einmal Thea Pabst wegen des Porträts aufsuchen sollte.

In der Togostraße reihten sich große Mietshäuser aneinander, Emailleschilder zeugten von den zahlreichen Gewerbebetrieben in den Höfen dahinter. Auf den Gehwegen spielten ganze Horden von Kindern, der einzige Reichtum, mit dem die Familien in dieser Gegend aufwarten konnten.

Nr. 79B war ein besonders großes Gebäude mit schmuckloser grauer Putzfassade und gleichförmigen Fensterkreuzen, das schon von außen trostlos wirkte. Leo drückte die Klinke der großen Flügeltür hinunter und wurde in der Durchfahrt beinahe von einem Jungen umgerannt, der ein kaputtes Steckenpferd hinter sich herzog und es furchtbar eilig zu haben schien.

»Kiek doch, wo de hinloofst«, brüllte er und stürmte an Leo vorbei, bevor der ihn festhalten konnte.

Dann rasten zwei andere Jungen hinterher. »Wo isser hin?

Det Aas hat unser Pferd jeklaut«, schrie der eine. Leo antwortete mit einem Achselzucken und ging grinsend weiter. Er erinnerte sich an seine Jugend in Moabit. Auch er war ein ungestümer Bengel gewesen, der Äpfel von Verkaufskarren klaute und Türklinken mit Leim bestrich. Im Hof blieb er stehen, schaute sich um und hielt instinktiv den Atem an. Die Luft schien zu stehen und war trotz der Kälte vom Gestank menschlicher Ausdünstungen, billiger Kohlgerichte und Fäkalien erfüllt.

Das ist der Unterschied, dachte er, so etwas hatte es in der Welt seiner Kindheit nicht gegeben. Die Gemüsehandlung seines Vaters hatte immerhin genug eingebracht, um eine kleine, aber saubere Wohnung im Souterrain des Vorderhauses zu mieten, möglichst weit weg vom ersten und zweiten Hof, da mit der Entfernung von der Straße auch Schmutz und Armut wuchsen. Seine Eltern hatten um ihre Ehrbarkeit gekämpft, ein bürgerliches Leben war ihnen wichtiger gewesen als alles andere. Daher hatte es seinem Vater auch nicht sehr gefallen, dass sein Sohn zur Polizei ging; er schien zu befürchten, der Umgang mit Verbrechern könne auf Leo abfärben.

Er warf nur einen flüchtigen Blick auf den stummen Portier, weil die Emailleschilder mit den Namen der Mieter meist hoffnungslos überholt waren, und wandte sich an einen vorübergehenden Mann, der eine zweirädrige Karre hinter sich herzog. »Verzeihung, in welchem Aufgang finde ich Familie Görlich?«

Der Mann blieb mit einem Ruck stehen. Seine tiefliegenden Augen blickten feindselig. »Was wolln Se denn von denen?«

»Das möchte ich lieber selbst mit ihnen besprechen«, erwiderte Leo knapp, da ihm der unverschämte Ton des Mannes missfiel.

»Ich bin Fritz Görlich. Und was wolln Se nun von uns?«

»Kommissar Leo Wechsler, Morddezernat. Es geht um den Tod des Malers Arnold Wegner. Er verstarb am vergangenen Mittwoch in seinem Atelier in den Rehbergen.«

Görlich schaute sich um, einige Nachbarn hatten neugierig die Köpfe aus den Fenstern gesteckt. Er stellte die Karre ab, drehte sich wortlos um und winkte Leo hinter sich her. Der Treppenaufgang war eng und feucht, die Luft zum Schneiden, weil überall gewaschen und gekocht wurde, von den Aborten auf halber Treppe ganz zu schweigen. Im zweiten Stock klopfte Görlich an eine braun gestrichene Tür, von der die Farbe blätterte, und rief: »Mach auf, Mutter!«

Eine hagere, blasse Frau mit einem kränklich wirkenden Kind auf der Hüfte öffnete und sah die Männer fragend an.

»Ein Kommissar von der Polizei.«

»Aber was ...?«

Leo trat einen Schritt vor. »Guten Tag, Frau Görlich. Keine Angst, ich brauche nur eine Zeugenaussage von Ihrem Sohn Paul.« Der Kleine auf ihrem Arm hustete bellend, Leo schaute unwillkürlich hin.

»Was hat der denn mit 'nem Kerl aus den Rehbergen zu schaffen?«, blaffte ihr Mann.

Leo spürte die rohe Gewalt, die von ihm ausging, und dachte lieber nicht daran, was dem Jungen blühen würde, wenn er seine Befragung beendet hatte. Er wusste, dass Familiendramen in der qualvollen Enge der Mietskasernen an der Tagesordnung waren. Und Paul war offenbar das schwächste Glied in dieser Familie.

»Uns liegt eine Zeugenaussage vor, nach der Ihr Sohn den Maler recht gut gekannt hat. Er war häufiger dort zu Besuch.«

»Verdammtes Aas«, knurrte Görlich. »Ich hab's geahnt, der treibt sich nur rum, wenn ich nich aufpasse. Kegelaufstellen reicht nich, Mutter, der muss in die Fabrik.«

Er war so laut geworden, dass ein verschlafener Kopf hinter der Frau auftauchte. Der unrasierte Mann knöpfte sich das Hemd zu und zog die Hosenträger hoch. »Wat is denn det fürn Lärm? Wie soll da eener schlafen?«, beschwerte er sich.

Frau Görlich trat entschuldigend beiseite. »Unser Schlafbursche, Herr Kommissar. Er teilt sich das Bett mit dem Paul.«

»Und det is teuer jenuch«, maulte der Mann und drängte sich an Vermieterin und Leo vorbei in den Korridor. »Ick jeh woanders schlafen. Und wenn det so weiterjeht, bin ick zum Ersten wech.«

»Dürfte ich bitte hereinkommen?«, fragte Leo höflich, aber bestimmt. Frau Görlich trat zur Seite und warf ihrem Mann einen fragenden Blick zu.

»Der Junge kommt gleich, hab noch zu tun. Kann ich jetzt gehn?«

Leo nickte. Vermutlich würde Paul ohnehin offener sprechen, wenn sein Vater nicht dabei war. »Wenn ich Fragen an Sie habe, werde ich mich bei Ihnen melden.«

Görlich stapfte wortlos davon. Seine Frau schloss die Tür und bot Leo einen Platz auf dem einzigen Stuhl an, der nicht mit Bergen von Kleidung und Wäsche bedeckt war. Er schaute sich unauffällig um. Er kannte solche Wohnungen und war doch immer wieder fassungslos. Das Zimmer war Küche und Wohnstube in einem, außerdem stand in einer Ecke das Bett, das sich Paul mit dem Schlafburschen teilen musste. Herd und Schrank drängten sich an einer Wand, in der Ecke stand ein kleiner Tisch mit Nähutensilien. In einem Regal stapelte sich zusammengewürfeltes Geschirr, nicht einmal das übliche Hochzeitsservice war zu entdecken. Nur ein besticktes Handtuch mit einem Sinnspruch zeugte vom vergeblichen Bemühen, den Raum ein wenig wohnlicher zu gestalten.

In der Mitte befand sich der rohe Holztisch, an dem er Platz genommen hatte. Frau Görlich öffnete eine Tür und schob den kleinen Jungen in eine winzige Schlafkammer, die zwei Betten, eine Nähmaschine und einen schmalen Schrank enthielt. »Spiel ein bisschen, Berti, Mutti hat zu tun.«

Dann nahm sie einen Stapel Wäsche von einem der Stühle und setzte sich. Sie war gewiss nicht älter als Mitte dreißig, sah aber aus wie eine alte Frau. Dunkle Schatten um die Augen, resignierter Blick, rotgescheuerte Hände. »Was ist denn nun mit dem Paul?«

Leo räusperte sich. »Man sagte mir, er sei geistig zurückgeblieben.« Die Eröffnung war brutal, aber er wollte sehen, wie sie darauf reagierte.

Frau Görlich biss sich kurz auf die Lippen und zuckte dann die Achseln. »Und wenn?«

»Ich will weder Sie noch Ihren Sohn beleidigen. Es geht mir nur um seine Glaubwürdigkeit. Wenn ich ihn befrage, muss ich einschätzen können, inwieweit er sich seiner Handlungen und seiner Umgebung bewusst ist.«

Sie schaute ihn etwas verständnislos an. »Sie reden aber komisch.«

Leo lächelte entschuldigend. »Ich meine, versteht er, was die Leute zu ihm sagen? Hat er ein gutes Gedächtnis? Kann er Wahrheit und Lüge unterscheiden?«

»Ach so. Eigentlich ist er nur langsam. Wenn ich ihm sag, er soll was tun, macht er's auch, aber es dauert. Dann wird sein Vater wütend. Hat keine Geduld mit dem Jungen.«

Leo überlegte, wie er etwas Brauchbares aus der Frau herausholen konnte. »Hat er nie erzählt, dass er den Maler kannte?«

Sie schüttelte den Kopf. »Mir erzählt er nich viel. Ich hab ja mit dem Berti zu tun, der hat's immer auf der Brust, dazu die ganze Näharbeit.«

Mit anderen Worten, sie hatte keine Zeit für ihren älteren Sohn, der zu viel Mühe machte, und wusste kaum, wo er sich den ganzen Tag herumtrieb.

Aus dem Nebenraum erklang lautes Jammern. Sie sprang auf und holte Berti, den sie auf ihren Schoß setzte. Er lehnte sich an sie, und sie streichelte ihm zärtlich über den Kopf. Leo musste sich beherrschen, so offenkundig war die ungerechte Verteilung ihrer Liebe.

In diesem Moment klopfte es. Leo stand schnell auf, öffnete die Wohnungstür und sah sich einem etwa zwölfjährigen Jungen mit zerzaustem braunem Haar gegenüber. Er trug ein Brot unter dem Arm, das er vor seine Mutter auf den Tisch legte. Kein Zweifel, das war der Junge von der Zeichnung, die Leo aus der Kunsthandlung Schuster mitgenommen hatte.

»Paul, der Kommissar hier is von der Polizei. Er will mit dir reden«, sagte die Mutter ohne Umschweife.

Leo hätte sich lieber selbst vorgestellt. Er sah den Jungen freundlich an. »Ich heiße Leo Wechsler und möchte mich nur ein bisschen mit dir unterhalten.« Er überlegte schnell. »Sollen wir lieber rausgehen? Vielleicht gibt es irgendwo ein Café, in dem ich dir eine heiße Schokolade kaufen kann.« Der Junge sah ziemlich verfroren aus.

»Hier gibt's kein Café«, warf die Mutter ein.

»Wir finden schon was«, meinte Leo und stand auf. »Wir sehen uns sicher noch einmal, Frau Görlich. Auf Wiedersehen.«

Sie hatte ihren älteren Sohn nicht einmal richtig angesehen, sonst wären ihr die blauen Lippen und rotgefrorenen Hände aufgefallen, dachte Leo, als er mit Paul zur Treppe ging. Er trug eine Jacke, die viel zu dünn für dieses Wetter und an den Ellbogen durchgescheuert war. Leo musste an seinen eigenen Sohn denken, der jeden Tag mit einem warmen Wollmantel und dem weichen, von Tante Ilse gestrickten Schal zur Schule ging.

Unten im Hof sah ihn der Junge schüchtern an. »Was ist das, was du mir kaufen willst?«

»Heiße Schokolade, die kannst du trinken. Sie wärmt und schmeckt ganz süß.«

»Hab ich noch nie gehört. Aber Süßes gibt es in der Bäckerei um die Ecke an der Seestraße, wo die Elektrische fährt.«

Leo beobachtete ihn genau, als er neben ihm herging. Dumm wirkte er tatsächlich nicht, aber Benehmen und Alter passten nicht richtig zusammen. Als sie an einer Gruppe Kinder vorbeikamen, rief ein Mädchen: »Paul, Paul, im Kopp janz faul.« Leo ging ungerührt weiter und sah Paul von der Seite an. Der Junge schien seinen Blick zu spüren.

»Das rufen die immer. Weiß nicht, warum«, sagte er nur.

»Weißt du denn, warum ich hier bin?«, fragte Leo. Sie waren inzwischen auf der Seestraße, er musste laut sprechen, um das Klingeln der Elektrischen und das Hufgeklapper der Pferdefuhrwerke zu übertönen. Der Junge hatte die Hände tief in die Taschen seiner verschlissenen Jacke gerammt und hielt den Kopf gesenkt.

Er zuckte nur die Achseln.

»Es geht um den Maler Arnold Wegner, der gestorben ist. Wie ich höre, hast du ihn gekannt.«

Paul schüttelte nur stumm den Kopf und blieb abrupt stehen. Er zeigte auf das Schild einer kleinen Konditorei, in deren Schaufenster eine einzige Torte und wenige Teilchen ausgestellt waren. Daneben hing ein Schild mit der Mitteilung: WIR SCHREIBEN NICHT AN.

Leo stieß die Tür auf. Hinter dem Verkaufsraum befand sich ein winziger Gastraum mit drei Tischen, der düster und wenig einladend wirkte. Dennoch, alles war besser, als mit dem Jungen draußen in der Kälte oder in dieser unsäglichen Wohnung zu sprechen.

»Haben Sie heiße Schokolade?«, fragte er die Verkäuferin. Sie nickte.

»Dann nehmen wir eine. Und eine Tasse Kaffee. Ach ja, und einen von den Schmalzkringeln.«

Er hatte gehofft, der Junge würde auftauen, wenn er erst die Köstlichkeiten sah, doch er schlang alles wortlos hinunter und saß dann genauso stumm wie zuvor am Tisch.

»Du weißt doch, welchen Maler ich meine, Paul. Den Mann, der in den Rehbergen gemalt hat. In dem Haus mit den großen Fenstern. Und den vielen Bildern.« Er fragte sich, ob der Junge ihn nicht verstand oder einfach nichts sagen wollte.

Seufzend griff er nach seiner Aktentasche, holte eine Mappe hervor und schob Paul die Zeichnung hin.

»Erkennst du den?«

Der Junge biss sich auf die Lippen und schaute hilfesuchend zum Fenster, als könnte ihn jemand dort draußen vor diesem Gespräch retten.

»Diese Zeichnung stammt von Arnold Wegner. Er hat sie ›Paul‹ genannt. Der Junge darauf sieht aus wie du. Dein Vorname steht hinten drauf. Und du willst mir sagen, du hast ihn nicht gekannt?«

»Ich muss nach Hause, meiner Mutter helfen. Sonst wird sie böse«, sagte er ausweichend.

Eigentlich hätte Leo auch noch seine Fingerabdrücke nehmen müssen, entschied aber, dass es keinen Sinn hatte, den Jungen gleich bei der ersten Befragung einzuschüchtern. Er steckte die Zeichnung wieder ein, bezahlte an der Theke und legte Paul vor der Tür der Konditorei wie beiläufig die Hand auf die Schulter. »Kannst du lesen?«

Kopfschütteln.

»Wenn dir etwas einfällt, das du mir sagen möchtest, gehst du zu Herrn Oster. Er kann dir helfen, mich zu erreichen, verstanden?«

Der Junge nickte kaum merklich, zog die Jacke enger um den mageren Körper und stapfte davon in Richtung Togostraße.

Leider war Thea Pabst nicht zu Hause, doch der schillernde Herr Castorff erwies sich als umso gesprächiger. Er bot Robert Walther einen Kaffee an – echten Bohnenkaffee, keine Zichorienbrühe – und stellte Milch und Zucker dazu. Dann setzte er sich mit übereinandergeschlagenen Beinen hin und ließ einen chinesischen Seidenpantoffel neckisch vom Fuß baumeln. Walther zwang sich, nicht hinzustarren, und konzentrierte sich auf den Grund seines Kommens.

»Wissen Sie von dem Porträt, das Arnold Wegner von Fräulein Pabst gemalt hat?«

Castorff schaute ihn unter langen, seidigen Wimpern an. »Natürlich, sie hat von nichts anderem gesprochen. Ich möchte übrigens gar nicht verhehlen, dass die ganze Sache eine ausgezeichnete Werbung für uns ist, da sie sein letztes Modell war. Ich selbst ziehe ja Fotografien vor, sie haben so etwas Direktes, geradezu Unbarmherziges, aber Thea war von diesem Gemälde einfach hingerissen. Und nun ist sie in Sorge, dass es der Witwe in die Hände fallen könnte.«

Walther hob die Hand, um den Redefluss des Tänzers zu unterbrechen. »Mir geht es um Folgendes: Als ich letztes Mal hier war, fragte Fräulein Pabst, ob sie das Porträt käuflich erwerben könne. Ich schlug vor, mit dem Nachlassverwalter darüber zu sprechen. Nun liegt uns die Aussage einer Zeugin, einer Nachbarin der Wegners, vor, nach der das Ehepaar vor kurzem wegen des Porträts gestritten hat. Nelly Wegner warf ihrem Mann vor, er wolle das Bild verschenken, statt Geld damit zu verdienen.«

Stephan Castorff zog überrascht die Augenbrauen hoch. »Das wäre mir neu. Von einem Geschenk hat Thea nie gesprochen. Vielleicht war sie so gut im Bett, dass Wegner ihr das Bild spontan verehren wollte. Auch Männer können impulsiv sein.« Er schaute Walter durchdringend an.

Dieser räusperte sich verlegen. »Ohne dass sie davon wusste?«

»Mir gegenüber hat sie jedenfalls nichts erwähnt. Er war wohl kein Mann, der Frauen mit Geschenken lockte, sondern mit seiner fesselnden Persönlichkeit. Attraktiv war er ja nicht gerade, aber ich bin ihm auch nie nahe genug gekommen, um seiner Verlockung zu verfallen.« Er stellte geziert die Tasse ab.

Walther beschloss, die Geschwätzigkeit seines Gegenübers

auszunutzen. »Sie kennen Ihre Tanzpartnerin doch recht genau. Würden Sie sagen, die Beziehung sei ernst gewesen?«

»Ja und nein. Ich glaube nicht, dass Thea an eine Ehe gedacht hat, das wäre ihr zu bürgerlich. Aber er schien doch mehr für sie zu sein als eine bloße Bettgeschichte, so kam es mir jedenfalls vor. Noch nie hat sie von einem Mann so viel gesprochen wie von diesem Wegner, und sie war aufrichtig traurig über seinen Tod. Sie hat tatsächlich mit dieser silbernen Dose dagesessen und geheult.«

Walther horchte auf. »Mit welcher silbernen Dose?«

»Na ja, Wegner hatte ihr eine silberne Streichholzdose geschenkt, an der er wohl sehr hing. Und zwar an dem Tag, als sie sich zum letzten Mal getroffen haben, als hätte er etwas geahnt.«

Vielleicht war es doch mehr gewesen als eine bloße Bettgeschichte. »Hat sie auch seine Frau erwähnt?«

»Gelegentlich. Aber sie schien sich nicht weiter für sie zu interessieren, gerade weil sie nicht auf Heirat aus war. Wie es bei Wegner damit stand, kann ich natürlich nicht beurteilen, aber er scheint, wie soll ich sagen, sehr viel Gefühl in dieses Porträt gelegt zu haben.«

16

Thea Pabst hatte lange überlegt, ob sie Nelly Wegner aufsuchen sollte. Kein Zweifel, es würde eine peinliche Situation geben, die trauernde Witwe und die Geliebte, aber der Wunsch, das Porträt zu besitzen, war so stark, dass er ihre Skrupel fast verdrängte. Und sie wollte dafür bezahlen, es ging ja nicht um ein Geschenk. Zögernd drückte sie die eiserne Klinke hinunter und betrat den dämmrigen Flur. Dort schaute sie auf den stummen Portier. *A. Wegner, 1. Stock, Vorderhaus.* Das Haus wirkte einfach, aber nicht ungepflegt. Ihre Schritte schienen unnatürlich laut auf den Holzstufen zu hallen, und sie spürte, wie ihr vor Aufregung ganz warm wurde.

Vor der Tür holte sie tief Luft und klopfte. Eine Frauenstimme fragte: »Wer ist da?«

»Ich heiße Thea Pabst und würde gern mit Ihnen sprechen, Frau Wegner. Bitte haben Sie Verständnis, auch wenn –«

Sie hörte, wie eine Kette gelöst wurde. Die Tür schwang nach innen auf, und Nelly Wegner erschien im warmen Lampenlicht. Sie schaute Thea verwundert, aber nicht unfreundlich an. »Kommen Sie doch herein.«

Sie führte sie ins Wohnzimmer, und Thea dachte unwillkürlich, hier hat er gelebt, hierher ist er gegangen, nachdem er mit mir im Bett war. Ihre Trauer war nicht herzzerreißend tief, aber aufrichtig, denn sie hatte eine schöne Zeit mit ihm verbracht. Und das Bild würde sie an diese schöne Zeit erinnern. Arnold würde auf diese Weise immer ein wenig zu ihr gehören.

Nelly Wegner nahm gegenüber von Thea Platz und faltete

die Hände über den Knien. Sie wirkte ruhig und gelassen, erstaunlich für eine Frau, die der Geliebten ihres Mannes gegenübersaß. Zart, aber nicht schwächlich. Und noch etwas fiel Thea auf: Sie wirkte eigentlich nicht wie eine gramgebeugte Witwe.

»Was wollen Sie von mir?«

»Es geht um das Bild, das Ihr verstorbener Mann von mir gemalt hat. Ich würde es gern kaufen.«

Nelly schaute sie überrascht an. »Kaufen?«

»Ja, ich zahle einen guten Preis dafür. Ich will nichts geschenkt.«

»Ach nein? Genau das hat Arnold aber gewollt. Er wollte es Ihnen schenken. Wir bekamen sogar Streit deswegen, den schlimmsten, den wir je hatten. Die Zeiten sind schwer, habe ich zu ihm gesagt, da können wir das Geld gut gebrauchen.«

Thea überlegte. Sie hatten nie über eine Bezahlung gesprochen, doch sie war immer davon ausgegangen, dass sie es kaufen müsste, wenn sie es für sich selbst haben wollte.

»Wären Sie denn damit einverstanden, dass ich es bekomme? Ich meine, es erinnert Sie vielleicht –« Thea wurde ein wenig rot und biss sich auf die Lippen.

»Daran, dass Sie seine Geliebte waren? Ach, da waren Sie nicht die Einzige«, sagte Nelly wegwerfend. »Ich möchte es eigentlich nicht behalten. Aber Sie müssen auch verstehen, dass ich es nicht einfach verschenken kann, selbst wenn mein Mann es so gewollt hat.«

»Nennen Sie mir einen Preis. Wenn ich kann, bezahle ich ihn gern. Ich weiß, als alleinstehende Frau hat man es nicht leicht.«

Nelly Wegner lächelte plötzlich. »Ich werde nicht mehr lange allein sein.«

Thea schaute sie fragend an.

»Nein, das nicht. Ich werde ein Kind adoptieren, das habe ich mir seit langem gewünscht. Zu zweit ist das Leben natürlich teurer, vor allem in heutiger Zeit.«

Thea griff in ihre Handtasche und holte das Portemonnaie heraus. Sie zählte zehntausend Mark ab und legte sie zwischen sich und Nelly auf den Tisch. Die Spannung, die von dem Häufchen Papier ausging, war förmlich zu spüren.

Dann nickte Nelly und nahm das Geld vorsichtig an sich. Sie legte es in eine Schublade in der Anrichte, zögerte einen Augenblick und drehte sich zu Thea um. »Die Polizei hat mir alles gebracht, was noch im Atelier war. Die Bilder gehören jetzt mir. Ich hole Ihres. Die übrigen werde ich wohl auch verkaufen.«

Nach einigen Minuten kam sie mit einem großen, flachen Paket zurück. »Ich hoffe, so geht es.«

Thea strich flüchtig darüber, bevor sie es unter den Arm klemmte. Sie war erleichtert, dass die Begegnung mit Arnolds Witwe so glatt gelaufen war. An der Wohnungstür drehte sie sich noch einmal um.

»Ja, und viel Glück bei der Adoption, Frau Wegner.«

Aus den beiden großen Fenstern, die die Tür des unauffälligen Hauses in der Mommsenstraße flankierten, ergoss sich warmes gelbes Licht auf den nassen Gehweg. In die Scheiben war in schrägen Lettern der Name *Palette* eingeschliffen. Leo schüttelte das Wasser von seinem Hut und ging die drei Stufen zum Eingang hinauf. Er hatte den Sonntagnachmittag mit den Kindern verbracht und nach längerer Zeit wieder einmal Georgs Hausaufgabenhefte durchgesehen, die so überraschend gut geführt waren, dass er ihm zur Belohnung einen Besuch in der Urania in der Invalidenstraße versprach. Dort konnte man sich wissenschaftliche Experimente ansehen und die Sternwarte besuchen, was Georg sich schon lange wünschte.

»Will Tante Ilse den Mann heiraten?«, fragte Marie, während sie hingebungsvoll ihre Puppe wickelte. »Und kriegt sie dann ein Kind?«

Leo musste schlucken. »So schnell geht das nicht, Liebes. Sie müssen erst mal sehen, ob sie sich gern haben. Sie kennen sich ja noch gar nicht lange.«

Georg sah ihn prüfend an. »Aber sie sind doch schon zusammen verreist.«

»Du hast recht. Aber wir sollten abwarten, bis Tante Ilse von sich aus etwas erzählt.«

»Na ja«, meinte Marie gelassen, »wenn sie den Mann heiratet und nicht mehr hier wohnt, kann die Frau Meyer ja auf uns aufpassen. Bei der dürfen wir auch viel mehr Bonbons essen als bei Tante Ilse.«

Leo hatte daraufhin seufzend das Thema gewechselt.

Gegen fünf rief Robert an und fragte, ob er mit in die »Palette« kommen solle, doch Leo gab ihm frei. »Wenn wir zu zweit auftauchen, werden die Leute gleich misstrauisch.« Manche Leute, darunter auch Künstler, reagierten bisweilen sehr empfindlich, wenn die Polizei in ihr Milieu eindrang.

Als er die Kneipe betrat, schlugen ihm angenehme Wärme und der verlockende Duft von Bohnenkaffee entgegen. Jemand spielte Klavier, ziemlich dissonant, wurde aber von den Gesprächen und dem Gelächter der Gäste fast übertönt.

Trotz der frühen Stunde herrschte Hochbetrieb im Lokal. Leo setzte sich an den letzten freien Tisch und bestellte bei der Bedienung ein Bier. Die meisten Gäste waren unkonventionell gekleidet, viele Männer trugen die Haare bis zum Hemdkragen. Am Nebentisch saß eine Frau im Herrenanzug und rauchte eine Zigarre. Jeder schien bemüht, schon nach außen zu demonstrieren, dass er mit der bürgerlichen Gesellschaft wenig im Sinn hatte.

Er musste plötzlich an Nelly Wegner denken, die sich wohl nichts mehr gewünscht hatte als ein ganz gewöhnliches Familienleben, die ein Kind haben wollte, um Wegners Eskapaden besser ertragen zu können. Robert hatte als Erster Zweifel an Nellys Unschuld geäußert, und es war eine Tatsache, dass die meisten Morde von engen Angehörigen und Ehegatten begangen wurden. Doch solange sie keine greifbaren Hinweise hatten, mussten sie weitersuchen. Als sein Bier kam, hielt er die Bedienung mit einer Handbewegung auf.

»Verzeihung, ich habe eine Frage: Kannten Sie Arnold Wegner?«

Die junge Frau mit den blutroten Lippen sah ihn erstaunt an. »Sie sind wohl zum ersten Mal hier, sonst würden Sie das nicht fragen. Den Wegner kannte hier jeder.«

Sie deutete auf die Wand hinter der Theke, an der zwischen zahlreichen anderen Bildern das Porträt einer ungeheuer dicken Frau mit pechschwarzen Haaren hing. »Unsere Wirtin, Mutter Freese. Das hat Wegner gemalt, um eine Monatsrechnung zu begleichen.«

»Kommt es öfter vor, dass Leute mit Kunst bezahlen?«

Sie lachte. »Ständig. Leider werden nicht alle berühmt, und dann bleiben wir auf den Bildern sitzen. Aber der eine oder andere hat sich tatsächlich einen Namen gemacht.«

»Kannten Sie Wegner denn näher? Hat er mit Ihnen über persönliche Dinge gesprochen?«, fragte Leo und trank einen Schluck Bier.

Die Bedienung schaute ihn jetzt genauer an. »Warum wollen Sie das wissen? Wollen Sie etwa Schulden eintreiben oder so? Da macht Mutter Freese nicht mit. Sie mag es nicht, wenn Leute ihre Gäste belästigen.«

Leo schüttelte den Kopf. »Keine Sorge, um Schulden geht es mir nicht.« Er zeigte seine Marke vor. »Kommissar Wechsler vom Morddezernat.«

Die Bedienung schaute rasch zur Theke, stellte ihr Tablett ab und setzte sich zu ihm an den Tisch. »Also ist doch was dran an der Sache. Man erzählt sich nämlich, dass der Wegner ermordet worden ist. Etwas in der Art hat wohl auch in der Zeitung gestanden.«

Leo nickte nur und lockerte ein wenig die Krawatte. Die

vielen Menschen ließen die Temperatur im Lokal beträchtlich steigen.

»Ja, wir vermuten, dass er einem Verbrechen zum Opfer gefallen ist. Daher ermitteln wir im Kreis der Angehörigen und Freunde. War Wegner beliebt? Wissen Sie von irgendwelchen Rivalitäten, persönlichen Abneigungen oder Feindschaften? Ach ja, und Ihren Namen hätte ich auch gern.«

»So viele Fragen auf einmal«, sagte die Bedienung seufzend. »Ich heiße Annemarie Schulz und arbeite seit zwei Jahren hier. So lange kenne ich auch Arnold Wegner. Ob er beliebt war – ja, ich glaube schon. Er war ein Mann, der gern unter Menschen war, sich für alles interessierte. Er konnte gut zuhören, das mögen die Leute. Richtige Feinde hatte er wohl nicht, Rivalen schon. Es gab bisweilen Getratsche, wenn er was malte, das in der Zeitung als Sensation abgebildet wurde. Die Gräfin mit den Maden im Bauch, die war ein echter Skandal.«

Leo hob die Hand. »Das klingt faszinierend. Wieso Maden?«

»Na ja, er hat sie gemalt, weil sie es wollte, und auf dem Bild quollen dann Maden aus ihrem Bauch. Da wollte sie es nicht bezahlen. Er hat es hingenommen. War ein klammer Monat für ihn.«

»Gab es deswegen weitere Auseinandersetzungen mit der Auftraggeberin?«

»Nicht dass ich wüsste. Aber Sie sollten mal mit den Herren da drüben sprechen.« Fräulein Schulz deutete auf einen Tisch ganz hinten in der Ecke, an dem zwei Männer ins Gespräch vertieft saßen. »Das waren gute Freunde von ihm.«

Leo bedankte sich, stand auf und ging zu dem fraglichen Tisch hinüber. Dort stellte er sich mit einer angedeuteten Verbeugung vor. Die Herren blickten überrascht auf. Einer war klein und füllig und trug eine kreisrunde Hornbrille, was ihn wie einen bebrillten Fußball aussehen ließ. Er hatte an jeder Hand einen auffälligen Siegelring, die beide tief ins Fleisch schnitten. Sein Begleiter war eher schmal und dunkel, seine Augen funkelten ironisch und schienen tief in Leo hineinzublicken.

Der Schmale bot ihm einen Platz an. »Kurt Levasseur, Maler und Kunstkritiker, leider nicht in dieser Reihenfolge. Das hier ist Ernst Kollender, einer unserer boshaftesten Karikaturisten, auch wenn er nicht so aussieht.«

Kollender grinste. »Es hat auch Vorteile, wie ein satter Säugling auszusehen, Herr Wechsler. Die Menschen nehmen einen nicht für voll und enthüllen mehr, als sie eigentlich wollen.« Dann wurde er ernst. »Ist es wahr? Wegner wurde ermordet?«

»Mit ziemlicher Sicherheit«, bestätigte Leo. »Wir gehen davon aus, dass er niedergeschlagen und angezündet wurde.«

Die beiden Künstler schauten sich betroffen an. Leo beobachtete sie prüfend, an ihrer Reaktion wirkte nichts gespielt.

»Sie können sich vorstellen, dass wir Wegners Umfeld untersuchen, mit Freunden und Bekannten sprechen und allen Hinweisen nachgehen müssen. Da er regelmäßig hier verkehrte, bitte ich um Ihre Mithilfe.«

Kollender nickte ernst und winkte der Bedienung. »Was nehmen Sie, Herr Wechsler? Oder sollte ich Herr Kommissar sagen?«

Leo schüttelte den Kopf. »Nein, ich möchte kein Aufsehen erregen. Außerdem ist dies noch kein Verhör, sondern eine Unterhaltung. Sollte ich etwas Belastendes von Ihnen erfahren, müssten Sie dies ohnehin offiziell zu Protokoll geben, sonst habe ich nichts in der Hand. – Noch ein Bier, bitte.«

»Und was genau wollen Sie wissen?«, erkundigte sich Levasseur, der eine Zigarette mit starkem Aroma rauchte. Er bot Leo eine an, der dankend ablehnte. Er rauchte selten, und der durchdringende Geruch behagte ihm nicht.

»Es geht mir vor allem um Hinweise auf Konflikte, Rivalitäten, die über ein normales Maß hinausgingen. Eifersucht, Affären, alles, was eine derartige Tat erklären kann.«

»In Kollegenkreisen war Arnold recht beliebt«, sagte Levasseur. »Er schien sich an einen gewissen Ehrenkodex zu halten, nach dem er Künstlern nicht die Frau ausspannte. Da verlegte er sich lieber auf Modelle, manchmal auch aus besten Kreisen.«

»Er liebte die Provokation«, warf Kollender ein.

»Ich hörte etwas von einem Gemälde mit Maden«, sagte Leo.

Die Männer lachten.

»Ja, die Gräfin Zernowitz hatte sich ihr Porträt wohl etwas anders vorgestellt. Delikat war, dass sie vorher überall herumerzählt hatte, sie ließe sich von Arnold Wegner malen. Danach wurde sie ständig gefragt, was denn aus dem Porträt geworden sei und wann sie es endlich in ihren Salon hängen wolle. Aber ermordet hat sie ihn deshalb wohl kaum.«

»Sie wüssten also niemanden, der so eifersüchtig war, dass er Wegner deswegen getötet hätte?«

Kollender antwortete mit einem Schulterzucken. »Sicher ist man da nie, aber Arnold war... wie soll ich sagen, sehr liebenswürdig. Er machte es einem nicht leicht, ihn zu hassen.«

»Dennoch muss ihn jemand so sehr gehasst haben, dass er ihn bei lebendigem Leibe anzündete«, warf sein Freund bedrückt ein.

»Wie sieht es denn mit seiner Familie aus, seiner Frau, meine ich? Kennen Sie Nelly Wegner? Wie hat er von ihr gesprochen? Sprach er überhaupt von ihr?«

Leo spürte, dass den Männern die Frage unangenehm war. Kollender schaute zur Decke, Levasseur holte umständlich eine neue Zigarette aus einem zerkratzten Silberetui. Schließlich räusperte er sich.

»Wir haben Arnolds Ehe nie ganz verstanden. Er lud keinen

von uns je zu sich nach Hause ein. Seine Frau lebe sehr zurückgezogen und verkehre nicht in Künstlerkreisen, pflegte er zu sagen. Ich habe mich immer über diese Ehe gewundert, sie schienen so wenig gemeinsam zu haben.«

Kollender hob die Hand. »Ich muss dich kurz unterbrechen, Kurt. Einmal war sie doch hier, du warst seinerzeit in Paris. Mutter Freese feierte damals ihren Sechzigsten, und Arnold brachte Nelly mit. Zuerst stellte er sie allen möglichen Leuten vor, Dix und Grosz, Beckmann war auch da, doch bald wirkte er wie verwandelt, saß nur mit ihr an einem Tisch und redete kaum noch. Sie sind schon gegen zehn gegangen. Ich glaube, sie wollte unbedingt nach Hause.«

Das passte zu allem, was Nelly Wegner und Alfred Salomon ihnen erzählt hatten, dachte Leo, aber eine unerfüllte Ehe allein war noch kein Motiv für einen Mord.

»Wissen Sie, wer mir sonst weiterhelfen könnte?«

Levasseur deutete mit der Zigarette auf die Theke. »Mutter Freese. Wenn er jemandem sein Herz ausgeschüttet hat, dann ihr.«

Leo bedankte sich für das Gespräch und begab sich an die Theke. Mutter Freese polierte Gläser und redete dabei mit drei Gästen zugleich. Ihr unnatürlich schwarzes Haar war zu einem lockeren Zopf geflochten, der lang den Rücken hinunterfiel und von einem Lederband gehalten wurde. Über ihrer weißen Bluse trug sie eine ungewöhnliche perlenverzierte Lederweste, die Leo an Zeichnungen aus Georgs Wildwestromanen erinnerte.

Er wartete höflich, bis die Gäste eine Gesprächspause einlegten, und stellte sich diskret vor. Mutter Freese sah ihn an und sagte ohne das geringste Erstaunen: »Sie sind wegen Arnold hier.«

»Das ist richtig, Frau Freese. Könnte ich einen Augenblick mit Ihnen sprechen?«

Sie nickte und winkte einer Bedienung zu, die ihren Platz

hinter dem Tresen einnahm, und führte Leo in ein Hinterzimmer, wo sie ihm einen Platz auf einem reichlich harten Stuhl anbot. Sie selbst blieb stehen, zündete sich eine Zigarre an und paffte drauflos.

»Ich hab die Leute reden hören, aber nichts drauf gegeben. Wenn Sie wüssten, welche Märchen und Gerüchte hier umlaufen, da muss doch wenigstens einer einen kühlen Kopf bewahren. Und jetzt wollen Sie von mir hören, wer's gewesen ist.«

»Nicht unbedingt. Aber ich möchte Sie um Hinweise bitten. Vor allem interessiert mich, ob Herr Wegner mit Ihnen über persönliche Dinge gesprochen hat. Seine Ehe zum Beispiel.«

»Hm, er war keiner, der viel über Privates redete. Er sprach gern über andere Menschen, über seine Kunst, über gutes Essen. Aber jetzt, wo Sie mich fragen ...« Sie schien angestrengt nachzudenken und setzte sich nun doch. Dann stützte sie die drallen Arme auf den Tisch und richtete die Zigarre wie eine Waffe auf Leo.

»Doch, da war etwas, vor etwa einem halben Jahr. Arnolds Frau wollte unbedingt ein Kind, das hatte er schon öfter erwähnt. Er selbst war dagegen, weil er einfach nicht Vater werden wollte. Es gibt solche Männer, Frauen übrigens auch. Die keine Kinder wollen, meine ich.«

»Und?«, fragte Leo nach.

»Na ja, eine Zeit lang hat sie wohl so getan, als hätte sie sich mit ihrer kinderlosen Ehe abgefunden. Doch dann fing sie auf einmal an, von Adoption zu sprechen. Wegner wehrte sich auch diesmal, weil es für ihn keinen Unterschied bedeutet hätte. Kind in der Wohnung, Unruhe, Gebundenheit, finanzielle Verantwortung. All das, was nicht in sein Leben passte.«

Leo überlegte. Allmählich gewann Wegner für ihn an Kontur. Ein interessanter, liebenswürdiger Mann, beliebt bei Freunden und Kollegen, erfolgreich bei Frauen, über den die meisten nur Gutes zu sagen hatten. Wäre da nicht seine eigene Frau gewesen. Schon bei der ersten Befragung hatte sie anklingen lassen, dass es einen Riss in ihrer Ehe gegeben hatte, eine Kluft, die aus der Verschiedenheit der Charaktere und Interessen rührte. Doch warum hatte sie sich nicht scheiden lassen, wenn sie unglücklich mit ihm war? Angst vor der Einsamkeit, finanzielle Abhängigkeit, eine starke sexuelle Bindung, alles war denkbar. Doch der übergroße Wunsch nach einem Kind, notfalls auch durch Adoption, brachte eine neue Note ins Spiel.

»Hatte sie sich damit abgefunden, dass er es nicht wollte?«, fragte Leo.

Mutter Freese klopfte die Asche von ihrer Zigarre. »Vor einigen Wochen kam er abends her und war sehr schlechter Laune. Das passte gar nicht zu ihm, also hab ich nachgefragt. Worauf er ziemlich kurz angebunden meinte, seine Frau lasse ihm einfach keine Ruhe. Womit, hat er nicht gesagt. Womöglich meinte er die Sache mit der Adoption.«

Leo stand auf. »Vielen Dank, Frau Freese. Würden Sie diese Aussage auch beeiden?«

»Natürlich. Ich stehe zu meinem Wort.« Sie verabschiedete ihn mit einem herzhaften Händedruck. »Finden Sie heraus, wer das getan hat. So etwas hat der Wegner nicht verdient. Außerdem war er mein Stammgast.«

Auf dem Heimweg war Leo mit sich zufrieden. Er sah auf die Uhr, als er in die Elektrische stieg. Ilse war sicher schon zu Hause. Hoffentlich gut gelaunt. Und ihm war, als hätte sich an diesem Wochenende auch für ihn etwas unwiderruflich verändert.

17

Am Montagmorgen war Leo zeitig im Büro. Es gab viel zu erledigen. Sie mussten den Hinweisen aus der »Palette« nachgehen, und ein weiterer Besuch bei Paul Görlich stand an. Er wunderte sich, als das Telefon klingelte und Fräulein Meinelt einen Anruf von Thea Pabst ankündigte.

»Hier Wechsler, guten Morgen, Fräulein Pabst.« Er hätte nie gedacht, dass Künstler so früh aufstanden.

»Ich bin so froh, dass ich endlich mein Bild habe, und dachte, ich rufe kurz an, um Ihnen Bescheid zu geben. Die Sache hat sich also erledigt.«

Leo griff nach Stift und Zettel. »Augenblick mal, wie sind Sie denn an das Bild gekommen?«

»Ich war bei Frau Wegner und habe ganz vernünftig mit ihr gesprochen. Sie hat es mir verkauft, da es ohnehin nur unangenehme Erinnerungen in ihr weckt.«

»Verkauft?«, fragte Leo überrascht, als er an die Zeugenaussage über den Streit im Treppenhaus dachte.

»Ja, Arnold wollte es mir wohl schenken, auch wenn er es mir gegenüber nie erwähnt hat«, sagte sie, als hätte sie seine Gedanken gelesen. »Sie haben deswegen gestritten. Aber Frau Wegner kann das Geld gut gebrauchen, wegen des Kindes und so weiter. Und ich war ohnehin davon ausgegangen, dass ich es kaufen müsste.«

»Nicht so schnell, Fräulein Pabst«, warf Leo ein. »Von welchem Kind sprechen Sie?« Er stenographierte hastig mit.

»Frau Wegner hat erzählt, sie möchte ein Kind adoptieren. Wahrscheinlich ist sie einsam, jetzt wo Arnold tot ist.«

»Hat sie sich näher dazu geäußert?«

»Nein, sie erwähnte es nur kurz, schien aber sehr glücklich darüber zu sein. Mehr kann ich Ihnen leider nicht sagen.«

Leo schob den Notizblock beiseite. »Jedenfalls danke ich Ihnen, Fräulein Pabst. Auf Wiederhören.« Er hängte ein.

Erst Mutter Freese und nun dieser Anruf, das konnte kein Zufall sein. Sobald Robert kam, würde er ihn losschicken, damit er Erkundigungen zum Adoptionsrecht einzog. Wenn es nun ein Motiv jenseits von Eifersucht und Habgier gegeben hatte?

Leo wollte gerade aufstehen und im Vorzimmer nach Robert fragen, als Fräulein Meinelt anklopfte und die Tür öffnete. »Herr von Malchow für Sie, Herr Kommissar.«

»Herein.«

Er setzte sich überrascht wieder an den Schreibtisch und begrüßte den Kollegen mit einer Handbewegung. »Nehmen Sie Platz. Wir sind uns ja länger nicht über den Weg gelaufen.«

Herbert von Malchow setzte sich auf den Stuhl gegenüber, schlug die Beine übereinander und verschränkte die Arme vor der Brust. Sein Gesichtsausdruck wirkte so selbstzufrieden, dass Leo ein ungutes Gefühl beschlich.

»Fühlen Sie sich wohl in der Inspektion D? Interessante Fälle?«, fragte er kühl und höflich.

Von Malchow nickte gelassen. »Sie würden sich wundern, Herr Kommissar, was man dort so alles erleben kann.«

Der selbstgefällige Tonfall gefiel Leo gar nicht. »Seltsam, ich dachte immer, Sie hängen mit Leib und Seele am Morddezernat.«

Von Malchow ließ sich von dem Seitenhieb nicht beirren. »Wenn Sie ein paar Minuten Zeit haben, würde ich Ihnen gern von einem laufenden Fall berichten.«

Leo zog eine Augenbraue hoch. »Hat er mit einem Fall dieser Abteilung zu tun?«

»Das nicht, aber mit Ihnen. Wir beobachten seit längerem

einen Schieber. Er handelt mit Wertgegenständen, die er unter Preis kauft, teilweise auch von Hehlern bezieht und mit gutem Gewinn ins Ausland verscherbelt. Bis vor kurzem gab er sich mit Antiquitäten, Tafelsilber, Schmuck und Ähnlichem zufrieden und konnte sich immerhin einen schönen Wagen davon leisten. Neuerdings ist er allerdings ins Waffengeschäft eingestiegen. Wir vermuten Verbindungen zu rechtsnationalen Kreisen. Da ist nach dem Kapp-Putsch und dem Attentat auf Rathenau natürlich äußerste Vorsicht geboten.«

»Ich kann mich nicht erinnern, dass Sie über den Tod Rathenaus sonderlich traurig gewesen wären«, warf Leo ein.

»Die Überheblichkeit wird Ihnen noch vergehen, Herr Kommissar«, entgegnete von Malchow zufrieden. »Zurück zu meinem Waffenschieber.«

»Verraten Sie mir endlich, was mich diese Sache angehen soll?«

Von Malchow hob beschwichtigend die Hand. »Immer langsam, Herr Kommissar, ich werde Sie nicht länger auf die Folter spannen. Mir fiel die Aufgabe zu, diesen Herrn zu observieren, und was glauben Sie, wie überrascht ich war, ihn mehrmals in Begleitung einer Dame zu sehen, die Ihnen nicht unbekannt sein dürfte?«

Leo spürte einen Druck in der Magengegend, blieb aber äußerlich ruhig. »Woher wollen Sie wissen, welche Damen ich kenne?«

»Ihre eigene Schwester dürfte Ihnen wohl nicht fremd sein, oder?«

Walther sah seinen Freund gereizt an. »Leo, du hörst mir gar nicht zu. Was ist mit dieser Adoptionssache? Womöglich hat sie ihn umgebracht, weil er kein Kind mit ihr haben und auch keins adoptieren wollte. Die Frau wünscht sich um jeden Preis ein Kind, sonst hätte sie doch nicht einer Wildfremden, die zudem die Geliebte ihres Mannes war, davon erzählt.«

Doch Leo schien ihn nicht gehört zu haben. Worauf Walther aufstand und mit der flachen Hand auf den Tisch hieb, dass die Papiere in die Luft flatterten. »Verdammt noch mal, was ist los mit dir?«

Leo schob langsam den Stuhl nach hinten, lehnte sich zurück und sah ihn an. Er wirkte müde und angespannt zugleich, unter seinen Augen lagen tiefe Schatten. »Ilses Freund wird von der Polizei observiert.«

»Wie bitte?«

»Von Malchow war eben hier«, antwortete Leo ungeduldig. »Die Inspektion D observiert Bruno Schneider wegen irgendwelcher Waffenschiebereien. Die Ware geht vermutlich an rechte Organisationen, du weißt schon, Brigade Ehrhardt und Konsorten.« Die Brigade Ehrhardt hatte im März vor zwei Jahren einen Putschversuch unternommen. »Und dabei hat er Ilse mehrmals mit Schneider zusammen gesehen.«

Walther ließ sich schwer auf seinen Stuhl fallen. »Und jetzt?«

Leo starrte blind vor sich hin. »Ilse hat das Wochenende mit ihm verbracht, ist richtig verliebt. Du würdest sie nicht wiedererkennen. Wie soll ich ihr sagen, dass ihr Freund allem Anschein nach ein Verbrecher ist?«

»Ist es denn nur ein Anfangsverdacht, oder haben die echte Beweise gegen ihn?«

»Es hörte sich ziemlich fundiert an, die warten nur darauf, ihn bei der nächsten Übergabe zu verhaften. Du hättest von Malchows Gesicht sehen sollen.«

Das konnte Walther sich lebhaft ausmalen. »Leo, du musst es ihr sagen.«

»Na wunderbar. Und was passiert, wenn sie es Schneider brühwarm erzählt? Nicht um mir zu schaden, aber du weißt, wenn man jemanden liebt, denkt man nicht immer klar und vernünftig. Auf jeden Fall käme ich in Teufels Küche. Und wenn an der Sache nichts dran sein sollte, habe ich ihr alles kaputt gemacht.«

»Von Malchow würde nicht wagen, dich zu belügen, Leo. Wenn er dir so etwas erzählt, muss er damit rechnen, dass du in seiner Abteilung nachfragst.« Walther dachte nach und kratzte sich dabei mit dem Bleistift am Kopf.

»Ich kann es nicht riskieren, mit Ilse darüber zu sprechen«, sagte Leo. Dann fiel ihm noch etwas ein. »Und wie verhalte ich mich, wenn ich nach Hause komme, und er sitzt in der Küche und isst Erbsensuppe? Oder führt Georg mal wieder den Wagen vor?«

Walther sah betreten zu Boden. »Ich fürchte, dir bleibt keine Wahl.«

»Also kann ich nur abwarten und zusehen, wie man ihn verhaftet, und es Ilse nachträglich erklären.« Leos Stimme klang bitter. »Und von Malchow hat noch einen draufgesetzt. Ich soll mich für ihn verwenden, damit er wieder der Mordinspektion zugeteilt wird. Mit anderen Worten, ich soll ihn persönlich anfordern, sonst bringt er meine Schwester bei den Ermittlungen ins Spiel.«

Es klopfte, Stahnke und Berns kamen herein.

»Guten Morgen. Nettes Wochenende gehabt? Was steht heute an?«, grüßte Berns vergnügt.

Leo bot ihnen Stühle an und suchte seine Unterlagen zusammen, als wäre nichts geschehen. »Einiges. Es gibt neue Entwicklungen. Wir müssen Frau Wegner noch einmal auf den Zahn fühlen. Robert, du erkundigst dich nach der rechtlichen Lage bei Adoptionen. Wer kann unter welchen Umständen ein Kind annehmen?« Er schaute die Kollegen an. »Wir haben erfahren, dass Frau Wegner seit längerer Zeit den Wunsch hegt, ein Kind zu adoptieren, während ihr Mann sowohl ein eigenes als auch ein angenommenes Kind ablehnte. Womöglich könnte dies ein bislang unbekanntes Motiv sein.«

Berns nickte und machte sich Notizen. »Wir könnten uns in Waisenhäusern umhören, ob sie dort nachgefragt hat.«

»Gute Idee.«

Walther war aufgestanden. »Wenn es eilig ist, fange ich sofort damit an.«

Leo nickte ihm zu und wandte sich an Stahnke und Berns.

»Sie beide ziehen jetzt doch nähere Erkundigungen über diese Asgard-Gesellschaft ein.« Er holte die entsprechenden Seiten der Akte Carl Bremer aus einer Schublade und schob sie den Kollegen hin. »Ich will wissen, womit sich dieser Verein genau beschäftigt, wer dazugehört, wo er zusammentrifft. Sie schauen im Archiv nach und fragen bei den großen Zeitungen nach. Ich selbst habe noch eine andere Quelle. Das wäre vorerst alles.«

Stahnke und Berns sahen sich ein wenig verwundert an und verabschiedeten sich. Als Leo allein war, stand er auf und trat ans Fenster. Verdammt, wieso konnte Ilse nicht zur Abwechslung einmal Glück haben? Natürlich hatte er sich seine Gedanken gemacht, aber diese Enttäuschung hätte er ihr gern erspart. Zumal er nach dem Abend mit Clara Bleibtreu so glücklich gewesen war, dass er seiner Schwester nur das Beste wünschte. Er presste die geballte Faust gegen den Mund und blieb mit gesenktem Kopf am Fenster stehen.

Als Leo vor der Tür von Kriminaloberkommissar Gennats Büro stand, fragte er sich, weshalb er nicht früher auf diese Idee gekommen war. Der Leiter der Mordinspektion hatte ihm in schwierigen Situationen schon öfter zur Seite gestanden und galt als absolut verschwiegen. Leo klopfte.

Die freundliche Stimme von Gertrud Steiner, Gennats Sekretärin, bat ihn herein. Sie saß hinter ihrer schwarzen Schreibmaschine und blickte ihm lächelnd entgegen. »Herr Wechsler, Sie habe ich ja lange nicht gesehen. Der Herr Oberkommissar telefoniert gerade. Möchten Sie?«

Sie deutete auf ein Tablett mit Kuchen, Tellern und Gabeln, das neben der Schreibmaschine stand. Gertrud Steiner war im Präsidium auch als Bockwurst-Trudchen bekannt, da sie ihren Chef nicht nur mit Kuchen, sondern auch mit herzhaften Köstlichkeiten versorgte. Leo zögerte.

»Keine Sorge, es reicht schon. Greifen Sie zu.«

Leo, dem plötzlich auffiel, dass er seit Stunden nichts gegessen hatte, nahm sich ein Stück Frankfurter Kranz, das er im Stehen aß, während Fräulein Steiner in rasendem Tempo weitertippte. Er hörte, wie nebenan ein Stuhl über den Boden scharrte, schwere Schritte erklangen, dann stand Kriminaloberkommissar Ernst Gennat in der Tür.

»Guten Appetit, Herr Wechsler.« Er war dick, unglaublich dick, doch hinter den Hängebacken und den kleinen Äuglein verbarg sich ein ungeheuer scharfer Verstand.

Leo stellte rasch den Teller ab und begrüßte seinen Vorgesetzten, der ihn nach nebenan führte und ihm einen Platz anbot. Gennats Büro war im ganzen Präsidium berühmt – nicht nur, weil es mit einem Sofa und zwei Plüschsesseln ausgestattet war, sondern auch wegen der Fotos von Mördern und Mörderinnen, die die Wände zierten. Am Sofa lehnte eine Axt, die an einen längst gelösten Mordfall erinnerte. Leo kam sich hier immer vor wie in einem Kriminalmuseum.

»Was kann ich für Sie tun? Mal wieder Ärger mit denen da oben?«, fragte Gennat augenzwinkernd, da Leo gelegentlich aufbrausend reagierte und mehr als einmal mit seinen Vorgesetzten aneinandergeraten war.

»Ja und nein, eigentlich geht es nur um von Malchow«, sagte Leo und berichtete, was dieser ihm über Bruno Schneider erzählt hatte.

Gennat wiegte den Kopf. »Schwierige Lage, Herr Kollege, da können Sie nicht viel machen außer abwarten. Ihnen ist wohl klar, dass Sie sich in Teufels Küche begeben, wenn Sie Ihrer Schwester davon erzählen.«

Leo nickte. »Gewiss. Ich werde schweigen, auch wenn es mir schwerfällt. Sie sollten nur Bescheid wissen, falls von Malchow die Geschichte verbreitet. Ich dulde nicht, dass hier im Präsidium über meine Schwester geklatscht wird.«

Gennat lächelte beschwichtigend. »Keine Sorge, Wechsler, dazu wird es nicht kommen.« Er überlegte. »Und noch eins. Ich werde mich einmal in Ruhe mit dem Leiter der Inspektion D unterhalten und ihm sagen, dass wir ihm Herrn von Malchow gern noch länger zur Verfügung stellen.«

Robert Walther zog den Schal enger um den Hals und duckte sich, um dem eisigen Wind weniger Angriffsfläche zu bieten. An einer Hauswand hockte ein sogenannter Schüttler, ein ehemaliger Soldat, der einen Nervenzusammenbruch erlitten hatte und nun zuckend und zitternd um Almosen bettelte. Er trug noch immer seine zerlumpte Uniform, vielleicht um größeres Mitleid zu wecken. Berlin war voll von solchen armen Schweinen, die es besonders schwer hatten, weil sie nicht mit fehlenden Gliedmaßen oder beeindruckenden Narben aufwarten konnten. Robert warf einen Schein in den hingestreckten Hut und ging weiter, wobei er suchend die Schilder neben den Hauseingängen musterte. Schließlich hatte er die Kanzlei gefunden.

Rechtsanwalt Dr. Holderer bot Walther einen Stuhl an. »Was kann ich für Sie tun?«

»Sie kennen sich mit Familiensachen aus?«

»Familienrecht ist mein Fachgebiet, Herr Kriminalsekretär.«

»Gut. Ich möchte wissen, unter welchen Umständen man in Deutschland ein Kind adoptieren kann.«

»Das ist eine sehr allgemeine Frage. Vielleicht beschreiben Sie mir die Situation der fraglichen Partei ein wenig näher.«

»Es handelt sich um ein kinderloses Ehepaar. Der Mann möchte keinen Nachwuchs, die Frau schon. Der Mann lehnt auch eine Adoption ab. Der Mann stirbt. Kann die Frau nun ein Kind annehmen?«

Der Anwalt legte die Fingerspitzen zusammen und sah Walther lächelnd an. »Die rechtliche Lage ist ziemlich eindeutig. Ich zitiere: ›Das Bürgerliche Gesetzbuch kennt nur eine Art der Annahme an Kindesstatt, die sowohl von einem Manne als auch von einer Frau ausgehen kann.‹ Dies ist also grundsätzlich möglich. Eine weitere Bedingung besteht darin, dass die annehmende Person keine eigenen ehelichen Kinder haben darf. Auch dies wäre in Ihrem Fall gegeben.«

»Existieren weitere Voraussetzungen?«

»Ja. Im Grunde besagt § 1744, dass die annehmende Person das fünfzigste Lebensjahr vollendet haben muss.«

»Unsere Frau ist deutlich jünger, Anfang dreißig, würde ich sagen«, warf Walther rasch ein.

Der Anwalt hob die Hand. »Immer langsam, es gibt eine staatliche Befreiung von dieser Voraussetzung, das kann ich Ihnen gleich schriftlich mitgeben.« Er beugte sich vor und schaute Walther eindringlich an. »Nun aber das eigentlich Wichtige: Solange die annehmende Person verheiratet ist, benötigt sie die Zustimmung des Ehegatten. Ist sie verwitwet, kann sie allein entscheiden.«

Walther klappte sein Notizbuch zu und stand auf. »Das war sehr hilfreich, Herr Dr. Holderer.«

»War das schon alles? Sie haben mich neugierig gemacht«, meinte der Anwalt ein wenig enttäuscht. »Darf ich fragen, worum es in Ihrem Fall geht?«

»Genaueres kann ich noch nicht sagen. Aber es wäre denkbar, dass die Frau ihrem künftigen Mutterglück ein wenig nachgeholfen hat.«

Leo zweifelte noch, als er am Abend die Klinke der Leihbücherei hinunterdrückte. Eigentlich hatte er sich ihr nächstes Treffen anders vorgestellt, auf jeden Fall romantischer, und nun kam er mit seinen Familienproblemen daher, als könnte er sie nicht allein lösen. Was auch der Wahrheit entsprach. Er wusste, er konnte nur zusehen, wie Ilses Freund verhaftet wurde, alles andere hätte er mit seiner Pflicht als Polizeibeamter nicht vereinbaren können. Und doch sehnte er sich danach, mit Clara darüber zu sprechen, selbst wenn sie ihm nicht besser raten konnte als Walther oder Gennat.

Sie schaute ihn strahlend an und kam ihm mit ausgestreckter Hand entgegen. »Was für eine nette Überraschung, Leo.«

Er spürte, wie ihm ganz heiß wurde.

»Ich bin gleich fertig. Kommen Sie, um Bücher zu holen, oder wollen wir etwas trinken?«, fragte sie ein wenig herausfordernd.

»Letzteres, falls Sie Zeit und Lust haben«, sagte er und erwiderte ihren Blick.

»Zu Hause liegt ein Stapel Bügelwäsche, aber die wird nicht schlecht. Ich räume noch eben zusammen, dann können wir gehen. Heute suchen Sie übrigens das Lokal aus.«

Er lehnte sich an ein Regal und dachte nach. Sie wollten sich in Ruhe unterhalten, da kam ein lärmendes Tanzetablissement kaum in Frage. Dann fiel ihm das Café Caspary in einer Nebenstraße des Kurfürstendamms ein, in dem er sich einmal mit Marlen getroffen hatte. Es war im Stil der Wiener Kaffeehäuser eingerichtet, mit großen Spiegeln an den Wänden und gemütlichen Nischen, in denen man nicht gestört wurde. Dazu ein angenehmes Publikum, diskrete Musik, schmackhaftes Essen und nicht zu teuer, dort würde er mit Clara hingehen.

Er zuckte zusammen, als sie unvermittelt vor ihm stand. »Kann ich so gehen, oder muss ich mich noch umziehen?«

Sie trug ein dunkelgraues Kostüm mit weißer Bluse, vor der ihre zarte Haut schimmerte. Die rotbraunen Haare fielen ohne Kämme und Nadeln lockig auf die Schultern.

»Nein, Sie sehen wunderbar aus.« Leo beugte sich vor und küsste sie flüchtig auf die Wange. Gleich darauf wusste er nicht mehr, woher er den Mut genommen hatte, aber sie lächelte ihn an.

»Ich bin bereit.«

Sie fuhren ab Bahnhof Beusselstraße Richtung Süden und gingen von der Uhlandstraße zu Fuß zum Café Caspary, das sich in einem schönen klassizistischen Bau in der Leibnizstraße befand. Die großen Scheiben waren durch steinerne Säulen unterteilt, die Tür zierten Einsätze aus buntem Glas. Draußen stand eine Werbetafel, auf der Apfelstrudel, Palatschinken, Nockerln und andere österreichische Köstlichkeiten angepriesen wurden.

Clara lächelte ihn an. »Woher kennen Sie meine süße Ader?«

»Reiner Instinkt«, sagte Leo und hielt ihr die Tür auf. Wohlige Wärme flutete ihnen entgegen. Ilse und Bruno Schneider waren beinahe vergessen.

Sie fanden eine kleine Nische nahe beim Fenster und bestellten Kaffee und Apfelstrudel mit Schlag. Als sie aufgegessen hatte, schob Clara ihren Teller beiseite, stützte das Kinn in die Hände und sah ihn an.

»Ich werde nicht richtig schlau aus Ihnen. Sie tauchen immer so unerwartet auf. Es macht mir ja nichts aus, aber ich würde mich auch gern einmal auf eine Verabredung freuen.« Dann sah sie, wie ernst er plötzlich wirkte. »Tut mir leid, ich wollte Sie nicht kränken. Es hat sicher mit Ihren unregelmäßigen Dienstzeiten als Polizeibeamter zu tun.«

Leo nickte. »Das auch.« Er tastete in seiner Jackentasche nach den Zigaretten, bot ihr eine an und nahm selbst auch eine. »Sie wissen ja, dass ich mit meiner Schwester zusammenlebe. Manchmal ist es nicht einfach, allen gerecht zu werden. Meinen Kindern, Ilse, meiner Arbeit und –«

»– mir?« Sie legte ihre Hand auf seine.

Leo drückte die Zigarette wieder aus. Verdammt, warum konnte er sich nicht richtig entspannen, obwohl er Claras Gegenwart so genoss? »Ja«, sagte er leise. »Wo ich auch bin, ich habe immer das Gefühl, dass jemand anders zu kurz kommt.«

Sie ließ ihre Hand unbeirrt auf seiner liegen. »Das brauchst du nicht, Leo. Du hast ein eigenes Leben, du bist nicht nur Bruder, Vater und Polizist.«

Er schluckte, konnte nichts sagen und wünschte, sie würde einfach weitersprechen. Was sie zum Glück auch tat.

»Ich habe es leicht, ich bin allein. Muss auf niemanden Rücksicht nehmen, kann kommen und gehen, wann ich will. Aber glaub mir, der Preis dafür ist hoch. Wenn ich wählen könnte, hätte ich lieber eine Familie, mit allen Sorgen und Nöten, die sie mit sich bringt.«

Er bemerkte die Leidenschaft in ihrer Stimme. »Und warum hast du keine Familie?«, fragte er und fürchtete schon, er hätte sich zu weit vorgewagt.

Clara wollte gerade antworten, als sich ihr Gesichtsausdruck abrupt veränderte. Sie wirkte wie versteinert.

Bevor er noch fragen konnte, was los sei, war der Mann schon an ihren Tisch getreten, begrüßte sie mit einer spöttischen Verbeugung und schlug andeutungsweise die Hacken zusammen.

»Guten Abend, die Herrschaften. Ich habe durchaus Phantasie, aber das übertrifft doch alles. Danke, Clara, du brauchst uns nicht bekannt zu machen.«

Ulrich von Mühl beugte sich vor und drückte lässig seine Zigarette im Aschenbecher auf dem Tisch aus. »Weißt du eigentlich, wie wenig ein Kriminalkommissar verdient?«, fragte er mit einem abschätzigen Blick auf Leo, legte eine Kunstpause ein und betrachtete seine sorgfältig manikürten Finger. »Ach, ich vergaß, du sorgst ja selbst für dich. Wie lebt es sich denn so vom Buchhandel? Ich muss sagen, früher war deine Toilette eleganter. Wenn du mich jetzt entschuldigst, ich bin in Begleitung.« Wieder die ironische Verbeugung, dann war er hinter einer Säule verschwunden.

Leo, der instinktiv aufgestanden war, setzte sich wieder. Er trank seinen Kaffee aus, um sich die nächsten Worte zurechtzulegen. Er spürte, dass sich in diesem Augenblick etwas grundlegend verändert hatte. »Woher kennst du ihn?«

»Ich war mit ihm verheiratet.«

18

Am nächsten Tag konnte sich Leo nur verschwommen daran erinnern, wie er Clara nach Hause gebracht hatte, so sehr hatte ihn die Begegnung mit von Mühl schockiert. Um schneller vom Café wegzukommen, hatte er ein teures Taxi genommen. Sie saßen im Fond, jeder in seine Ecke gedrückt, und schwiegen. Bisweilen sah Clara ihn verstohlen von der Seite an, doch er konnte einfach nicht mit ihr sprechen. Er wollte nur nach Hause und Ordnung in seine Gefühle bringen. Sich darüber klar werden, was es bedeutete, dass sie mit einem Mann verheiratet gewesen war, den er persönlich verabscheute. Sie war also geschieden, anders war die Situation nicht zu erklären. Warum hatte sie ihm nichts davon erzählt? Weil sie sich noch nicht gut genug kannten? Oder war sie gerade dabei gewesen, es ihm zu sagen, als von Mühl auftauchte?

Der Abschied war kurz und unbeholfen verlaufen. Es schien, als wollte Clara noch etwas sagen, doch dann wandte sie sich rasch ab und suchte nach ihrem Haustürschlüssel. Leo wartete, bis sie in der Tür verschwunden war, bezahlte das Taxi und machte sich zu Fuß auf den Heimweg, um wieder einen klaren Kopf zu bekommen.

Dass Clara schon einmal verheiratet gewesen war, machte ihm im Grunde nichts aus. Es konnte vorkommen, dass man jemanden nicht mehr liebte oder dass zwei Menschen einfach nicht zusammenpassten und deswegen auseinandergingen. Allerdings hatte es ihn tief getroffen, dass es ausgerechnet dieser Mann gewesen war. Ein arroganter Mensch, der ihm von

Anfang an herablassend, wenn nicht gar beleidigend begegnet war, der beharrlich an einer gesellschaftlichen Stellung festhielt, die längst überholt war, und fragwürdigen politischen Ideen anhing.

Andererseits, sagte er sich, sprach es auch für Clara, dass sie sich von diesem Mann getrennt hatte – falls es denn so gewesen war. Leo stieß wütend die Hände in die Manteltaschen. Hätte er sich zu einem Gespräch durchgerungen und sie behutsam danach gefragt, müsste er sich jetzt nicht mit bloßen Vermutungen abgeben. Aber nein, seine Gefühle waren wieder einmal mit ihm durchgegangen.

Als er nach dem Fußmarsch in die Emdener Straße einbog, war ihm leichter ums Herz. Plötzlich spürte er wieder Claras Hand auf seiner, und ihm wurde trotz der Winterkälte warm.

Allerdings würde die unangenehme Begegnung im Café ihren Ermittlungen in Sachen Asgard-Gesellschaft nicht gerade förderlich sein. Wenn es hart auf hart kam, konnte von Mühl ihn der Voreingenommenheit beschuldigen, und es sähe nicht gut aus, wenn sich ein ermittelnder Kriminalkommissar mit der geschiedenen Frau eines Verdächtigen traf.

Leo seufzte und zwang sich, wieder an die Arbeit zu denken. Im Büro wartete Walther schon mit einer Liste der Berliner Kinderheime und Waisenhäuser auf ihn. Leo überflog die Liste. Walther hatte alle Einrichtungen, die in der Nähe der Wegnerschen Wohnung und des Ateliers lagen, mit Rotstift markiert. »Kinderheim des St.-Marien-Stiftes, Ackerstraße, Gesundbrunnen«, das war nicht allzu weit vom Prenzlauer Berg entfernt, wo die Wegners wohnten. Er kannte das Haus, ein ansehnlicher roter Ziegelbau mit Erkern, Balkonen und Türmchen, der gar nicht so düster aussah wie andere Kinderheime und Waisenhäuser.

Dann folgte das »Markus-Stift für elternlose Kinder, gegründet 1867, Türkenstraße 12A, Berlin-Wedding«. Er trat vor den großen Stadtplan, der an der Wand hing, suchte die

Türkenstraße und stieß einen leisen Pfiff aus. Eine Nebenstraße der Müllerstraße, in der Nelly Wegner den Schirm gekauft hatte, kurz bevor sie die Leiche ihres Mannes fand. Walther nickte und griff schon nach Mantel und Hut. »Einen Versuch ist es wert.«

Walther nahm die Ringbahn zum Bahnhof Wedding und ging die Müllerstraße Richtung Norden hinauf. Vor einem großen Tor drängten sich die Menschen, darunter viele Kinder, die um eine riesige Traube Luftballons standen und begehrlich zu ihr hinaufblickten. Über dem Tor war ein Brett mit zwei Türmchen angebracht, auf dem »Berliner Nordpark – Zum Onkel Pelle« zu lesen war. Ein stadtbekannter Rummelplatz, der einem Zirkusclown gehörte. Eine handbeschriebene Anschlagtafel verkündete, welche starken Männer aus welchen Ländern an diesem Tag in der »geheizten Halle« gegeneinander antreten würden. Walther lief das Wasser im Mund zusammen, als ihm der Duft von Zuckerwatte und kandiertem Obst in die Nase stieg, doch er zwang sich, weiterzugehen.

An der Kreuzung Seestraße kündigte ein Lichtspielhaus mit schwülstigen Plakaten in knalligen Farben *Das Weib des Pharao* an, vor dem Eingang hatte sich trotz der Kälte eine lange Schlange gebildet. Selbst hier im armen Wedding hatten die Menschen immer noch genügend Geld, um für ein, zwei Stunden der Wirklichkeit zu entfliehen. Walther zog sich den Schal fester um den Hals und ging bis zur nächsten Ecke, wo er sich vor einem großen, abweisenden Gebäude wiederfand.

Von innen erwies sich das Markus-Stift als weitaus freundlicher. Die Flure waren hell gestrichen, an den Wänden hingen Kinderzeichnungen, und die Aufseherinnen trugen keine strenge Anstaltstracht, sondern blaue Kittel mit weißen Kragen.

Walther meldete sich an der Pforte an, wo man ihn bat, einen Moment zu warten. An einer Anschlagtafel hingen Bitten um Spenden, man benötigte Lebensmittel, Kinderkleidung,

Heizmaterial und vieles mehr. Als Schritte hinter ihm auf dem Steinboden erklangen, drehte er sich um.

Eine jüngere Frau in dunklem Kostüm, die eine Brille an einer silbernen Gliederkette um den Hals trug, trat auf ihn zu. »Herr Walther?« Sie streckte ihm die Hand hin. »Ich heiße Eva Müller und bin die Leiterin des Stifts. Kommen Sie doch bitte mit in mein Büro.«

Sie führte ihn durch eine zweiflügelige Holztür in einen Flur, in dem Porträts hingen, strenge Herren in dunklem Anzug und Vatermörder, teils noch mit Backenbart, die vermutlich frühere Stiftsleiter darstellten. Da bot Fräulein Müller doch einen weit erfreulicheren Anblick. Sie öffnete eine Tür, an der in einem kleinen Metallrahmen ein Schild mit ihrem Namen steckte, und bot ihm einen Platz an.

Zimmerpflanzen, bunte Bilder an den Fenstern, schlichte Möbel aus hellem Holz – der ganze Raum strahlte Wärme und Freundlichkeit aus.

»Die Kinder kommen bestimmt gern zu Ihnen, wenn sie etwas auf dem Herzen haben«, sagte Walther impulsiv.

Sie lächelte. »Ich kann auch streng sein. Aber Sie haben recht, ich bemühe mich um eine ansprechende Umgebung, die Kindern keine Furcht einflößt. Viele sind ohnehin sehr verängstigt, und die finsteren, feuchten Waisenhäuser, die wir von früher kennen, machten das nur noch schlimmer. Die Zeiten von Oliver Twist sind hoffentlich vorbei, jedenfalls bei uns.«

Walther setzte sich und holte sein Notizbuch aus der Tasche.

»Womit kann ich Ihnen behilflich sein?«

»Kommt es vor, dass Kinder aus Ihrem Haus adoptiert werden?«

Sie schaute ihn ein wenig bedauernd an. »Leider viel zu selten. Wir haben zumeist ältere Kinder und Halbwüchsige, die sehr schwer zu vermitteln sind. Wenn Sie bedenken, was viele dieser Kinder in ihrem kurzen Leben schon durchgemacht haben, verwundert es nicht, dass niemand sie aufnehmen möchte. Armut, Obdachlosigkeit, Krankheit, Misshandlung, Unzucht. Mit ihnen ist es wie mit den Katzen, da wollen die Leute auch am liebsten die niedlichen Jungtiere haben.« Der Ausdruck in ihren Augen strafte die abgebrühten Worte Lügen. Wenn sie den ganzen Tag mit Kindern zu tun hat, die eigentlich niemand haben will, musste sie sich wohl einen gewissen Schutzschild zulegen, dachte Walther.

»Ich möchte wissen, ob sich in letzter Zeit eine Dame bei Ihnen gemeldet hat, die ein Kind aufnehmen möchte.«

Sie nickte sofort. »Vor kurzem war tatsächlich jemand hier. Sie hat sogar schon mit einem kleinen Mädchen gesprochen.«

Walther beugte sich gespannt vor. »Wie hieß die Frau?«

»Augenblick, ich kann es Ihnen genau sagen.« Fräulein Müller holte ein Registerbuch aus der Schreibtischschublade und schlug es auf. »Ja, hier steht es. 21. November 1922, nachmittags um vier. Eine Frau Wegner, die ein Kind zu adoptieren wünscht. Sie gab an, es müsse kein Säugling sein, ein Kind bis fünf Jahre sei ihr durchaus genehm. Ich bin mit ihr durch die Spielzimmer gegangen, damit sie sich die Kinder einmal anschauen kann. Unsere fünfjährige Adele kam zu ihr gelaufen und hat sie etwas gefragt. Ich konnte spüren, dass sie die Kleine sofort ins Herz geschlossen hat.« Sie blickte hoch und fragte besorgt: »Stimmt etwas nicht mit dieser Frau?«

Walther schüttelte den Kopf. »Das kann ich noch nicht sagen. Erwähnte sie in diesem Gespräch auch ihren Mann?«

»In der Tat. Ich fragte natürlich, ob sie verheiratet sei, was sie bejahte. Dann erkundigte ich mich, weshalb ihr Mann nicht mitgekommen sei, eine derartige Entscheidung müsse man doch gemeinsam treffen. Worauf sie erklärte, er sei verhindert, daher wolle sie sich schon einmal allein umsehen. Ich habe mir nichts dabei gedacht.«

»Das mussten Sie auch nicht, Frau Müller. Die Anfrage war

absolut legitim, und es ist durchaus denkbar, dass meine Ermittlungen nichts ergeben. Eines würde mich aber interessieren: Haben Sie Frau Wegner gesagt, dass sie für eine Adoption die Zustimmung ihres Ehemannes benötigt?«

»Selbstverständlich.« Frau Müller klappte das Registerbuch zu und verschränkte die Hände darüber. »Darf ich fragen, worum es eigentlich geht? Ich bin für diese Kinder verantwortlich. Sie sind schon oft enttäuscht worden.«

Walther stand auf und sagte bedauernd: »Leider handelt es sich um eine laufende Ermittlung. Ich gebe Ihnen aber Bescheid, ob Frau Wegner vertrauenswürdig ist.«

»Vielen Dank. Es geht um die Zukunft eines Kindes, da muss alles seine Richtigkeit haben.«

Wie recht sie damit hatte.

Das Haus war grau und unansehnlich, es schien zu erbeben, wenn eine Straßenbahn vorbeiratterte. Selbst um diese Zeit drang kein Tageslicht in die verqualmte Kellerkneipe in der Weinmeisterstraße. Leo Wechsler war vom Präsidium aus zu Fuß gegangen, wobei ihm von dem strammen Marsch ganz schön warm geworden war. Er stieg die drei Stufen zum Eingang hinunter, wo ihm ein warmer, abgestandener Dunst aus Bier und billigem Tabak entgegenschlug. Er nahm den Schal ab und knöpfte den Mantel auf, bevor er sich umsah. Der Wirt stand in einer Ecke und tätschelte eine jugendliche Prostituierte, deren Kleid mehr enthüllte als verbarg. Er schien den neuen Gast gar nicht zu bemerken.

Leo war auch gar nicht an ihm interessiert. Er ließ den Blick durch den verwinkelten Raum schweifen, der von einigen Funzeln notdürftig erhellt wurde. Die Kneipe war verlassen, nur vor einer Nische drängten sich zahlreiche Menschen. Stimmengewirr war zu hören, auch Schimpfworte, jemand schubste, ein anderer trat. Leo rutschte auf die Sitzbank der Nachbarnische und schaute in aller Ruhe über die Trennwand zu, wie Adalbert Kreutzer, in diesen Kreisen nur als Glücksrad-Adi bekannt, seinem Gewerbe nachging.

Vor sich auf dem Tisch hatte er eine dunkelblaue Wachstuchdecke ausgebreitet, auf die er mit Kreide Quadrate gezeichnet hatte. Jedes war mit einer bunten Zahl gekennzeichnet. Daneben lag ein kleines Holzrad, ebenfalls mit Zahlen versehen und am Rand mit Metallstiften benagelt, in die ein kleines Stück Blech griff, um das Rad zum Stehen zu bringen. Mit diesem primitiven Roulette finanzierte Adi seinen Lebensunterhalt, und das gar nicht mal schlecht.

»Fünfhundert sind im Pott, wer versucht sein Glück?«, rief Adi und sah befriedigt zu, wie Geldscheine auf die Quadrate flatterten. »Höchsteinsatz hundert Mark, wer hat noch nicht, wer will noch mal? Hier gibt's keine Tricks, bei mir wird ehrlich gespielt.« Bei diesen Worten blickte er hoch, geradewegs in Leos grinsendes Gesicht. Seine Miene verdüsterte sich.

»Was wollen Sie denn hier?«

»Manchmal zieht's mich eben zu alten Freunden.«

Die Spieler schauten den Fremden argwöhnisch an, solche Leute konnten die Polizei förmlich riechen. Einige, die weiter hinten standen, verzogen sich unauffällig nach draußen. Jemand räusperte sich. »Ick hab jedacht, die Sache hier is sicher, Adi, aber der riecht nach Polente. Ick vadrück mir lieba.«

»Der Laden hier ist sicher, dafür steh ich ein. Lass dich von dem nicht stören, ist ein alter Bekannter von mir.« Leo blieb ungerührt sitzen. Nacheinander stopften die Leute ihre Scheine in die Tasche und schlurften davon. Niemand ließ sich gern von der Polizei beim Glücksspiel über die Schulter blicken. Gereizt sammelte Adi die Einsätze der letzten Runde ein und schaute Leo wütend an. »Eins sag ich Ihnen, Sie sind schlecht fürs Geschäft.«

»Hier wird also ganz ehrlich gespielt?«, fragte Leo ironisch. »Soll ich dir mal die Kollegen vom Glücksspiel vorbeischicken?«

Glücksrad-Adi holte sich eine Weiße, kam in die Nachbarnische und setzte sich dem Polizeibeamten gegenüber. Er war ein gutaussehender Mann mit aufrechter Haltung, in dem man mit ein wenig Phantasie noch den schneidigen Offizier erkennen konnte. Nur die Augenklappe und der leere linke Ärmel ließen ahnen, wie es ihn in dieses heruntergekommene Viertel verschlagen hatte. Er trank sein Bier in einem Zug aus und knallte das Glas auf den Tisch. »Und?«

»Ich habe lediglich ein paar Fragen, Adi.«

»Sie wissen, ich bin kein Spitzel.«

»Natürlich nicht. Du sollst auch nicht deine Kollegen verpfeifen, die sind mir herzlich egal. Nein, mir wäre lieber, du würdest dein Gedächtnis ein bisschen anstrengen. Dich an die goldenen Zeiten erinnern, als du noch nicht in dieser Kaschemme gehockt und Leute über den Tisch gezogen hast.«

»Ach, das ist lange her«, sagte Adi mit einer wegwerfenden Handbewegung. »Da müssten Sie meinem Gedächtnis schon ein bisschen auf die Sprünge helfen.«

Leo winkte dem Wirt, damit er noch ein Bier brachte. »Schon mal von einer Asgard-Gesellschaft gehört?«

»Was soll das sein, ein Sportklub?«

»Dem Vernehmen nach eine wissenschaftliche Vereinigung, die sich mit germanischer Mythologie beschäftigt«, erklärte Leo. »Der Leiter hier in Berlin ist ein gewisser Ulrich von Mühl.«

Bei diesem Namen ging ein Grinsen über Adis Gesicht. »Von Mühl, dem bin ich früher mal begegnet. Natürlich nicht auf Augenhöhe, dafür war er sich zu fein. Einer aus der ganz vornehmen Gesellschaft, großes Rittergut in Schlesien, Kavallerist, brillanter Tänzer, ausgezeichneter Billardspieler. Dass der sich für Wissenschaft interessieren soll, überrascht mich allerdings.«

Eingedenk des gestrigen Abends hörte Leo besonders aufmerksam zu. Interessant zu wissen, welch einen Mann Clara immerhin so gern gehabt hatte, dass es für eine Heirat reichte, dachte er mit deutlichem Unbehagen. »Wir wüssten gern, ob sich dieser Verein wirklich mit Forschung beschäftigt oder eher politisch tätig ist. Umsturzversuche, Attentate und so weiter.«

Adi zog die Augenbrauen hoch. »Seit wann ermitteln Sie gegen Politische?«

»Hat mit einem laufenden Fall zu tun«, erwiderte Leo knapp. »Komm vorbei, wenn du was hast. Oder schick mir eine Nachricht.« Informanten ließen sich verständlicherweise nur ungern in der Nähe des Präsidiums blicken.

Adi nickte. »Und was springt für mich dabei heraus?«

Leo warf einen vielsagenden Blick auf den Spieltisch. »Ich könnte glatt vergessen, was ich eben gesehen habe.«

»Nicht gerade eine üppige Belohnung.«

»Die Zeiten sind hart, mein Freund.«

»Leo, Nelly Wegner hat genau gewusst, dass sie auch ohne Ehemann ein Kind adoptieren kann«, erklärte Walther nun schon zum zweiten Mal. Sein Kollege schien ihm nicht richtig zuzuhören, seit er von Bruno Schneiders kriminellen Umtrieben erfahren hatte. »Verdammt noch mal, ich weiß, dass du Probleme zu Hause hast, aber die haben andere auch.« Die Worte waren ihm herausgerutscht, und er bereute sie sofort.

Leo sah ihn an, wollte etwas sagen, schaute weg und stand auf. »Entschuldige, Robert, du hast natürlich recht. Nur hatte ich gerade gehofft, endlich zur Ruhe zu kommen. Ilse ist so glücklich ... und ich war am Samstagabend mit Clara Bleibtreu aus. Auf einmal hatte ich das Gefühl, Ilse und ich könnten beide etwas Neues beginnen.« Er verschwieg allerdings, dass er Claras Ex-Mann begegnet war, schob die Hände in die Tasche und blieb, den Rücken zu Robert gewandt, vor dem Bild stehen, das er bei Elisa Reichwein gekauft hatte.

»Wie soll ich ihr von Clara erzählen, wenn ich gleichzeitig

weiß, dass man ihren Freund demnächst verhaften wird?« Leo ballte die Faust, als wollte er der Wand einen Schlag versetzen, beherrschte sich aber und wandte sich zu Robert um. Sein Gesicht verriet nichts, nur die Narbe an seiner Schläfe trat deutlicher hervor als sonst. »Gut, wir werden Frau Wegner vorladen. Aber zuerst brauchen wir weitere Beweise: Für das, was wir bis jetzt haben, stellt uns kein Richter der Welt einen Haftbefehl aus. Rede noch mal mit ihr. Wenn sie dir nicht überzeugend vorkommt, bringst du sie mit.«

»Du bist nicht dabei?«

Leo schüttelte den Kopf. »Ich habe Stahnke, Berns und Glücksrad-Adi auf von Mühl und seine Gesellschaft angesetzt, ist doch eine nette Mischung. Du kümmerst dich um die Witwe. Und ich muss noch mal zu diesem Jungen, der lässt mir keine Ruhe.«

Paul Görlich war ihm in den letzten Tagen nicht aus dem Kopf gegangen. Leo hatte so gut wie nichts von ihm erfahren und spürte, dass der Junge sich vor etwas fürchtete. Zum einen vor seinem Vater, so viel stand fest. Aber es konnte auch mehr dahinterstecken.

Walther zögerte noch. »Leo, ich dachte nur, du kannst so gut mit Menschen umgehen, besser als ich. Solche Verhöre liegen mir nicht.«

Sein Freund sah ihn ein wenig ungehalten an. »Das musst du auch lernen, ich kann nicht überall sein.« Mit diesen Worten griff er nach seinem Mantel und verließ das Büro. Walther schaute ihm mit einer Mischung aus Ärger und Bedauern nach.

Dr. Magda Schott saß in ihrer Praxis und ging die Buchhaltung durch, als es zaghaft an der Tür klopfte. Es kam häufiger vor, dass um diese Zeit noch Patienten erschienen. Solange Licht in der Praxis brannte, musste sie zur Verfügung stehen, da ließen die Leute nicht mit sich reden. Sie stand auf und drückte mit einem leisen Stöhnen die Hände ins Kreuz. Wenn sie wie heute lange gesessen hatte, spürte sie ihre zweiundfünfzig Jahre.

Vor der Tür stand der Junge aus der Nachbarschaft, der öfter Medizin für seinen Bruder holte. Paul Görlich, so hieß er. Er blickte angestrengt auf seine Füße und versuchte, das Loch im einen Schuh mit dem anderen zu verdecken. Seine Hände, die aus den zu kurzen Jackenärmeln lugten, waren blaugefroren.

»Ist dein Bruder wieder krank?«

Kopfschütteln. Sie wollte eigentlich Feierabend machen, zu Hause erwartete sie noch Besuch, aber angesichts von Pauls erbarmungswürdiger Miene wurde sie weich.

»Ich wusste nicht, zu wem ich gehen soll.«

»Komm doch herein.«

Er trat ein, immer noch mit gesenktem Kopf. Magda Schott bot ihm den Patientenstuhl vor ihrem Schreibtisch an und setzte sich dahinter. Er wollte ihr etwas sagen, das spürte sie, doch er schien es nicht über die Lippen zu bringen. Dann gab er sich einen Ruck, beugte sich vor und fragte mit leiser Stimme: »Kannst du machen, dass der Mann weggeht?«

Verblüfft schaute sie ihn an und glaubte schon, sie hätte sich verhört. »Wer soll weggehen?«

»Der Mann.«

»Welcher Mann denn?«

»Er ist immer da, auch wenn ich ihn nicht sehe. In jeder Einfahrt, hinter Litfaßsäulen, in den Läden, im Hof, immer.«

Magda spürte, wie sie ein kalter Schauer überlief. So ungereimt die Worte auch klangen, sie wirkten unheimlich.

»Dagegen kann ich nichts machen. Du solltest mit deinen Eltern sprechen oder mit der Polizei.«

»Die hören mir nicht zu.«

Die Ärztin griff über den Tisch nach seiner Hand. »Hör mal, Paul, ich weiß nicht genau, wovon du da redest, aber wenn du in Gefahr bist, musst du jemanden suchen, der dir hilft. Versuch wenigstens, mit deinen Eltern zu sprechen.«

Der Junge nickte zweifelnd. Er schien nicht überzeugt.

»Wie sieht dieser Mann denn aus?«

Er zuckte mit den Schultern. Sie stand auf und trat ans Fenster. Auf der dämmrigen Straße waren nur Leute zu sehen, die sie gut kannte. Eine Frau fegte vor der Gemüsehandlung, ein Droschkenkutscher hängte seinem Gaul gerade den Heusack um.

»Zeig mir doch mal den Mann.«

»Der ist jetzt nicht da. Der kommt nur, wenn ich allein bin.«

Sie sah auf die Uhr. Halb sechs. Sie hatte noch etwas Zeit.

»Pass auf, ich bringe dich jetzt nach Hause, und wir erzählen deinen Eltern alles.« Sie drehte sich um, nahm ihren Mantel vom Haken und wickelte sich den Schal um den Hals. »Einverstanden, Paul?«

Magda Schott hörte rennende Schritte auf dem glatten Linoleumboden, dann fiel die Haustür ins Schloss.

Sie zog mit einem Seufzer den Mantel an, trat ans Fenster und sah gerade noch, wie ein dunkler Wagen mit quietschenden Reifen davonfuhr. Paul war verschwunden.

19

Nelly Wegner schaute Robert Walther überrascht an, als sie ihm am frühen Abend die Wohnungstür öffnete. »Gibt es etwas Neues?«, fragte sie beinahe atemlos. »Haben Sie etwas über Arnolds Tod herausgefunden?«

Sie führte ihn ins Wohnzimmer, und er fühlte sich nicht ganz wohl, da sie überhaupt nicht zu ahnen schien, weshalb er hergekommen war. Als sie durch die Diele gingen, bemerkte er flüchtig ein Schaukelpferd, über das sie ein Tuch geworfen hatte. Nur die hölzernen Kufen schauten unten heraus. Er beschloss, keine großen Umschweife zu machen.

»Leider habe ich keine Neuigkeiten, Frau Wegner, wohl aber einige Fragen.« Er stellte seine Aktentasche ab und holte einen Notizblock hervor. »Bei einem unserer letzten Gespräche erwähnten Sie, Sie wollten sich eine Stellung im Büro suchen. Haben Sie sich schon irgendwo vorgestellt?«

Sie sah ihn verwundert an, als fragte sie sich, was dies mit dem Mordfall zu tun haben sollte, und antwortete ruhig: »Nein, Herr Walther, bisher habe ich nichts dergleichen unternommen. Meine Pläne haben sich nämlich geändert, ich meine, eigentlich will ich mir gar keine Stelle mehr suchen, weil ich keine Zeit dazu habe.« Sie lächelte ein wenig verlegen. »Ich möchte – ich möchte ein Kind adoptieren. Sie wissen ja, ich habe mir in meiner Ehe vergeblich ein eigenes gewünscht.«

»Ganz schön mutig, in diesen schweren Zeiten ein Kind anzunehmen«, sagte er ein wenig herausfordernd.

Sie schüttelte den Kopf. »Ach, ich bin immer viel allein gewesen und musste oft ohne Arnolds Hilfe zurechtkommen. Ich habe mich auch um alles gekümmert, was mit Geld zu tun hatte, das war nicht seine Welt. Außerdem gibt es so viele Kriegerwitwen, die ihre Kinder allein großziehen.« Sie wirkte so gelassen, dass er beinahe an seinen Vermutungen zweifelte.

»Frau Wegner, ich muss Ihnen jetzt eine Frage stellen, die Sie vielleicht kränken wird, aber bei unseren Ermittlungen müssen wir allen Spuren nachgehen.«

Sie sah ihn verwirrt an. »Wieso kränken?«

»Ihnen dürfte bekannt sein, dass bei Ehepaaren beide Ehegatten einer Adoption zustimmen müssen.«

»Ja.«

»Also gab es in Ihrem Fall bis vor kurzem ein Hindernis, da Ihr Mann sowohl einem eigenen Kind als auch einer Adoption ablehnend gegenüberstand. Das haben Zeugen bestätigt.«

»Ja, das ist richtig, ich habe auch nie verschwiegen, wie Arnold zu eigenen Kindern stand. Aber ich weiß nicht –« Dann schlug sie die Hand vor den Mund und verstummte.

»Sie verstehen, dass wir es als Mordmotiv in Betracht ziehen müssen, so ungewöhnlich es auch sein mag. Leider ist es das einzige Motiv, auf das wir bei unseren Ermittlungen bislang überhaupt gestoßen sind, Frau Wegner.«

Sie sah ihn an, als würde sie aus einem tiefen Schlaf erwachen. Ihr Blick war so eindringlich, dass Walther ein wenig ungehaglich wurde.

»Herr Walther, ich muss Sie bitten, meine Wohnung zu verlassen.«

»Dann muss ich Sie wiederum bitten, mit aufs Präsidium zu kommen«, entgegnete er. »Dort können wir uns weiter unterhalten.«

Sie schaute sich um, als suchte sie Hilfe, stand dann auf und holte entschlossen ihren Mantel. »Bitte, dann nehmen Sie mich doch mit. Aber Sie werden mir nichts nachweisen können, denn ich habe nichts getan. Sicher, meine Ehe war nicht sehr glücklich, das habe ich nicht verschwiegen, aber ich hätte Arnold nie –« Sie schluckte heftig.

»Wenn Sie mir noch einmal genau schildern, was Sie am Todestag Ihres Mannes getan haben, kann ich unter Umständen auf eine Vorladung verzichten, Frau Wegner. Aber der Einkauf in der Schirmhandlung reicht als Alibi nicht aus.«

Sie setzte sich wieder und verschränkte die Hände im Schoß. »Dann stellen Sie bitte Ihre Fragen«, sagte sie resigniert.

»Wann genau hat Ihr Mann am fraglichen Tag das Haus verlassen?«

Nelly Wegner überlegte kurz. »Er hat lange geschlafen, weil er am Abend vorher unterwegs gewesen war. Er ging so gegen elf, würde ich sagen. Augenblick, da fällt mir ein, er hat eine Nachbarin auf der Treppe gegrüßt, die kann es bestätigen«, setzte sie mit neuem Mut hinzu.

Walther notierte sich vorsichtshalber den Namen der Nachbarin.

»Und Sie selbst haben um halb sechs nachmittags die Feuerwehr angerufen. Das ergibt einen Zeitraum von sechseinhalb Stunden, für den Sie ein Alibi beibringen müssen.«

»Morgens war ich hier und habe gewaschen. Sicher haben mich Nachbarn auf dem Weg in die Waschküche gesehen. Ich bin mehrmals mit dem Korb durchs Treppenhaus gelaufen. Gegen Mittag war ich beim Bäcker, dort kennt man mich auch.«

Walther nickte und blätterte einige Seiten zurück. »Sie waren gegen drei in der Schirmhandlung, das hat mein Kollege überprüft. Selbst wenn wir davon ausgehen, dass Sie sich dort zehn bis fünfzehn Minuten aufgehalten haben, und den Fußweg bis zum Atelier berücksichtigen, bleiben immer noch etwa zwei Stunden bis zum Anruf bei der Feuerwehr. Wo sind Sie in dieser Zeit gewesen?«

»Darf ich?« Sie war aufgestanden und ans Büfett getreten, auf dem eine Flasche Kirschwasser stand. »Ich trinke sonst nie, aber heute –« Sie biss sich auf die Lippen. »Im Grunde ist es auch kein Geheimnis, wo ich war.« Sie schenkte sich ein kleines Glas ein. »Nur jetzt, nachdem Sie das alles gesagt haben ... ach, egal, Sie werden es ja ohnehin erfahren.«

Sie setzte sich wieder und nahm einen tiefen Schluck. Eine leichte Röte stieg in ihre blassen Wangen, die sie gleich viel hübscher aussehen ließ.

»Ich war in einem Waisenhaus in der Türkenstraße, das nicht weit von diesem Schirmgeschäft entfernt ist.«

»Bei Frau Müller?«, fragte Walther rasch.

Nelly Wegner zuckte zusammen. »Sie waren schon dort? Warum stellen Sie mir dann all diese Fragen?«

»Weil ich die Antworten von Ihnen selbst hören möchte.«

Sie trank das Glas aus und stellte es entschlossen auf den Tisch. Dann fuhr sie sich übers Haar und sah ihn beinahe herausfordernd an.

»Ja, ich war dort und habe mit Frau Müller gesprochen. Und mit einem kleinen Mädchen namens Adele, das ich vielleicht adoptieren werde. Sie ist fünf. Ich bin bis etwa Viertel vor fünf dort geblieben und danach zu Fuß zum Atelier gegangen. Als ich Arnold – seine Leiche – fand, bin ich losgelaufen und habe von dem Geschäft in der Afrikanischen Straße die Feuerwehr gerufen. Das haben Sie doch überprüft, oder?«

Walther nickte etwas widerstrebend und räusperte sich. »Ich muss Sie dennoch bitten, Ihre Aussage morgen im Präsidium noch einmal zu Protokoll zu geben und zu unterschreiben. Danach können Sie nach Hause gehen. Allerdings müssen Sie sich weiter zu unserer Verfügung halten.«

Nelly schaute jetzt hoch, in ihren Augen lag neue Hoffnung. »Heißt das, Sie verhaften mich nicht?«

Walther stand auf und schüttelte den Kopf. »Nein.«

Sie streckte ihm die Hand entgegen. »Und ich darf dieses Mädchen noch einmal besuchen, damit es sich an mich gewöhnt?«

»Gewiss. Ich würde aber mit weiteren Schritten warten, bis die Ermittlungen abgeschlossen sind und der Mörder gefunden wurde. So viel Geduld sollten Sie schon aufbringen.«

Sie nickte und schob die Schnapsflasche ganz weit nach hinten auf das Büfett, als wollte sie nichts mehr damit zu tun haben. »Danke.«

Walther zuckte mit den Schultern. »Ich habe nur meine Arbeit getan. Und die besteht auch darin, Unschuldige vor einer Verhaftung zu bewahren. Auf Wiedersehen, Frau Wegner. Morgen um elf im Präsidium?«

Sie nickte und schloss erleichtert hinter ihm die Tür.

Leo Wechsler zog unwillkürlich den Mantel enger um sich, als er das düstere Treppenhaus betrat. Es roch so durchdringend nach Kohl, Katzenpisse und muffiger Wäsche, dass ihm beinahe übel wurde. Er empfand einen körperlichen Widerwillen bei der Vorstellung, erneut Paul Görlichs Vater zu begegnen. Eine betrunkene Frau taumelte ihm entgegen und wäre gefallen, wenn er nicht nach ihrem Arm gegriffen hätte. Sie wankte weiter, ohne ihn anzusehen, während ihr ein kleines Mädchen vom Treppenabsatz aus nachblickte.

Leo musste schlucken. Sooft er auch in diesem Milieu verkehrte, gewöhnen würde er sich nie daran. Er konnte einfach nicht hinnehmen, dass Menschen in solchem Elend lebten, während die von Mühls dieser Welt allein in riesigen Häusern mit Heizung, trockenen Wänden und eleganten Möbeln residierten. Doch er schob diese Gedanken weg. Sie würden ihm bei seinen Ermittlungen nur hinderlich sein.

Hinter der Tür der Görlichs ertönte ein lautes Scheppern. Er blieb stehen und horchte. Noch ein dumpfer Knall, als träte jemand gegen die Tür. Eine laute Männerstimme, dann flog die Tür auf. Görlich wollte blind an ihm vorbeistürmen, doch Leo vertrat ihm den Weg.

Görlichs Hemd klaffte auf, das Unterhemd war fleckig und voller Löcher. Sein unrasiertes Gesicht war wutverzerrt. »Weg da, lassen Se mir in Ruh!«

»Herr Görlich, ich muss noch einmal mit Ihrem Sohn sprechen«, entgegnete Leo mit Nachdruck.

Der Mann funkelte ihn an. »Der Sauhund is nich hier, Herr Kommissar«, sagte er. »Ich weiß nich, wo der Kerl sich wieder rumtreibt. Aber wenn er kommt, kriegt er 'n Katzenkopp, der sich gewaschen hat.«

Leo bemerkte, dass Frau Görlich in der Wohnungstür stand und ihn ängstlich ansah. »Mein Mann hat Sorgen«, sagte sie entschuldigend.

»Das geht den feinen Herrn hier gar nichts an«, schrie Görlich. »Mein letztes Geld ham se mir gestohlen, das werd ich melden.«

»Wer hat Ihnen Geld gestohlen?«

»Im Spielklub in der Pankstraße, hab alles eingesetzt, dreihundert Prozent ham se mir versprochen, und jetzt is alles weg.«

Leo seufzte. Glücksspiel und Wettschwindel blühten allenthalben, auf den Straßen, in Kellerkneipen und eleganten Etagenwohnungen, und alle Spieler waren auf schnellen Reichtum aus. Reich wurden allerdings nur die Betreiber der Spielhöllen, und wenn sie schlau waren, machten sie sich aus dem Staub, bevor ihre leichtgläubigen Kunden es merkten. Doch die Not war so groß, dass viele Leute jedes Risiko eingingen und auch den haarsträubendsten Versprechungen Glauben schenkten.

»Das tut mir leid, Herr Görlich, aber Sie sollten Ihren Zorn nicht an Ihrem Sohn auslassen.«

Der Mann machte einen Schritt auf Leo zu, als wollte er ihn angreifen, besann sich dann aber. Er legte den Kopf schief und sah Leo drohend an. »Das ist mein Sohn, und der geht Ihnen gar nichts an, Herr Kommissar«, sagte er in unverschämtem Tonfall. »Ick bezahl mir dumm und dusselig für das Aas, was glauben Se, was der alles frisst?«

Leo musste sich bremsen, am liebsten hätte er den Mann geohrfeigt. »Ihr Sohn mag ein wenig langsam sein, ist aber ein sehr anständiger Junge. Er gibt sich alle Mühe, zum Unterhalt der Familie beizutragen, und erntet dafür nichts als Beschimpfungen und Schläge.«

»Ick sach ja, das geht Ihnen nichts an, oder sind Se von der Fürsorge? Ick versteh nich, wat Se an dem Kerl finden.«

»Es geht nach wie vor um den Mord an dem Maler Wegner. Ich bin der Ansicht, dass Ihr Sohn womöglich mehr weiß, als er sagt.«

»Lügen tut der wie gedruckt.«

»So war das nicht gemeint. Es könnte sein, dass er Angst hat, weil er etwas gesehen hat, das er nicht sehen sollte. Vielleicht sogar den Mörder.«

Ein verschlagener Ausdruck huschte über das Gesicht des Mannes. »Sagen Se mal, Herr Kommissar«, meinte er unangenehm vertraulich, wobei er Leo seinen übelriechenden Atem ins Gesicht blies, »gibt's etwa 'ne Belohnung?«

Leo wich zurück und schüttelte den Kopf. »Bislang wurde keine Belohnung ausgesetzt. Ausgeschlossen ist es natürlich nicht. Außerdem sollten Sie uns auf jeden Fall weiterhelfen, wenn Sie oder Ihr Sohn etwas wissen oder erfahren.« Im Gehen drehte er sich noch einmal um. »Ich komme wieder, Herr Görlich. Sollte Ihr Sohn dann irgendwelche Verletzungen aufweisen, werde ich Sie persönlich zur Rechenschaft ziehen.« Er nickte der Frau zu und stieg die ausgetretenen Treppenstufen hinunter. Draußen atmete er erst einmal tief die kalte Winterluft ein.

Der Regen prasselte gegen die Fenster und rann in dicken Bächen am Glas hinunter. Der Esstisch mit den geschwungenen Beinen war mit geblümtem Porzellan und Kristallglas gedeckt und sah sehr einladend aus. Magda Schott goss sich und ihrer Freundin ein Glas Wein ein. »Schön, dass du zur Abwechslung mal mein Gast bist«, sagte sie zu Clara Bleibtreu. »Leider hatte ich keine Zeit, etwas Aufwendiges vorzubereiten, aber die Koteletts sahen ganz gut aus.« Sie hatte den Tisch mit silbernen Kerzenleuchtern und Seidenblumen geschmückt.

Clara schnupperte an dem Wein und nahm einen Schluck. »Der schmeckt mir.« Sie streifte die Schuhe ab, zog die Füße an und lehnte sich im Sessel zurück. »Ich muss dir was erzählen.« Sie schien eine Reaktion ihrer Freundin abzuwarten.

»Na los, ich höre«, sagte Magda und legte noch Servietten in silbernen Ringen neben die Teller.

»Am Samstagabend war ich mit dem Kommissar aus, im Romanischen Café.«

»Und?«, drängte Magda.

»Es war sehr nett. Nein, mehr als nett. Er ist – ich meine, ich könnte mich fast –«

Magda nahm ihr Glas und setzte sich Clara gegenüber. »Sollen wir den Koteletts noch ein paar Minuten geben?«

Clara nickte.

»Du willst wohl sagen, du könntest dich fast in ihn verlieben. Warum nur fast? Was stört dich an ihm?«

»An ihm gar nichts. Aber gestern Abend waren wir noch einmal weg, im Café Caspary, in Westend.«

»Ja, und?«, fragte Magda gespannt.

»Dort sind wir Ulrich begegnet.«

»Oh.« Magda ahnte nichts Gutes.

»Ich wollte Leo gerade von meiner Ehe erzählen, warum ich keine Familie habe und so weiter, da steht Ulrich plötzlich an unserem Tisch und macht herablassende Bemerkungen. Es war ungeheuer peinlich, er hat Leo persönlich angegriffen. Du kennst doch seine Art.«

Magda Schott war Ulrich von Mühl nur wenige Male begegnet, hatte ihn aber von Beginn an herzlich verabscheut. Sie hatte Clara in der Zeit der Scheidung zur Seite gestanden und miterlebt, wie rücksichtslos er sich verhalten hatte. »Und ob ich die kenne. Was sagt dein Kommissar dazu?«

Clara zuckte mit den Schultern und biss sich auf die Lippen, um nicht zu weinen. »Er hat danach nicht mehr viel gesagt. Ich weiß nicht, was ich jetzt machen soll.«

Magda stellte ihr Glas ab und legte Clara die Hand auf den Arm. »Wenn du ihn wirklich magst, solltest du den ersten Schritt tun. Er hat sich um dich bemüht, jetzt bist du an der Reihe. Er hat dir von seiner Frau erzählt, von seiner Schwester und den Kindern, nun hat er auch einmal Aufrichtigkeit verdient.«

»Das hört sich so einfach an. Soll ich etwa bei ihm klingeln und sagen, guten Tag, ich möchte dir von meiner Scheidung erzählen?«

»Herrgott, Clara, du musst ja nicht mit der Tür ins Haus fallen. Du hast nichts Schlechtes getan, aber das musst du ihm schon selber sagen. Du hast erzählt, wie nett und verständnisvoll er ist, dass es ihm gefällt, wie du selbst für dich sorgst. Dein Glück. Die Männer, die mich wollten, wollten mich für Küche und Kinderzimmer, und das konnte ich mir wiederum nicht vorstellen. Also bin ich allein geblieben.«

»Ich weiß nicht, ob ich ihm davon erzählen kann«, sagte Clara leise und schaute in ihr Glas, als könnte sie darin eine Antwort finden.

Magda baute sich vor ihr auf, stemmte die Hände in die Hüften und schaute drohend auf sie hinunter. »Entweder du magst ihn oder du magst ihn nicht. Mir kommt es vor, als würdest du tausend Ausflüchte erfinden, nur um deine Feigheit zu entschuldigen.«

Clara schaute überrascht hoch, zuerst ein wenig verletzt,

doch dann musste sie lächeln. »Ist das jetzt die bittere, aber heilsame Medizin, Frau Doktor?«

»Sieht so aus. Hat er denn je erwähnt, dass er etwas gegen geschiedene Frauen hat? Oder gegen Frauen, die außer Haus arbeiten?«

Clara schüttelte den Kopf. »Nein, es ist nur ein Gefühl. Ich glaube, er hat nichts gegen geschiedene Frauen, sondern gegen Ulrich als Person.«

»Das kann ich gut verstehen«, versetzte Magda trocken und ging in die Küche. Über die Schulter rief sie: »Überleg es dir gut. Und wenn du weiter mit mir reden willst, musst du mir schon beim Kochen zusehen.«

Clara nahm ihr Weinglas und ging der Freundin hinterher. Magda stand am Herd, den sie, wie sie sagte, viel zu selten benutzte, und legte die Koteletts ins zischende Fett. Ein köstlicher Duft verbreitete sich im ganzen Raum. In einem Topf brodelten Kartoffeln, daneben kochte ein Blumenkohl. Magda zeigte auf die Fensterbank. »Und da draußen kühlt der Schokoladenpudding ab.«

Clara fuhr sich mit der Zunge über die Lippen und schob den Gedanken an Leo Wechsler erst einmal weg. Jetzt wollte sie das Abendessen mit ihrer Freundin genießen.

Als sie gemütlich bei Tisch saßen, tupfte sich Magda die Lippen mit der Serviette ab und sagte unvermittelt: »Mir ist vorhin etwas Seltsames passiert, Clara.« Und sie berichtete von Paul Görlichs Besuch in der Praxis.

»Meinst du, er hat sich das nur ausgedacht?«

Magda schüttelte den Kopf. »Auf keinen Fall, so einer ist er nicht. Eher hat er etwas falsch gedeutet. Aber dass er zu mir, einer völlig Fremden, kommt, statt mit seinen eigenen Eltern zu reden ...«

Clara schob ihr Glas langsam auf der Tischdecke hin und her. »Und wenn nun doch etwas dran wäre, wenn ihm Gefahr drohte?«

»Ich weiß nicht, ob es reicht, um damit zur Polizei zu gehen«, meinte ihre Freundin zweifelnd. »Die haben auch so genug zu tun, das dürfte dein Kommissar dir wohl erzählt haben. Und wenn sie merken, dass der Junge hier oben ein bisschen langsam ist, werden sie ihn gewiss nicht ernst nehmen.«

»Sicher hast du recht, aber trotzdem – wenn du meinst, dass er nicht lügt, muss etwas dran sein. Vielleicht solltest du mit seinen Eltern sprechen.«

Magda stöhnte auf. »Ich gebe den Leuten schon kostenlose Medikamente. Soll ich etwa auch noch zu ihnen nach Hause gehen und Detektiv spielen? Wo führt das noch hin?«

Clara musste lachen. »Ach komm, wenn keiner mehr deine persönliche Hilfe wollte, würde dir etwas fehlen. Das hier ist doch mal etwas anderes, als immer nur Bronchitis und Rachitis und Tbc zu behandeln.«

»Ja, und es kostet mich Zeit.«

Doch Clara kannte Magda gut genug, um zu wissen, dass die Bitte des Jungen ihr keine Ruhe lassen würde.

Bei Wechslers fiel das Abendessen weniger harmonisch aus. Georg war mit einer schlechten Note in Rechnen aus der Schule gekommen, und Leo hatte gereizt reagiert, weil er ohnehin schlecht gelaunt war. Ilse wiederum konnte sich sein Verhalten nicht erklären, was zu weiterem Unmut führte.

Als Georg auf sein Zimmer gegangen war, sagte sie beim Abtrocknen: »Warum hast du den Jungen so angefahren? Er ist gut in der Schule, ein Ausrutscher kann doch mal vorkommen.«

Leo drehte sein leeres Bierglas auf der Wachstuchdecke, ohne seine Schwester anzuschauen. Die dunklen Haare fielen ihm ins Gesicht, aber er strich sie nicht aus der Stirn, weil er das Gefühl hatte, schon sein Blick könnte ihn verraten.

»Es tut mir leid, ich hatte einen schlechten Tag im Büro.«

»Dann solltest du es deinem Sohn erklären, Leo.« Sie stellte klirrend einen Stapel Teller in den Schrank. »Geh doch noch mal zu ihm.«

Er stand abrupt auf. »Du brauchst mir nicht zu sagen, wie ich mit meinem Sohn umgehen soll«, erwiderte er verärgert, doch etwas hinderte ihn daran, einfach aus der Küche zu stürmen. Seit Ilse Bruno Schneider kannte, war sie viel sanfter geworden, dachte er. Früher hätte sie ebenso wütend reagiert wie er, nun blieb sie gelassen und verständnisvoll.

Verdammt, was sollte er nur tun? Er verfluchte von Malchow, musste sich aber eingestehen, dass er ihn immerhin gewarnt hatte, wenn auch aus eigennützigen Motiven. Andererseits fiel ihm einfach kein Weg ein, wie er seiner Schwester den Schmerz ersparen konnte. Unschlüssig schob er die Hände in die Taschen und drehte sich vorsichtig um.

Ilse trocknete weiter ab und räumte das Geschirr weg, wischte die Wachstuchdecke mit einem feuchten Lappen ab und rückte die Stühle an den Küchentisch.

Leo ging hinaus und schaute ins Wohnzimmer. Marie lag auf dem Boden und spielte mit ihrem Holzbauernhof, den sie im letzten Jahr zu Weihnachten bekommen hatte. Den Stall hatte Robert gebaut, der ziemlich geschickt mit Hammer und Säge war, die Tiere hatte Leo gekauft. Marie ordnete die Lämmer um ihre Mutter an und murmelte dabei vor sich hin. Dann trat er leise vor die Tür des Kinderzimmers. Unter dem Türspalt fiel Licht durch, Georg hatte sich also nicht im Dunkeln hingelegt.

Er trat ein. Georg saß auf seinem Bett, neben sich das aufgeschlagene Heft mit den tintenroten Korrekturen und sein Schulbuch. Leo setzte sich neben ihn und sagte erst einmal gar nichts. Georg hielt im Schreiben inne, schaute aber nicht auf.

Sein Vater warf einen Blick auf die Arbeit. »Schriftliches Dividieren?«

Georg nickte.

»Fällt dir das schwer?«

Achselzucken.

»Damit habe ich früher auch Probleme gehabt«, sagte Leo vorsichtig. Er erinnerte sich mit Grauen an die Nachmittage, an denen er über den Hausaufgaben gebrütet hatte, vor allem während seiner Gymnasialzeit. Er hatte darum gekämpft, statt der Volksschule das Gymnasium zu besuchen, was seinen Eltern sehr schwergefallen war. Doch ohne Abitur hätte er nie Kommissar werden können, die meisten seiner Kollegen hatten sogar studiert. Dafür hatte das Geld bei Wechslers dann doch nicht gereicht.

Und anders als die Väter, die Rechtsanwälte und Ärzte waren, konnten seine Eltern ihm nicht bei den Schulaufgaben helfen. Auch die Lehrer ließen ihn mehr als einmal spüren, dass der Sohn eines Gemüsehändlers aus Moabit eigentlich nichts in ihrer Klasse zu suchen hatte. Leo würde nie vergessen, wie sein Vater einmal in Hemdsärmeln vor ihm gestanden, einen Blick auf die Algebraaufgaben geworfen und achselzuckend gesagt hatte: »Ich kann mit Kartoffeln und Birnen rechnen, aber nicht mit Buchstaben.«

»Es tut mir leid«, sagte Leo leise. Warum fiel es ihm manchmal so schwer, sich zu entschuldigen? Auch Kinder hatten ein Recht auf eine Entschuldigung, das war immer sein Prinzip gewesen, und er konnte Ungerechtigkeit in der Familie ebenso wenig ertragen wie bei der Arbeit.

»Schon gut.«

»Nein, ist es nicht. Aber du hättest mich fragen können, dann hätten wir zusammen geübt.«

»Du hast immer so viel zu tun, da wollte ich dich nicht stören.«

Leo legte Georg die Hand unters Kinn und drehte seinen Kopf so, dass der Junge ihn anschauen musste. »Selbst wenn ich schlechte Laune habe, sollte ich dich nicht so anfahren. Du hast eine Arbeit in den Sand gesetzt, das kann passieren. Ist bei mir auch vorgekommen. Aber du musst mir versprechen, mich rechtzeitig zu fragen, wenn du noch mal etwas nicht verstehst, ja? Egal, wie anstrengend mein Tag im Büro war. Und in die Urania gehen wir trotzdem. Einverstanden?«

Georg nickte und schob ihm das Schulbuch hin. Leo rückte näher an ihn heran und begann, seinem Sohn das schriftliche Dividieren zu erklären.

20

Das Wetter war ebenso trüb wie die politische Stimmung. Die neue Reichsregierung unter Kanzler Cuno hatte beschlossen, um einen Aufschub der Reparationszahlungen zu bitten, mit der Begründung, dass es die Inflation unmöglich mache, die Zahlungen zu erbringen. Frankreich und England warfen der deutschen Wirtschaft vor, die Geldentwertung absichtlich in die Höhe zu treiben, um sich vor den Reparationen zu drücken. Die Franzosen drohten mit einer Besetzung des Ruhrgebiets, falls die Zahlungen nicht wieder aufgenommen würden. Bäckereien wurden geplündert, Menschen protestierten gegen Wucherpreise bei Lebensmitteln, und in Moabit demonstrierten Hausfrauen vor Betrieben, die den Ehemännern besonders schlechte Löhne zahlten.

Auch der herannahende Winter machte den Menschen Angst. Woher sollten sie Holz und Kohle nehmen? Wer keinen Schrebergarten besaß und rechtzeitig Obst und Gemüse eingekocht hatte, musste fürchten, in der kalten Jahreszeit zu hungern.

Robert Walther gehörte zu den Glücklichen, die einen Schrebergarten und damit auch einen Keller voller Einmachgläser mit Bohnen, Pflaumen und Stachelbeeren, Schütten mit Kartoffeln und Regale mit Äpfeln und Kohlköpfen besaßen. Er hatte einer Nachbarin einen Teil seiner Ernte versprochen, wenn sie für ihn mit einkochte, was die Frau, die selbst keinen Garten, dafür aber eine große Familie besaß, bereitwillig getan hatte.

Als er Fräulein Meinelt an diesem Morgen ein Glas Pflaumen auf den Schreibtisch stellte, schaute sie lächelnd hoch.

»Das ist aber nett, Herr Walther. Die esse ich warm mit Eierkuchen.«

»Klingt gut.« Er deutete mit dem Kopf auf die Tür. »Ist der Herr Kommissar zu sprechen?«

»Ja, er erwartet Sie schon. Ich bringe gleich Kaffee.«

Er klopfte an und trat ein. Leo blickte von dem Bericht auf, den er gerade las, und deutete auf den Stuhl gegenüber. Er tippte mit dem Finger auf die Blätter, die vor ihm lagen. »Du meinst also, Frau Wegner hat nichts mit dem Mord zu tun.«

Walther wog die Antwort sorgfältig ab. »Ganz auszuschließen ist es nicht, aber ich halte es für ausgesprochen unwahrscheinlich. Der zeitliche Ablauf passt nicht, und erinnere dich an ihre Reaktion in den ersten Tagen – die wirkte nicht gespielt.«

»Du warst aber der Erste, der damals Zweifel angemeldet hat«, gab Leo zu bedenken.

Walther nahm dankend die Kaffeetasse entgegen, die Fräulein Meinelt hereingebracht hatte.

»Das stimmt, aber ihre Version der Adoptionsgeschichte hat mich überzeugt. Sie macht nicht den Eindruck einer Verrückten, die ihren Mann töten würde, nur damit sie ein Kind annehmen kann. Das geht gegen mein Gefühl.«

»Auf unser Gefühl können wir uns nicht immer verlassen, das weiß ich selbst am besten«, meinte Leo ein wenig bitter, da er an den Sonntagnachmittagskaffee mit Bruno Schneider dachte.

Walther lehnte sich zurück und schaute an die Decke. Solange die Kollegen nicht da waren, konnten sie ruhig ein paar private Worte wechseln. »Wann soll der Zugriff erfolgen?«

Leo seufzte. »Übermorgen. Sie haben einen Verbindungsmann, der von Malchow und seine Leute über eine Waffenlieferung informiert hat. Der Treffpunkt ist irgendwo am Schlesischen Bahnhof. Bei der Gelegenheit wollen sie ihn verhaften.«

»Noch zwei Tage, dann ist das Warten vorbei«, sagte Walther vorsichtig.

Leo schlug unvermittelt mit der Hand auf den Tisch. »Und dann? Du solltest Ilse erleben, sie ist völlig verändert. Fröhlicher, verständnisvoller. Und am Samstag soll alles wieder vorbei sein?«

»Du kannst dir nicht jeden Schuh anziehen, Leo. Der Mann ist ein Krimineller, das ist nicht deine Schuld, das muss selbst Ilse einsehen. Und sie braucht ja nicht zu erfahren, dass du vorher davon gewusst hast.«

Was natürlich stimmte. Aber das half nicht, den Aufruhr in seinem Inneren zu beschwichtigen. Er wollte sich unbedingt mit Clara treffen, doch wie konnte er ruhig mit ihr sprechen, solange er nicht wusste, was aus seiner Schwester wurde? Als es klopfte, schob er entschlossen den Stuhl zurück und bat die Kollegen herein. Doch nur Berns kam ins Zimmer, gefolgt von Fräulein Meinelt mit einem Tablett, auf dem zwei Tassen und eine Kanne standen.

Berns begrüßte Leo. »Der Kollege Stahnke lässt sich entschuldigen, er kommt gleich nach.«

Leo trat an die Wandtafel, in deren Mitte er den Namen ARNOLD WEGNER geschrieben hatte. Darum herum waren Angaben zu Tatort, Tatzeit, Ergebnissen der rechtsmedizinischen Untersuchung und Spurensicherung zusammengestellt. Auf einer Liste waren die identifizierten Fingerabdrücke aufgeführt, hinter den bislang unbekannten standen Fragezeichen. Leo klammerte nun die Worte NELLY WEGNER – ADOPTION ein, ohne sie jedoch wegzuwischen.

»Robert, würdest du Berns bitte auf den neuesten Stand bringen?«

Walther rekapitulierte seine Ermittlungen in Sachen Nelly Wegner und berichtete, er sei zu der Ansicht gelangt, der Wunsch nach einem Kind biete kein ausreichendes Motiv für einen derart brutalen Mord.

»Nun, meine Herren, fürs Erste konzentrieren wir uns auf Ulrich von Mühl und seine Asgard-Gesellschaft. Weitere Anhaltspunkte gibt es zurzeit leider nicht.«

Da trat Stahnke ein, grüßte in die Runde und reichte Leo einen Zettel. »Für Sie, Herr Kommissar. Den hat mir eben jemand vor dem Präsidium zugesteckt.« Leo entfaltete den Zettel, las ihn und warf ihn in den Papierkorb. »Meine Herren, ich muss unsere Besprechung leider auf heute Mittag verschieben. Glücksrad-Adi will mich sprechen.« Er nahm seinen Mantel vom Haken und verließ das Büro.

»Kann mir mal einer sagen, wer das nun wieder sein soll?«, meinte Berns und schaute fragend in die Runde.

Eine Straßenbahn fuhr klingelnd vorbei, die Menschen drängten sich auf der Alexanderstraße und schienen es, wie meistens in Berlin, furchtbar eilig zu haben. Hinzu kam die schneidende Kälte, die jedem Beine machte. Vor dem Haupteingang des Polizeipräsidiums saß ein beinamputierter Bettler, neben sich ein Brett mit Rollen, auf dem er sich wohl fortzubewegen pflegte. Er trug ein Schild um den Hals: KRIEGSVERSEHRT UND OBDACHLOS. Magda Schott warf ihm hundert Mark in den Hut und ging weiter, ohne auf ein Dankeswort zu warten. Der Mann griff mit blaugefrorenen Fingern nach dem Schein und stopfte ihn in seine verschlissene Jacke.

Das Polizeipräsidium kam ihr immer ein wenig furchteinflößend vor, eine rote Backsteinfestung mitten in Berlin, in die niemand gern oder auch nur freiwillig hineinging. Und trotzdem war sie hier. Der kalte Wind zerrte an ihren Mantelschößen, sie zog den Kragen enger ums Gesicht. Sie hatte ein Schild an die Praxistür gehängt, dass sie heute wegen einer wichtigen Besorgung später öffnen würde. Die Sache mit dem Jungen ließ ihr einfach keine Ruhe. Er hatte so seltsam und doch überzeugend geklungen. Wenn sie nichts unternahm und ihm etwas zugestoßen war, würde sie sich das nie verzeihen. Aber welche Abteilung mochte dafür zuständig sein?

Sie trat durchs Mittelportal und schaute ein wenig ehrfürchtig zu dem gewölbten Glasdach empor, das in schwindelnder Höhe den langgestreckten Innenhof überspannte. Die Rundbogenfenster der vier Geschosse, die nach oben immer kleiner wurden, blickten auf die gepflasterte Durchfahrt hinunter.

Ein Schutzpolizist kam ihr entgegen. Madga Schott trat auf ihn zu und schilderte ihm ihr Anliegen. Er erbot sich, ihr den Weg zu zeigen, und führte sie durch ein schier endloses Labyrinth von Gängen, bis sie vor einer dunklen Holztür stehen blieben. »Immer rin, die Dame.« Er verbeugte sich knapp und verschwand.

Magda klopfte und wartete, bis man sie hereinbat. Hinter einem Tresen saß ein Schupo mit gewaltigem Schnurrbart, ein Relikt aus Kaisers Zeiten. Er schaute sie wohlwollend an. »Was kann ich für Sie tun, gnädige Frau?«

Magda wiederholte ihre Geschichte, worauf sie der Mann schon ein wenig skeptischer betrachtete. Natürlich, das alles hörte sich recht eigenartig an, wenn man den Jungen nicht selbst erlebt hatte, aber sie war fest entschlossen, das Präsidium nicht unverrichteter Dinge zu verlassen.

»Mal langsam, werte Dame, Sie wollen mir erzählen, dass ein fremder Junge zu Ihnen kommt, weil er sich verfolgt fühlt, und seine Eltern haben keine Ahnung davon?«

Sie räusperte sich. »In gewisser Weise ja. Ich sollte etwas tun, damit der Mann weggeht.«

Der Schupo tippte sich an die Stirn. »Nicht alle Tassen im Schrank, was?«

Sie nickte und hatte dabei ein schlechtes Gewissen. »Manche Leute mögen es so nennen. Er ist ein bisschen langsam, das ist wahr. Aber er schien sich tatsächlich vor jemandem zu fürchten, das kann man doch nicht auf sich beruhen lassen. Er sagt, dieser Mann folge ihm überallhin. Und dann war da dieser Wagen ...«

Der Schupo zwirbelte gedankenverloren seinen Schnurrbart und drehte in der anderen Hand bedächtig einen Bleistift mit silbernem Verlängerer. Dann schüttelte er den Kopf. »Werte Dame, ich wüsste nicht, an welche Abteilung ich Sie verweisen soll. Es liegt kein Raub vor, keine Erpressung, keine Körperverletzung, nichts.« Er drehte fragend die Hände nach außen. »Wissen Sie, wie viele echte Verbrechen jeden Tag in Berlin passieren? Da bleibt keine Zeit für Jungen, die von schwarzen Männern verfolgt werden.«

Magda überlegte fieberhaft. Sie spürte, er war kurz davor, sie höflich, aber bestimmt zur Tür hinauszukomplimentieren. Dann kam ihr die rettende Idee.

»Ich weiß aber, mit wem ich gern darüber sprechen würde. Wo finde ich Kommissar Leo Wechsler?«

Thea Pabst lief im Zimmer auf und ab, setzte sich auf die Sofakante, sprang wieder auf und lief weiter. Sie zündete sich nervös eine Zigarette an, nahm einen tiefen Zug, rauchte sie aber nicht zu Ende und ließ sie ausgedrückt mit rotem Lippenstiftring im Aschenbecher liegen. Dann holte sie sich einen Becher Muckefuck aus der Küche und nahm ihr Umherwandern wieder auf.

Schließlich wurde es Stephan, der in einem Kimono lesend auf dem Sofa lag, zu viel. Er warf die Zeitung auf den Boden und setzte sich auf. »Kannst du mir bitte verraten, was dich gestochen hat? Du rennst umher wie ein krankes Karnickel, so was habe ich ja noch nie erlebt. Du hast doch dein Porträt bekommen.« Er blickte zu dem Bild, das Thea über die Anrichte gehängt hatte und auf das sie jeden Besucher aufmerksam machte, der sich nicht von selbst dazu äußerte. »Willst du mir etwa weismachen, Wegners Tod nähme dich so sehr mit, dass du dich nicht einmal auf unser neues Programm konzentrieren kannst? Seit drei Tagen will ich mit dir darüber sprechen und muss mich ständig vertrösten lassen. Dieser Berger vom Central-Varieté findet mich zwar unglaublich süß, aber selbst er wird nicht ewig auf unsere Entscheidung warten.«

Thea setzte sich und verschränkt demonstrativ die Hände im Schoß. »Besser so?«

»Wenn's anhält. Quält dich irgendwas? Na, sag schon.« Castorff legte ihr zwei Finger unters Kinn und zwang sie, ihn anzusehen. »Erzähl's dem Onkel Stephan.«

Sie musste unwillkürlich lächeln und drückte sanft seine Hand. So unerträglich launenhaft er mitunter sein mochte, sie fühlte sich wohl in dieser Wohngemeinschaft und wünschte sich auf absehbare Zeit auch gar nichts anderes. Sobald Liebe oder Lust ins Spiel kam, wurde es mit Männern ungeheuer kompliziert, das hatte sie oft genug erlebt. Entweder klammerten sie sich an sie, wollten sie gleich ihren Eltern vorstellen und heiraten, oder aber sie verloren bald das Interesse, was ihr wiederum wehtat. Und genau das schien auch bei Richard der Fall zu sein. Er hatte sich seit mindestens zwei Wochen nicht gemeldet, und als sie gewagt hatte, bei ihm anzurufen, ließ er sich von seinem Diener verleugnen. Zumindest vermutete sie das.

Sicher, es war keine Liebe, und sie hatte ihn lange nicht so gern wie Arnold, weil er schlicht und einfach kein besonders liebenswerter Mensch war. Andererseits verfügte er über ein gewisses Vermögen und erstklassige Beziehungen, und sie hatte gehofft, von ihm in Kreise eingeführt zu werden, die ihr und Stephan ein neues interessantes Publikum bescheren würden. Es beunruhigte sie, dass er offenkundig das Interesse an ihr verloren hatte. Thea zog es grundsätzlich vor, ihre Affären selbst zu beenden.

Also erzählte sie Stephan die ganze Geschichte. Er hörte aufmerksam zu, zuckte am Ende aber auch nur mit den Schultern. »Liebes, ich verstehe selbst nicht, warum ich immer wieder auf die Kerle reinfalle. Aber eine Frau wie du hat es nicht verdient, sitzengelassen zu werden. Vergiss ihn, der Nächste kommt bestimmt.«

Sie verzog unwillig das Gesicht. »Stephan, das sagt sich so leicht. Ich habe mir schon das Hirn zermartert, ob ich etwas Falsches gesagt oder getan habe, ob er eifersüchtig auf Arnold war. Aber das glaube ich nicht, der Konkurrenzgedanke schien ihn eher anzuspornen. Er wollte sogar wissen, wie Arnold im Bett war. Hoffte natürlich, mein Urteil würde zu seinen Gunsten ausfallen.«

Stephan strich ihr flüchtig über den Kopf und hob seine Zeitung auf. »An deiner Stelle würde ich ihm jedenfalls nicht nachtrauern. Hier, die Berber dreht wieder, diesmal in Wien. Und *Lucrezia Borgia* läuft noch, trotz Jugendverbot. Wenn du wieder auftrittst, wirst du vielleicht auch für den Film entdeckt. Mir kam da neulich eine Idee ...«

Paul erwachte und wusste nicht, wo er war. Ihm war übel. Langsam richtete er sich auf und blickte sich um. Er war in einer Art Schuppen, in dem es nach Moder und Pisse stank. Dann fiel es ihm wieder ein: Der Mann hatte ihn in sein Auto gezerrt und ... danach war alles schwarz.

Jetzt öffnete sich die Tür, Licht fiel herein.

Der Mann schloss die Tür hinter sich und lehnte sich mit verschränkten Armen dagegen. »Tut mir leid, dass ich dich einfach mitgeschleppt habe, aber dir ist schlecht geworden, und ich wollte nicht, dass uns jemand zusammen sieht. Du weißt doch, ich bin der Freund des Malers.«

Paul nickte zögernd. Warum hatte ihn der Mann so grob angefasst und tat jetzt so nett? Er schaute sich suchend um, aber die Tür war der einzige Weg nach draußen.

»Ich wollte dich noch etwas fragen.« Der Mann griff in die Tasche und holte einige Geldscheine heraus, mit denen er zu spielen begann. Paul konnte nicht gut Zahlen lesen, aber er sah, dass eine Eins und drei Nullen drauf waren. Das musste sehr viel Geld sein.

»Hat dir der Maler mal was geschenkt?«

»Meinst du Essen? Oder Geld?«, fragte Paul vorsichtig.

Der Mann schüttelte ungeduldig den Kopf. »Nein, ein Bild.«

Paul spürte, wie sich seine Kehle zuschnürte. Er hatte immer ein schlechtes Gefühl bei dem Bild gehabt, und jetzt fragte ihn ausgerechnet dieser Mann danach. Er schluckte. »Nein. Hat er nicht.«

»Ich würde es dir bezahlen.« Er hielt die Scheine in die Höhe, damit Paul sie sehen konnte. »Das sind fünftausend Mark. Davon kann deine Mutter eine Menge Brot kaufen.«

Der Mann kam näher. Strich ihm flüchtig über den Kopf. Paul zuckte zusammen, als hätte er ihn geschlagen. Das gefiel ihm nicht, er wollte nicht angefasst werden. Der Mann schien seine Ablehnung zu spüren und wich zurück. Er zog ein Taschentuch hervor, so weiß, dass es richtig leuchtete, und wischte sich das Gesicht ab. Er hatte Schweiß auf der Stirn, obwohl es ziemlich kalt war. Komisch, dachte Paul, der fühlt sich gar nicht wohl.

»Sind Sie krank?«

»Nein, nein, mir ist nur warm. Hat er dir alle seine Bilder gezeigt?«

»Manchmal. Das mit dem schiefen Haus im Garten. Und das von der schönen Frau, die nichts anhat.«

Die interessierten ihn weniger. »Sonst keine?«

Paul schaute auf seine Schuhe und überlegte. Er verstand nicht, was der Mann von ihm wollte, wozu er die ganzen Fragen stellte. Der Maler war tot und würde nie mehr wiederkommen. Er überlegte noch, was er antworten sollte, als draußen plötzlich Schritte und Gekicher erklangen. Ein Mädchen quiekte, eine Männerstimme brummte etwas.

»Na komm, Häseken, zier dir nich so, ick pass schon uff.«

Jemand prallte von außen gegen die Tür. Sie schwang auf. Der Mann drehte sich um.

Paul nutzte die Gelegenheit, tauchte an dem Liebespaar vorbei und rannte durch die Toreinfahrt, als ginge es um sein Leben.

Glücksrad-Adi kam mit roter Triefnase herein und wischte sie mit einem großen blaukarierten Taschentuch ab. Leo, der ihn bereits in der bekannten Nische erwartete, schaute ihm grinsend entgegen. »Ich glaube, du brauchst einen Kräutertee.«

Adi machte eine abfällige Geste und bestellte eine Weiße und einen Korn.

»Ich habe deine Nachricht erhalten. Was hast du mir zu sagen?«, fragte Leo geduldig.

»Warten Sie's ab«, erklärte Adi, kippte den Korn vornweg und räusperte sich vernehmlich.

»Also, in der kurzen Zeit habe ich nicht allzu viel herausfinden können, aber Sie haben es ja so dringlich gemacht. Allerdings ist die Sache auch interessant genug.« Dann holte er weit aus, doch Leo wusste, das war der Preis für die Informationen. »Ich war ja selbst Offizier und bin nach dem Krieg unverschuldet in Not geraten. Hab's als Handelsvertreter versucht, das war mir zu mühsam, und mit dem fehlenden Arm wollten sie mich nicht als Eintänzer haben. Also hab ich mich aufs Glücksspiel verlegt, ich kenne sämtliche Spielklubs dieser Stadt, das können Sie mir glauben.«

Leo nickte mit gespielter Bewunderung. »Ist das jetzt die Version für Touristen aus der Provinz?«

Doch Adi ließ sich nicht beirren. »Nun zu Ihrem Ulrich von Mühl. Stammt, wie gesagt, aus Schlesien, wohlhabende Familie, großer Gutsbesitz, vier Söhne, von denen zwei im Weltkrieg gefallen sind. Der ältere Bruder Karl übernahm den Besitz, während Ulrich zu seinem Erbteil noch den halben Anteil seiner verstorbenen Brüder erhielt, wovon es sich in Berlin ganz gut leben lässt. Von Mühl war übrigens mal verheiratet, aber die Sache ist wohl nicht so harmonisch gelaufen. Die Ehe wurde geschieden, die Frau bekam die Schuld.«

Leo beugte sich vor. »Konntest du mehr darüber in Erfahrung bringen?«

Adi grinste anzüglich. »Sind wohl auf Frauengeschichten aus, was? Es muss ein schwerer Schlag für von Mühl gewesen sein, zumal die Frau ihm vor Gericht seelische Grausamkeit vorgeworfen hat. Aber sie war die angebliche Ehebrecherin und bekam die alleinige Schuld, so dass er keinen Pfennig Unterhalt an sie zahlen muss. Allerdings empfand er die Scheidung als rufschädigend.«

Leo schluckte. Er hätte gern weitergefragt, wollte aber keine unnötige Aufmerksamkeit erregen und wechselte rasch das Thema. »Und wie sieht es mit dieser Asgard-Gesellschaft aus?«

»Über die war leider nicht viel herauszufinden«, meinte Adi bedauernd. »Sie versammeln sich gewöhnlich bei von Mühl zu Hause, es sind etwa zehn Mitglieder, lauter aktive oder ehemalige Offiziere, wohlhabend und politisch einflussreich.«

»Kontakte zu Freikorps? Der Brigade Ehrhardt? Anderen Frontkämpferverbänden?«

Adi zuckte mit den Schultern. »Um das herauszufinden, fehlte einfach die Zeit. Ich bin doch nur ein ehrlicher Glücksverkäufer, kein politischer Spitzel. Aber ich habe mich umgehört und immerhin einige Namen erfahren.« Er zog einen Zettel aus der Tasche und strich ihn sorgfältig glatt. »Heinrich Erbesloh, Richard vom Hofe, Meinhard Ritter von Strutwitz.« Er schob Leo den Zettel hin.

»Na ja, besser als gar nichts. Hör dich weiter um.«

»Und was kann ich dafür erwarten?«

»Vielleicht zwitschert dir ein Vögelchen, wann die nächste Razzia stattfindet. Aber dazu musst du mir schon wirklich handfeste Hinweise liefern, sonst läuft gar nichts. Ich riskiere immerhin Kopf und Kragen.«

Adi kippte sein Bier in einem Schluck hinunter und blickte nachdenklich in den verbleibenden Schaum. »Eine Idee hätte ich noch. Dieser von Strutwitz ist ein leidenschaftlicher Spieler. Ich kenne die Besitzerin eines feinen Spielklubs in Westend, in dem er Stammgast ist, vielleicht ließe sich da etwas machen. Allerdings gibt es dort sehr strenge Garderobenvorschriften, und mein Smoking müsste dringend in die Reinigung, dazu eine neue Fliege, Schuhwichse ...« Er zählte an den Fingern ab und schaute versonnen in die verräucherte Luft.

Seufzend griff Leo in sein Portemonnaie und reichte ihm unter dem Tisch zweitausend Mark. Er spürte, wie sich Adis Hand um die Geldscheine schloss. »Dafür bekomme ich gerade mal ein Kilo Brot und ein Kilo Rindfleisch.«

»Du kannst auch eine geheizte Zelle obendrauf haben«, knurrte Leo, der allmählich die Geduld verlor.

»Na schön, Sie hören von mir.«

Leo bezahlte an der Theke und verließ die Kneipe. An der nächsten Straßenecke stand ein Mann auf einer Kiste und hielt einen Vortrag. Er hatte schulterlanges Haar und einen graumelierten Bart, der ihm bis auf die Brust reichte. An den Füßen trug er trotz des Winterwetters nur Sandalen, dazu eine Art Kutte aus grobem Leinen und Lederschnüre mit bunten Perlen um den Hals. Leo blieb einen Moment stehen und hörte zu.

»Nur die Natur kann Freiheit bieten. Nur wer die lärmende, stinkende Stadt verlässt und sich dem einfachen Leben auf dem Lande zuwendet, kann wahren Frieden erlangen. Die Stadt zerstört eure Seelen, saugt eure Lebenskraft aus, lässt nur die leeren Hüllen der Menschen zurück. Die Luft hier ist vergiftet vom Schwefelatem der Fabriken. Kehrt um, solange es noch möglich ist.«

»Soll ick etwa uff 'ner Wiese stehen und Gras fressen?«,

fragte ein Passant und erntete bei den Umstehenden Gelächter, doch der Redner ließ sich nicht entmutigen.

»Folgt mir, und ich zeige euch, wie wir leben. In unserer Kommune vor den Toren Berlins haben wir zum einfachen Leben zurückgefunden. Wir bauen unser eigenes Obst und Gemüse an, backen Brot, weben Stoffe, flechten Körbe, das ist die wahre Freiheit. Wir sind unabhängig von der zerstörerischen Massenproduktion, von den Palästen Tietz' und Wertheims, vom Geld, das unsere Seelen vernichtet.«

Leo ging weiter. Ganz unrecht hatte der Mann ja nicht. Zwar konnte er sich nicht vorstellen, woanders als in diesem Moloch zu leben, musste aber zugeben, dass Berlin genau dies war, nämlich ein Moloch, grau und grellbunt, laut und rasend schnell. Seine Gedanken wurden abgelenkt, als eine Straßenbahn vorbeiratterte, auf der für ein elegantes Tanzcafé geworben wurde.

Auf dem Heimweg würde er bei Clara Bleibtreu vorbeischauen und sie um eine neue Verabredung bitten. Trotz der Sache mit Ilse, die wie eine dunkle Wolke über ihm hing, hob sich seine Stimmung. Außerdem hatte er eine Ahnung, dass der Versuch mit Glücksrad-Adi nicht umsonst gewesen war.

Nein, er konnte nicht mehr nach Hause. Pauls Herz schlug schmerzhaft in der Brust, die Beine wurden allmählich schwer, doch er musste immer weiterlaufen. Er schaute nicht, wohin er rannte, rutschte auf nassem Laub aus und rappelte sich wieder hoch, stürmte an Passanten vorbei und prallte mit dem einen oder anderen zusammen, der fluchend zur Seite taumelte.

Der Mann wusste von dem Bild. Er wollte es haben. Vielleicht, weil ihm der auf dem Bild so ähnlich sah.

Wenn er nun zu den Eltern ging? Dann würde ihn der Vater wieder schlagen und ihn zwingen, dem Mann das Bild zu geben, weil er hoffte, Geld dafür zu kriegen. Dabei hatte er doch versprochen, gut drauf aufzupassen.

Aber der Maler ist tot, sagte etwas in ihm. Wenn dir der Mann so viel für das Bild gibt, kannst du Brot und Wurst davon kaufen. Der Maler wäre bestimmt nicht böse, er braucht es ja nicht mehr. Paul wurde jetzt langsamer, dachte noch einmal gründlich nach.

Doch dann überkam ihn wieder die Angst. Wenn der Mann richtig nett gewesen wäre, hätte er es ihm vielleicht gegeben. Aber wie der ihn gepackt und in sein Auto geworfen hatte. Und dann in dem Schuppen ... Zum Glück war das Liebespaar gekommen, wer weiß, was der sonst mit ihm gemacht hätte.

Er musste weg hier, nur weg.

Als Leo durch die Glastür trat, eilte ihm Robert schon auf dem Flur entgegen. »Gut, dass du kommst. Wir haben eine Frau Dr. Schott im Vorzimmer sitzen, die nur mit dir sprechen will, und zwar dringend.«

Leo nahm den Hut ab, schüttelte die Regentropfen herunter, knöpfte sich im Gehen den Mantel auf und strich Anzug und Weste glatt. »Frau Dr. Schott? Der Name sagt mir gar nichts. Ich habe Adi auf ein Mitglied der Asgard-Gesellschaft angesetzt, das in teuren Spielklubs verkehrt. Schon von Stahnke und Berns gehört?«

»Die sitzen noch im Archiv.«

Leo betrat das Vorzimmer. Fräulein Meinelt stand auf und deutete auf eine gepflegte Frau um die fünfzig, die das dunkle Haar altmodisch lang und zu einem Knoten gesteckt trug. Ihr schmales Gesicht wirkte ein wenig streng, aber sympathisch, und sie trug eine goldgefasste Brille an einer Kette um den Hals. Als sie ihn sah, stand sie auf und reichte ihm die Hand.

»Guten Tag, Herr Kommissar, Magda Schott. Ich bin eine Freundin von Clara Bleibtreu.«

Leo sah sie überrascht an. »Sehr erfreut. Was kann ich für Sie tun?«

»Können wir –?« Sie schaute entschuldigend zu Fräulein

Meinelt hinüber. »Verzeihung, aber ich würde gern allein mit Ihnen sprechen.«

»Selbstverständlich.«

Leo führte sie in sein Büro und bot ihr einen Platz an. Dann hängte er seinen Mantel auf, schloss die Verbindungstür und setzte sich an den Schreibtisch.

»Bitte.«

Sie schilderte knapp, aber präzise ihre Tätigkeit als Ärztin im Wedding. Als der Name Görlich fiel, schaute Leo ruckartig hoch.

»Augenblick, handelt es sich etwa um die Familie aus der Togostraße 79B? Zwei Söhne, einer davon geistig zurückgeblieben?«

Sie nickte verwundert. »Sie kennen sie auch?«

»Ja. Aber fahren Sie bitte fort.«

Mit wachsender Unruhe erfuhr Leo, wie Paul in die Praxis gekommen war und sie um Hilfe gebeten hatte, weil er sich vor einem Mann fürchtete, der ihn verfolgte, und wie er dann plötzlich verschwunden war.

»Würden Sie das alles auch beeiden?«

»Selbstverständlich, deswegen bin ich ja hier. Wie gut, dass Sie mir glauben, Ihre Kollegen von der Schutzpolizei haben mich nämlich behandelt, als würde ich mir das alles nur einbilden.«

»Es war richtig, dass Sie zu mir gekommen sind. Hat der Junge diesen Mann näher beschrieben?«

»Nein, das konnte oder wollte er nicht. Er fühlte sich verfolgt und bedroht und suchte wohl nach irgendeinem Erwachsenen, der ihm beistehen sollte. Er wirkte so überzeugend, das hat mir einfach keine Ruhe gelassen.«

Leo wusste genau, was sie meinte. Es war jene ernsthafte Haltung, die auch er an Paul Görlich wahrgenommen hatte. Sie mussten sofort aktiv werden. Wenn der Junge tatsächlich bedroht wurde, konnte dies durchaus mit dem Fall Wegner zu tun haben. Warum sonst sollte sich jemand für einen armen Jungen aus dem Wedding interessieren?

»Ich möchte Sie bitten, meiner Sekretärin Ihre Aussage zu diktieren und danach zu unterschreiben. Ich werde sofort mit meinen Kollegen zu der Familie fahren. Sie waren uns eine große Hilfe, Frau Dr. Schott. Ich hoffe, wir sehen uns bald wieder.« Er schüttelte ihr die Hand, zog den Mantel über und klemmte den nassen Hut unter den Arm. Aus dem Besuch bei Clara würde heute wohl nichts werden.

21

Leo Wechsler rief seine Mordkommission zusammen, forderte bei Kriminaloberkommissar Ernst Gennat weitere Beamte zur Unterstützung an und fuhr eine Stunde später an der Spitze der Kolonne, die sich in eisiger Kälte Richtung Togostraße bewegte. Die Jagd begann. Er spürte, dass der Bericht der Ärztin sie einen entscheidenden Schritt weiter bringen würde. Jetzt dachte er weder an Ilse noch an Clara, nur daran, dass sie endlich eine echte Spur hatten. Und die bestätigte seine Vermutung, dass der Junge mehr verstand und wusste, als er bisher gesagt hatte. Ungeduldig blickte Leo auf die Uhr. Vor ihnen war ein Gemüsekarren umgekippt, Kohlköpfe und Möhren kullerten über die Straße, während sich von überallher Menschen darauf stürzten und vom Boden aufklaubten, was sie nur erwischen konnten.

Stahnke, der am Steuer saß, schlug fluchend mit der Hand aufs Lenkrad. »Als hätten die seit Tagen nichts gegessen!«

»Haben sie vielleicht auch nicht«, murmelte Robert von hinten.

»Mag sein, aber das heißt nicht, dass sie sich wie die Tiere aufführen müssen.«

Als der tobende Händler seinen Karren aufgerichtet und die traurigen Reste seiner Waren eingesammelt hatte, lenkte Stahnke den Wagen um den Karren herum und gab Gas.

In der Togostraße bildete sich ein Menschenauflauf, als die drei Dienstwagen anhielten und ein ganzer Trupp Polizeibeamter in Zivil ausstieg. Hoffentlich war der Junge nicht seinem Verfolger in die Hände gefallen – oder seinem Vater, wie

Leo in Gedanken hinzufügte. Der Mann war in seinem Jähzorn zu allem fähig. Leo schickte drei Leute in den Hinterhof, um die dortigen Ausgänge zu bewachen, und postierte drei vor der Haustür, falls Paul einen Fluchtversuch unternehmen sollte. Dann begab er sich mit Stahnke, Berns und Walther auf den bereits bekannten Weg durchs übelriechende Treppenhaus und klopfte energisch an die Wohnungstür der Görlichs.

Drinnen rührte sich zunächst nichts. Später Nachmittag, ob Görlich noch bei der Arbeit war? Allerdings wirkte er nicht wie jemand, der einer geregelten Tätigkeit nachging. Leo klopfte noch einmal. Ein Stuhl rutschte über den Boden. Leise Schritte. Die Tür öffnete sich einen Spalt breit.

Leo schob rasch den Fuß dazwischen. »Frau Görlich, wir möchten mit Ihrem Sohn sprechen. Sofort.« Er hörte, wie sie in ein Taschentuch schniefte. »Frau Görlich, wenn Sie mich nicht hereinlassen, komme ich mit einem Durchsuchungsbefehl wieder.«

Endlich wich sie zurück und ließ die vier Männer eintreten, die kaum in die enge Stube zu passen schienen. Erschrocken blickte sie von einem zum anderen.

»Und wo ist Ihr Mann?« Leo verlor allmählich die Geduld.

»Der... is nich da. Und der Paul auch nich. Ich weiß nich, wo er steckt.«

»Seit wann vermissen Sie ihn denn?«

»Wieso vermissen? Der bleibt schon mal 'n paar Stunden weg.«

Leo hätte sie am liebsten gepackt und durchgeschüttelt. »Wann genau haben Sie ihn zuletzt gesehen?«

Die Frau schaute zu Boden. Im Nebenzimmer begann das Kind zu weinen, und sie wollte schon hineilen, doch Leo vertrat ihr rasch den Weg. »Erst beantworten Sie meine Frage.«

Walther schaute ihn überrascht an, da Leo sonst eher sanft mit den Leuten umging, die er befragte, doch diese Frau schien keine freundlichen Gefühle in ihm zu wecken. Er selbst war noch nicht in der Wohnung gewesen und schaute sich jetzt verstohlen um. Es roch nach feuchter Wäsche, Essensdünsten, schmutzigen Windeln – der Geruch der Armut. Dass Menschen so hausen konnten, war ihm unbegreiflich.

Frau Görlich schaute unsicher zwischen der Verbindungstür und dem Kommissar hin und her, dann sagte sie: »Er ist seit gestern Abend nich nach Hause gekommen.«

»*Was?* Und Sie machen sich keine Sorgen um ihn?«

»Er wollte abends noch zum Oster gehn«, sagte sie entschuldigend. »Vielleicht ist er da geblieben.«

»Was hatte er an?« Hoffentlich hatte sie wenigstens einen Blick auf ihren Sohn geworfen, bevor er die Wohnung verließ.

Sie überlegte. »Ach, das Übliche. Nee, warten Se, er hatte das komische Ding an, so'n alten Regenmantel vom Oster. Grau. Und viel zu groß.«

Immerhin etwas. »Wir kommen wieder, Frau Görlich, und wenn ich Ihren Mann dann nicht hier antreffe, bekommt er gewaltigen Ärger, das können Sie ihm ausrichten. Ihr Sohn ist ein wichtiger Zeuge in einem Mordfall und steht von jetzt an unter Polizeischutz.« Mit diesen Worten machte er auf dem Absatz kehrt, die Kollegen folgten ihm in den Flur.

»Leo, wieso …?«, setzte Robert vorsichtig an, aber sein Freund fuhr ihm über den Mund.

»Das kann ich dir sagen. Weil diese Frau ihren Sohn vernachlässigt und zusieht, wie der Vater ihn misshandelt. Sie interessiert sich nur für das jüngere Kind. Was den Vater angeht, den würde ich ohnehin am liebsten wegsperren. Dann hat der Junge endlich einen Erwachsenen gefunden, der freundlich zu ihm war, und der wird umgebracht. Paul wird ständig ausgelacht und von den eigenen Eltern für blöd gehalten. Es kümmert niemanden, dass er über Nacht wegbleibt! Er könnte irgendwo ermordet liegen, und die Mutter schert sich einen Dreck darum.«

Stahnke und Berns sahen sich vielsagend an. Wenn der Chef in Wallung geriet, hielt man am besten den Mund und parierte. Allerdings mussten sie zugeben, dass die Mutter tatsächlich alles andere als besorgt gewirkt hatte.

»Es ist nicht weit, wir können zu Fuß gehen«, sagte Leo, als sie auf der Straße standen. Er gab den Polizisten, die vor dem Haus bleiben sollten, eine genaue Beschreibung von Vater und Sohn Görlich und wies sie an, die beiden festzuhalten, falls sie auftauchten. Dann begaben sie sich zu viert in die Afrikanische Straße, wo sie Erich Oster beim Scheuern des Kneipenbodens antrafen.

Er schaute überrascht hoch, als die vier Polizeibeamten seine Kneipe betraten. »Ich mache es noch nach der alten Art, es gibt nichts Besseres als Sand, um Dielen zu scheuern«, meinte er und stellte sein Arbeitsgerät beiseite. »Ist noch früh am Tag. Was darf's sein?«

Dann erkannte er Stahnke. »Sie waren doch – sind das Kollegen von Ihnen?«

Leo nickte und stellte sich vor. »Wir sind auf der Suche nach Paul Görlich. Ist der heute schon hier gewesen?«

Der Wirt schüttelte den Kopf. »Hat gestern kurz reingeschaut, heute nicht.«

»Passt alles zusammen«, sagte Leo zu seinen Kollegen.

Der Wirt sah sie besorgt an. »Was ist denn nur mit dem Jungen? Er hat doch nichts angestellt, für den lege ich meine Hand ins Feuer. Geht es noch immer um diesen toten Maler aus den Rehbergen?«, fragte er mit Blick auf Stahnke.

Leo nickte. »Wir ermitteln nach wie vor in diesem Fall. Kam Ihnen der Junge in letzter Zeit irgendwie verändert vor?«

»Darf ich?« Oster deutete auf einen Stuhl. »Manchmal hab ich's in den Beinen.« Auf Leos Nicken setzte er sich. »Verändert? Na ja, er war immer ein ernster Junge, aber letztens wirkte er schon sehr still. Ich hab gedacht, es liegt dran, dass dieser Maler gestorben ist oder dass er Ärger zu Hause hat. Sein Alter ist ja in der Gegend berüchtigt.«

»Das mag durchaus sein, aber wir haben auch Grund zu der Annahme, dass er sich von anderer Seite bedroht fühlte. Sind Ihnen Leute aufgefallen, die ihn beobachtet haben könnten, die nicht zu Ihren Stammgästen zählen und erst neuerdings herkommen?«, fragte Leo eindringlich.

Der Wirt überlegte. »Eigentlich nicht. – Doch, eine Sache fällt mir da ein, aber ob das was zu sagen hat? Vor kurzem hab ich den Jungen abends zur Tür gebracht, als die Kegelbrüder fertig waren, und da stand gegenüber ein Automobil, das gar nicht in unsere Gegend passte. Ziemlich nobel, wenn Sie mich verstehen. Es fuhr weg, als der Paul nach Hause ging.«

»Farbe? Fabrikat?«, warf Berns ein und zückte seinen Stift.

Oster schüttelte den Kopf. »Davon verstehe ich nichts. Aber der Wagen war dunkel, ob blau oder schwarz, konnte ich nicht erkennen.«

»Falls Ihnen noch etwas einfällt, melden Sie sich bitte sofort bei uns«, sagte Leo. »Und wenn der Junge kommt, behalten Sie ihn unbedingt hier. Lassen Sie ihn auf keinen Fall nach Hause gehen, verstanden?«

Oster nickte. Dann schaute er Leo an, als wollte er noch etwas sagen, zögerte aber. Endlich murmelte er: »Am liebsten würde ich den Jungen zu mir nehmen, wenn alles vorbei ist.«

Leo schaute ihn überrascht an. »Wie meinen Sie das, Herr Oster?«

Der Wirt blickte ein wenig verlegen auf seine derben, aber blitzsauberen Hände. »Na ja, ich hab keine Familie, und der Paul wird von seinen Leuten nur getriezt. Ich würde für ihn sorgen und ihm was beibringen. Könnte den Jungen gut gebrauchen, bin ja nicht mehr der Jüngste.« Er schaute erwartungsvoll von einem Polizisten zum anderen.

Leo lächelte. »Das können wir als Kripo nicht entscheiden, vor allem nicht zu diesem Zeitpunkt. Wenn der Fall abgeschlossen ist, können wir allerdings mit den zuständigen Behörden darüber sprechen, Herr Oster. Vielen Dank für Ihre Hilfe.«

Sie verließen die Kneipe und gingen zurück in die Togostraße. Die Menschen vor dem Haus hatten sich mittlerweile zerstreut, weil nichts Aufregendes passierte. Die Posten berichteten, dass niemand, auf den die Beschreibung passte, das Haus betreten hatte.

»Dann durchsuchen wir jetzt das gesamte Gebäude«, befahl Leo. »Holt Lampen aus den Wagen und leuchtet Hinterhöfe und Keller aus. Sämtliche Treppenhäuser, Schuppen, Werkstätten, was immer es hier gibt. Vielleicht hat sich der Junge irgendwo versteckt.«

Die Beamten holten die Ausrüstung. Die Dunkelheit gestaltete die Suche schwierig, doch sie hatten keine Zeit zu verlieren. Sie durchstöberten die kleinen Werkstätten im ersten Hof, gingen alle Flure und Treppenhäuser ab, leuchteten in den Kellern in jede Ecke, scheuchten aber nur Ratten und Mäuse auf. Von dem Jungen war keine Spur zu entdecken.

Dann prallte Walther um ein Haar mit einer alten Frau zusammen, die, in ein riesiges Umschlagtuch gehüllt, mit einem Korb in der Hand über den Hof schlurfte. Sie blickte ihn aus trüben Augen an. »Wat ham Se denn verloren, junger Mann?«

»Wir suchen Paul Görlich, kennen Sie den?«

Sie nickte und öffnete den Mund, wobei sie zahnlose Kiefer enthüllte. »Klar kenn ick den. Nich ville im Kopp, aba nett.«

»Haben Sie ihn heute schon gesehen?«

»Nee, det nich, aba gucken Se mal im Karnickelstall nach. Da jeht er öfter hin.« Sie deutete mit einer blaugeäderten Hand in den nächsten Hof.

Paul lief ziellos durch die Stadt. Wusste nicht, wo er die Nacht verbringen sollte. Die Angst trieb ihn immer weiter. Weil es so kalt war, lagen die meisten Straßen verlassen da. Und wer sich nach draußen wagte, hatte es eilig und keinen Blick für einen Jungen in einem viel zu großen Regenmantel, der ab zu und stehen blieb und sich suchend umsah. Er zog den Mantel enger um sich.

Vielleicht konnte er in einem Keller unterkriechen, da war es nicht ganz so kalt. Er merkte kaum, dass er immer weiter nach Süden lief, seinen heimatlichen Kiez verließ und in eine Gegend gelangte, in der er nie zuvor gewesen war. Von einem Bäckerkarren schnappte er sich eine Schrippe. Er stahl sonst nie, doch der Hunger war zu groß. Zum Glück merkte der Besitzer nichts, denn Paul hätte nicht mehr weglaufen können, so müde war er. Seine Beine waren nicht nur schwer vor Erschöpfung, sondern auch steif vor Kälte.

Dann wurde die Gegend belebter. Hell erleuchtete Geschäfte, Automobile, klingelnde Straßenbahnen, Werbetafeln mit schönen Waschmitteldamen und Filmschauspielerinnen. Der Junge schaute sich unsicher um. Alles war laut und grell, hier fühlte er sich gar nicht wohl. Schnell bog er nach links ab in eine Straße, die viel dunkler aussah und von niedrigen Häusern gesäumt wurde. Einerseits machte ihm die Dunkelheit Angst, andererseits bildete er sich ein, dass es dem Mann hier schwerer fallen würde, ihn zu finden. Das Kopfsteinpflaster schimmerte vor Nässe, es begann zu frieren, der Boden wurde rutschig. Paul stolperte mehrmals, musste sich an kalten Hauswänden abstützen. Aus den Augenwinkeln sah er Frauen in kurzen, grellbunten Kleidern, die in Hauseingängen standen und ihm lachend nachschauten. Aus Kellerkneipen drangen Gelächter und Musik.

Hätte er den Ruf der Linienstraße gekannt, wäre er womöglich lieber im Reich der glitzernden Lichter geblieben.

»Hier drüben, Leo!«, rief Walther und winkte mit der Lampe. Sie eilten hin. Der Kaninchenstall war wie ein kleines Häuschen gebaut, drinnen lag ein Haufen altes Stroh. Leo zog an der Tür, die knarrend aufschwang, und tastete im Stroh. »Hier ist was. Taschentuch«, sagte er und nahm ein blaues, ordentlich gebügeltes Exemplar entgegen, das Berns ihm reichte. Damit zog er eine zerschrammte Kaffeedose hervor. »Halt mal den Mantel auf«, sagte er zu Walther und schüttete den Inhalt aus. Eine Holzspule mit rotem Garn, Sammelbildchen, eine angerauchte Zigarre, eine ausländische Münze, zwei Bonbons. Ein Geldschein. Und ein Stück grüne Ölkreide. Die armseligen Sachen wirkten anrührend, wie sie auf dem weichen Stoff von Walthers Wintermantel lagen.

Er tastete weiter. Ein Knistern. Vorsichtig griff er mit dem Taschentuch nach dem Blatt Papier und zog es unter dem Stroh hervor. »Holen Sie bitte einen Umschlag aus dem Wagen«, wies er Stahnke an. Als dieser mit dem braunen Sackumschlag zurückkam, schob Leo das Blatt hinein und kehrte mit seinen Männern auf die Straße zurück.

»Und?«, fragte Walther gespannt.

»Im Büro«, meinte Leo knapp, der den Fund bei vernünftiger Beleuchtung untersuchen wollte. »Die Dose nehmen wir auch mit. Sie bleiben hier«, sagte er zu den Männern, die das Haus bewachten. »Ich schicke gleich ein paar Schupos als Ablösung.« Sie nickten und bezogen wieder ihre Posten vor Haustür und Hintereingang.

Im Präsidium eilten die vier Beamten in Leos Büro. Fräulein Meinelt hatte inzwischen Feierabend gemacht; die Schreibmaschine war sorgfältig abgedeckt, der Stuhl an den Tisch geschoben. Leo sah auf die Uhr. Dann mussten Stahnke oder Berns eben den Bericht stenographieren und morgen tippen lassen.

Sie schalteten sämtliche Lampen ein und stellten sich um den Tisch herum auf, bevor Leo Handschuhe überzog und das Blatt vorsichtig aus dem Umschlag holte. Sein Blick fiel auf die Schrift auf der Rückseite. *Die blaue Stunde.* Anscheinend mit blauer Kreide geschrieben. Undatiert.

»Was ist das?«, fragte Berns und beugte sich neugierig vor, als Leo das Blatt umdrehte.

Vier Köpfe drängten sich aneinander, leises Murmeln erklang, jemand drehte das Blatt um hundertachtzig Grad.

»Das ist ... sehe ich das richtig ...«, meinte Walther fragend.

Leo nickte. »Ich glaube, das ist ein Mann, der einen anderen Mann oder Jungen vergewaltigt«, sagte er nachdenklich. »Es ist nur angedeutet, aber wie er hinter ihm steht ... und seht euch das Gesicht des Jungen an.«

»Der eine trägt Uniform«, bemerkte Stahnke. »Könnte eine deutsche sein.«

Walther deutete auf die Schulterstücke. »Ein Offizier.«

»Deutsche Offiziere tun so etwas nicht«, meinte Berns ironisch.

Leo grinste flüchtig. »Meine Herren, ich glaube, wir haben den Schlüssel zu diesem Mord gefunden. Die Zeichnung ist zwar nicht signiert, kann aber im Grunde nur von Wegner stammen.« Er setzte sich und bot mit einer flüchtigen Handbewegung seinen Leuten ebenfalls einen Platz an. »Die Tatsache, dass die Zeichnung an einem so ausgefallenen Ort versteckt war, kann kein Zufall sein. Entweder hat der Junge sie gestohlen, was ich für unwahrscheinlich halte, oder von Wegner selbst bekommen. Sollte Letzteres zutreffen, hat er dem Bild gewiss eine ganz besondere Bedeutung beigemessen.«

»Glaubst du ...« Walther zögerte noch, »glaubst du, die Szene ist echt? Ich meine, hat Wegner sie womöglich selbst mit angesehen?«

Stahnke nickte bedächtig. »Das wäre ein Motiv. Der Täter könnte sich dadurch bedroht fühlen. Oder erpressbar.«

Leo stützte den Kopf in die Hand und überlegte. »Wegner hat selten mit Bleistift gezeichnet, vermutlich ist dies nur ein Entwurf für ein größeres Gemälde.«

»Aber wo ist dann das Bild?«, fragte Berns. »Wir haben so

etwas weder im Atelier noch bei ihm zu Hause oder einem der Kunsthändler gefunden.«

»Augenblick.« Leo hob die Hand und zog die Mappe zu sich heran, die die Unterlagen zum Fall Wegner enthielt. Er blätterte eine Weile, dann holte er den Bericht der Spurensicherung hervor. »Ich zitiere: ›In den verkohlten Überresten fanden sich Holzstücke, die teils von der Staffelei, vermutlich aber auch von einem Rahmen stammen, dazu verbogene Metallstifte, mit denen möglicherweise eine Leinwand auf den Rahmen gespannt war. Somit kann angenommen werden, dass ein Bild auf der Staffelei gestanden hat, als diese verbrannte.‹«

»Du meinst, er arbeitete gerade an diesem Gemälde, als man ihn ermordete?«, fragte Walther.

»Fassen wir noch einmal zusammen: Wegner wird niedergeschlagen und verbrannt, allem Anschein nach mitsamt einem Bild, an dem er gerade arbeitete. Bei einem Jungen, der scheinbar gar nichts damit anfangen kann, findet sich eine seiner Skizzen, vermutlich die Vorstudie zu einem Gemälde. Der Junge hat sie gut versteckt und niemandem ein Wort davon verraten, auch uns nicht.«

Walther zog die Skizze noch einmal zu sich heran. »Ja, da könnte etwas dran sein. Angenommen, dieser Offizier hat sich tatsächlich an einem Jungen oder jungen Mann vergangen und Wegner wusste davon. Warum hat er überhaupt ein Bild gemalt? Er hätte ihn doch einfach mit einem Brief oder mündlich erpressen können, ihn ausnehmen wie eine Weihnachtsgans.«

»Vielleicht wollte er einfach nur ein Bild malen«, warf Stahnke ein. »Für eine Erpressung haben wir bisher keinerlei Anhaltspunkte.«

»Durchaus denkbar«, stimmte Leo ihm zu. »Wir kommen jedenfalls nicht weiter, solange wir nicht den Jungen gefunden haben. Es ist Zeit für eine Großfahndung; falls er den Mann auf dem Bild erkannt hat, befindet er sich in höchster Gefahr. Sie geben seine Beschreibung an alle Dienststellen weiter. Ach ja, noch eins, wir haben doch die Tuschezeichnung, die Wegner von dem Jungen gemacht hat. Die kommt auf die Suchplakate. Und denkt an den Regenmantel. Sie werden an den üblichen Stellen ausgehängt, Bahnhöfe, Litfaßsäulen und so weiter.«

Stahnke und Berns eilten hinaus. Robert Walther wollte ihnen folgen, doch Leo hielt ihn zurück.

»Robert, ich habe noch eine Idee. Ich weiß, es ist schon ziemlich spät, aber sprich bitte mit Fräulein Pabst und zeige ihr die Skizze. Sie war öfter im Atelier und könnte sie kennen. Ich selbst fahre zu Frau Wegner und beschreibe sie ihr. Wenn sich bei der Fahndung heute nichts mehr tut, kannst du danach Feierabend machen und mich zu Hause anrufen.«

Sie zogen Hut und Mantel an und gingen rasch hinaus.

Ein Betrunkener kam aus einer Kneipe getaumelt und hätte Paul um ein Haar in den Rinnstein gestoßen. Der Junge drückte sich an die Hauswand, bis sich der Trunkenbold aufgerappelt hatte und fluchend davongewankt war. Er hatte Angst, konnte aber nicht zurück. Hier würde ihn der Mann nicht finden, die Gassen waren zu verwinkelt, es gab noch alte Ställe und Heuböden aus der Zeit, als die Spandauer Vorstadt Scheunenviertel geheißen hatte. Außerdem sah der Mann mit dem Auto nicht aus wie einer, der sich in solchen Gegenden auskannte.

Durch die Löcher in den Sohlen spürte er das blanke Eis auf den Pfützen. Er lief, ohne nachzudenken, als würden seine Beine von einem Motor angetrieben. Irgendwann tauchte zu seiner Rechten ein Bahnhof auf. Dort waren ihm zu viele Leute, also bog er nach rechts in die erstbeste Straße ab. Und fand sich in einer anderen Welt wieder.

Er ging langsamer, schaute nicht mehr auf seine Füße, sondern betrachtete staunend die fremdartigen Menschen auf dem Gehweg, in den Torbögen und Eingängen der Geschäfte. Er konnte zwar nicht lesen, doch Erich Oster hatte ihm die Buchstaben seines Namens beigebracht, und er bemerkte, dass viele Schilder mit ganz anderen Zeichen beschriftet waren. Männer standen umher und redeten miteinander. Sie trugen lange Mäntel, Hüte und dichte Bärte, wie er sie von den Männern im Wedding gar nicht kannte. Einige hatten komische Locken vor den Ohren baumeln.

Zum Glück schien ihn niemand zu beachten, so sehr waren die meisten ins Gespräch vertieft. Vor der Auslage eines kleinen Ladens blieb er stehen und schaute sehnsüchtig hinein. Sein Atem bildete eine Art Nebel auf der Scheibe. Auf einem Tablett lagen verschieden geformte Teigtaschen, aus der offenen Tür wehte ein köstlicher Duft.

Als er die Stimme hörte, zuckte er zusammen. Eine rundliche Frau mit dunklen Augen und Kopftuch, die eine blaue Schürze trug, schaute ihn aus der Tür des Ladens freundlich an und winkte ihn zu sich herein. In den Regalen lagen Brote und andere Backwaren, alles war eng und dunkel, roch aber lecker. Sie drückte ihm zwei Teigtaschen vom Tablett in die Hand, legte den Finger an die Lippen und schob ihn rasch hinaus.

Im Gehen biss Paul gleich in die erste Tasche, sie war mit Käse gefüllt und schmeckte wunderbar. Schnell schlang er auch die zweite hinunter und glaubte, schon ein bisschen Wärme im Magen zu spüren. Doch wo sollte er nun hin?

Er ging die Straße bis zum Ende und bog dann nach rechts ab. Als er schon meinte, keinen Schritt mehr laufen zu können, entdeckte er gegenüber ein Haus, das ziemlich kaputt aussah. Der Dachstuhl war eingesunken, sämtliche Fensterscheiben waren zerbrochen, ein Ladenschild baumelte noch schief über der Eingangstür. Paul eilte über die Straße und trat durch einen halb verschütteten Seiteneingang, tastete sich über Ziegelsteine und Schutthaufen, bis er einen Treppenabgang erreichte. Von unten drang dämmriges Licht herauf. Er nahm allen Mut zusammen und stieg die schmalen hölzernen Stufen hinunter.

22

Thea Pabst schaute Robert Walther überrascht an. »Sie haben aber Glück, ich muss gleich zu einem Auftritt.«

Er drückte leicht gegen die Tür und trat ein. »Bedaure, aber es ist dringend. Ich werde Sie nicht länger als nötig aufhalten, Fräulein Pabst.«

Aus dem Wohnzimmer drang die Stimme von Stephan Castorff: »Wer ist das, Thea? Wir müssen los.«

Sie führte Walther hinein. »Sie kennen sich ja. Stephan, der Herr Kriminalsekretär hat noch einige Fragen an mich.«

Castorff stand vor dem Sofa und war dabei, eine Tasche zu packen. Ein golden schimmerndes Trikot blitzte auf, er schob einen Packen Geldscheine hinterher. Walther erinnerte sich, dass die beiden zurzeit einen recht skandalösen Tanz aufführten, der mit der Geldentwertung zu tun hatte und in der Presse ziemliches Aufsehen erregt hatte. Der Tänzer blickte nur flüchtig hoch. »Ich störe doch nicht, oder? Thea kennt meine Bettgeschichten ebenso gut wie ich die ihren.«

Walther räusperte sich verlegen, entschloss sich dann aber, die Provokation zu ignorieren. »Fräulein Pabst, Sie haben sich doch häufiger im Atelier Wegner aufgehalten. Haben Sie dort je eine Skizze mit dem Titel ›Die blaue Stunde‹ gesehen?«

Thea legte den Kopf ein wenig schief und dachte nach. »Nein, der Titel sagt mir nichts.«

Walther holte den Umschlag mit der Skizze hervor und legte sie auf den Sofatisch. Thea warf einen flüchtigen Blick darauf und schüttelte den Kopf. »Nein, die habe ich noch nie gesehen.«

»Eine ziemlich provokante Darstellung, nicht wahr?«, fragte Walther.

Castorff trat neben ihn, schaute das Bild an und grinste. »Damit können Sie Thea nicht schockieren.« Doch als er Walthers ungehaltenen Blick bemerkte, wandte er sich wieder seiner Tasche zu.

Thea nahm die Skizze und trat damit unter die Lampe. »Ganz schön brutal, aber es passt zu Arnold. Er legte immer Wert auf größte Wahrhaftigkeit, ob im Schönen oder Hässlichen.« Sie schien zu zögern. Eine gewisse Spannung lag in der Luft.

»Fällt Ihnen noch etwas auf, Fräulein Pabst?«, fragte Walther erwartungsvoll.

Sie überlegte, biss sich auf die Unterlippe. Die Gesichter waren nicht ganz ausgearbeitet. Ein verrückter Gedanke, und doch, die Ähnlichkeit war da. »Ach, ich weiß nicht, der Offizier erinnert mich flüchtig an jemanden, den ich kenne. Aber es ist wohl eine Täuschung.«

»Und an wen haben Sie gedacht? Sollte es sich als Irrtum herausstellen, wird niemand behelligt, Fräulein Pabst.«

»Der Mann hat eine gewisse Ähnlichkeit mit Richard vom Hofe, einem guten Bekannten«, sagte sie leise. Castorff hörte schweigend zu, seine Augen wurden immer größer.

»Was können Sie mir über ihn sagen?«

Thea sah auf die Uhr, doch der Blick des Kriminalbeamten verriet ihr, dass sie sich in dieser Lage keine Ausflüchte erlauben durfte. Sie ließ sich in einen Sessel fallen, faltete die Hände im Schoß und senkte den Blick. »Major vom Hofe ist, oder war, ebenfalls mein Geliebter. Arnold wusste davon. Es störte ihn nicht, unsere Beziehung war sehr offen, wie ich bereits erwähnte. Bei Richard war es anders, er konnte seine Eifersucht schlecht verbergen. Vielleicht hat er die Beziehung deshalb beendet.«

»Herrn vom Hofes Adresse, bitte.«

Sie nannte eine Anschrift in Schöneberg.

»Angenommen, die Zeichnung stellt wirklich Herrn vom Hofe dar. Wie erklären Sie sich das? Kannten sich die beiden?«

Sie zuckte mit den Schultern. »Nicht dass ich wüsste. In meinem Beisein sind sie sich jedenfalls nie begegnet. Vielleicht kannte Arnold ihn vom Sehen. Er mochte diesen Typ Mann – ehemaliger Offizier, adlige Herkunft und so weiter – ganz und gar nicht und hat ihn womöglich deshalb als Modell für ein provokantes Bild genommen. So etwas kam zuweilen bei ihm vor.«

»Aber wenn das Bild nun eine Situation darstellt, die tatsächlich stattgefunden hat? Wenn er sich nun wirklich an einem Knaben vergangen hätte?«, fragte Walther, dem die Worte ein wenig mühsam über die Lippen kamen. Hoffentlich war dieses Gespräch bald zu Ende.

»Er war kein besonders guter Liebhaber, aber ich wäre nie auf die Idee gekommen, er könne so veranlagt sein«, erklärte Thea.

»Es gibt genügend Männer, die zweigleisig fahren«, warf Castorff ein. »Du hast auch so was Knabenhaftes.«

Walther hatte genug. Er klappte sein Notizbuch zu. »Ich danke Ihnen, Fräulein Pabst, Sie haben mir sehr geholfen. Bitte halten Sie sich weiter zu unserer Verfügung.«

Paul irrte durch eine Reihe von Kellerräumen, immer dem Lichtschein nach, der aber mit jedem Schritt zurückzuweichen schien. Es roch durchdringend nach Obst, was komisch war, da nirgendwo Lebensmittel zu sehen waren.

Plötzlich hörte er leise Stimmen, das Klirren von Glas. Er bog um eine Ecke und stand in einem Raum, der von einigen Gaslaternen erhellt wurde. An den Wänden befanden sich Betten aus schmutzigen Matratzen und Strohsäcken, die mit alten Wolldecken bezogen waren. Einige Männer drängten sich um einen Pappdeckel, auf dem Brot und braunfleckige Äpfel lagen. Eine Flasche ging herum. Paul blieb stocksteif stehen, hoffte zwar, nicht entdeckt zu werden, schielte aber begehrlich auf das karge Abendbrot, das sie sich teilten.

Jetzt drehte sich einer der Männer um. Er war hager, mit dicken Tränensäcken und schütterem Haar, das wirr vom Kopf abstand. »Wen ham wa denn da? Besuch am Abend?«

Paul nickte hilflos.

»Von Mutta wechjeloofen, wa? Na, setz dir, da haste 'n Appel.«

Er hockte sich zwischen die Männer und hielt unwillkürlich die Luft an, als er den Gestank ihrer ungewaschenen Körper bemerkte. Egal, in diesem Keller würde ihn so schnell niemand finden.

Als ihm einer die Flasche hinhielt, griff er danach, schloss die Augen und trank. Eine brennend heiße Flüssigkeit rann durch seine Kehle, er hustete, sein Nebenmann schlug ihm unter dem Gelächter der übrigen auf den Rücken. Als das Brennen aufhörte, fühlte es sich schön warm an. Sie gaben ihm einen Apfel und einen Kanten Brot. Er fühlte sich beinahe wohl.

Nelly Wegner schaute ein wenig ängstlich um die Türkante, als sie Leo öffnete, und trat dann unsicher zurück. »Herr Kommissar, ist noch etwas? Wegen der Adoption, meine ich ... Ich hatte doch schon mit Ihrem Kollegen gesprochen.«

Leo hob beschwichtigend die Hand. »Nein, deswegen bin ich nicht hier. Darf ich hereinkommen?«

Sie nickte und führte ihn ins Wohnzimmer. Als er sich in einem Sessel niederließ, merkte er auf einmal, wie müde er war. »Möchten Sie einen Tee?«, fragte Frau Wegner, die ihn aufmerksam musterte.

Leo nickte. »Gern, es war ein langer Tag.«

Sie machte sich in der Küche zu schaffen, und er schaute sich noch einmal im Zimmer um. Flüchtig kam ihm der Gedanke, dass er Arnold Wegner gern kennen gelernt und mit ihm über seine Bilder gesprochen hätte.

Als Nelly mit dem Tablett, auf dem Teekanne, zwei Tassen, Zucker und Milch standen, zurückkam, fing sie seinen Blick auf. »Ich werde nicht viel verändern. Arnolds Geschmack hat mir immer gefallen, so möchte ich ihn in Erinnerung behalten. Außerdem sieht es freundlich aus, genau richtig für ein Kind.«

Sie schenkte ihm Tee ein und setzte sich ihm gegenüber. Die Anspannung war von ihr abgefallen, sie schien in sich zu ruhen.

»Frau Wegner, endlich kommt Bewegung in unsere Ermittlungen, wir gehen einer wichtigen Spur nach«, sagte Leo und rührte Zucker in seinen Tee. »Ich brauche dabei aber Ihre Mithilfe. Ist Ihnen eine Skizze Ihres Mannes bekannt, auf der ein deutscher Offizier dargestellt ist, der mit einem Jungen Unzucht treibt?«

Sie schaute ihn überrascht an. »Wie genau soll das aussehen?«

»Er drückt den Jungen auf einen Tisch und missbraucht ihn von hinten«, sagte Leo.

Nelly errötete leicht und schüttelte den Kopf. »Nein, so etwas habe ich nie bei ihm gesehen. Und das soll Arnold gezeichnet haben? So obszöne Dinge hat er gewöhnlich nicht gemalt.«

Leo trank dankbar den heißen Tee aus und bedankte sich, als sie ihm eine weitere Tasse einschenkte. »Wir haben die Zeichnung in einem verlassenen Kaninchenstall im Wedding gefunden.« Auf ihren erstaunten Blick hin fügte er hinzu: »Es geht um Paul Görlich, den Jungen, der sich öfter bei Ihrem Mann im Atelier aufgehalten hat. Er fühlte sich anscheinend verfolgt und verschwand, bevor wir ihn erneut befragen konnten. Wir haben das Mietshaus durchsucht und im Kaninchenstall die Skizze entdeckt. Sie ist nicht signiert, kann aber im Grunde nur von Ihrem Mann stammen. Nun vermuten wir, dass Paul tatsächlich verfolgt wurde, weil sich diese Zeichnung in seinem Besitz befand.«

Nelly sah ihn bedauernd an. »Ich würde Ihnen gern weiterhelfen, Herr Kommissar, aber Arnold hat mit mir nur selten über seine Arbeit gesprochen, das sagte ich Ihnen ja bereits.«

Leo warf noch einmal einen Blick auf das Bild von Wegners Elternhaus in dem blühenden Garten. »Sie sagten aber auch, er habe dies hier kurz vor seinem Tod mit nach Hause gebracht. Gab er damals einen Grund dafür an?«

»Nein. Er wollte es einfach um sich haben. Gewundert hat es mich schon, da er es als eine Art Inspirationsquelle zu betrachten schien, und er hat hier in der Wohnung nie gemalt. Im Nachhinein kommt es mir so vor, als hätte er eine Gefahr gespürt und das Bild schützen wollen.«

Leo erhob sich. »Frau Wegner, ich danke Ihnen. Wir müssen den Jungen unbedingt finden, er wird uns sicher mehr sagen können. Sobald wir etwas Neues wissen, hören Sie von uns. Und danke für den Tee.«

Am liebsten hätte Leo nun, da sie endlich vorwärtskamen, einfach weitergemacht, doch seine Familie wartete auf ihn. Außerdem benötigte er ein wenig Ruhe, es war ein langer Tag gewesen. Und sie brauchten dringend Paul Görlich, dem er so viele drängende Fragen stellen wollte.

Müde und gleichzeitig erregt schloss er die Haustür auf und stieg die ausgetretenen Stufen hinauf. Es war schon spät, vielleicht konnte er den Kindern wenigstens noch gute Nacht sagen. Ilse öffnete ihm die Tür, als hätte sie ihn schon auf der Treppe gehört, und sah ihn besorgt an. »Spät heute.«

»Viel zu tun. Aber es geht voran«, sagte Leo und hängte Hut und Mantel an die Garderobe. Er stellte die Aktentasche daneben und fuhr sich mit der Hand durchs regenfeuchte Haar.

»Wo sind die Kinder?«

»Marie ist im Bett, Georg liest noch. Ich habe gesagt, ich schicke dich rein, wenn du rechtzeitig zu Hause bist. Ich mache dir etwas von der Suppe warm.«

Leo trat ins Kinderzimmer. Er fragte sich immer, wie Marie so ruhig schlafen konnte, wenn bei Georg am Bett noch Licht brannte, aber sie ließ sich nicht stören, wenn sie erst einmal im Land der Träume versunken war. Er strich ihr sanft übers Haar, rückte den Plüschbären in ihrem Arm zurecht und trat dann zu seinem Sohn, der im Schein der Nachttischlampe einen Abenteuerroman las.

»Spannend?«

Georg nickte. »Spielt in Indien. Ein Maharadscha freundet sich mit einem englischen Offizier an, und der verliebt sich in die Schwester des Maharadschas.« Er rümpfte ein wenig die Nase. »Es gibt aber auch Kämpfe und Verrat und so weiter. Nicht nur so 'n Liebeskram.«

Leo lächelte. »Der kann auch mal ganz schön sein.«

»Wie bei Tante Ilse?«, fragte sein Sohn grinsend.

Leo zuckte innerlich zusammen. »Ja, so in etwa«, meinte er nur und gab seinem Sohn einen Kuss auf die Stirn. »Noch fünf Minuten, dann ist Schluss. Schlaf gut.«

In der Küche duftete es köstlich. Ilse schöpfte von der wunderbar sämigen Suppe in einen Teller und stellte ihn mit zwei Scheiben Brot vor ihren Bruder hin. Er aß hungrig und bemerkte erst danach, wie still sie war.

»Ilse, ist etwas mit dir?«

Sie wollte den Kopf schütteln, fuhr sich dann aber mit der Hand über die Augen. Leo stand auf, zog ihr einen Stuhl heran und drückte sie sanft darauf nieder. Dann schob er Teller und Löffel beiseite und ergriff ihre Hand. »Was ist los? Sag's mir bitte.«

Er wusste nicht, wann er zuletzt eine solche Nähe zu ihr gespürt hatte. Eigentlich nicht seit damals, als Dorothea gestorben war und sie auf dem Friedhof seine Hand genommen hatte.

»Es ist wegen Bruno«, sagte sie leise. »Er hat seit Tagen nicht angerufen, ist nicht mehr hergekommen. Ich ... ich weiß nicht, ob ich etwas falsch gemacht habe, ich kenne mich mit so was nicht aus. Wir waren glücklich miteinander, auch im Spreewald, das hat Bruno selbst gesagt. Aber –« Sie wischte sich energisch über die Augen. »Du guckst so komisch, Leo. Weißt du etwas darüber, hast du mit ihm geredet? Wolltest du, dass er sich nicht mehr mit mir trifft?«

Leo war erschüttert, dass sie ihm das zutraute. »Natürlich nicht.« Es sah beinahe so aus, als hätte Schneider von der bevorstehenden Verhaftung Wind bekommen und sich rechtzeitig davongemacht. Er selbst brauchte sich keine Vorwürfe zu machen, und um von Malchow, dessen Fahndungserfolg damit zunichte gemacht wurde, tat es ihm auch nicht leid. Zwar war es denkbar, dass von Malchow ihn beschuldigen würde, den Mann gewarnt zu haben, doch dann müsste er auch eingestehen, dass er Leo unter Druck gesetzt hatte. Also konnte er Ilse guten Gewissens alles erzählen.

Er berichtete kurz, wie von Malchow Schneider beobachtet und mit Ilse zusammen gesehen hatte. Sie blickte ihn fassungslos an. »Und du hast mir nichts davon gesagt? Wie konntest du nur?«

Leo goss zwei Gläser Bier ein und stellte seiner Schwester eins hin. Sie hob abwehrend die Hand, doch er sagte energisch: »Heute kannst du es gebrauchen.«

Er setzte sich wieder, nahm den Kragen ab und öffnete den obersten Hemdknopf, um sich Luft zu machen. Dann erklärte er, dass er aus Gründen der Geheimhaltung nicht berechtigt gewesen sei, mit irgendjemandem über die bevorstehende Verhaftung zu sprechen. Es klang trocken und amtlich, aber seine sachlichen Worte schienen Ilse ein wenig zu beruhigen. »Trotzdem, ich ... was soll ich denn jetzt machen?« Sie stützte den Kopf in die Hände. »Du meinst, er ist nicht vor mir, sondern vor der Polizei davongelaufen?«

Leo nickte. »Ganz sicher. Auch wenn es ein schwacher Trost ist.« Insgeheim fragte er sich, weshalb sie es so ruhig hinnahm, dass Schneider ein Krimineller sein sollte, doch dann beantwortete sie die Frage, als hätte sie seine Gedanken gelesen.

»Versteh mich nicht falsch, was er tut, ist natürlich verboten. Aber man kann doch ein guter Mensch sein und trotzdem etwas Verbotenes tun, oder? Das hast du selbst gesagt.« Sie sah ihn hoffnungsvoll an.

Es gibt Mörder, die wunderbar Blumenkränze flechten und Märchen erzählen können, dachte er zynisch, sprach es aber nicht aus, denn er wollte seine Schwester auf keinen Fall noch mehr verletzen. Oder glaubte sie doch nicht so recht, dass Schneider ein Verbrecher war, und hoffte trotz allem auf seine Rückkehr? Egal, im Augenblick hatten sie genug geredet, Ilse sollte erst einmal in Ruhe über alles nachdenken.

Dass Paul Görlich noch nicht gefunden worden war, machte ihm jetzt größere Sorgen.

Da klingelte das Telefon. Leo meldete sich. Es war Robert, der einen kurzen Bericht über seinen Besuch bei Thea Pabst lieferte. Als Leo den Namen vom Hofe hörte, unterbrach er ihn: »Warte mal – Richard vom Hofe, sagst du? Den Namen kenne ich.« Er überlegte rasch. »Er stand auf dem Zettel mit den Mitgliedern der Asgard-Gesellschaft, den Adi mir gegeben hat. Adi wollte sich um diesen von Strutwitz kümmern, weil er den Spielklub kennt, in dem er verkehrt. Der Name vom Hofe sagte mir da noch nichts. Und Fräulein Pabst meint, ihn auf der Zeichnung erkannt zu haben?«

»Ja. Und das will etwas heißen, immerhin ist er ihr Geliebter.«

Leo überkam ein ungutes Gefühl. »Robert, ruf im Büro an und gib durch, sie sollen vom Hofe beschatten lassen. Einen Posten vor sein Haus, einen zweiten, der ihm folgt, falls er das Haus verlässt.«

»Wegen Paul?«

»Ja.« Er hängte ein. Das Gespräch mit Ilse war für den Moment vergessen. Er spürte, der Junge war in Gefahr. Er konnte nur hoffen, dass vom Hofe ebenso wenig ahnte, wo Paul steckte, wie er selbst.

23

Am nächsten Morgen trafen sie sich früh in Leos Büro. Fräulein Meinelt brachte Kaffee.

»Irgendetwas in Sachen vom Hofe?«, fragte Leo.

Walther schüttelte den Kopf. »Sie haben die ganze Nacht das Haus bewacht. Er hat sich nicht von der Stelle gerührt. Willst du gleich hinfahren?«

»Ja, ich möchte sehen, wie er reagiert. Natürlich wird er alles abstreiten, aber ich will ihn auf Thea Pabst ansprechen.«

Robert sah ihn zweifelnd an. »Meinst du wirklich, wir bekommen mit dem bisschen, das wir bis jetzt haben, einen Haftbefehl?«

»Nein, aber davon war auch nicht die Rede. Wir setzen vom Hofe ein wenig unter Druck und lassen ihn weiter rund um die Uhr beschatten, falls er auf dumme Gedanken kommt. Und zwar so lange, bis wir Paul Görlich haben. Haben wir den Jungen, finden wir auch den Mörder, da bin ich sicher.«

Stahnke wiegte den Kopf. »Aber wie sieht es mit seiner Glaubwürdigkeit aus, Herr Kommissar? Könnte schwierig werden, wenn die Aussage des Jungen gegen die eines ehemaligen Offiziers steht, der womöglich beste Beziehungen hat. Sie kennen das doch.«

Und ob Leo das kannte. Die Beziehungen aus der Kaiserzeit reichten weit, und das nicht nur innerhalb der Polizei. »Wenn Paul erst einmal aussagt, wird er den Staatsanwalt überzeugen, dessen bin ich mir sicher«, entgegnete er. »Außerdem finden sich vielleicht Zeugen, die vom Hofe oder seinen Wagen im Afrikanischen Viertel gesehen haben.« Er trank einen Schluck Kaffee. »Neuigkeiten von der Fahndung?«

Berns schüttelte den Kopf. »Lauter Fehlmeldungen. Er soll auf dem Stettiner Bahnhof gesehen worden sein, wie er Reisenden das Gepäck trug und ein Trinkgeld erbettelte. Eine Frau behauptet, er habe ihr in Kreuzberg die Handtasche gestohlen. Insgesamt siebzehn Sichtungen in den verschiedensten Bezirken, von denen keine eindeutig nachgewiesen werden konnte. Angeblich trug er alles vom Konfirmationsanzug bis zum farbverschmierten Malerkittel und die Größe schwankte zwischen kleinwüchsig und eins neunzig.«

Leo seufzte. Das war der Nachteil bei Großfahndungen, sie lockten auch Wichtigtuer, notorische Lügner und Leute an, die sich schlicht und einfach langweilten.

Dann kam ihm eine weitere Idee. »Stahnke, Sie finden heraus, in welchem Regiment vom Hofe gedient hat. Fordern Sie seine Akte an, ich will wissen, ob es früher schon irgendwelche Zwischenfälle gegeben hat. Wir dürfen nicht auf der Stelle treten.«

»Zwischenfälle sexueller Natur?«, fragte Stahnke.

»Was sonst? Nehmen Sie sich zwei Leute, sprechen Sie mit ehemaligen Kameraden, vielleicht wurde über ihn getuschelt. Ich weiß, das ist aufwendig, aber wir brauchen Beweise, um Paul Görlichs Aussage zu stützen.«

Fräulein Meinelt steckte den Kopf zur Tür herein. »Herr Kommissar, Sie möchten bitte zu Kriminalrat Dr. Clauditz in die Inspektion D kommen.«

Robert sah ihn verwundert an. »Was will der denn von dir?«

Schulterzuckend stand Leo auf. »Ich habe da so eine Vermutung.«

Er hatte sich nicht getäuscht. Dr. Clauditz, ein magerer, glattrasierter Mann Ende fünfzig, dessen Haarfarbe zu schwarz war, um echt zu sein, begrüßte ihn höflich, aber ohne Herzlichkeit, und bot ihm einen Stuhl an.

»Herr Kollege, Sie werden sich vielleicht wundern, weshalb ich Sie herbitte.«

»Ich habe eine entfernte Ahnung, Herr Kriminalrat«, erklärte Leo und bemühte sich, Ruhe zu bewahren, obwohl er von Malchow am liebsten aus seinem Büro gezerrt und zu seinem Vorgesetzten geschleift hätte.

»Wir ermitteln gegen einen gewissen Bruno Schneider, einen Schieber, der sich seit kurzem auf Waffengeschäfte verlegt hat. Nun ist dieser Schneider seit drei Tagen spurlos verschwunden. Wir wollten morgen Abend die Verhaftung vornehmen, da eine Übergabe von Waren ansteht, die uns endlich die nötigen Beweise liefern könnte. Nun ist mir bekannt geworden, dass Ihre Schwester mit ihm verkehrt.«

Leo musste sich beherrschen, so anstößig klang der letzte Satz. »Meine Schwester hat nichts von Schneiders kriminellen Geschäften gewusst, Herr Kriminalrat«, sagte er gepresst.

Clauditz legte die Fingerspitzen aneinander und sah ihn prüfend an. »Nicht, dass wir ihr irgendeine böse Absicht unterstellen, aber gewarnt ist gewarnt.«

»Sie hat ihn nicht gewarnt, da sie erst seit gestern Abend von seinen Machenschaften weiß.«

»Und von wem, bitte?«

»Von mir.«

»So gehen Sie also mit den Vorgängen unserer Inspektion hausieren. Plaudern seelenruhig im Kreise der Familie darüber.«

Leo hatte genug. Er stand auf und verschränkte die Arme vor der Brust. »Ich weiß nicht, was dieses ganze Theater soll.«

Clauditz' Stimme klang eisig. »Man hat mir zugetragen, Ihre Schwester könne von Ihnen, der Sie ja immerhin bei der

Kripo arbeiten, von der bevorstehenden Verhaftung erfahren und Schneider gewarnt haben, worauf er Berlin fluchtartig verlassen hat.«

»Soll ich raten, wer der Zuträger war? Vielleicht der Kollege von Malchow?« Clauditz' Blick verriet ihm, dass er richtiglag. »Gut, dann sage ich Ihnen auch etwas: Herr von Malchow hat versucht, mich mit seinem Wissen über meine Schwester zu erpressen. Ich sollte dafür sorgen, dass er wieder in die Inspektion A versetzt wird, und er würde im Gegenzug Stillschweigen über ihre Beziehung zu Schneider bewahren.« Eigentlich war es nicht seine Art, Kollegen in den Rücken zu fallen, aber diese billige Intrige ging einfach zu weit. Clauditz ließ sich allerdings nicht so leicht beeindrucken.

»Wie dem auch sei, es geht nicht an, dass Angehörige von Kriminalbeamten mit Verbrechern verkehren. Das sollte einem Mann mit Ihrer Erfahrung eigentlich klar sein, Herr Wechsler.«

Leo schlug mit der Faust auf den Tisch. »Das lasse ich mir nicht bieten, Herr Kriminalrat. Meine Schwester ist ein erwachsener Mensch, ich führe sie nicht am Gängelband. Und Sie, Herr Kriminalrat, sollten Ihre Mitarbeiter besser im Zaum halten, statt zuzulassen, dass sie die eigenen Kollegen verleumden. Guten Tag, ich habe zu tun!«

Mit diesen Worten verließ er das Zimmer und knallte die Tür hinter sich zu.

Als er in sein Büro zurückkehrte, schauten Robert, Stahnke, Berns und Fräulein Meinelt ihm besorgt entgegen, doch Leo winkte nur ab. Ihm war nicht danach, seinen häuslichen Ärger vor ihnen auszubreiten.

»Wir fahren jetzt zu vom Hofe«, erklärte er knapp. »Robert, Berns. Und Sie, Stahnke, kümmern sich um vom Hofes militärische Vergangenheit.« Sie mussten so viel Material wie möglich zusammentragen, um eine hieb- und stichfeste Grundlage für einen Haftbefehl zu schaffen. Auch wenn er sich vorhin so zuversichtlich gegeben hatte, konnte er nicht sicher sein, ob Paul Görlich die Staatsanwaltschaft tatsächlich überzeugte.

Auf dem Weg nach draußen kam ihnen Herbert von Malchow entgegen, der Leo einen vielsagenden Seitenblick zuwarf und sich mühsam eine Bemerkung zu verkneifen schien. Leo ignorierte ihn und legte sich im Gehen den Schal um, bevor sie auf die windgepeitschte Straße hinaustraten.

Berns fuhr mit einem Wagen vor und ließ die Kollegen einsteigen. Dann wendete er und machte sich auf den Weg nach Schöneberg.

Er hieß Edgar, so hatte er sich Paul jedenfalls vorgestellt. Von ihm wusste der Junge auch, dass sie sich im Bananenkeller befanden. Der hieß so, weil im Haus über ihnen mal ein großer Obstladen gewesen war. Jetzt sollte es abgerissen werden, aber bis dahin krochen hier die Leute unter, für die im Asyl kein Platz mehr war. Was ein Asyl war, wusste Paul nicht, aber er wollte auch gar nicht dorthin. Sie saßen nebeneinander auf einer alten, verschlissenen Decke, den Rücken an der Wand, die Knie angezogen, und unterhielten sich leise.

»Wat machste eijentlich hier?«, fragte Edgar plötzlich.

Paul überlegte. Er wusste nicht, ob er seinem neuen Freund die ganze lange Geschichte erzählen sollte. Dann zuckte er mit den Achseln. »Mein Vater ist böse.«

»Det vasteh ick, meen Alter hat mir ooch imma vakloppt«, meinte Edgar mitfühlend. »Ick war der Jüngste von fünfen, die anderen ham sich imma vasteckt und mir hat er erwischt. Dann jabet Senge, sach ick dir.« Er erzählte, wie er mit dreizehn von zu Hause abgehauen war und sich allein durchgeschlagen hatte. Als illegaler Gepäckträger am Schlesischen Bahnhof, als Schankbursche, Stiefelputzer, er hatte alles versucht, aber nichts durchgehalten. Dann kamen kleine Diebstähle und Betrügereien, zweimal hatte er kurze Zeit eingesessen, bevor er erneut auf der Straße landete. Paul lauschte der rauen Stimme, bis der andere sich rührte und aufstand.

»Ick seh mir mal um, 'ne Pulle orjanisieren. Willste ooch wat roochen?«

Paul schüttelte den Kopf. »Kommst du gleich wieder?«

Der andere nickte. »Ick seh zu, det ick 'ne Schrippe für dir finde.« Mit diesen Worten verschwand er in einem dunklen Gang.

Edgar war aus dem Keller gekrochen und schlenderte Richtung Neue Friedrichstraße. An der Ecke stand die imposante Zentralmarkthalle mit dem kuppelgekrönten Eckturm. Sämtliche Zufahrtsstraßen waren mit Lieferwagen und Pferdefuhrwerken verstopft; zahlreiche Obst- und Gemüsehändler Berlins holten hier ihre Ware ab. In der Luft hing der Duft von Äpfeln, vermischt mit dem durchdringenden Geruch nach Kohl, Zwiebeln und Pferdemist; überall herrschte lautes Stimmengewirr. Edgar wunderte sich, wie die Leute in dem ganzen Chaos den Überblick behalten konnten, und nutzte die Gelegenheit, um sich drei Äpfel von einem Karren zu schnappen und in seiner weiten Hosentasche verschwinden zu lassen. Ein paar Möhren wanderten hinterher, dann schlich er an einem Bäckerwagen vorbei und stibitzte vier ofenwarme Schrippen. Um sein Glück nicht überzustrapazieren, stahl er sich davon, wieder Richtung Bananenkeller. Ein Mann mit Gummischürze klebte gerade ein Plakat an eine Litfaßsäule. Edgar warf einen flüchtigen Blick darauf und hielt inne. Er trat näher und schaute sich die Zeichnung an.

»Da brat mir doch eener –«

»Wat kiekste so?«, fragte ihn der Plakatkleber und griff nach seinem Leimeimer. »Biste scharf uff die Belohnung?«

Gesucht wird:

Paul Görlich, 12 Jahre alt
wohnhaft Togostrasse 79B, Berlin-Wedding
dunkle Haare, braune Augen, klein gewachsen
für sein Alter
vermutlich bekleidet mit einem grauen Herren-
regenmantel, der ihm zu gross ist

es ist eine Belohnung ausgesetzt.

sachdienliche Hinweise an das
Polizeipräsidium Berlin

Edgar konnte sein Glück kaum fassen. Das Präsidium lag gleich um die Ecke.

Das herrschaftliche Haus, in dem Richard vom Hofe wohnte, oder besser residierte, lag in der Kaiserin-Augusta-Straße. Ganz in der Nähe gab es einen Park mit einem See in der Mitte, der Blanke Helle genannt wurde. Leo Wechsler hatte einmal gelesen, dass manche den Namen als »blanke Hölle« deuteten oder mit Hel, der germanischen Herrin des Totenreichs, in Verbindung brachten. Wie passend, dass ein Mitglied der Asgard-Gesellschaft ausgerechnet in der Nähe dieser ehemaligen Kultstätte wohnte. Ob vom Hofe das wohl wusste?

Leo blickte an der Fassade empor. Geschwungene halbmondförmige Balkons mit schmiedeeiserner Brüstung, türmchenverziertes Dach, ein Portal mit vier flankierenden Säulen an jeder Seite, eine geschnitzte Holztür mit Buntglasscheiben. Er hatte auch mit nichts anderem gerechnet, nachdem er bei Ulrich von Mühl gewesen war. Die Asgard-Gesellschaft schien ein ausgesprochen exklusiver Klub zu sein, der seine Mitglieder nach strengen Kriterien auswählte. Adlige Herkunft, Offizierslaufbahn, deutschnationale Ansichten. Nur die Gegend war einen Hauch zu schlicht, Leo hätte vom Hofe eher in Dahlem oder Zehlendorf vermutet.

Der Empfang überraschte ihn dann doch ein wenig. Richard vom Hofe begrüßte die Beamten zuvorkommend, beinahe als hätte er sie erwartet. Denkbar, dass von Mühl ihn vorgewarnt hatte, nachdem Leo ihn wegen seiner Äußerungen gegen Wegner befragt hatte. Er bat Leo und seine Kollegen in den Salon. Der Raum wirkte nicht so betont maskulin wie bei Ulrich von Mühl, an den Wänden hingen einige auffallend schöne Seidenbilder, vermutlich aus China. Als Leos Blick darauf fiel, sagte vom Hofe: »Ich bin vor dem Krieg im diplomatischen Dienst in China gewesen, Herr Kommissar. In der Vitrine dort drüben steht auch chinesisches Porzellan. Nehmen Sie doch bitte Platz, meine Herren.«

Leo zog es im Grunde vor zu stehen, wollte aber eine Konfrontation vermeiden und nahm mit Berns und Robert auf seidenbezogenen Stühlen Platz.

»Was kann ich für Sie tun?«

»Ist Ihnen ein Fräulein Thea Pabst bekannt, Herr vom Hofe?«

Falls er überrascht war, ließ er es sich nicht anmerken, sondern schlug leger die Beine übereinander und legte ganz entspannt einen Arm über die Rückenlehne seines Stuhls. »Ja, die ist mir bekannt.«

»Wie gut?«

»Ich weiß zwar nicht, warum das für Sie von Interesse sein sollte, aber wir hatten eine Affäre.«

»Hatten?«, fragte Leo schnell.

Vom Hofe nickte. »Ich habe sie aus persönlichen Gründen beendet.«

»Dürfte ich die Gründe wissen?«

»Nein.« Die Antwort klang ebenso höflich wie abweisend.

Leo wechselte das Thema, um von Hofe nicht von Anfang an zu provozieren. »Wussten Sie, dass Fräulein Pabst auch ein Verhältnis mit dem Maler Arnold Wegner unterhielt?«

»Ja, das war mir bekannt. Aber ich bin ein großzügiger Mensch und war zu keiner Zeit an einer engeren Beziehung mit Fräulein Pabst interessiert. Daher hat es mich nicht weiter gestört.« Er schnippte eine imaginäre Fluse von seinem makellosen dunkelgrauen Ärmel. Höflich, aber betont gelangweilt, dachte Leo. Nun gut.

»Haben Sie Wegner persönlich gekannt?«

Leo meinte, ein winziges Zucken in vom Hofes Gesicht zu bemerken, doch das konnte ebenso gut Einbildung sein.

»Nein«, antwortete vom Hofe knapp.

»Wie erklären Sie sich dann, dass Wegner eine Zeichnung angefertigt hat, auf der Fräulein Pabst Sie zu erkennen glaubt?« Leo griff in seine Aktentasche. »Wie gut, dass ich sie dabeihabe.« Er nahm die Zeichnung heraus und reichte sie vom Hofe, der sie zögernd entgegennahm und nur einen flüchtigen Blick darauf warf.

»Die habe ich nie gesehen.«

»Danach habe ich auch nicht gefragt«, erklärte Leo geduldig. »Ich möchte lediglich wissen, ob Ihnen jemand darauf bekannt vorkommt.«

Vom Hofes linke Hand krampfte sich um die Stuhlkante. Berns zog eine Augenbraue hoch.

Kopfschütteln. »Nein, die Gesichter sind ja auch nicht sehr gut zu erkennen.«

Leo nahm die Zeichnung wieder an sich und schlug eine andere Richtung ein.

»Wie Sie vielleicht wissen, wurde Arnold Wegner ermordet. Ich hörte, dass Ihr Bekannter, Herr von Mühl, auf einer Gesellschaft einmal gegen Wegners Kunst wetterte, weil sie angeblich undeutsch und verkommen sei. Teilen Sie seine Meinung?«

Vom Hofe schien sich wieder auf sicherem Terrain zu fühlen. »Das tue ich in der Tat. Allerdings dürfte das wohl kaum ein Grund sein, einen Maler zu töten. Man sollte lieber auf Museen und Galerien einwirken, damit solche Werke gar nicht erst ausgestellt oder zum Verkauf angeboten werden.«

»Waren Sie an jenem Abend bei Konsul Haberland zugegen?«

Vom Hofe schüttelte den Kopf. »Ulrich hat mir nur davon erzählt.«

»Besitzen Sie ein Automobil?«, fragte Walther unvermittelt.

Verwundert schaute vom Hofe von ihm zu Leo und wieder zurück. »Was tut das zur Sache?«

»Eine Antwort, bitte, Herr vom Hofe«, forderte Leo nachdrücklich.

»Ja, ich besitze einen Wagen. Einen Audi Typ K Phaeton, um genau zu sein.«

Berns pfiff anerkennend durch die Zähne. Er war bei den Kollegen als automobilbegeistert bekannt und studierte gern einschlägige Zeitungsartikel. »Das ist ja interessant, das erste Automobil mit Linkslenkung. Aber ein bisschen kalt im Winter, oder?«

»Sie werden lachen, er hat ein Verdeck«, entgegnete vom Hofe scharf, er schien allmählich die Geduld zu verlieren.

»Welche Farbe?«, fragte Leo ungerührt weiter. Der Wagen musste im Wedding großes Aufsehen erregt haben.

»Schwarz.«

»Danke, Herr vom Hofe.« Leo lehnte sich bequem zurück, um anzudeuten, dass er es keineswegs eilig hatte, die Wohnung zu verlassen.

»Ich verstehe ehrlich gesagt nicht, was Sie von mir wollen. Ich kenne Thea Pabst und besitze ein Automobil. Das macht mich noch lange nicht zum Verbrecher.«

»Gewiss nicht, aber wir ermitteln in einem Mordfall und müssen allen Verbindungen nachgehen, die das Opfer unterhalten hat. Dazu gehören auch die Liebhaber der Geliebten, Herr vom Hofe.«

Da klingelte das Telefon. Sie hörten, wie jemand im Flur abhob und dann diskret an die Tür klopfte. Eine ältere Frau in dunklem Kleid mit Kameenbrosche am Hals, die Haushälterin, die ihnen auch die Tür geöffnet hatte, trat ein und sah sich ein wenig unsicher um. »Telefon für Herrn Wechsler.«

»Bitte schön, Herr Kommissar«, sagte vom Hofe knapp und deutete in den Vorraum.

Leo ging nach draußen und nahm den Hörer. »Wechsler am Apparat.«

Es war Stahnke, und er klang ziemlich aufgeregt. »Herr Kommissar, ich glaube, wir haben den Jungen. Sie werden lachen, er hockt uns fast auf dem Schoß, wenn ich dem Zeugen glauben darf. Soll ich in Sachen vom Hofe weiterforschen –?«

»Nein, nein, das hat Zeit, wir kommen sofort.« Er hängte ein und kehrte in den Salon zurück.

»Bedaure, Herr vom Hofe, wir müssen unser Gespräch zu einem späteren Zeitpunkt fortsetzen. Sie hören von uns.«

Mit diesen Worten machte er kehrt und verließ mit Walther und Berns die Wohnung.

»Das ging aber plötzlich«, sagte Walther. »Was ist denn los?«

»Stahnke sagt, sie haben Paul Görlich gefunden.«

24

Paul fragte sich besorgt, warum Edgar nicht wiederkam. Die anderen Männer machten ihm ein bisschen Angst. Dann endlich hörte er Schritte. Edgar betrat den Raum, seine Taschen beulten sich auffällig. Er winkte Paul in eine Ecke und packte seine Schätze aus.

»Die werden brüderlich jeteilt. Zwee Schrippen für dir, zwee für mir, und 'n Appel.«

»Danke«, sagte Paul nur, weil ihm vor lauter Erleichterung die Worte fehlten, und biss herzhaft in die erste Schrippe. Den Apfel aß er samt Kerngehäuse auf. Ihm wurde endlich ein bisschen warm. Er lehnte sich an die Wand und schloss die Augen.

Als er aufwachte und sich umsah, war Edgar verschwunden. Fußgetrappel irgendwo im Kellerlabyrinth, dann kamen drei Männer herein. Die anderen wichen zurück, doch die Männer winkten ab. »Nur die Ruhe, an euch sind wir nicht interessiert.«

Paul drückte sich noch fester an die Wand. Was hatte das zu bedeuten? Wollten die zu ihm? Steckte der Vater dahinter? Dann sah er den Polizisten, der damals bei ihm zu Hause gewesen war, auf sich zukommen. Er trug einen warmen Mantel und einen Schal, und sein Gesicht war rot vor Kälte. Nur die Narbe, die Paul schon aufgefallen war, als er ihn zum ersten Mal gesehen hatte, schimmerte weiß. Der Mann kniete sich vor ihn und streckte die Hand aus.

»Keine Angst, Paul, wir wollen dir helfen. Komm mit«, sagte er nur und versuchte, ihn hochzuziehen.

Paul rührte sich nicht. Er verstand nicht, was das alles sollte.

»Wir wissen, dass dir jemand Angst gemacht hat. Und wir haben auch das Bild im Kaninchenstall gefunden. Bald verhaften wir den Mann, der deinen Freund getötet hat. Aber du musst uns dabei helfen«, sagte Leo Wechsler eindringlich. »Du bist ganz wichtig für die Polizei. Ohne dich schaffen wir das nicht.«

Paul zögerte. Ob er ihm vertrauen konnte? Edgar hatte er auch vertraut, und der hatte ihn hier allein gelassen.

»Na komm. Du brauchst dich nicht zu fürchten. Auch nicht vor deinem Vater.«

Das machte ihm Mut. Er stand mühsam auf, seine Beine waren vom langen Sitzen eingeschlafen. Der Polizist legte ihm die Hand auf die Schulter und führte ihn aus dem Keller.

Thea Pabst wollte in die Stadt fahren, um sich einen neuen Mantel zu kaufen. In dem alten konnte sie nicht mehr unter die Leute gehen, und sie hatte ein entzückendes Modell mit Kunstpelzkragen gesehen, das gar nicht so teuer war. Zwei Auftritte bei privaten Soireen, da konnte sie sich auch mal etwas gönnen.

Auf dem Weg zur Elektrischen spürte sie plötzlich eine Hand an ihrem Arm. Sie drehte sich um und sah sich Richard vom Hofe gegenüber. Thea wollte ihn begrüßen, doch sein Blick ließ sie verstummen. Er zerrte sie in eine menschenleere Hofeinfahrt und drückte sie gegen die kalte, feuchte Wand.

»Ich hatte Besuch. Von der Polizei.«

Sie hielt seinem Blick stand. Draußen auf der Straße waren viele Menschen, sie konnte notfalls um Hilfe rufen. »Ich auch, wegen Arnold. Sie wollen alles Mögliche wissen. Fragten auch nach dir.«

Sie spürte seinen warmen Atem im Gesicht, so nah war er ihr gekommen. Aber nicht, um sie zu küssen. »Das interessiert mich einen feuchten Dreck. Es ist was anderes, ob die bei irgendeiner Nackttänzerin auftauchten oder bei mir, das schadet meinem Ruf.«

Thea sah ihn an, als wäre ihr plötzlich etwas klar geworden. »Ist das alles, was ich für dich war? Irgendeine Nackttänzerin?« Sie versuchte, sich seinem Griff zu entwinden. »Wenn du ein gutes Gewissen hast, kannst du doch offen mit ihnen sprechen.«

Vom Hofe umklammerte ihre Arme mit eisernem Griff. »Wie kommst du dazu, ihnen zu erzählen, ich wäre auf einer Zeichnung dieses Schmierfinken zu sehen?« Er stieß sie heftig gegen die Wand.

Thea bekam allmählich Angst und spähte zum Bürgersteig hinüber. Alle Passanten hatten es eilig, niemand schaute zu ihnen herein. »Das habe ich nie gesagt. Sie wollten nur wissen, ob ich die Zeichnung aus dem Atelier kannte, und da habe ich erzählt, dass Arnold öfter irgendwelche Leute als Modell nahm, die er gar nicht persönlich kannte. Ich habe mir nichts dabei gedacht. Oder bist du –« Sie schlug entsetzt die Hand vor den Mund.

Plötzlich kam ein Pferdefuhrwerk klappernd in die Hofeinfahrt eingebogen. Thea nutzte die kurze Ablenkung, um sich loszureißen und draußen in der Menge zu verschwinden.

Der Junge saß, eine karierte Wolldecke um die Schultern, in Leos Büro und hielt eine Tasse Schokolade in beiden Händen. Sie war sehr heiß, schien ihm aber eine gewisse Sicherheit zu vermitteln. Vor ihm auf dem Tisch stand seine alte Kaffeedose, die Leo ihm gleich zu Anfang gegeben hatte, um ihm die Angst zu nehmen. Außerdem hatte Leo die Kollegen gebeten, sich in die Ecke zu setzen, damit sich der Junge nicht bedrängt fühlte. Stahnke sollte mitstenographieren. Alle machten sich auf eine langwierige Befragung gefasst.

Leo rückte an den Tisch, öffnete eine Papiertüte und holte eine Zimtschnecke heraus. »Magst du?«

Paul nickte, schaute aber nicht hoch. Dann griff er nach der Zimtschnecke und biss ganz schnell hinein.

»War ziemlich kalt in dem Keller, was?«

Nicken.

»Wie bist du eigentlich dort gelandet?«

»Bin gelaufen, immer weiter«, sagte der Junge heiser, als hätte er länger nicht geredet. »Ich wollte weg.«

»Weil du Angst hattest?«

»Ja.«

»Vor deinem Vater? Oder dem Mann mit dem schwarzen Auto?«

Bei dieser Frage sah der Jungen zum ersten Mal hoch. »Du kennst den auch?«

Leo nickte. »Ich glaube schon.« Er schob Paul eine Skizze hin, die der Polizeizeichner nach seinen Angaben erstellt hatte. »Sah er so aus?«

Paul sah auf das Blatt und nickte heftig.

Der Zeuge bestätigt durch Nicken, stenographierte Stahnke.

Der Junge räusperte sich. »Der hat mich mitgenommen. Im Auto.«

»Als Spazierfahrt?«, fragte Leo freundlich.

»Nein, er hat mich einfach reingezogen, ich wollte gar nicht mit, und dann war ich in einem Schuppen, und der Mann war so unheimlich. Bis so 'n Liebespaar reinkam, da bin ich weggelaufen.«

»Hattest du ihn vorher schon gesehen?«

»Ja. Er hat mich immer angeguckt und nach dem Maler gefragt. Wenn ich auf der Straße war, tauchte er einfach auf.«

»Ich nehme an, er hat dich beobachtet. Kannst du dich erinnern, wann du ihn zum ersten Mal gesehen hast?«

Der Junge überlegte angestrengt. »Ich weiß nicht genau. Da war mal so einer im Wald, als der Maler mir das Geld geschenkt hat. Als ich das Bild verstecken sollte. Der hat nur dagestanden und geguckt. Aber ich weiß nicht, ob das der mit dem schwarzen Auto war.«

Leo nickte und legte Wegners Zeichnung auf den Tisch. Paul wollte sofort danach greifen, besann sich aber und zog die Hand zurück. Unsicher schaute er von einem Beamten zum anderen. »Ich … auf die sollte ich aufpassen. Die darfst du nicht – ich hab's ihm versprochen.« Er verstummte, als wäre ihm gerade erst eingefallen, dass der Maler nicht mehr lebte.

»Wir haben danach gesucht, weil wir sie brauchen, um den Mörder zu finden. Verstehst du das?«

»Nicht so richtig.«

»Ich erkläre es dir später. Jetzt musst du uns erst mal erzählen, warum der Maler dir die Zeichnung gegeben hat.«

Paul krauste die Stirn, als er in seiner Erinnerung wühlte. Wie war das gewesen an dem Tag, als alles durcheinander war und das Bild kaputt? Es brach aus ihm hervor wie eine Flut, ungeordnet und ungeheuer wohltuend. »Ich … alles war herumgeworfen … sein Bild war kaputt, es gefiel ihm nicht, hat er gesagt, und dann hat er mir das da gegeben, ich soll drauf aufpassen.«

Leo hob die Hand. »Ganz langsam. Du warst mal bei ihm, und alles war durcheinander?«

Der Junge nickte.

»Und ein Bild war kaputt? Was für eins?«

»Ein buntes. Mit den nassen Farben.« Aquarell oder Öl, dachte Leo. »Lauter Löcher waren drin. Und die Pinsel und alles lag auf dem Boden.«

Alle im Raum spürten, dass sie soeben etwas Bedeutendes erfahren hatten. Leo fasste zusammen: »Du bist ins Atelier gekommen, der Raum war durcheinander, ein Bild war kaputt. Wie sah es aus?«

»Mit lauter Schnitten drin, nur noch Fetzen«, sagte der Junge leise. »Er hat gesagt, er war es selbst, aber so was hat er früher nie gemacht.«

Leo beugte sich vor. »Und dann hat er dir die Zeichnung gegeben und gesagt, du sollst gut auf sie aufpassen?«

»Ja.«

»Und du hast sie im Kaninchenstall versteckt und keinem davon erzählt?«

Heftiges Nicken. »Es war doch ein Geheimnis.«

Leo wollte schon die Befragung beenden, als der Junge noch einmal herzhaft in die Zimtschnecke biss und mit vollem Mund kauend sagte: »Dann wollte ich sie zurückgeben.«

»Warum?«

»Weil ich ... irgendwie machte sie mir Angst. Es war so ein Gefühl. Hier.« Paul deutete auf seinen Bauch. Der Instinkt hatte ihn nicht getrogen, dachte Leo.

»Warum lag sie denn noch im Stall, wenn du sie ihm zurückgeben wolltest?«

»Ich bin zu ihm gelaufen, und dann hat er da gelegen, und alles war schwarz. Und er war tot.«

Leo hatte Paul in ein leerstehendes Büro bringen und ein Feldbett holen lassen, damit er sich ausruhen konnte. Dann setzte er sich zu Walther, Stahnke und Berns ins Büro. Die erwartungsvolle Spannung war deutlich zu spüren, wie immer, wenn ein Fall kurz vor der Aufklärung stand. »Meine Herren, was sagen Sie dazu?«

»Die Sache ist doch eindeutig«, meldete sich Berns zu Wort. »Vom Hofe ist eifersüchtig und spioniert der Pabst nach. Entdeckt, dass Wegner ihn bei einer Vergewaltigung malt. Zerstört das Bild als Warnung und bekommt irgendwie mit, dass Wegner dem Jungen die Zeichnung anvertraut. Paul sagt doch, ein Mann habe damals vor dem Atelier gestanden. Wegner nimmt das Gemälde vom Elternhaus, das ihm so viel bedeutet, mit nach Hause, um es zu schützen. Und vom Hofe begreift, dass Wegner eine Bedrohung für ihn darstellt, solange er lebt, und bringt ihn um.«

Walther nickte. »Klingt schlüssig. Aber woher wusste Wegner von der Vergewaltigung?«

Leo schaute aus dem Fenster, vor dem dünne Schneeflocken herabrieselten. Am Sonntag war schon der 1. Advent, dachte er ein wenig zusammenhanglos. Dann drehte er sich unvermittelt um. »Robert, Frau Wegner hat kein Telefon, oder?«

»Nicht dass ich wüsste.«

»Dann musst du hinfahren. Nimm das Tagebuch mit, das wir damals in Wegners Sachen gefunden haben, und lass es dir von seiner Frau vorlesen, sie müsste seine Handschrift entziffern können. Schreib mit, was wichtig ist. Mach schnell.«

»Verstanden.« Schon hatte Walther das Büro verlassen.

Clara Bleibtreu saß in ihrer Leihbücherei und schaute trübsinnig aus dem Fenster. Kinder hüpften umher, legten den Kopf in den Nacken und öffneten den Mund, um die dichter fallenden Schneeflocken aufzufangen. Sie zog das Schultertuch enger um sich. Eigentlich war der Raum ganz gut geheizt, aber ihr wurde einfach nicht richtig warm.

Sie kochte Tee und setzte sich mit der dampfenden Tasse hinter die Theke. Bei diesem Wetter würden nicht viele Leser kommen. Daher schaute sie überrascht hoch, als die Türglocke klingelte. Georg und Marie Wechsler in warmen Mänteln, das Mädchen mit einer selbstgestrickten Mütze mit rosa Bommel, der Junge mit einer Schirmmütze und einem ellenlangen Schal, der fast bis auf den Boden reichte.

»Guten Tag, was kann ich für euch tun? Schön, dass ihr mich besucht.«

Die beiden schauten sich um. »Wir wollten schon mal nach einem Geschenk gucken, für Vati und Tante Ilse«, sagte Georg und klopfte auf seine Hosentasche, aus der ein leises Klingeln zu hören war. »Wir haben was gespart.« Er wühlte in der Tasche und zog ein Sammelsurium an Münzen und Scheinen heraus, das er auf der Theke ausbreitete. »Ich weiß nicht, ob es für beide reicht.« Er sah sie zweifelnd an.

»Ich glaube schon, Georg. Es wäre auch nicht nett, nur ein Geschenk zu kaufen.«

»Tante Ilse liest nicht so gern, hast du auch was anderes?«, ließ sich das kleine Mädchen vernehmen.

Clara überlegte kurz, stand auf und kniete sich vor ein Regal, um eine Schachtel herauszuziehen. Darin lagen Notizbücher mit schimmerndem Einband, jedes hatte an der Seite einen goldenen Bleistift in einer Metall-Öse. »Meinst du, so etwas könnte eurer Tante gefallen?«

Marie strich vorsichtig mit dem Zeigefinger über den Einband und nickte. »Das ist schön.«

»Und für euren Vati?«

Georg schaute sich zwischen den Regalen um. »Er interessiert sich für Malerei, aber die Bücher sind sicher teuer, oder?«

Clara dachte nach. Dann fiel ihr etwas ein. Sie öffnete eine Schublade und nahm eine Geschenkmappe mit zehn Kunstpostkarten heraus. *Meisterwerke des Louvre* war in Gold daraufgeprägt. »Die sind aus einem berühmten Pariser Museum. Wäre das etwas für euren Vater?«

Georg schaute sich alle Karten an und sagte dann: »Bestimmt. Was kostet beides zusammen?«

Clara überschlug flüchtig, wie viel Geld auf der Theke lag, es war nicht viel, und nannte einen Betrag knapp darüber. Georg und Marie schauten sie betreten an.

»Tja, so ganz reicht es nicht, aber... habt ihr ein bisschen Zeit?«

Die Kinder nickten. »Tante Ilse muss putzen, und da hat sie gesagt, wir dürfen heute allein herkommen.«

»Gut. Seht ihr den Stapel Bücher da hinten? Die haben Leute zurückgegeben, und ich bin noch nicht dazu gekommen, sie einzuräumen. Wenn ihr mir helft, bekommt ihr das Notizbuch und die Karten für euer Geld.«

Die Kinder nickten eifrig. »Dann können wir sagen, wir haben dafür gearbeitet«, sagte Georg nicht ohne Stolz und machte sich ans Werk.

Clara schaute zu, zeigte ihnen geduldig die richtigen Regale und grübelte dabei, ob es verwerflich war, die Kinder ein bisschen auszufragen. »Wie geht es eigentlich eurem Vater?«, fragte sie schließlich in beiläufigem Ton.

Marie, die gerade mit beiden Händen ein Buch heranschleppte und ihrem Bruder reichte, sagte: »Gut. Er muss aber viel arbeiten und kommt spät nach Hause.« Sie legte den Kopf ein bisschen schief und überlegte. »Hast du Vati gern?«

Clara spürte, wie sie rot wurde. Georg, der auf einer kleinen Trittleiter stand, hatte in der Bewegung innegehalten und schaute zu ihr herüber. Sie schluckte. »Na ja, wir haben uns ein paarmal unterhalten. Das war sehr nett.«

»Warum kommst du uns nicht mal besuchen?«, fragte Marie arglos.

Georg versetzte ihr einen leichten Stoß. »Das geht nur Vati was an«, zischte er leise.

»Hör auf, das tut weh«, beschwerte sich seine Schwester und schaute Clara zutraulich an. »Du kannst ruhig mal kommen, Tante Ilse bäckt leckeren Kuchen. Dann zeig ich dir meine Puppen. Zu Weihnachten wünsche ich mir schöne Möbel für mein Puppenhaus, die kosten leider viel Geld, hat Tante Ilse gesagt. Aber ich hab gesagt, dann wünsche ich mir ein Zimmer nach dem anderen, zum Geburtstag und so.«

Clara musste lächeln. »Vielleicht kann ich es mir irgendwann mal ansehen. Aber jetzt solltet ihr allmählich nach Hause gehen, sonst macht eure Tante sich Sorgen.« Sie packte die Geschenke in eine Papiertüte und gab sie den Kindern. Georg nahm seine Schwester energisch an die Hand, winkte zum Abschied und verschwand mit ihr in den verschneiten Winternachmittag.

Robert Walther klopfte sich im Gehen den Schnee von Hut und Mantel und riss ungestüm die Tür zum Vorzimmer auf. Fräulein Meinelt blickte hoch und nickte zu Leos Tür hinüber. »Er wartet schon ungeduldig.«

»Ich weiß, es hat lange gedauert, aber Frau Wegner konnte die Klaue ihres Mannes selbst kaum entziffern«, sagte Robert und ging nach nebenan.

Leo sah ihn gespannt an. »Und?«

Robert grinste triumphierend. »Volltreffer.« Er legte das Tagebuch auf den Schreibtisch, daneben ein von ihm verfasstes handschriftliches Dokument. »Wir mussten eine Weile suchen, bis wir die richtige Stelle hatten. Sie hat sie mir diktiert.«

Leo las den Text durch und blickte hoch. »Das ist ja unglaublich.«

»Es kommt noch besser«, sagte Robert. »Dreh mal das Blatt um. Es gibt nämlich noch einen Nachtrag vom 3. September, damit kriegen wir ihn.«

»Und alles passt zusammen«, schloss Leo und warf einen Blick auf einen Zettel, der neben dem Telefon lag. »Wegner hat in einem Infanterieregiment gedient, das bei mehreren Schlachten ganz in der Nähe des 1. Garderegiments eingesetzt war, in dem vom Hofe Dienst tat. Unter anderem in der Champagne und an der Somme.«

»Wie hast du das denn so schnell herausgefunden?«, fragte Walther.

»Ich habe einen altgedienten Redakteur bei der *Vossischen* angerufen, der vier Jahre lang von der Westfront berichtet hat. Der kennt die deutsche Heeresgeschichte wie seine Westentasche und konnte mir genau sagen, welche Regimenter wo eingesetzt waren. Mit exakten Angaben zur Zahl der Gefallenen und Verwundeten. Der Kerl hat ein erstaunliches Gedächtnis. Er geht so sehr in seinem Thema auf, dass ich ihn kaum losgeworden bin.«

Walther nahm sich endlich die Zeit, den nassen Mantel über

einen Stuhl zu hängen. »Dann haben wir doch alles zusammen.«

»Gute Arbeit«, sagte Leo anerkennend. »Jetzt brauchen wir nur noch den Haftbefehl.«

Sie fuhren in der Kaiserin-Augusta-Straße vor und bemerkten neben dem schwarzen Audi einen eleganten dunkelgrünen Wagen. Es war recht einfach gewesen, den richterlichen Haftbefehl zu erwirken, da sie nicht nur Paul Görlich als Zeugen besaßen, sondern auch das Tagebuch des Ermordeten als Beweismittel angeben konnten.

Die Haushälterin öffnete ihnen die Tür und wirkte ein wenig erschrocken, weil nun gleich vier Beamte vor ihr standen. Leo legte ihr beruhigend die Hand auf die Schulter und schob sie sanft in die Wohnung. Leise Stimmen verrieten, dass vom Hofe sich im Salon aufhielt. »Wir finden schon den Weg, danke.« Er klopfte höflich an, trat aber ein, ohne die Aufforderung abzuwarten.

Richard vom Hofe war nicht allein. Der Mann im grauen Anzug, der Leo den Rücken zukehrte, drehte sich um und deutete eine spöttische Verbeugung an. »Welch ein Vergnügen, Sie wieder einmal unverhofft zu treffen, Herr Kommissar. Sind Sie in letzter Zeit noch einmal mit meiner Frau im Café Caspary gewesen?«

Leo spürte die Blicke seiner Kollegen im Rücken und bemühte sich, ruhig zu bleiben. »Das tut nichts zur Sache.« Er machte einen Schritt auf Richard vom Hofe zu. »Ich verhafte Sie wegen Mordes an Arnold Wegner, begangen am 21. November 1922 in Berlin. Sie haben das Recht, die Aussage zu verweigern. Sie sind jedoch verpflichtet, die Fragen zu Ihrer Person wahrheitsgemäß und vollständig zu beantworten.« Er holte die Handschellen aus der Manteltasche.

Vom Hofe rührte sich nicht von der Stelle. Ulrich von Mühl griff nach einer Streichholzschachtel und zündete sich in aller

Ruhe eine Zigarette an, ohne Leo aus den Augen zu lassen. »Sie haben anscheinend Spaß daran, gesetzestreue Bürger zu bedrängen. Nun ja, was kann man von einem Staat erwarten, der einen Proleten zum Präsidenten hat? Zuerst hatten Sie es auf mich abgesehen, jetzt auf meinen Freund Major vom Hofe. Ich fürchte nur, dass Sie bei ihm ebenso ins Leere laufen werden wie bei mir.« Er blies eine Rauchwolke an die stuckverzierte Decke.

»Ist Herr von Mühl eigentlich Ihr Sprachrohr?«, fragte Leo bissig.

Vom Hofe schüttelte den Kopf. »Ganz sicher nicht. Dennoch muss ich ihm beipflichten. Ich wüsste gern, wie Sie auf eine so abwegige Idee verfallen konnten. Dieser Wegner war mir völlig unbekannt, ich habe lediglich dann und wann Abbildungen seiner sogenannten Kunstwerke in der Presse gesehen.«

Leo hatte seine Gelassenheit wiedergefunden. »Wir haben einen Zeugen, der bestätigen kann, dass Sie auf der Suche nach einer Zeichnung Wegners waren, die eine unbestreitbare Ähnlichkeit mit Ihnen aufweist und auf der Sie in unzüchtigem Kontakt mit einem jungen Mann dargestellt sind. Dieser Zeuge sagt weiterhin aus, dass Sie ihn verfolgt, bedroht und entführt haben, da Wegner ihm seine Zeichnung anvertraut hatte, bevor man ihn ermordete. Wir wissen außerdem, dass die Tänzerin Thea Pabst Ihnen von ebendieser Zeichnung erzählt hat.«

Vom Hofe war instinktiv einen Schritt vorgetreten, als wollte er Leos Vorwürfe abwehren. »Aber diese Spekulationen beruhen doch einzig auf der Annahme, dass ich es bin, der auf dieser obskuren Zeichnung dargestellt ist.«

Leo zog seelenruhig seine letzte Trumpfkarte. »Nein, Herr vom Hofe, Spekulation würde ich das nicht nennen.« Er holte ein gefaltetes Blatt aus der Manteltasche und begann vorzulesen:

»27. August 1916
Ein Tag wie kein anderer. Heute habe ich etwas erlebt, das mich mehr erschüttert hat als die grausamsten Schlachten des Krieges, mehr als das Gemetzel, das seit nunmehr zwei Monaten hier an der Somme sinnlos hin und her wogt. Man schickte mich am frühen Abend zum Requirieren in ein Dorf ein Stück weit hinter unseren Linien. Ich schlenderte die Straße entlang. Als ich losging, war es noch recht hell, doch nun hatte die Sonne fast den Horizont erreicht. Mir fiel ein entlegenes Gehöft auf, dessen Wiesen besonders saftig und dessen Obstbäume besonders üppig wirkten. Wie auf einem Gemälde, dachte ich noch. Also ging ich hin, um dort Obst für unsere Kompanie zu besorgen.

Es war unheimlich still. Niemand schien zu Hause zu sein. Ich näherte mich dem Anwesen und hörte, als ich nur noch wenige Schritte von der Tür entfernt war, ein leises Wimmern. Ein Kätzchen, dachte ich und trat ein, um nach dem Tier zu sehen. Darauf steigerte sich das Wimmern zu einem Geheul, ich konnte undeutliche französische Laute vernehmen, sie klangen wie non, laissez-moi, non, non. Ich ging durch einen kühlen, dunklen Flur, der Stimme nach. Eine angelehnte Tür. Vorsichtig schaute ich hinein. Durchs Fenster fiel ein blauer Schein und tauchte den Raum in ein unwirkliches Licht.

Ich weiß noch, es duftete herzhaft nach geräuchertem Fleisch – eigenartig, welch unwichtige Dinge man wahrnimmt, obwohl der ganze Verstand auf etwas anderes gerichtet ist.

Ein Offizier, einer der unseren, drückte einen etwa vierzehnjährigen Jungen über einen Tisch, die Arme ausgebreitet, den Kopf aufs Holz gepresst. Er war zart, mit leicht gebräunter Haut und dunklen Locken. Er trug ein himmelblaues Hemd.

Dieser Junge war es, der die Laute ausstieß. Seine Hose

war ihm bis auf die Holzpantinen gerutscht, und der Offizier missbrauchte ihn roh. Mir wurde übel von dem Anblick, doch ich getraute mich nicht, einzugreifen. Ich eilte hinaus, als wäre der Teufel hinter mir her.

Ohne auf die Reaktion der Männer zu achten, drehte Leo das Blatt um. »Unter dem Datum 3. September 1916 fanden wir noch den folgenden Zusatz:

Nun weiß ich auch den Namen: Major Richard vom Hofe, 1. Garderegiment zu Fuß. So sieht also die Elite unseres Vaterlandes aus. Dieses Bild hat sich mir eingebrannt, ich werde es nie vergessen.
Und ich frage mich nun seit jenem Tag: Warum habe ich dem Jungen nicht geholfen? Warum habe ich zugesehen, wie solch schreckliches Unrecht geschah? War es die Angst vor dem vorgesetzten Offizier, dem Vertreter der Macht? Wohl kaum. Eher mag es sein, dass der Krieg als solcher die Menschen abstumpfen und verrohen lässt, so dass meine erste Regung Flucht statt Hilfe war. Ich wünschte, ich könnte es ungeschehen machen.

Die Frage nach dem Alibi können Sie im Präsidium beantworten.« Leo wandte sich noch einmal zu von Mühl, in dessen Gesicht Wut und Zweifel miteinander kämpften. »Auf Wiedersehen«, sagte er knapp.

»Darf ich mich noch von Major vom Hofe verabschieden?«

Leo nickte und zog die Handschellen aus der Tasche. »Aber beeilen Sie sich.«

Von Mühls Bewegung war fließend. Ein Griff in die Schublade, etwas Graues schimmerte in der Luft, vom Hofe griff danach. Trat einen Schritt zurück, hob den Revolver an die Schläfe und drückte ab.

25

DEZEMBER 1922

»Den Selbstmord können wir wohl als Geständnis werten«, sagte Leo und schob seinen Stuhl vom Schreibtisch zurück. »Von Mühl kommt natürlich davon, dafür werden seine Beziehungen schon sorgen. Na ja, immerhin ist damit eine Last von dem Jungen genommen, ein Auftritt vor Gericht bleibt ihm erspart.«

»Was soll jetzt aus ihm werden?«, fragte Robert und formulierte damit einen Gedanken, der Leo schon die ganze Zeit im Kopf herumging. Paul Görlich war ein anständiger Kerl, der etwas Besseres verdient hatte als das lieblose Elternhaus mit dem gewalttätigen Vater. Andererseits lebten viele Kinder unter solchen Bedingungen, und es war schwierig, die Behörden davon zu überzeugen, ein Kind zu fremden Pflegeeltern zu geben.

»Wir könnten darauf hinweisen, dass er geistig zurückgeblieben ist und von seiner Familie nicht angemessen betreut wird«, meinte Leo nachdenklich. »Was war denn mit diesem Oster, dem Kneipenwirt? Er hat doch gesagt, er würde den Jungen gern zu sich nehmen.«

»Stimmt«, sagte Robert. »Wir sollten ihn darauf ansprechen, es schien ihm ernst zu sein. Das wäre doch ein glücklicher Ausgang.«

»Ja. Aber wir sind nicht im Märchen«, meinte Leo nüchtern. »Paul kann schon von Glück sagen, wenn Oster ihn anständig behandelt und ihm was beibringt.«

Leo Wechsler klingelte kurz nach Ende der Sprechstunde an der Praxis von Magda Schott. Sie öffnete ihm die Tür und schaute ihn überrascht an. »Herr Wechsler, mit Ihnen hatte ich nun wirklich nicht gerechnet. Kommen Sie doch herein.«

Im Gehen zog sie den weißen Kittel aus und hängte ihn an einen Haken hinter der Tür des Sprechzimmers. Leo schaute sich um. Schlicht eingerichtet, aber mit freundlichen Bildern an den Wänden, Blumen und Märchenmotive für die jüngeren Patienten.

»Nehmen Sie Platz.«

»Ich möchte Sie nicht lange aufhalten, Sie haben gewiss einen anstrengenden Tag hinter sich.«

»Das habe ich immer. Genau wie Sie, nehme ich an.«

Leo schlug die Beine übereinander und kam gleich zur Sache. »Zunächst einmal wollte ich Ihnen für Ihre Hilfe danken. Sie haben uns nicht nur geholfen, Paul Görlich vor einer großen Gefahr zu schützen, sondern auch dazu beigetragen, den Fall Arnold Wegner aufzuklären. Wir haben den Mörder gefasst, er ist geständig.«

Sie nickte. »Das ist gut. Ich kannte den Maler zwar nicht, aber es ist beruhigend, dass sein Mörder nicht mehr frei herumläuft. Hatte der Junge etwas damit zu tun?«

»Er ist ein wichtiger Zeuge, mehr nicht. Er war tatsächlich in Gefahr, als er zu Ihnen kam, der Mörder hat ihm mehrmals aufgelauert und ihn bedrängt. Und nachdem er bei Ihnen war, wurde er vom Mörder in sein Auto gezerrt und verschleppt. Zum Glück konnte er später fliehen.«

Dr. Schott ballte eine Hand zur Faust. »Wie furchtbar, der arme Kerl. Als wenn er es nicht schwer genug hätte.«

Leo nickte. »Damit kommen wir zu meinem zweiten Anliegen. Ich möchte Paul Görlich aus diesen Verhältnissen wegholen. Sein Arbeitgeber, der Gastwirt Oster aus der Kameruner Straße, hat angeboten, den Jungen bei sich aufzunehmen. Was halten Sie davon?«

Sie überlegte nicht lange. »Er ist hier als anständiger Mann bekannt. Ob er in der Lage wäre, einen Jungen wie Paul großzuziehen, kann ich nicht sagen, aber wenn er es Ihnen aus freien Stücken anbietet ... Oder glauben Sie, er ist nur an Pauls Arbeitskraft interessiert?«

Leo wiegte den Kopf. »Er tut es sicher nicht aus reiner Menschenliebe, aber Paul könnte es schlimmer treffen. Ich lege Wert auf Ihre Meinung und möchte Sie bitten, sich den Jungen gegebenenfalls anzusehen und ein Gutachten für die Fürsorge zu erstellen. Würden Sie das tun?«

»Sehr gern. Wenn ich einem Kind helfen kann, aus solchen Verhältnissen herauszukommen, brauchen Sie mich nicht lange zu bitten.«

Er stand auf und wollte sich verabschieden, doch sie schien zu zögern, als hätte sie noch etwas auf dem Herzen. »Ja?«, fragte Leo abwartend.

»Ich ...« Sie zuckte mit den Schultern und schien sich dann einen Ruck zu geben. »Clara ist sehr unglücklich, Herr Wechsler.«

Er schaute sie leicht verlegen an. »Sie hat Ihnen davon erzählt?«

Magda nickte.

Leo knöpfte seinen Mantel zu. »Ich weiß es zu schätzen, dass Sie mir das sagen, aber in diesem Fall sollte sie von selbst zu mir kommen.« Er strich sich die Haare aus der Stirn und setzte den Hut auf. »Clara hat mir nie etwas über sich erzählt. Es war sehr unangenehm, als wir Herrn von Mühl in diesem Café getroffen haben.«

»Das kann ich mir vorstellen. Ich fand nur, Sie sollten wissen, dass es Clara nicht gleichgültig ist. Vielleicht braucht sie noch ein wenig Zeit zum Nachdenken.«

Er gab ihr die Hand. »Sie hören von mir. Und nochmals vielen Dank, Frau Dr. Schott.«

Magda schaute ihm nach. Gib dir einen Ruck, Clara, dachte sie innerlich, als könnte sie ihre Freundin von fern beschwören, den ersten Schritt zu tun.

Die Fürsorge arbeitete diesmal erfreulich schnell, vielleicht auch, weil Leo großen Druck ausübte. Nach wenigen Tagen wurde die Wohnung der Görlichs in Augenschein genommen, der Junge von einem Amtsarzt gründlich untersucht, der Unterernährung und eine verlangsamte geistige Entwicklung feststellte, ihn ansonsten aber für gesund erklärte. Die häuslichen Verhältnisse wurden als abträglich beschrieben und Zeugenaussagen von Nachbarn gehört, die bestätigten, dass der Junge häufig geschlagen und vom Schulbesuch ferngehalten wurde.

Es wurde entschieden, Paul auf Probe zu Herrn Erich Oster in Pflege zu geben, der ihn, da es für eine Einschulung zu spät war, selbst im Lesen und Schreiben unterrichten und ihm dazu die Kenntnisse eines Schankhelfers vermitteln würde.

Leo war erstaunt und erfreut, als Nelly Wegner anrief und sich erkundigte, was aus dem Jungen geworden sei, dem ihr Mann so viel bedeutet hatte. Er erzählte ihr die guten Neuigkeiten, worauf sie sich sehr erleichtert zeigte.

Frau Görlich blieb seltsam teilnahmslos, als Paul mit einem kleinen Bündel unter Leos Aufsicht die Wohnung verließ. Nur sein kleiner Bruder streckte die Arme nach ihm aus, doch Paul wischte sich kurz über die Augen und ging in Richtung Treppe. Der Vater war gar nicht erst erschienen.

Leo legte ihm den Arm um die knochigen Schultern und brachte ihn zu Erich Oster in die Kameruner Straße. Dort erwartete ihn eine Überraschung. Der Wirt, der seine Kneipe um diese Tageszeit noch nicht geöffnet hatte, begrüßte Paul, stellte sein Bündel in eine Ecke und sagte dann: »Stell dir vor, hinter der Theke liegt ein Geschenk für dich.«

Ungläubig sah Paul zu ihm hoch. Er bekam selten etwas geschenkt. Leo sah zu, wie Oster ein flaches, in Packpapier gewickeltes Paket holte und auf einen Tisch legte. »Hier ist noch ein Brief, der dazugehört. Ich lese ihn dir vor.

Lieber Paul,
ich glaube, Du kennst mich nicht, aber ich möchte Dir heute etwas schenken. Ich habe gehört, es ist ein wichtiger Tag für Dich, weil Du ein neues Zuhause bekommst.
Dieses Geschenk ist für Dich. Es soll Dich an deinen Freund erinnern.
Alles Gute wünscht Dir
Nelly Wegner

Und jetzt pack aus.«

Vorsichtig löste der Junge die Kordel, mit der es verschnürt war, schlug es auseinander, wickelte die Schichten Pappe und Seidenpapier darunter ab – und stand da wie vom Donner gerührt.

Leo trat vor. Es war die Tuschezeichnung von Paul. Was für ein wunderbares Geschenk, dachte er. Er verabschiedete sich mit einer Geste von Oster und verschwand unauffällig, während Paul noch in dem menschenleeren Schankraum stand und in Gedanken versunken sein Porträt betrachtete.

An diesem Abend unterhielten Leo und Ilse sich über die Weihnachtsgeschenke für die Kinder. Marie wünschte sich Möbel für ihr Puppenhaus, Georg Ritter für die hölzerne Burg, die Leo vor zwei Jahren von einem Bekannten hatte anfertigen lassen. Dazu noch ein Buch für jeden und warme Socken.

Seine Schwester war sehr ruhig, und Leo fragte sich, ob sie mit Bruno Schneider innerlich abgeschlossen hatte. Bislang war der Mann nicht wieder aufgetaucht, hatte sich womöglich nach Süddeutschland oder sogar ins Ausland abgesetzt. Was mochte in Ilse vorgehen? Doch Leo zog es vor, sie jetzt nicht darauf anzusprechen, da ihm dieser zerbrechliche Friede teuer war.

Er berichtete Ilse von Paul Görlichs Schicksal und wie erfolgreich der Fall Wegner ausgegangen war. Herbert von Malchow würde bis auf weiteres in der Inspektion D bleiben, obwohl er nach wie vor darauf drängte, ins Morddezernat zurückzukehren. Leos Zusammenstoß mit Dr. Clauditz hatte keine unerfreulichen Folgen gehabt, da man ihn und seine Kommission für die Aufklärung des Falles Wegner belobigt hatte. Noch mal davongekommen, dachte er.

»Dann haben wir doch eine friedliche Adventszeit vor uns«, sagte sie mit verhaltenem Lächeln, ohne von ihrem Strickzeug hochzublicken. Sie hatte Schneider mit keinem Wort mehr erwähnt, wirkte aber noch still und bedrückt.

»Ja, das haben wir wohl«, antwortete Leo, stand auf und ging in die Küche. Er öffnete das Fenster einen Spalt breit, zündete sich eine Zigarette an und blies den Rauch in die eisige Abendluft. Von unten hörte er leise Schritte, etwas zog seinen Blick unwillkürlich hinunter. Vor dem Haus stand eine Frau. Von oben sah er im Schein der Straßenlaterne nur einen dunklen Mantel, eine samtene Baskenmütze und lockige Haare, die darunter hervorlugten. Er räusperte sich, leise, wie er dachte, doch in der klaren Luft klang es lauter als beabsichtigt.

Sie schaute hoch. »Ich muss mit dir reden.«

Leo wusste später nicht mehr, wie er in so kurzer Zeit die Zigarette ausdrücken, Ilse einen Gruß zurufen, Mantel, Hut und Schal anziehen und die Treppe hinunterstürzen konnte, es musste nahezu Weltrekord gewesen sein.

»Ich hab dir so viel zu sagen. Sollen wir ein Stück laufen? Dann ist es nicht so kalt«, schlug Clara zögernd vor, während der Atem dicht um ihr Gesicht wolkte.

»Gleich.« Leo zog sie wie ein Schuljunge an der Hand in die Durchfahrt, lehnte sie gegen die Mauer, umschloss ihr Gesicht mit den Händen und küsste sie behutsam auf die Lippen.

Das Herbstlaub knirschte unter ihren Füßen, an der Pumpe hing ein dicker Eiszapfen. Die Straßen waren still, denn bei diesem Wetter wagte sich nur vor die Tür, wer dringend zu tun hatte. Und jene, die die Kälte nicht spürten, weil sie mit ihren Gedanken ganz woanders waren.

Clara erzählte ihm von dem eleganten jungen Offizier, den sie 1912 geheiratet hatte, weil sie von ihm beeindruckt und außerdem begierig darauf war, das Elternhaus zu verlassen und in die Großstadt ziehen zu können. Von der ersten Ernüchterung, dem Gefühl, nur in schöne Kleider gehüllt und herumgezeigt zu werden wie eine Puppe. Von ihrem Mann, der jeden Abend ins Offizierskasino ging und sich betrunken in ihr Bett drängte, bis sie ein eigenes Schlafzimmer bezog und das Schloss auswechselte. Der sich gedemütigt fühlte, weil sie kein Kind von ihm wollte. Der auf Heimaturlaub kam und doch nur danach fieberte, an die Front zurückzukehren.

Leo stellte keine Fragen und ließ sie einfach reden, weil er spürte, dass sie sich die Geschichte vor allem selbst erzählen musste.

Wie sie kurz nach dem Krieg die Scheidung beantragt hatte und schuldig geschieden wurde, weil ihr tief gekränkter Mann einen Kameraden zu der Aussage überredet hatte, sie habe ihm Avancen gemacht. Leo hörte auch dann noch gelassen zu, als Clara sagte: »Ich glaube, ich hätte tatsächlich mit ihm geschlafen, wenn er mich gewollt hätte.« Dass sie keinen Unterhalt bekam und mit dem, was sie von ihren Eltern geerbt hatte und mit der Leihbücherei verdiente, auskommen musste. Und stolz auf ihre Unabhängigkeit war.

Plötzlich standen sie wieder vor dem Haus. Clara schaute ihn von der Seite an und hob die Hand, als wollte sie sich verabschieden, doch Leo ergriff sanft ihren Arm und zog sie zur Haustür.

Sie folgte ihm zögernd die Treppe hinauf, drehte sich noch

einmal halb um, als wollte sie kehrtmachen, doch Leo ging unbeirrt weiter.

Oben schloss er die Wohnungstür auf, ohne ihre Hand loszulassen. Obwohl sie sparsam heizten, wirkte die Wohnung warm und einladend. Ilse saß noch im Wohnzimmer, strickte an einem bunten Schal für Marie und fragte, ohne aufzublicken: »Wo bist du denn nur hingelaufen bei der Kälte?«

Leo schob Clara sanft ins Wohnzimmer und sagte: »Ilse, ich möchte dir jemanden vorstellen.«

Danksagung

Viele Menschen haben mit ihrem Wissen, ihrer Geduld und persönlichen Unterstützung dazu beigetragen, dass *Tod in Blau* entstehen konnte. Sollten sich dennoch Fehler und Ungenauigkeiten eingeschlichen haben, stammen sie gewiss von mir. Sicher habe ich einige Helfer vergessen und hoffe, sie werden es mir verzeihen. Mein Dank gilt vor allem:

Kristina Arnold
Marlene Dammers
Antje Eßer
Frau Dr. Fest, Polizeihistorische Sammlung Berlin
Rebecca Gablé
Sigrid und Prof. Wolfram Hamann
Gabi Köllges
Jörg Leidig und Karl-Heinz Steinle, Schwules Museum Berlin
Corinna Lichtenberg
Bastian Schlück
Prof. Dr. jur. Wilfried Schlüter
Hans-Peter Spiertz,
Pressesprecher der Mönchengladbacher Polizei
Mirko Tamkus (www.alt-berlin.info)

und natürlich meiner Familie

Susanne Goga im dtv

Kommissar Leo Wechsler ermittelt im
Berlin der zwanziger Jahre

Leo Berlin
Kriminalroman

ISBN 978-3-423-**21390**-5
ISBN 978-3-423-**25362**-8
(dtv großdruck)
Auch als eBook!

1922. Wer hat den Wunderheiler mit dem Jade-Buddha erschlagen? Berlin wird von einer Reihe von Morden erschüttert.

Tod in Blau
Kriminalroman

ISBN 978-3-423-**21487**-2
Auch als eBook!

Berlin 1922. Ein Künstler wird ermordet. Eine erste Spur führt zur rechtsextremen Asgard-Gesellschaft. Und Leo Wechsler fragt sich, welche Rolle die avantgardistische Tänzerin Thea Pabst bei all dem spielt …

Die Tote von Charlottenburg
Kriminalroman

ISBN 978-3-423-**21381**-3
Auch als eBook!

1923. Eine engagierte Ärztin und Frauenrechtlerin wird tot aufgefunden. Ihr Neffe glaubt nicht an einen natürlichen Tod. Und in der Tat hatte sich die Ärztin zu Lebzeiten viele Feinde gemacht …

Mord in Babelsberg
Kriminalroman

ISBN 978-3-423-**21486**-5
Auch als eBook!

Berlin 1926. In einer eleganten Wohnanlage wird die Leiche einer Frau gefunden, die mit einer Scherbe aus rotem Glas erstochen wurde. Die Spuren führen in die aufblühende Filmindustrie …

Es geschah in Schöneberg
Kriminalroman

ISBN 978-3-423-**21622**-7

Berlin 1927. Anschlag auf eine Modenschau: die Kleider werden mit einem Kontaktgift versetzt. Und bei einem Toten findet man einen Prospekt des Modehauses …

Bitte besuchen Sie uns im Internet: www.dtv.de

dtv

»Ein erstklassiger historischer Thriller.«
The Guardian

Philip Sington

Das Einstein-Mädchen

Roman
Übersetzt von Sophie Zeitz

ISBN 978-3-423-**21399**-8

Wer ist sie?

Berlin 1932. Eine junge Frau wird im Wald bei Caputh bewusstlos aufgefunden und in die Charité eingeliefert. Als sie aus dem Koma erwacht, kann sie sich an nichts erinnern, nicht einmal an ihren Namen. Man hat nur einen Programmzettel von einem Vortrag Albert Einsteins bei ihr gefunden. Martin Kirsch, der zuständige Psychiater, ist fasziniert von diesem Fall – und von seiner Patientin. Wer ist sie? Gibt es eine Verbindung zu Einstein, dem berühmtesten Wissenschaftler der Welt?

»In elegantem, schnörkellosem Stil: ein packender Thriller und gleichermaßen ein trickreiches Vexierspiel.«
Focus online

»Ein Thriller mit Stil. Historisches und Erfundenes sind wunderschön miteinander verwoben.«
The Times

Bitte besuchen Sie uns im Internet: www.dtv.de